Catalin Dorian Florescu
Der blinde Masseur

Zu diesem Buch

Bevor er mit seinen Eltern in den Westen flüchtete, liebte es Teodor, durch die rumänischen Dörfer zu reisen und sich von den abergläubischen Bauern wundersame Geschichten erzählen zu lassen. Nach Jahren kehrt er in seine Heimat zurück und hat viele Fragen im Gepäck: Wäre er glücklicher geworden, wenn er geblieben wäre? Wird er seine Jugendliebe wiedersehen? In einem kleinen Ort lernt er einen faszinierenden Mann kennen, den blinden Masseur. Teodor ist beeindruckt, denn der Fremde bittet seine Patienten, ihm Werke der Weltliteratur vorzulesen und auf Band zu sprechen. Zwischen Teodor und dem blinden Masseur entwickelt sich eine Freundschaft, und auch die schöne Elena, bei der er sich eingemietet hat, verführt ihn zum Bleiben. Er wird mehr und mehr Teil des kleinen Ortes, gerät jedoch gleichzeitig in ein Netz aus Hinterlist und Täuschung ... Florescu lässt eine Welt entstehen, die ebenso unbarmherzig wie poetisch, ebenso schön wie verzweifelt ist.

Catalin Dorian Florescu, geboren 1967 in Rumänien, ist Psychologe (Drogentherapeut) und lebt als freier Schriftsteller in Zürich. Florescu erhielt zahlreiche Auszeichnungen, unter anderem den Chamisso-Förderpreis, das Buch des Jahres 2001 der Schweizerischen Schillerstiftung, den Anna Seghers Preis 2003 sowie den Dresdner Stadtschreiber 2008. »Der blinde Masseur« wurde in mehrere Sprachen übersetzt, zuletzt erschien sein vielbeachteter Roman »Zaira«.
Weiteres zum Autor: www.florescu.ch

Catalin Dorian Florescu

Der blinde Masseur

Roman

Piper München Zürich

Mehr über unsere Autoren und Bücher:
www.piper.de

»So immens ist der Überdruss,
so beherrschend das Entsetzen darüber, am Leben zu sein,
dass ich nicht begreife, dass es etwas geben könnte,
was als Beruhigungsmittel, als Gegengift,
als Balsam oder Vergessen dafür in Betracht käme.
Und doch welche Sehnsucht nach der Zukunft (...)«

Fernando Pessoa, Das Buch der Unruhe

All jenen gewidmet, die trotz allem weiter suchen.

Ungekürzte Taschenbuchausgabe
September 2009
© 2006 Catalin Dorian Florescu
© 2006 Piper Verlag GmbH, München,
erschienen im Verlagsprogramm Pendo
© Zitat oben: 2003, 2006 Amman Verlag & Co., Zürich
Fernando Pessoa, Das Buch der Unruhe des Hilfsbuchhalters
Bernardo Soares.
Aus dem Portugiesischen übersetzt und revidiert von Inès Koebel
Umschlaggestaltung: semper smile, München
Umschlagfoto: Garvin Hellier / Getty Images / The Image Bank
Satz: Fuldaer Verlagsanstalt, Fulda
Papier: Munken Print von Arctic Paper Munkedals AB, Schweden
Druck und Bindung: CPI – Clausen & Bosse, Leck
Printed in Germany   ISBN 978-3-492-25483-0

Die Irrfahrt

Es gab noch ein Körnchen Schönheit. So lange ich das glaubte, war ich sicher.

Ich hatte die Grenze vor zehn Minuten überschritten. Der Pope saß neben mir und roch nach Knoblauch. Der Geruch wanderte von seinem Magen hinauf in den Rachen, dann in den Mund. Er hüllte uns darin ein, mich, seine Frau, den Jungen, den Waldarbeiter und sich selbst, wenn er so weitermachte, würde ich ohnmächtig werden und gegen einen Baum fahren. An Bäumen mangelte es diesen Straßen nicht, an Kreuzen ebenso wenig.

Es waren Landbäume, die nach allen Richtungen wuchsen, nur die Landkirchen wuchsen in den Himmel. Sie hatten Rückgrat. Unter den Bäumen standen Kreuze. Jedes Kreuz hatte seine Familie. Sie versammelte sich rundum und flüsterte: »Der Ärmste, hier ist es passiert.« Dann erzählte man sich das Leben des Ärmsten. Das waren die Bäume mit Geschichten. Alle paar Kilometer war das Land mit Toten gespickt, bis die erste Hilfe zu spät kam, lagen sie da und warteten. Vielleicht war das nicht der schlechteste Ausgang, wenn man aus dem Leben wollte. Man lag im Schatten, ein leichter Wind zog vorüber und auch der Teufel, der nachschaute, ob er einen mitnehmen konnte.

Der Pope war für eine letzte Ölung gerufen worden und hatte gleich seine ganze Familie mitgenommen. Es war wie ein Ausflug für Gott. »Der Mann ist an seinem bösen Herzen gestorben. Er hat niemandem etwas gegönnt«, meinte der Pope, nachdem wir eine Weile gefahren waren. In seinem Gebet aber hatte er nur das schwache Herz zugelassen, später gab es reichlich Knoblauch, den er nun in meinem Auto loswurde. So hatte auch ich etwas von der Ölung.

Ich beschleunigte und sah uns unter einem Baum liegen, das Auto zertrümmert, über uns schwebte Knoblauchgeruch und vermischte sich mit den Gerüchen des Feldes. Dieses Land lag unter einer dichten Geruchsglocke. Die Menschen wappneten sich täglich gegen den Teufel. Der hätte längst auswandern können, aber er harrte aus. Er ließ sich Zeit. Die Zeit spielte ihm in die Hände.

Die Schuhe des Popen glänzten, ihm aber war das nicht genug, er zog sie aus, spuckte darauf und polierte sie mit dem Ärmel. Im Bart blieb etwas Spucke hängen, die er sich mit der Hand wegwischte. Jetzt hatte er bespuckte Hände. Die Schuhe waren ihm wichtig, denn sie mussten ihn noch durch viele Ölungen und zu vielen gedeckten Tischen tragen.

Der Weizen schoss hoch, er war grün und zuoberst flaumig. Die Mohnblumen schienen in der Luft zu hängen wie winzige Explosionen in Rot. Das Land war eben wie eine Handfläche, in keiner Richtung sah man etwas, das den Blicken widerstand. Es war Mai, aber die Geschäfte, die mich hierher führten, waren keine Maigeschäfte, bei denen das Herz vor Liebe höher schlug.

In meiner Jugend hatte ich gesehen, wie die Bauern Mohnsamen in den Sarg legten, damit der Tote sie abzählte und sich vom Abschied ablenkte. Aus den Mohnsamen erfuhr man das Schicksal des Neugeborenen und die Anzahl der Münder, die man in diesem Leben füttern würde. Die Bauern glaubten an so etwas, dagegen konnten auch die Kommunisten nichts ausrichten.

Ich hatte nach der Grenze die Augen geschlossen und beschleunigt. Ich wollte bis zehn zählen, aber bei sechs gingen sie immer auf, als ob eine fremde Hand sie öffnete. Dann hupte ein Auto und die Bremsen quietschten.

»Mit Selbstmördern fahre ich nirgends hin!«, rief der Pope, als ich knapp vor seinen Fußspitzen anhielt.

»Dann bleib eben da«, sagte seine Frau, das schlafende Kind in den Armen. »Die Zeiten sind vorbei, als ein Pope gleich mitgenommen wurde«, ergänzte sie.

»Wir haben den Zug verpasst, aber deshalb will ich noch lange nicht sterben«, meinte der Pope.

»Herr Pfarrer, kommen Sie. Man muss nicht lange leben, denn es ist teuer«, rief der Waldarbeiter, der schnell ins Auto stieg.

»Keiner stirbt, bevor seine Stunde geschlagen hat«, murmelte die Frau.

»Vor Jahren ist mir eine Tanne auf den Kopf gefallen«, fuhr der Waldarbeiter fort, nachdem der Pope eingestiegen war. »*Tac*, gleich hier fiel sie, die hinterhältige. Eine Woche lag ich im Koma, aber tot bin ich nicht.«

Er kratzte sich unwillkürlich am Kopf, als er sich erinnerte. Seine Augen waren milchig blau, sein Gesicht war zerfurcht, wie ein Planet, bei dem man sich fragte, ob dort jemals Wasser geflossen war. Er fällte die Bäume, ließ sie von seinem Pferd aus dem Wald ziehen, schnitt alle Äste bis auf die obersten ab, die den Saft aus dem Baum aufsogen und ihn trockenlegten. Eines Tages hatte sich ein Baum gerächt und sich dorthin fallen lassen, wo der Mann stand. Er war sich sicher, dass es Baumrache gewesen war, andere meinten, es sei der Schnaps gewesen. Wie bläulich schimmernder Schnaps waren auch seine Augen.

Auf Rumäniens Straßen wollten alle mitgenommen werden: Polizisten nach dem Dienst, Studenten nach dem Wochenende, Arbeiter nach der Schicht, Bauern nach getaner Arbeit, Mädchen, die ausgingen, und Mädchen mit anderen Zielen. Wenn sie einstiegen, stiegen auch ihre Ausdünstungen mit ein, die schweren, geprüften Körper der Bauern und die parfümierten, geprüften Körper der jungen Frauen. Sie streckten alle die Hand aus, aber nicht den Daumen. Sie winkten einem zu, wie um zu sagen: »Komm her, mit dir will ich fahren.« Sie ließen sich nicht mitnehmen, sie gaben sich mit einem ab.

Der Straße entlang wurden an kleinen Kiosken Reise- und Krankenversicherungen verkauft, an jene, die das Land verließen. Im Grunde genommen machte ich bis vor kurzem dasselbe, nur in einem eleganten Büro in der Schweiz. Ich verkaufte Sicherheitsschleusen, die sich weder der Pope noch sonst einer in diesem Land leisten konnte.

»Was machen Sie, wenn Sie nicht gerade versuchen, sich umzubringen?«, fragte der Pope und beäugte mich vorsichtig.

»Ich verkaufe Sicherheit.«

»Wie kann man Sicherheit verkaufen?«

»Das kann man schon.«

»Und man kann davon leben?«

»Sehr gut sogar. Wenn nur die Konkurrenz nicht wäre.«

»Gibt es viel Konkurrenz?«

»Genug, aber meine Firma hat sich spezialisiert, so dass wir immer genug Aufträge haben.«

»Wie viel bringt so was ein?«

Seine Frau war mit offenem Mund eingeschlafen, sie röchelte ein bisschen. Der Waldarbeiter kratzte sich weiterhin und kaute seine Gedanken. Ich flüsterte es dem Popen zu. Er erschrak, als er die Zahl hörte. »Monatlich? Für Sie allein?«, fragte er ungläubig. »Das ist eine beeindruckende Zahl, aber wie kann man etwas verkaufen, wofür nur der Allmächtige zuständig ist? Vergeudet man da nicht seine Zeit?«

Wir schwiegen eine Weile, und das war gut so. Ich hoffte, dass der Pope mich in Ruhe lassen würde, denn es hatte keinen Sinn, ihm etwas erklären zu wollen. Wie konnte ich ihm sagen, dass der Grund, aus dem ich hier war, weit zurücklag, zwanzig Jahre zurück, und dass er sich jedes Mal, wenn ich ihn festhalten wollte, verflüchtigte? Diese Unruhe, die unmerklich gewachsen war, so wie Brotteig wächst und aufgeht, war auch aufgegangen und hatte mich hierher getrieben.

Neben dem Getreide wuchsen Kornblumen, kleine bläuliche Fata Morganas. Alles zitterte und wollte sich auflösen. Ein Pferd hatte die Vorderbeine mit einem Strick zusammengebunden, wenn es sich bewegte, hüpfte es. So viel Kraft, und so schnell gebändigt. Neben ihm stand sein Fohlen, es hätte entkommen können, aber es wusste nichts davon. Sie steckten beide die Mäuler ins Gras, rissen Büschel heraus, und der Schweif, der Rücken, der Hals und der Kopf bildeten eine perfekt gebogene Linie im Raum.

Als Junge hatte ich es geliebt, den Bauern Geschichten aus der Nase zu ziehen. So hatte ich erfahren, dass das Pferd der Patron des Sommers war und dass es der Sonne half, emporzusteigen. Aber Gott hatte es auch erschaffen, damit der Mensch seine Gedanken schneller umsetzte, erzählte man. Im Märchen wiederum suchte sich der Held das schwächste Pferd aus der Herde der Hexe heraus und fütterte es mit Feuer. Wenn der Held umkam, starb auch sein Pferd vor Schmerz.

Ich merkte, dass der Pope seit einiger Zeit auf mich einredete, ohne dass ich hingehört hatte. Er wollte wissen, was ich von Gott hielt. Ohne auf meine Antwort zu warten, fuhr er fort: »Der Mensch hat sich an die Stelle Gottes gesetzt, dabei sind wir nur seine Würmchen.«

»Wohnt Gott auch in deinem Bart?«, fragte der Junge seinen Vater verschlafen.

Der Pope drehte sich um und kniff ihn in die Wange.

»Er wohnt auch dort, klar doch.«

Dann zwinkerte er mir zu.

»Kinderseele«, murmelte er.

Im Dorf des Popen wollten alle aussteigen, der Waldarbeiter hatte es nicht weit bis zu seinen Bäumen, am nächsten Tag würden sie wieder nach allen Seiten fallen. Der Pope empfahl mir, mit dem Unsinn aufzuhören, zu heiraten und eine Frau glücklich zu machen. Während sie sich entfernten, gab ich wieder Gas, hielt dann aber noch einmal an, stieg aus und lief hinter ihnen her. Ich fasste den Popen an der Schulter, er drehte sich um und lächelte freundlich.

»Woher wissen Sie über Gott so gut Bescheid?«, fragte ich ihn.

»Aber das ist doch klar.«

»Nichts ist klar. Ich habe vor der Grenze gesehen, dass nichts klar ist, glauben Sie mir.«

»Wenn Sie wahnsinnig sind, bleiben Sie lieber zu Hause«, meinte er und schüttelte mich ab. »Der Teufel prüft ihn«, sagte er zu den anderen.

»Seien Sie bloß still!«, rief ich ihm zu. »Sie können gar nicht genug Knoblauch essen, um den Teufel fern zu halten.«

Noch wenige Kilometer vor der Grenze hatte ich gezweifelt, dass es dieses Land überhaupt gab. Es war zu lange nur Einbildung und Erinnerung gewesen, und die Überlandstraße, die gleich nach Szeged, der letzten großen ungarischen Stadt, anfing, zog sich unendlich hin. Wir fuhren in einer Autokolonne, immer wieder aufgehalten von Lastwagen, Traktoren und alten Ladas. Der eine fluchte und wurde ungehalten, der andere beschleunigte, überholte und scherte knapp vor mir wieder ein. Es war eine Herzinfarkt-Partie, und ich machte mit, nicht weil jemand ungeduldig am Ende der Reise auf mich wartete, sondern weil ich mich daran gewöhnt hatte zu riskieren. Die Felder waren ordentlich bestellt, nach der Grenze hingegen war man nachlässiger. Man ließ der Natur zu viele Freiheiten, so dass sie alles überwucherte, was sich ihr in den Weg stellte.

Ich war seit einer Stunde so gefahren und immer noch war kein Land in Sicht. Mein Land. Dann plötzlich stand die Kolonne still, man stieg aus, spitzte die Ohren und erfuhr, dass es einen Unfall gegeben hatte. Und weil es Tote gab, würde man lange warten müssen. Einige zogen die Hemden aus und legten sich ins Gras, ein Paar stellte Plastikstühle am Straßenrand auf und packte Essen aus, andere taten das im Auto auf dem Schoß. Manche gingen los, um den Schaden selbst zu begutachten.

»Wir hätten früher abfahren sollen. Dann hätten wir jetzt nicht einen Unfall mit Toten vor uns«, schimpfte eine Frau im Auto hinter dem meinen.

»Ein Unfall mit Toten kann zu jeder Tageszeit passieren«, erwiderte ihr Mann genervt. »Da kannst du abfahren, wann du willst, du riskierst immer einen Unfall mit Toten.« Er fluchte.

»Vom Fluchen werden die nicht wieder lebendig«, giftete die Frau.

»Aber mir läuft nicht die Galle über.«

Sie waren waschechte Rumänen, waschechter ging es nicht, obwohl ich sie wegen des Nummernschildes für Italiener gehalten hatte. Sie hatten Stiernacken und waren gut genährt, man sah gleich, dass die Frau dem italienischen Essen nicht traute und ihren Mann mit fettreichem rumänischen Essen stopfte. Er stieg aus, kam zu mir, der ich inzwischen am Auto lehnte, und fragte auf Rumänisch: »Was meinen Sie, wie lange das dauern wird?«

Ich zuckte die Achseln.

»Wir wollen vor der Dämmerung zu Hause sein. Es ist doch so gefährlich nachts bei den schlechten Straßen.«

Wieder zuckte ich die Achseln.

»Kommen Sie aus Deutschland?« Er machte einen Schritt zurück und schaute sich mein Nummernschild an. »Ach, die

Schweiz. Die Schweiz ist gut. Ein prima Land. Lassen Sie sich die Schweiz nicht nehmen.«

Um ihn los zu sein, ging auch ich auf die Kolonnenspitze zu, die man nur undeutlich sah. Ich wusste nicht, wo ich am Abend sein wollte, und niemand wartete auf mich, deshalb war ich nicht in Eile. Ich hätte Tage lang dort bleiben können, hätte das Auto auf einen Feldweg abseits aller Blicke fahren können und niemand hätte mich vermisst. Ein Bauer hätte zögernd nachgeschaut, aber mich in Ruhe gelassen. Dann wiederum fühlte ich, dass ich auf keinen Fall stillstehen durfte, denn eine magnetische Anziehung ging von etwas aus, das sich noch vor uns, hinter Wäldern und Dörfern, versteckte. Es würde sich öffnen, mich hineinlassen, mit Geräuschen und Farben umhüllen und mit Stimmen, wie ich sie zuletzt mit neunzehn Jahren gehört hatte. So sehr sich der Kopf dagegenstellte, dass es dort vorne anders sein würde als hier im ungarischen Niemandsfeld oder als in jenem Land, das ich vor Tagen verlassen hatte, der Schweiz, so wenig konnte er etwas gegen dieses Gefühl ausrichten.

Ich ging am ersten Wagen vorbei. Der Tod ließ sich bisher nur erahnen, aus dem Geflüster der Menschen. Im Auto schliefen Kinder, das große an den Arm der Mutter gelehnt, das kleine auf ihrem Schoß. Der Vater schaute seine Familie im Spiegel an und tippte mit dem Zeigefinger aufs Steuerrad. Die Mutter schaute unbeteiligt hinaus, ein Blick, der durch alles drang, was sich ihm entgegenstellte.

Im nächsten Wagen waren die Kinder aufgewacht, hatten die Türen aufgerissen und waren ins Feld gelaufen. Sie waren vergnügt, der Tod weiter vorne kümmerte sie nicht. In ihrer Welt war er noch nicht vorgesehen. Ihre Mutter stieg aus, drohte auf Italienisch, aber sie lachte dabei und ihr Lachen lud die Kinder zu noch mehr Kreischen ein, bis sie keuchend auf den Boden fielen. Das war für sie normal, laut und vergnügt zu sein, obwohl einige Meter entfernt Menschen gestorben waren, vielleicht an einer Unruhe, die sie zu schnell vorangetrieben hatte.

Die Mutter knöpfte ihre Hose zu, streifte die Haare nach hinten und ging hinter ihnen her. Sie schickte das ältere zurück zum Auto und klopfte von den Kleidern des jüngeren den Staub ab.

Sie beugte sich tief zum Mädchen hinunter und hörte ihr zu, dann lachte sie auf, schaute umher, als ob sie etwas suchte und nicht fand. Sie zog die Hose der Kleinen hinunter, diese hockte sich hin, die Frau hob sie hoch und hielt sie so lange in der Luft, wie es nötig war. Das Mädchen hatte Vertrauen zur Mutter und diese in ihre eigene Kraft. Das Mädchen gab sich dem wohligen Gefühl hin, als ob sie bei ihrer Mutter am verborgensten Ort der Welt sei. Die Frau setzte sie ab, kramte in ihren Taschen, befahl dem Mädchen zu warten und kehrte zur Straße zurück. Sie kam auf mich zu und fragte mich nach Papier, aber die Frau mit den schlafenden Kindern war auch ausgestiegen und gab ihr, was sie wünschte. Den Jungen hielt sie in den Armen. Während die Italienerin für ihr Mädchen sorgte, schauten wir von der Straße aus zu.

»Mütter haben immer solche Sachen dabei«, sagte die Frau neben mir auf Rumänisch. »Fahren Sie auch nach Hause?«

»Woher wissen hier alle, dass ich Rumäne bin? Sieht man mir das an?«

»Ihrem Anzug sieht man es nicht an, aber Ihrem Gesicht. Ja, Sie haben etwas Typisches.« Sie machte einen Schritt zurück, um mich besser betrachten zu können. »Hier und hier und hier«, fügte sie hinzu und zeigte auf verschiedene Stellen meines Gesichts.

»Wirklich?«, fragte ich erstaunt. »Das kann nicht sein. Es gibt nichts Typisches.«

»Ich habe doch richtig geraten.«

»Sie hatten Glück. Außerdem ist es gar nicht schwierig, hier richtig zu raten. Wer Richtung Osten fährt, ist Rumäne oder hat mit Rumänien zu tun.«

»Wer Richtung Osten fährt und so aussieht wie Sie. Mal abgesehen vom Anzug«, kicherte sie vergnügt.

»Und Sie? Was tun Sie im Ausland?«

»Mein Mann ist Gärtner, und ich bin Zimmermädchen in Italien. Wir machen jede Arbeit, wir schämen uns nicht. Noch muss man sich für ehrliche Arbeit nicht schämen.«

»Wieso sollten Sie sich dafür schämen?«, fragte ich.

»Ich war in Rumänien Lehrerin. Mein Mann war Ingenieur.«

»Na und?«

»Sagen Sie das meinen Eltern. Und was tun Sie?«

»Das ist eine lange Geschichte. Ich lebe schon seit langem im Ausland.«

»So wie Sie aussehen, haben Sie Geschäfte im Land.«

»So wie ich aussehe, habe ich gar nichts. Ich fahre jetzt zum ersten Mal zurück.«

Die Italienerin kam vom Feld zurück, rieb sich die Schuhsohlen am Asphalt ab und schickte die Kleine ins Auto. Dann fragte sie, ob wir auch unterwegs zur Grenze seien, und wir nickten. Sie fahre zur Hochzeit ihres Bruders, der eine Rumänin heirate, eine feine Frau, die ganze Verwandtschaft sei unterwegs, die meisten weit hinter ihnen, nur das Brautpaar irgendwo weiter vorne. Wahrscheinlich steckten auch sie im Stau. Ihr Bruder habe lange gesucht, in der Ukraine, in Ungarn und Rumänien und habe dann doch eine Braut gefunden, eine treue, sanfte Person, sie habe ihre Schwägerin von Anfang an gemocht. In zwei Tagen würde die Hochzeit in der Dorfkirche stattfinden, der Pfarrer sei gemietet, der Festsaal und die Köche ebenfalls. Der Pfarrer sei am teuersten gewesen. »Mein Segen ist ein guter Leim«, habe er gesagt. »Wen ich traue, der lässt sich nicht so bald scheiden.« Die Brautleute hätten ihre Hochzeitskleider in Italien gekauft, das Kleid der Schwägerin müsse sie nur ein wenig anpassen, das mache sie gleich morgen, sie sei selbst Schneiderin. Der Anzug des Bruders passte wie angegossen. Sie hätten ihre Kleider in ihrem Auto dabei, den Rest hätte man auf die übrigen Wagen verteilt. Ihre Schwägerin wollte ein weißes teures Kleid haben, das war wichtig, um im Dorf zu zeigen, dass es sich lohnte, weit weg zu ziehen.

Die Italienerin machte eine Pause und fragte, ob wir denn auch Rumänen seien. Die rumänische Mutter bejahte. Ich zögerte, bevor ich Nein sagte. Die Rumänin schaute mich überrascht an, aber ich wollte nichts erklären. Ich wollte nicht sagen, dass jede Antwort besser war als gar keine.

Ich ließ die Frauen allein, und als ich am Mann der Italienerin vorbeiging, wollte er, dass ich ihm sagte, was vorne los sei, wenn ich zurückkäme. Aus vielen Autos kamen Stimmen, deutsche, ungarische, italienische, rumänische, ruhige und geduldige, schläfrige, aufgeregte. Man gähnte, spielte Karten, packte Essen aus oder wieder ein, einer klopfte ein Ei am Knie auf, schälte und salzte es und steckte es sich ganz in den Mund. In einem anderen Wagen tat sich gar nichts, ein Paar saß wie erstarrt da, als ob es gewettet hätte, sich nicht eher zu bewegen, als es absolut nötig war. Und weil keiner die Wette verlieren wollte, würden sie womöglich dort bleiben, lange nachdem sich der Stau aufgelöst, nachdem das Brautpaar geheiratet hatte, gelebt hatte und gestorben war, nachdem sich die Straße in Staub verwandelt hatte. Der einzige, der besser ausharren konnte als sie, war der Bauer, der mit dem Traktor weiter seine Runden drehte, vom Tod ungerührt. Ihm bedeutete das alles nichts. Staus hatte er gesehen, Unfälle mit Toten hatte er gesehen, doch die Erde wartete nicht auf den Menschen. Die Erde wartete vielleicht auf den Regen und die Wärme, aber nicht auf den Menschen. Der Mensch musste zur Erde.

Halb Europa hatte sich hier versammelt, hatte die Straße verstopft, scherte sich nicht um dieses Fleckchen, das ihm banal vorkam, und drängte nach vorne. Der Bauer hob kein einziges Mal den Kopf von seinem Acker, um zu uns herüberzuschauen. Die Karawane würde weiterziehen, er aber würde abseits von diesem Gewimmel, dieser ganzen Unruhe bleiben.

Zuvorderst sperrten zwei Streifenwagen die Fahrbahn ab. Die Menschen stellten sich auf die Zehenspitzen und schauten nach dem Tod, aber es gab nichts zu sehen, weil die Leichen hinter den Streifenwagen gebracht worden waren. Die Uniformen der Polizisten waren rot befleckt, sie warteten auf etwas, das nicht kam, sie reckten die Hälse und spähten in die Ferne.

»Die Sanitätswagen kommen nicht durch«, erklärte ein Ungar einer Gruppe von Österreichern. Einer von ihnen, ein hagerer, großer Mann, der von seiner Größe einen Buckel gekriegt hatte, drehte sich zu mir und musterte mich genau.

»Haben Sie auch Geschäfte drüben?«, fragte er. »Ich habe einen wichtigen Termin. Wenn ich nicht beim Nachtessen dort bin, platzt die ganze Sache.«

»Und all die anderen?«, fragte ich zurück.

»Alle sind wegen Geschäften unterwegs, und ein bisschen auch wegen des Vergnügens.« Er zwinkerte mir zu, drückte mir den Ellbogen in den Magen und kicherte vielsagend. Er versprach sich offenbar ein ganz gesundes Vergnügen.

Es tat sich lange nichts, die Polizisten standen herum, die Schaulustigen aus halb Europa ebenfalls, die Kinder spielten ahnungslos. Wessen Nerven nachgaben, der fluchte laut, wer schläfrig wurde, dem fielen die Augen zu und der Kopf prallte gegen die Fensterscheibe. Es war friedlich, fast langweilig, nur noch etwas Starkes konnte uns aus der Schläfrigkeit reißen. Zwei Wagen standen ein wenig abseits ineinander verkeilt, die Wucht des Aufpralls hatte sie viele Meter weit geschoben. Der eine war ein mickriger Lada mit ungarischem Nummernschild und mit einem Verfallsdatum, das schon weit zurück lag. Der andere war ein Lancia. Der ungarische Wagen war schlimm zugerichtet, nicht einmal ein Akkordeon hätte man daraus machen können, und doch war der Ungar am Leben geblieben. Er saß irgendwo im Feld, leicht verletzt und benommen.

»Die Leichen konnte ich nicht sehen, man hat sie schnell weggetragen«, meinte der Österreicher. »Man wusste gleich, dass nichts mehr zu machen war, obwohl der Wagen gar nicht schlimm eingedrückt worden ist. Sie sind an uns vorbeigefahren. Ich habe noch zu meinem Kollegen gesagt: ›So schnell, wie die fahren, haben sie es eilig zu sterben.‹«

Dann geschah endlich etwas. Die Polizisten berieten kurz, einer zeigte auf das offene Feld, wo der Bauer in seinem Traktor die Erde bestellte, der andere ging an den Straßenrand und wollte diesen auf sich aufmerksam machen. Er pfiff, rief laut und einige, die verstanden hatten, worum es ging, taten dasselbe. Aber der Bauer merkte nichts und so zog der Polizist seine Hosen hoch und ging quer durch das Feld. Er ging eine Weile hinter dem Traktor her, bis der Bauer ihn sah. Die beiden redeten, und der Polizist zeigte mehrfach auf uns.

»Was ist los?«, fragte der Österreicher den Ungarn.

»Man will die Leichen mit dem Traktor zu den Sanitätswagen bringen«, antwortete dieser.

Der Bauer fuhr zuerst zu seinem Hof, und das war gleich das nächste Haus, er machte einen Anhänger am Traktor fest und fuhr los. Dabei verfolgten ihn Dutzende von Augenpaaren. Als er an der Unfallstelle ankam, blieb er stehen, die Polizisten gingen hinters Auto, krempelten die Ärmel hoch und bückten sich. Wir wussten, was folgen würde, und drängten nach vorne, manche brachten ihre Kinder weg. Auch ich konnte mich dem Wunsch nicht entziehen hinzuschauen. In den Armen der Polizisten sahen die Leichen schwerelos aus, fast wie Kinder in den Armen ihrer Mütter. Es waren zwei junge Leute, beide noch vor kurzem unscheinbar und doch lebendig, jetzt aber so abwesend. Sie hatten nichts an sich, was sie auszeichnete, aber jetzt, durch ihren Tod, standen sie im Mittelpunkt. Das war ihr großer Auftritt.

Sie hatten Wunden und Brüche am ganzen Körper, nur die Gesichter waren unversehrt. Man hätte meinen können, dass sie schliefen und nicht mehr aufwachen wollten, aus Protest. Es war still, als die Leichen vorbeigetragen wurden, manche zogen die Mützen ab, andere bekreuzigten sich und murmelten ein Gebet. Man legte sie auf den Anhänger, und ein Polizist brachte etwas, das ich erst beim zweiten Hinschauen erkannte. Es waren saubere, elegante Kleidungsstücke, die er auf den Anhänger warf, gleich neben das tote Paar. Dann gab er allen das Zeichen, dass sie in die Autos einsteigen sollten.

Ich warf einen letzten Blick auf den Anhänger, ein Stück Stoff wehte über den Rand, etwas, das seinen Preis gehabt hatte und für einen besonderen Anlass genäht worden war. Es war ein Teil eines weißen Rockes, und wenn ich mich nicht täuschte, war es ein Brautkleid. Ich ging näher heran, stellte mich auf die Zehenspitzen und schaute in den Anhänger hinein. Dort sah ich, was ich befürchtet hatte: Hochzeitskleidung. Im Brautkleid hatten sich Gras und Erde verfangen, die dunkle Hose des Männeranzugs war leicht eingerissen, aber sonst hätten jene Kleider ein anderes junges Paar immer noch gut geschmückt. Die beiden hatten es nicht eilig gehabt zu sterben, sondern zu heiraten.

Einer der Polizisten schickte mich weg, der Traktor fuhr langsam los und hinter ihm folgten die ersten Autos. Wir sollten alle durchs Feld fahren, an die zwei Kilometer, und dann wieder auf die Straße einbiegen. Der Bauer kannte Wege, die niemand außer ihm sah, wir vertrauten uns ihm an, Lastwagen, Reisebusse, deutsche Mercedesse und ungarische Ladas. Ich ging zuerst, dann lief ich und fürchtete mich, von den Italienern aufgehalten und ausgefragt zu werden. Sie würden es früh genug erfahren, in einigen hundert Metern würde alles, woran sie bislang geglaubt hatten, in Frage gestellt werden. Ein großes Maul würde sich öffnen und sie verschlingen. In einigen Minuten würde ihr altes Leben enden und ein neues beginnen.

Ich machte einen Bogen durchs Feld, den Kopf tief zwischen die Schultern gedrückt, als der Italiener mir irgendetwas zurief, stellte ich mich taub. Denn da ließ sich kaum etwas sagen und schon gar nichts erklären.

Der Mann mit dem Stiernacken steckte den Kopf durchs Fenster und schnauzte mich an: »Da sind Sie ja endlich. Ich dachte schon, wir müssten Ihr Auto in den Graben stoßen, damit wir weiterkommen. Und tun Sie nicht so, als ob Sie kein Rumänisch verstehen würden. Sie sind einer von uns, auch wenn Sie einen feinen Anzug tragen. Sie haben auch Dreck gefressen.«

Anstatt in meinen Wagen einzusteigen, ging ich auf den Mann zu, klammerte mich an seinen Fensterrand und schrie ihn an: »Seien Sie still! Da sind zwei gestorben vor uns. Zwei sind gestorben, fertig, Schluss!« Er merkte, wie ich zitterte und rot anlief, dann schwieg er erschrocken. Als ich mich entfernte, hörte ich seine Frau sagen: »Der Mann ist ein Wrack. Der muss aufpassen, sonst kommt er als Nächster dran.«

Während wir auf die Unfallstelle zufuhren, achtete ich auf die Italiener. Sie schienen etwas zu erkennen, denn sie fuhren langsamer. Ich stellte mir vor, wie das war, wenn dieser große dunkle Verdacht auftauchte. Wenn er dann plötzlich da war und man glaubte, in einen Abgrund zu stürzen. Sie fuhren langsamer, sie hatten die Nummernschilder entdeckt, die Frau stieg aus, ging auf das Auto ihres Bruders zu, aber sie sank nach wenigen Schritten auf die Knie. Der Mann griff sich an den Kopf, ungläubig und benommen.

Wir alle waren froh, nicht an ihrer Stelle zu sein, und spürten, wie nah wir dort dem Ende waren. Wir folgten dem Traktor, immer noch flatterte ein Stück des Brautkleides über den Anhängerrand. Wir fuhren an Häusern und Gärten vorbei, die Bauern schauten sich unsere Karawane an, und wenn sie entdeckten, was auf dem Anhänger lag, bekreuzigten sie sich. Die Tiere hoben faul die Köpfe, während sie weiter kauten. Nach zwei Kilometern über holpriges Ackerland fuhren wir wieder auf die Hauptstraße. Während die Leichen in den Sanitätswagen gebracht wurden, gaben wir Gas, um Abstand zwischen uns und jenen Anhänger zu bringen. Dann kam die Grenze, das Land öffnete sich, ich fuhr hinein und nahm kurz danach den Popen und die anderen mit.

Nachdem ich den Popen abgesetzt hatte, fuhr ich auf einer Straße, die sich durch Felder schlängelte, die unendlich schienen. Ich erinnerte mich, wie ich eines Tages im Frühling in einem Dorf Kinder gesehen hatte, die ausschwärmten, um die Erde zu schlagen. Ich fragte den Bauern danach, dem ich eine Flasche Schnaps gegeben hatte, damit er mir vom Aberglauben erzählte. Er sagte: »Die Kinder schlagen die Erde. Kaum ist der Mai da, holen sie die Knüppel, gehen aufs Feld und schlagen zu.« So öffnete man die Erde, und die Hitze entwich aus ihrem Bauch. Die Kinder gingen dann nach Hause, die Väter erwachten nach sieben Wochen Rausch und vierundvierzig Gläsern Landwein, die sie auf die Ernte getrunken hatten. Ihre Frauen hatten sie ins Bett getragen, damit sich der Wein besser verteilte. Wenn man ihre Augenlider öffnete, schwammen die Pupillen in Flüssigem. Wenn sie dann aufwachten, fragten sie den Sohn: »Wo warst du?« »Die Erde schlagen.« »Gut so. Jeder tut, was er kann. Du schlägst, ich saufe.« Dann holten sie den Ochsen und den Pflug aus der Scheune und warfen die erste Scholle um. Gesoffen wurde auch später im Jahr, aber in kleineren Mengen. Im Herbst wurde die Erde bis zur nächsten Saison geschlossen.

Was mir die Bauern erzählten, war aufregend, und ich vergaß oft, mein Aufnahmegerät einzuschalten. Ich hatte überall meine Erzähler, sie erwarteten mich immer mit trockener Kehle. Wenn sie mich am Dorfeingang sahen oder an der Busstation oder am Bahnhof abholten, fragten sie: »Bist du über Land oder über Wasser gekommen?« Das hieß so viel wie *trocken* oder *flüssig*. Wenn ich die Flasche auspackte, kriegten sie wässrige Augen. Das war vor nun zwanzig Jahren.

In der Dämmerung zeichneten sich im Scheinwerferlicht die dunklen Baumkronen ab wie Flecken am Himmel. Die Bäume standen in Reih und Glied und grenzten die Überlandstraßen ab, bis zum Horizont kam dann nichts mehr. Bald würden sie ihre Wurzeln in die Äste nehmen und in zwei Kolonnen auf mich zu traben. So wie ich, machten sich auch die Maulbeerbäume, Pappeln, Nussbäume und die Weiden bereit für die Nacht. Ich beschleunigte.

Um diese Zeit brachten sie meiner Mutter immer das Essen. Meiner Mutter, die gerne zurückgekehrt wäre und es nie geschafft hatte, denn die Worte nahmen ihren Lauf, aber die Füße folgten nicht. Im Altersheim sorgte man sich um sie und verwaltete den Verfall. Man sagte zu ihr:»Frau Moldovan, es ist Zeit für die Übungen«, oder:»Frau Moldovan, das Essen ist fertig.« Ich wollte sie bei meinem letzten Besuch füttern, aber sie meinte:»Sei nicht albern«, und ging zum Fenster.»Als du klein warst, hast du eine Münze geschluckt. Ich dachte, ich würde dich verlieren«, sagte sie nach einer Weile.»Kleinkinder, die Münzen schlucken, werden reich«, erwiderte ich.»Du und deine Bauerngeschichten«, meinte sie.

Ich stand bei ihr, das war einige Tage vor meiner Abreise, draußen war ein leuchtender Frühling, und ich nahm ihre Hand in meine Hände und wärmte sie. Ich hatte eine alte Mutter, so alt, wie ich es nie für möglich gehalten hatte, dass sie werden würde. Ich hatte nicht rechtzeitig gefragt, was sie noch erledigen wollte, bevor wir dort sein würden, wo wir nun Hände hielten.

Nachdem sie gegessen hatte, saßen wir lange zusammen und ich sah sie im Augenwinkel, eingefallen. Nachdem Vater gestorben war, war die Wohnung leer geblieben, am Abend nach der Arbeit und nach der Pensionierung den ganzen Tag lang. Mutter reiste in Gruppen, um die Welt zu sehen, aber sie blieb nie dort, wo sie hinfuhr. Ich hätte ihr gewünscht, dass sie weit weg ginge und nur ein Zettel zurückbliebe: *Ich bin hingegangen, wo der Pfeffer wächst. Alle reden davon, aber irgendjemand muss das auch sehen. Warte nicht, er wächst langsam.*

Eine Matrosenmutter. Abenteurermutter. Puffmutter.

Eine, die mit einem Jüngeren durchbrannte und durch Nepal wanderte.

Eine Bonnie-und-Clyde-Mutter. Eine Doktor-Jekyll-und-Mr.-Hyde-Mutter. Wieso war Doktor Jekyll immer ein Mann? Der Wahnsinn ließ sich gut auf beide Geschlechter verteilen.

Eine Mutter, die sich aus dem Leben holte, was zu holen war. Sie hatte es vorgezogen zu bleiben, als die Beine sie noch trugen. Sie redete oft vom Zurückgehen, aber sie fügte sich ins Bleiben. Doch es ist unklar, was mutiger ist: auszuharren oder der Unruhe nachzugeben. Ein einziges Mal waren wir den Worten gefolgt, aber in umgekehrter Richtung, als wir zuerst nach Jugoslawien und dann nach Österreich flohen.

Mutter hatte rissige Falten und die Dunkelheit verstärkte sie noch. Sie war weit entfernt von jener Frau mit makelloser Haut und geradem Rücken, die ich von den Fotos kannte. Ich küsste ihre Wange und drückte ihre zerwühlten Haare. Sie nahm ihrerseits meine Hand zwischen ihre Hände und fragte: »Hast du nichts zu erzählen?« Ich erzählte viel, aber nicht, dass ich im Gegensatz zu ihr zurückgehen würde.

Inzwischen war es auf den rumänischen Straßen dunkel geworden, und die Bäume waren schwarz wie Katzen in der Nacht. Am Horizont war noch ein Spalt zu sehen, durch den der Teufel in die Welt kam. Ein unbeleuchtetes Fuhrwerk fuhr im Tempo seines müden Pferdes, man sah nur Umrisse, und ich steckte den Kopf durch das Fenster, um nachzuprüfen, ob es auch wirklich da war. Ich konnte nicht mehr bremsen, riss das Steuerrad herum, geriet auf die andere Fahrbahn und das Auto blieb einige Zentimeter vor einem Baum stehen. Im Scheinwerferlicht sah ich die Risse in der Rinde. Ein Stück weiter, und ich hätte die Baumringe zählen können.

Der Wagen bog sich unter dem Heuberg. Oben drauf saß der Bauer mit den seinen. Er rief: »*Hui, Hui*« und »*Brr, Brr.*« Das Pferd blieb stehen und warf den Kopf unwillig zurück, der Bauer drückte den Hut ins Gesicht.

»Leben Sie?«, rief er.

»Wenn der verletzt ist, brauchen wir eine Stunde bis zum nächsten Arzt. Oder kannst du so ein Auto fahren?«, fragte die Frau.

»Nee«, sagte der Mann, als ob er zu den Pferden sprechen würde. *Hui, Brr, Nee*, das reichte nicht für ein anständiges Ge-

spräch. Das reichte nur fürs Feld und fürs magere Reden beim
Abendbrot. Damit kam man nicht nach Amerika oder Deutsch-
land, man blieb im Heu stecken und verpasste jeden Tag sein
Leben, indem man es lebte.

»Was machen wir mit ihm?«

»Sei still, Frau, sonst höre ich nicht, ob er antwortet. Leben
Sie noch?«

»Was ist es für eine Automarke?«, fragte der Sohn.

»Marke ausländisch, genügt doch.«

Am Horizont, am Ende aller Felder, schloss sich langsam der
Spalt. Wenn der Teufel seine Chance nicht genutzt hatte, würde
er bis zum nächsten Abend warten müssen. Ich stieg aus, ihr
Hund lief bellend auf mich zu, kehrte aber auf halbem Weg um.
Er konnte sich nicht entscheiden zwischen Mut und Feigheit und
verschwand unter dem Karren.

Autos fuhren jetzt nur noch selten vorbei, die Reicheren saßen
an gedeckten Tischen und würden bald übersättigt keuchen. Sie
würden aufstoßen, was zu viel im Magen lag, ganz wie der Pope.
Lammkeulen, Leberstücke, Schweineschnitzel, gebratenes, ge-
grilltes, gegartes Fleisch, Innereien, paniertes Hirn, dazu Beila-
gen, Wein, Schnaps. Die Frauen würden rufen: »Langsamer mit
dem Alkohol!«, aber sie würden nachfüllen. Kurz vorm Platzen
würden sie aufhören, dafür hatten sie einen guten Instinkt, wie
Tiere vor nahenden Katastrophen. Die Ärmeren hingegen kehrten später vom Feld oder aus der Fabrik zurück. Aber auch bei
ihnen würde es Schnaps geben.

»Keine Angst, ich lebe noch«, sagte ich.

»Wenn Sie sterben wollen, dann tun Sie es anderswo. Das ist
schlechte Werbung für uns«, sagte die Frau.

»Was ist es für eine Automarke?«, fragte der Sohn.

»Es ist ein Audi«, erwiderte ich.

»Ein gutes Auto, so ein Audi. Man hat keine Probleme damit.«

»Außer man sucht sie«, sagte die Frau, und sie lachten.

Als ich wieder einstieg und das Auto zurück auf die Straße
fuhr, merkte ich, dass dort jemand stand. Eine Frau mit ihrer
Tochter, knapp über zwanzig, sie waren die ganze Zeit da gewesen, im Niemandsland zwischen den Dörfern.

»Nehmen Sie uns mit?«, fragte die Mutter. »Nur bis ins nächste Dorf.«

»Steigen Sie ein.«

»Und Sie fahren nicht wie vorhin?«

»Versprochen.«

Die Tochter setzte sich neben mich, die Mutter drängte sie dazu. Sie war forsch, sie wusste, dass sie das Leben an sich reißen musste. Sie fragte viel über meine Herkunft, über die Schweiz, hinten horchte die Mutter. Im Rückspiegel sah ich ihren Kopf und wie sie sanft nickte, als ob die Tochter eine Prüfung ablegte und sie mit dem Ergebnis ganz zufrieden wäre. Sie hatten den Vater im Krankenhaus besucht und waren noch bei Tag aufgebrochen, aber die Nacht hatte sie eingeholt.

»In ein paar Wochen ist er tot«, meinte die Tochter. »Er kann nicht einmal mehr gekochte Kartoffeln essen.«

»Was soll dann aus uns werden?«, fragte die Mutter. Sie klatschte in die Hände und schaute hinauf, als ob von dort eine Antwort zu erwarten wäre. Dann senkten sich ihre Augen auf mich, eine klare Linie von oben nach unten. Unter den Röcken Gottes hervor direkt in meinen Nacken.

»Meine Tochter taugt für mehr, aber momentan ist sie Textilarbeiterin. Ich habe ihr geraten: ›Schau doch, dass du mindestens Haarschneiderin wirst, eines Tages wäscht du bestimmt den richtigen Kopf und machst eine gute Partie.‹ Aber welcher gute Mann verirrt sich schon in einer Textilfabrik?«

»Es gibt die Italiener«, widersprach die Tochter. »Ihnen gehört die Fabrik.«

»Und die werden ausgerechnet dich anschauen?«

»Die haben sich auch hässlichere angeschaut«, kicherte sie.

Sie hatte den Körper einer Frau, aber das Lachen eines Mädchens. Ich wusste, dass ich diese Mädchenfrau haben konnte, wenn ich wollte. Sie hätte keine Hemmungen gehabt, mir ins Feld zu folgen, einem Mann, dessen Gesicht sie nur undeutlich gesehen hatte. Ich könnte der Teufel sein, aber der Teufel in einem Audi war sicher nicht so schlecht.

»Wieso haben Sie denn keine Freundin?«, fragte die Mutter.

Es schien, dass ich, ohne es zu merken, verneint hatte, eine Freundin zu haben. Ich stellte das Radio lauter, und die Mutter war ärgerlich, weil ich ihr die Möglichkeit nahm, für die Tochter zu werben. Sie nahm den Kampf mit dem Radio auf und redete lauter. Ich drehte noch weiter auf, sie schrie jetzt und redete sich heiser. Sie rief mir zu, dass die Tochter heiratsfähig sei, sie hätten vor kurzem Töpfe an den Baum im Garten gehängt. Kaum seien die Töpfe im Baum, würden auch die Männer vor dem Tor stehen, habe sie geglaubt. Früher sei das zuverlässig gewesen, in den Dörfern seien Dutzende von Bäumen topfbehangen gewesen. Aber hier im Westen des Landes sei es nicht dasselbe wie im Norden, hier sei nur ein mickriger Italiener gekommen. Er sei vor ihrem Haus stehen geblieben, das habe sie gefreut und die Tochter sei ins Haus gegangen, um sich zu schminken. Viel sei nicht nötig, meinte die Mutter, ihre Tochter habe Formen, als ob Gott persönlich sie geknetet hätte. Die Mutter ließ sich in den Sitz zurückfallen, erschöpft. Aber sie gab nicht auf, sie sammelte nur Kräfte, dann legte sie wieder los im Kampf mit dem Radio um die akustische Überlegenheit.

Sie habe das Tor geöffnet und einen alten, hässlichen Mann vor sich gesehen. Sie hätte ihm gerne einen Topf an den Kopf geknallt, denn ihre Tochter sei nicht billig, man könne nicht einfach die Hand ausstrecken und sie haben, aber sie bat ihn herein. Ein junger Italiener oder überhaupt ein junger Mann von drüben, es müsse nicht gleich Italien sein. Ob ich verstünde, fragte sie. Ich verstand.

Die Frau war unverwüstlich, das Radio würde noch vor ihr kaputtgehen. Ihr Ehemann lag im Sterben an einem Krebs, der seinen Körper auffraß und ihn bald in die Erde führen würde, und sie lobte die Formen ihrer Tochter vor einem Mann, dessen Rücken sie besser kannte als sein Gesicht.

»Und Ihr Mann?«, fragte ich, um sie abzulenken.

»Der wird sterben, aber dieses Mädchen muss leben.«

Womit wir wieder beim alten Thema wären, dachte ich.

Die Mutter erzählte weiter. Als die Tochter geschminkt und nach dem Parfüm *Femme Fatale* duftend herauskam, brachte sie kein Wort heraus, obwohl sie gerade für solche Situationen Italienisch gelernt hatte.

»Manche meiner Freundinnen haben Deutsch gelernt, andere Englisch. Man weiß nie, was man brauchen wird«, sagte die Tochter.

»Um mit Ihnen zu sprechen, braucht man aber keine Fremdsprache. Sie sind einer von uns. Sie haben ein bisschen Akzent, aber das zählt nicht. Wollen Sie meine Tochter nicht mitnehmen? Aber für lang, nicht für kurz«, setzte die Mutter zu ihrem Schlussangriff an.

Die Mutter hatte es eiliger als die Tochter. Sie hatte den Boden für diesen Satz bereitet, und kein Radio der Welt konnte sie davon abhalten, ihn auszusprechen. Sie schwieg, damit sich die Wirkung besser entfaltete.

»Aber Sie kennen mich doch gar nicht«, antwortete ich.

»Doch. Die Stimme eines Menschen kommt direkt von Gott.«

»Wie die Formen Ihrer Tochter.«

Sie schwieg.

»Ich könnte sie doch in Stücke reißen«, fuhr ich fort.

»Keiner, der so etwas tun will, sagt es auch.«

Dagegen war nichts mehr einzuwenden. Als sie aussteigen sollten, drückte sie die Tochter in den Sitz und sagte: »Fahren Sie noch ein bisschen mit ihr herum, damit sie sich kennen lernen. Ich warte so lange hier.« Ich wollte mich widersetzen, aber ich sah die Augen der Tochter und hörte ihr Murmeln: »Fahren Sie bitte weiter.« Ihre Mutter war ihr peinlich, vielleicht hatte ich mich in ihr geirrt, vielleicht auch nicht. Wenn ich nicht aufpasste, war ich im Handumdrehen verheiratet. Das wäre eine Lösung, und ich könnte ein Geschäft eingehen, das gar keines war, da mich von den Menschen in diesem Land nur ein bisschen Akzent unterschied. Nun gut, und die Schweiz. Ich würde sie mitnehmen, ihr beibringen, sich in meiner Welt zu bewegen, sie ankleiden und mich freuen, dass sie über so viel Auswahl staunte. Und weil man hier nicht nur die Armut der Töchter, sondern auch die der Eltern heiratete, würden wir jährlich zurückkehren mit Geschenken für alle.

Wir fuhren eine Weile ganz ohne Ziel.

»Ich entschuldige mich für meine Mutter«, sagte sie. »Sie weiß oft nicht, was sie sagt.«

»Oder sie weiß es zu gut«, erwiderte ich.

»Fahr bitte hier ins Feld«, sagte sie plötzlich.

Nach einigen hundert Metern hielt ich an und schaltete das Licht aus. Alles war beängstigend leer.

»Ich gefalle dir nicht.«

»Weißt du, ich bin nicht deshalb hierher gekommen.«

»Weshalb dann?«

»Um einen verlorenen roten Faden wieder aufzunehmen.«

Das Auto stand im Feld in einer großartigen Nacht, wie es sie nur hier geben konnte. Ich saß neben einer Frau, deren Gesicht ich nicht kannte und die meines nicht kannte, mit einem Mond vor uns, der ins Auto schien, aber nicht hell genug war, dass ich sie mehr als nur erahnen konnte. In der Ferne bellten die Hunde träge, links vom Feldweg stand der Mais noch unreif, rechts war Kartoffelacker. Weiter vorne hatte der Bauer Gras gemäht und es zum Trocknen liegen lassen.

Ich machte die Scheinwerfer wieder an, und als ich ausstieg, hörten die Grillen auf zu zirpen, aber nur für Sekunden. Ich verließ den Weg, ging umher, nahm Erde in die Hand und zerdrückte sie. Sie war feucht und kühl, lehmartig, bestimmt hatte es vor kurzem geregnet. Gott sei zufrieden, wenn sich der Mann eine Frau nehme, sagten die Bauern, denn Lehm müsse zu Lehm ziehen. Der Teufel seinerseits lache, wenn jemand Töpferware klaue. »Lehm stiehlt Lehm«, rufe er dem Dieb hinterher. Die Lichter des Dorfes, in dem die Mutter auf ihre Tochter wartete, flackerten weit weg, in den Pappeln saß der Wind und schüttelte sie leicht. Es war so ruhig, dass das Rascheln bis zu mir drang. Ich hörte sie nicht auf mich zukommen, die Erde war zu weich dafür, aber sie stand plötzlich hinter mir. Sie setzte alles auf eine Karte, umfasste mich von hinten und rieb sich an mir, während ihre Hände an meinem Körper hinauf und hinunter wanderten. Die Hände einer Frau ohne Gesicht. So wie das Mädchen bei mir zu Hause ein anderes Leben suchen würde, wenn ich es ihr ermöglichte, so suchte ich es in ihrer Welt. Aber was wäre aus mir geworden, wenn ich hier geblieben wäre? Was für eine Sorte Mensch?

»Nein, ich möchte nicht«, sagte ich.

»Wieso nicht?«

»Du bist zu jung. Nein, es ist nicht das. Unter anderen Umständen schon.«

»Dann hast du doch eine Frau.«

»Ich habe keine Frau, aber ich bin auch wegen einer Frau hier.«

»Ich gefalle dir doch nicht. Du redest Unsinn. Du willst mich los sein.«

Im Scheinwerferlicht blinzelten uns aus dem Maisfeld heraus Katzenaugen an. Mehrere helle Punkte, so dass einem das Blut in den Adern gefror.

»Wusstest du, dass die Katze ihren Herrn hasst?«, fragte ich. »Sie wünscht ihm den Tod, damit sie das Haus alleine besitzt. Wenn im Haus einer stirbt, vertreibt man die Katze, damit sie die Nase des Toten nicht frisst. Und wenn sie unter einem Sarg hindurchgeht, dann wird der Tote zum *strigoi*. Zum Untoten.«

»Du machst mir Angst. Vielleicht war es keine gute Idee, mit dir hierher zu kommen.«

»Bevor ich aus diesem Land weggegangen bin, bin ich tagelang durch die Dörfer gezogen und habe mir solche Geschichten angehört. Ich habe sie auf Tonbändern gesammelt«, sagte ich.

»Wann war das?«

»Das ist sehr lange her. Eine halbe Ewigkeit. Ich war etwas jünger als du jetzt. Ich bin jeden Samstagmorgen in den Zug gestiegen und in ein Dorf gefahren. Manchmal auch weit weg, so dass ich dann dort übernachtete. Ich bin aus dem Bahnhof gegangen und habe einen Bauern gesucht, der gut erzählen konnte. Man findet sie oft in der Kneipe, aber es ist keine Regel. Mit der Zeit warteten sie schon auf mich, wenn der Zug ankam.«

»Du willst mich mit deiner Geschichte nur ablenken, weil ich dir nicht gefalle.«

»Kannst du nicht einfach zuhören?«

»Fahr mich zurück. Meine Mutter macht sich bestimmt schon Sorgen.«

Die Mutter hatte sich keinen Zentimeter bewegt, sie stand unter einer schwachen Straßenlaterne, und ihr breites, fleischiges Gesicht steckte im Kopftuch.

»Ich habe eine Freundin in der Stadt, sie ist älter und hübscher«, sagte die junge Frau. »Ruf sie an, wenn du willst, vielleicht gefällt sie dir.« Sie schrieb Name und Telefonnummer auf. Florina hieß die Freundin.

»Wieso tust du das?«

»Wir helfen uns, wo wir können.«

Männervermitteln galt hier als gegenseitige Hilfe. Es war ein Freundschaftsdienst. Man war empört, wenn die Freundin niemanden vorbeischickte. Ich wurde von der einen zur nächsten gereicht. Stafettenlauf. Überall warteten Mütter mit Töchtern und Ehefrauen mit Männern, die vom Flüssigen impotent waren oder auf Baustellen in Italien oder bei der Erdbeerernte in Spanien arbeiteten. Überall gab es Kioskverkäuferinnen, Fabrikarbeiterinnen, Lehrerinnen, Bäuerinnen, Ärztinnen, Hausfrauen, die warteten. Sie warteten beim Gehen, beim Essen, beim Arbeiten. Wenn sie aufs Feld gingen, die Sense auf der Schulter, warteten sie. Wenn sie Teig kneteten, den Mann auf sich erduldeten, anschwollen und gebaren, wenn sie die engsten und kürzesten Kleider anzogen, wenn sie Brüste und Po nach außen drückten, um ihre Chancen zu mehren, wenn sie sich billig parfümierten und genauso billig anmachen ließen, wenn sie über die gewaltsamen, einfältigen, hinter den Röcken anderer Frauen hereilenden Männern fluchten, warteten sie immer noch. Wenn ihre Kräfte nachließen, der Mann mit den Füßen voran aus dem Haus gebracht wurde, wenn sie die Tiere verkauften, weil sie es alleine nicht mehr schafften, wenn die Kinder immer seltener kamen und sie sich zum Sterben hinlegten, dann hatten sie zu Ende gewartet.

Und auf welche Art und Weise wartete heute Valeria, das Mädchen, das hinter dem Horizont blieb, als meine Eltern und ich flüchteten? Die erste Möglichkeit meines Lebens, die keine wurde. Knapp verpasst. Abgebrochen, als wir den Weg durch die jugoslawischen Wälder suchten. Das Mädchen, das das kleine Leben eines Jungen in das großartige Leben eines Mannes verwandeln sollte. Ob sie noch in der Stadt lebte?

Im Vier-Sterne-Hotel Elite saßen die Österreicher und warteten auf ihre Frauen. Sie nannten sie *ihre Frauen*, obwohl ihre wirklichen Frauen weit weg waren, in Wien. Ihre Frauen wurden ihnen hier von *ihrem Mann* beschafft, der ungeduldig unter ihnen saß, weil die Frauen nicht kamen. Der große Österreicher erkannte mich und winkte mich zu ihnen, aber ich lehnte ab. Er rief mir zu: »Gerade noch rechtzeitig geschafft.« Ich verstand nicht, wofür er es gerade rechtzeitig geschafft hatte, fürs Geschäft oder fürs Vergnügen, aber ich nickte ihm freundlich zu. Als die Frauen endlich kamen, ging ein langes *Aaaaa* durch die Gruppe. So leicht hatte es ihnen noch keiner gemacht, denn sie mussten nicht einmal aufstehen. Sie verschlangen die Frauen mit den Blicken, sie hatten ein gutes Menü erwischt.

Ich aß Bauernsuppe, dann Krautwickel mit Speckstreifen und ging aufs Zimmer. Ich hatte hier für wenig Geld die Annehmlichkeiten des Westens. Vier-Sterne-Annehmlichkeiten. Badekappe, Nähzeug, Hausmantel und Pantoffeln, Heizung für die Handtücher, Ohrenstäbchen und Satellitenfernsehen. Ich schrieb ein bisschen, legte mich ins perfekt gefederte Doppelbett und breitete wohlig die Arme aus. Im Fernsehen lief das Ende der Abendshow *Überraschungen*.

In der Nacht träumte ich, dass ich aus allen Wolken auf die Erde fiel und keinen Menschen traf. Ich klopfte den Staub vom Anzug und machte mich auf die Suche, die Stadt war leer, obwohl ich wusste, dass viele Menschen hätten da sein müssen. Ich ging durch Parks und über Straßen, schaute in Läden und Häusern nach. Auf den Tischen stand Essen bereit, in manchen Zimmern war das Licht eingeschaltet. Wenn man die Stadt aufgegeben hatte, dann nicht, wie man sie bei Krieg aufgibt, Hals über Kopf. Alles war ordentlich, der Müll war weggebracht worden, die Autos waren sauber geparkt. Ich ging ziellos umher, bis ich plötzlich vor Mutter saß, ich auf einem Stuhl und sie auf der Bettkante, in ihrem weißen, hellen Altersheimzimmer. Sie strich über meine Haare, dann legte sie die Hand an mein Gesicht und presste ihre Handfläche an meine Wange. »Dein Blick ist matt«, sagte sie. »Eigentlich würdest du ausgezeichnet hierher passen.« Sie brach in ein Lachen aus, das ich so von ihr nicht kannte.

Ich sah auf die Füße meiner Mutter, die alt und verbraucht waren. Man sah noch die Druckstellen von den vielen Schuhen, die sie durchs Leben begleitet hatten. Eine Schwester kam herein, trat ans Bett und trocknete Mutters Schweiß mit einem Handtuch ab. Mutters Haare waren in einem Zopf gebunden, die Schwester öffnete sie, sie fielen Mutter ins Gesicht, die Schwester glättete sie. Ich wollte mich von ihrer Hand lösen, aber ich konnte nicht, sie klebte an meiner Wange, so als sei diese mit Mutters Hand zusammengenäht. »Teodor, es ist Zeit zum Schlafen«, hörte ich die Schwester sagen. Die Schwester bringt da etwas durcheinander, dachte ich. Ich wollte vom Stuhl aufspringen, doch je mehr ich zog, desto mehr schmerzte die Wange. Ich drückte mich weg von der Mutter, stemmte mich gegen sie, die Haut begann sich abzulösen, blieb an der Handfläche kleben. Mutter sagte: »Schau, was du gemacht hast«, und die Schwester lachte.

Ich erwachte mit dem Gefühl zu ersticken. Ich schnappte nach Luft, riss die Augen auf, schweißgebadet. Alles war ruhig, aber ich schaltete das Licht an, um zu mir zu kommen. Ich zog den Hausmantel und Schuhe an und ging hinunter. Der Zuhälter schlief in einem Sessel, zur Hälfte auf die Seite gekippt. Das nannte man Schlafen im Dienst. Der Nachtportier schaute ihm in den Mund.

»Seit einer Stunde hoffe ich, dass ihm die Fliege in den Mund fliegt«, sagte er.

Wir schauten gemeinsam zu, aber die Fliege kümmerte das wenig.

»Sind die Österreicher noch nicht fertig?«, fragte ich.

»Wünschen Sie auch eine? Es geht schnell. Sie sind sogar froh darum.«

»Wecken Sie bitte niemanden meinetwegen.«

»Es macht ihr gar nichts aus. Sie duscht und kommt hierher. In zwanzig Minuten ist sie da.«

»Kennen Sie eine Florina?«

»Sie können sie nennen, wie Sie wollen.«

Ich ging vors Hotel, der Park gegenüber lag dunkel vor mir. Ich überquerte die Straße, einige Taxis fuhren vorbei, sonst regte sich nichts. Es war der Park, in dem ich als Junge spazieren gegangen war und manchmal auch auf Valeria gewartet hatte. Im Hausmantel ging ich die Alleen auf und ab und versuchte mich zu erinnern, auf welcher Bank ich schon gesessen hatte. Dort, dort und dort auch, und wenn ich mich nicht täuschte, hatte ich etwas weiter hinten, hinter Bäumen versteckt, Valeria geküsst.

Durch dieselben Alleen war ich auch geeilt, wenn ich den Zug zu den Dörfern erwischen wollte, wo man mich mit großem Durst oder auch nur mit der Geduld des Bauern erwartete, immer bereit für neue Erzählungen. Ich hatte bis zur Flucht so viel Zeit bei ihnen verbracht, dass ich mich schon für einen von ihnen hielt, ohne es eigentlich zu sein. Ich stahl ihre Geschichten, steckte sie in meine Tasche und fuhr wieder weg. Aber hätte man mich damals gefragt, was ich sein wollte, so hätte ich geantwortet: »Ein Bauer mit tausend Geschichten im Sack.« Und ich sorgte Woche für Woche dafür, dass sich der Sack füllte, sogar dann noch, als ich Valeria kennen gelernt hatte.

Aber dann kam die Flucht.

Als Vater und ich die Rucksäcke kauften, schaute uns die Verkäuferin unentschlossen an.

»Sie wollen alle drei Rucksäcke in der gleichen Farbe?«, fragte sie.

»Wir sind doch eine Familie«, fand ich.

»Vielleicht wollen Sie wenigstens einen in einer anderen Farbe.«

»Die Farbe ist uns gleich«, sagte ich gereizt. »Solide müssen sie sein.« Ich erschrak, als ich mich sprechen hörte, und schaute umher, überzeugt, dass ich mich verraten hatte.

»Müssen sie wasserfest sein?«, fragte die Frau weiter.

»Wasserfest wäre nicht schlecht«, sagte Vater.

Wir steckten die Rucksäcke vorsichtig in unsere Tragetasche, wie Verliebte einen Liebesbrief sorgfältig zusammenfalten und so verstauen, dass sie ihn immer wieder hervorholen können. Um sich zu vergewissern, dass es ihn wirklich gibt. Vater nahm einen der drei wieder heraus, öffnete ihn und sagte extra laut: »Damit können wir bestimmt Jahre lang wandern.« Er hatte vorgesorgt, falls jemand unsere Absichten erahnen sollte. Ich drückte seinen Arm, denn auffallen war das Letzte, was wir brauchten. Doch wir konnten nicht anders, als uns schon beim Denken ertappt zu fühlen. Als ob uns der Gedanke an Flucht verwandelt hätte. Als ob jetzt jeder auf uns zeigen und rufen konnte: »Haltet sie!« Wir erwarteten es im Sportladen, zogen die Köpfe ein und gingen schneller, aber nichts geschah. Wir erwarteten es in der Straßenbahn, aber wer dort mit seiner Flucht beschäftigt war, blieb unerkannt, ebenso wie jene, die eine solche Flucht verhindern sollten. Die Rucksäcke waren unsere Trophäen, die wir nach Hause brachten, wie andere Hirschgeweihe nach einer überreichen Jagd. Es war ein Versprechen, dass wir nicht länger reden würden, sondern endlich unser Glück versuchten. »Mit dem Glück ist es so eine Sache«, hatte Vater oft in den letzten Jahren gesagt. »Man kann es nicht erzwingen, man muss warten, bis es bereit ist, sich anzubieten. Man muss es hegen und pflegen.« Wieso ausgerechnet jetzt das Glück bereit war und woran Vater das erkannte, fragte ich nicht. Plötzlich ging alles sehr schnell, die Worte genügten nicht mehr und gingen uns allmählich aus.

Vaters Hände zitterten in der Straßenbahn, er hielt sie im Schoß, ich legte meine Hand darüber, aber er lächelte verlegen. Er trieb das Ganze an, da war kein Zittern vorgesehen. Er zog die Hände unter der meinen hervor und legte sie darauf. Auf dem Fußweg zu Mutter hakte ich meinen Vater unter und wir redeten wie zwei sorglose Männer, die sich nicht einig waren, ob Fußball, Frauen oder Autos die schönste Sache der Welt seien. Unsere Beine hörten nicht auf unsere Worte, eher auf unsere Herzen, die kleine, ängstliche Hamster waren, eingeschlossen in ihrem Rad. Wir flogen Mutter förmlich entgegen, die bereits am Fenster wartete, Vater hob unmerklich die Tasche, sie zog die Vorhänge zu.

»Dein Sohn hätte uns fast verraten«, sagte Vater und gab mir im Vorbeigehen eine Kopfnuss. »Wenn er sich auch in zwei Wochen so ungeschickt anstellt, brauchen uns die Wachen gar nicht zu suchen. Wir laufen ihnen direkt in die Arme.«

Mutter kniff ihm in die Wange, liebkoste mich, dann sammelte sie um sich herum Schere, Faden, Nadel, Stoff, setzte sich an die Nähmaschine und murmelte: »Und wenn du noch so laut redest, dann nicht einmal das, denn die Miliz läutet gleich an unserer Tür.« Zehn Tage lang arbeitete sie, verstärkte Nähte, erweiterte die Außentaschen und versuchte, sich dabei nicht zu stechen, denn abends brauchte sie ihre Finger für die Klarinette. Sie trennte auf, vergrößerte, ersetzte, ergänzte, prüfte, bis sie sich am späteren Nachmittag für das Konzert fertig machen musste. Sie ging ins Bad und kam verwandelt heraus. Sie trug jetzt keine Schürze mehr, sondern ein Abendkleid. Wenn sie nachts zurückkam, streifte sie wieder die Schürze über und setzte ihre Arbeit fort. Eines Tages war es so weit, und sie rief uns aufgeregt zu sich. Wir standen um den Tisch wie an Weihnachten, wenn man die schön verpackten Geschenke sieht und rufen möchte: »Kann ich sie endlich aufmachen?«

»Gut gemacht«, sagte Vater, fasste sie um die Hüften und küsste sie auf den Nacken. »Gut gemacht«, sagte auch ich. »Du kannst fast so gut nähen, wie du Klarinette spielst, Mutter.«

»Bring Steine her«, forderte Vater. Ich ging zum Fluss und holte Steine, wir stopften die Rucksäcke mit Steinen voll, zogen daran, schüttelten sie kräftig durch, aber sie hielten stand. In den nächsten Tagen kauften wir ein, was die Steine ersetzen sollte: Schinken, Äpfel, Schokolade, Wasserflaschen, Konserven. Dazu drei gute Paar Schuhe. Wir passten auf, sie nicht in der gleichen Farbe zu kaufen. Um sie einzulaufen, zogen wir sie nur noch zum Schlafen aus. Im Betrieb fragte man Vater, wo er so gute Schuhe gefunden hatte, er zog sie aus und zeigte sie den anderen. Vaters Fluchtschuhe gingen von Hand zu Hand, manche nahmen sich vor, sich die gleichen Schuhe zu kaufen.

In der Nacht vor der Flucht schlief keiner, obwohl wir es uns fest vorgenommen hatten. Wir hüstelten, wälzten uns in unseren Betten, die quietschten, und wenn wir genug vom quietschenden Liegen hatten, standen wir auf. Mal quietschte es bei den Eltern drüben, mal bei mir. Mal war es das Bett, mal die Dielen vom langen Hin-und-her-Gehen. Ich war sicher, dass Vater erneut die Rucksäcke prüfte und sich überlegte, ob wir auch wirklich an alles gedacht hatten. Unter seinem Pyjama war er schweißnass, wie immer, wenn er angespannt war. Ich öffnete leise die Tür, er strich über die Rucksäcke, solche Sanftheit kannte ich nicht von seinen

Händen. Ich legte meine Hand auf seinen Rücken, und der Stoff blieb an der Haut kleben.

»Du schwitzt wieder«, sagte ich.

»Nur einmal habe ich mehr geschwitzt als heute. In der Nacht, bevor ich deine Mutter fragte, ob sie meine Frau werden wollte. Das ist jetzt zwanzig Jahre her.«

»Hat sie sofort ja gesagt?«

»Nicht sofort, aber noch am gleichen Tag. Das ersparte mir eine weitere durchschwitzte Nacht.«

»Geh jetzt zurück ins Bett, Vater, sonst schlafen wir morgen Nacht im Feld ein und die Grenzsoldaten stolpern über uns.«

Am nächsten Morgen ging Vater wie jeden Tag zur Arbeit, nahm an Sitzungen teil, traf Vereinbarungen, unterschrieb Papiere, grüßte und wurde gegrüßt, als ob es ein gewöhnlicher Tag wäre, einer in einer langen Kette von Tagen, an denen sich nichts ereignete. An denen nur das Schweigen, die Angst, die Faust in der Hosentasche sich erneuerten.

Mutter und ich sprachen die meiste Zeit nur mit Blicken, und das war schon genug. Wir streiften durch die Wohnung; wenn uns etwas einfiel, das unbedingt mit musste, blieben wir stehen, liefen zu einer Schublade, zogen den Gegenstand hervor und stellten ihn neben die Rucksäcke. Oder wir gingen planmäßig vor und überprüften die Liste der Dinge, die unbedingt eingepackt werden mussten. Als wir das gelebte Leben aussortierten, lernten wir unsere Wohnung neu kennen. »Ha, da hast du gesteckt«, rief Mutter aus einem Zimmer, dann tauchte sie an der Türschwelle auf, öffnete die Hand und zeigte mir einen Salzstreuer. »Den hat mir Mutter geschenkt, vor vielen Jahren. Der kommt mit«, fügte sie hinzu. Den Pfefferstreuer fand sie gleich daneben. Ich fand die Armbanduhr, die Vater und Mutter mir zum Schulabschluss geschenkt hatten, dann alte Schallplatten, eine Halskette, Briefe, Vaters Kugelschreiber, den er bei seinem zehnjährigen Betriebsjubiläum erhalten hatte, Photos, Postkarten, Socken sowie Dinge, die ich niemandem mehr zuschreiben konnte. Der Haufen auf dem Tisch wuchs und wuchs, wir trugen alles wieder ab, bis auf die Pullover, die Decke, die Unterwäsche, eine Seife und Mutters Silberbesteck, das sie im Westen verkaufen wollte, und das Toilettenpapier. Ich kaufte schnell noch Brot ein. Als wir fertig waren, warteten wir.

»Meinst du, wir sollten es wirklich tun?«, fragte sie mich.

»Wir haben schon hundertmal darüber geredet, aber ich bin mir auch nicht sicher.«

»Hast du an Valeria gedacht?«

»Sie ist der Grund, warum ich mir nicht sicher bin.«

»Du hast ihr nicht etwa alles erzählt?«

»Sie denkt, dass wir in Urlaub fahren. Ich treffe sie später noch, um mich zu verabschieden.«

Vater kam pfeifend herein und stockte, als er uns im Halbdunkel des Zimmers sitzen sah. »Was ist los mit euch? Ihr sitzt da wie zwei Klageweiber. Dabei müsstet ihr glücklich sein, bald sind wir frei.«

»Du machst Witze«, erwiderte ich.

»Willst du plötzlich nicht mehr?«

»Doch, schon. Nein. Die Wahrheit ist, dass ich mir nicht mehr sicher bin. Wir haben es so lange auf alle Seiten gewendet, bis ich das Gefühl hatte, mir sicher zu sein. Aber jetzt, so plötzlich, so bald. Außerdem weiß ich nicht, ob Mutter mit uns kommen soll. Wenn sie uns erwischen, schlagen sie uns und ich will nicht, dass man Mutter schlägt.«

»Natürlich komme ich mit«, protestierte Mutter. Wenn ich alleine hier zurückbleiben soll, denunziere ich euch lieber, da habe ich euch bald wieder, geschlagen, aber lebendig. Sonst werde ich alt, bis ich euch wiedersehe.«

»Ich glaube, unser Junge ist verliebt. Schreib dir das hinter die Ohren«, sagte Vater und wendete sich mir zu. »Wegen eines Mädchens, das dich morgen betrügt und übermorgen verlässt, kannst du nicht alles aufgeben. Das lasse ich nicht zu, da prügle ich dich lieber windelweich.«

»Du hast nichts zuzulassen. Wenn ich mitkomme, dann weil ich das will, und wenn ich bleibe, dann aus demselben Grund.«

»Besser, du kommst mit. Aber wenn es sein muss, lasse ich dich auch zurück. Ich lasse mir die Chance nicht nehmen, nur wegen deiner Hormone. Dieses Flittchen hat hier nicht das letzte Wort.«

»Jetzt beruhigt euch wieder«, griff Mutter ein. »Wir gehen zusammen, und keiner lässt irgendwen zurück.«

Sie ging zu Vater, sie wusste, wie sie ihn besänftigen konnte. Sie schmiegte sich an ihn, mit dem Handrücken streifte sie seine Wange und sie flüsterte ihm etwas zu. »Bohnensuppe? Braten und Kartoffeln mit Kraut?«, rief Vater erfreut aus.

»Glaubt ihr nicht, dass das zu schwer ist für das, was wir vorhaben?«, fragte ich.

»Das ist auch nicht für heute, das ist für die Zeit, wenn wir wieder unsere eigene Küche haben«, ergänzte Mutter. »Heute mache ich etwas Leichtes. Essen besänftigt auch den nervösesten Mann.«

Wir saßen still bei Tisch. Wenn unser Zittern zu einem einzigen großen Zittern angewachsen wäre, hätte das Haus gebebt.

»Wo gehst du hin?«, fragte Vater, als ich vom Tisch aufstand.

»Zu Valeria.«

»Lass dich nicht überreden.«

»Sie weiß von nichts.«

»Sie braucht auch nichts zu wissen, um dich zu überreden. Dass du bei ihr bist, das reicht schon. Die Hormone, mein Junge. Und jetzt lass uns wieder Frieden schließen.«

Valeria fürchtete ich am meisten, mehr als die Leute in den Geschäften und den Straßenbahnen. Sie las in meinem Gesicht besser als ein Geheimdienstler, deshalb mied ich in letzter Zeit ihre Blicke. Sie blieb etwas entfernt von mir stehen, neigte den Kopf zur Seite und rief mir zu: »Du siehst wieder aus, als ob du einen deiner Teufel gesehen hättest.«

»Es sind nicht meine Teufel, sondern die Teufel der Bauern. Komm endlich her.«

Ich umarmte sie, ich überschüttete sie mit Küssen, damit sie nicht weiter fragte, bis sie sich lachend wehrte, die Ellbogen gegen meine Rippen drückte, dann die Hände. »Du küsst so, als ob du ein schlechtes Gewissen hättest. Betrügst du mich etwa, Mister Moldovan? Denn in letzter Zeit küsst du nur noch so.«

Wir saßen am Ufer des Flusses, inmitten von Unkraut und wild wachsendem Gras, mit dem Wasser im Blick, das schäumte, wenn es auf Steine traf. Eine Katze strich um uns herum, merkte aber bald, dass bei uns nichts zu holen war. Die Vögel waren unverbesserlich.

»Du schweigst«, fuhr sie fort. »Du betrügst mich doch.«

»Sei still, Valeria.«

»Wieso plötzlich diese Schweigsamkeit? Sonst komme ich kaum zu Wort, weil du von deiner letzten Reise erzählst oder von der nächsten.«

»Heute will ich nun mal nicht.«

»Wie lange geht euer Urlaub schon wieder?«, fragte sie.

»Zwei Wochen.«

»Schreib alles auf, was du siehst und denkst. Wenn du zurückkommst, kann ich es lesen und es wird sein, als ob ich mit dir gereist wäre.«

Auf meinem Schenkel formte ich die Hand zur Faust. Sie steckte seitlich einen Finger zwischen meine zusammengeballten Finger und drehte und drückte, bis ich die Hand öffnete. Sie legte ihre Hand auf die meine, so wie ich es bei Vater getan hatte, aber ich zog sie nicht zurück. Sie blies mir Luft in den Nacken, kitzelte und schubste mich, sie wollte, dass ich mich wehrte, dass ich irgendetwas tat, aber irgendetwas war zu viel. Ich kaute Wörter, mal waren sie zwischen den Zähnen, mal auf der Zungenspitze, aber keines sprang über die Lippen.

»Das ist aber ein ernster Fall«, meinte sie.

Sie sprang auf und zog mich hinter sich her.

»Wo bringst du mich hin?«, fragte ich.

»Wir gehen ein Stück, sonst rostest du ein.«

»Valeria?«

»Ja?«

»Nichts.«

Wir gingen Hand in Hand durch die Stadt, sie war ahnungslos, ich versuchte, mir jede Berührung einzuprägen. Ihr Arm, der meinen Arm streifte, ihre kleinen Füße, die glatten, schlanken Waden, die Wimpern, die Augenbrauen, den Mund, ihre Haut. Wie sie auf Zehenspitzen weiterlief, wenn ein größeres Mädchen vorbeiging, damit ich mich nicht nach einer Größeren sehnte. Wie sie die Lippen spitzte, weil sie geküsst werden wollte. Die trockenen Lippen, die sie vorher mit der Zunge befeuchtete. Wie sie besorgt den Kopf an meine Brust drückte, horchte und rief: »Diesem Mann ist noch zu helfen, das Herz schlägt noch.« Obwohl ich nicht lachen wollte, lachte ich.

Jetzt zog ich den Bauch ein, wenn ein Dünner auftauchte, damit sie sich nicht nach einem Dünnen sehnte. Ich schob die Brust heraus, spitzte die Lippen, schielte, tat alles, um sie zu unterhalten, kitzeln und schubsen eingeschlossen. Ich duckte mich, bis ich auf ihrer Augenhöhe war. »Damit du keinen suchst, der so zwergenhaft ist wie du«, flüsterte ich. Sie trommelte mit den Fäusten auf meinen Rücken. Wir gingen durch eine Stadt, die so leer war, wie Vater es sich für unsere Flucht wünschte. Deshalb hatten wir einen Montagabend ausgewählt. Unsere Beine führten uns quer durch die Stadt bis vor ihre Wohnung. »Komm hinauf«, sagte sie. »Mutter ist zu Hause, aber das macht nichts.« Ihre Mutter wollte uns lieber bekochen als uns alleine zu lassen, aber wir waren zäher. Sie kam alle paar Minuten herein, so dass wir jedes Mal von neuem aufspringen mussten, wenn wir uns gerade aufs Bett gelegt hatten. Kaum berührte ich die Knöpfe ihrer Bluse, musste ich die Hand zurückziehen. Die Mutter wollte Pflanzen gießen, die Musik leiser stellen, aus dem Fenster mit einer Nachbarin reden, Dinge aus den Schränken holen oder sie kam einfach nur so herein. Dann drehte sie sich um ihre Achse und ging wieder hinaus. Irgendwann gaben wir es auf, jedes Mal aufzuspringen, und blieben einfach angezogen liegen, aber mit dem Abstand zwischen uns, der Mütter beruhigt.

»Wen magst du lieber: Pink Floyd oder ABBA?«, fragte Valeria mich.

»Die kann man nicht vergleichen.«

»Hast du meine Küsse lieber oder die Küsse von der, mit der du mich in Gedanken betrügst?«

»Das ist eine dumme Frage.«

»Sag das noch mal und ich betrüge dich auf der Stelle.«

»Das ist eine dumme Frage.«

»So, dann betrüge ich dich eben mit Bobby Ewing.«

»Wieso gerade mit dem?«

»Weil J. R. zu fies ist, sonst würde ich dich auch mit ihm betrügen.«

»Und ich betrüge dich mit Pamela Ewing.«

»Und ich dich mit Cliff Barnes.«

»Mit dem Verlierer? Dann betrüge ich dich mit Sue Ellen.«

»Mit der Säuferin?«

Wir lachten, bis wir schluchzten, die Mutter steckte den Kopf ins Zimmer, aber sie zog ihn gleich wieder zurück. Sie wusste, dass die Lippen nicht auf die Suche gehen würden, solange sie mit Lachen beschäftigt waren. Sie murmelte: »Lacht, Kinder, lacht. Lachen ist gesund.« Aber um die Gesundheit ging es ihr nicht. Es gab Schlimmeres als Krankheit, es gab die Versuchung. Solange sie uns aber hörte, war alles in Ordnung.

»Valeria?«

»Ja?«

»Nichts, es ist schon gut. Hast du Lust?«

»Ich dachte, du fragst nicht mehr«, antwortete sie.

»Aber wir können es nicht tun.«

»Wir können.«

»Wie?«, fragte ich.

»Wir schließen die Augen und stellen es uns vor«, meinte sie. Wir schlossen die Augen. »Wo bist du?«, fragte sie. »Erst mal bei deinem Pullover«, erwiderte ich. »Pass auf, er ist neu.« »Ich gebe mir Mühe. Und du, wo bist du?« »Ich bin bei deinen Haaren.« »Ich aber bin jetzt bei deinen Brüsten.« »So schnell bist du?« »Dann verlangsame ich eben.« »Bleib länger bei den Lippen«, empfahl sie mir. »Und wo bist du jetzt?«, fragte ich. »Wenn du bei den Lippen bist, bin ich auch bei den Lippen, aber du lügst nicht, oder?« »Ich lüge nicht, ich bin wirklich bei deinen Lippen.« Wir waren eine Weile still, jeder auf eine unsichtbare Art und Weise mit dem anderen beschäftigt. »Was tun wir jetzt?«, fragte ich dann. »Was möchtest du tun?« »Ich möchte wieder zu den Brüsten zurück. Und du?« »Ich bin bei deinem Hals, deinen Schultern, deiner Brust. Bei deinen Augen. Und du?« »Immer noch dort, wo ich war.« »Und wie ist es dort?« »Weich und hart gleichzeitig.«

Es ging lange so hin und her, wir merkten gar nicht, wie die Schatten ins Zimmer kamen, dann aber von der Dunkelheit vertrieben wurden. Alles um uns war in weiches Licht getaucht, wir schliefen beinahe ein, als ich plötzlich aufsprang. »Wie spät ist es?« »Halb zehn«, sagte sie. »Ich muss weg. Begleitest du mich bis zur Haltestelle?«

Als ich in die Straßenbahn stieg, legte sie die Hand auf das Fenster, ihre Lippen bewegten sich, zuerst war ich ratlos, dann verstand ich. »In zwei Wochen habe ich dich wieder«, sagte sie. Auch meine Lippen bewegten sich, aber lautlos. Sie lief auf Zehenspitzen neben der Straßenbahn her, diese beschleunigte, sie zog den Bauch ein und zeigte auf mich, von Sekunde zu Sekunde blieb sie weiter zurück, sie wurde klein und dunkel, bis man nur noch eine Ahnung davon hatte, dass sie dort war, und dann war sie ganz verschwunden. Sie ahnte nicht, auf welche Weise ich sie betrügen würde.

Vater und Mutter saßen wie auf glühenden Kohlen. Weil ich mich verspätet hatte, wollte Vater mir eine Kopfnuss geben, aber ich wich ihm aus. Er schaltete den Kühlschrank aus, koppelte den Herd von der Gasflasche ab, wir schalteten die Lichter aus, Mutter glättete die Bettdecke, dort wo sie zuletzt gesessen hatte, Vater schloss die Tür ab. Auf dem Weg nach unten hörte Vater das Geräusch der Kassetten in meinem Rucksack.

»Was hast du da?«, fragte er.

»Die Tonbänder mit meinen Aufnahmen. Einige davon.«

»Du bist verrückt«, flüsterte Vater durch die Zähne gepresst. »Bring sie zurück.«

»Ich habe so lange überlegt, welche ich mitnehmen soll.«

»Hast du auch überlegt, wie das klappert, wenn du dich nachts auf einem verlassenen Feld bewegst? Und wie viel das wiegt nach zwei oder drei Tagen Fußmarsch?«

»Zurückzugehen bringt Unglück und Unglück können wir jetzt nicht gebrauchen.«

»Du kannst es dir aussuchen, ob du sie in der Wohnung lässt oder ich sie auf der Straße wegwerfe. Ich hoffe, du hast nicht auch unnützes Zeug eingepackt«, sagte er zu Mutter. Mutter beeilte sich zu verneinen. Ich ging nochmals in die Wohnung und legte die Tonbänder auf den Tisch.

An der nächsten Straßenecke wartete Aurel schon auf uns. »Wo wart ihr so lange?«, flüsterte er, als ob Häuser Ohren hätten. Uns kam sein Flüstern wie ein Schreien vor. »Ich dachte schon, ihr hättet es euch anders überlegt«, fügte er hinzu, warf die Zigarette aus dem Fenster und fuhr los. Jeder wusste, was er zu tun hatte: Wir schwiegen. Aurels Hände hätten jeden zermalmen können, nur nicht die Gitter, hinter denen er gelandet wäre, würden wir auffliegen. Trotzdem hatte er zugesagt, als Vater ihn gefragt hatte. Vater hatte alle Freunde und Bekannten aufgeschrieben, die in Frage kamen, dann hatte er fast alle Namen wieder durchgestrichen. Geblieben war nur Aurel. Der einzige, der es selbst versucht hatte. Nachdem er gefasst und einen Monat lang geschlagen worden war, war er wieder nach Hause geschickt worden. »Meine Arbeit bin ich jetzt los«, hatte er gesagt, als Vater ihn damals zu Hause besuchte. Vater nickte und gab ihm etwas Geld.

Als Mutter Aurels Namen sah, fragte sie: »Wieso ausgerechnet er? Er hat sich schon mal die Finger verbrannt.«

»Aber er hat noch eine Rechnung offen mit den Grenzwächtern. Indem er uns hilft, zahlt er es ihnen zurück.«

Genau das sagte auch Aurel, als Vater ihm von unseren Plänen erzählte: »Ich habe noch eine Rechnung offen.«

Aurel pfiff vor sich hin wie Kinder, die sich fürchten, wenn sie in den Keller gehen. Ich wusste, dass vor uns der dunkelste Keller wartete, die Zone. Dass wir bald die Tür öffnen und hineingehen würden. Dass dort ein anderes Pfeifen zu Hause war. Das Pfeifen der Kugeln. Wir fuhren lange auf Straßen, die immer enger und schlechter wurden, bis Aurel kurz vor dem letzten Dorf auf einen Feldweg einbog und die Scheinwerfer ausschaltete. Keiner sagte etwas, wir gaben ihm die Hand und sprangen ins Feld. Dort warteten wir, bis die Lichter seines Autos verschwunden waren. Aurel nahm den Schweiß unserer Hände mit in die Stadt zurück.

Wir tasteten uns mit den Schuhspitzen voran, aber als wir uns an das Mondlicht gewöhnt hatten, konnten wir sicherer gehen. Der Mond schien hell genug, so dass wir nicht stolperten, aber man konnte uns auch gut sehen. Vater hielt Mutter an der Hand und diese mich. Von Zeit zu Zeit eilte er voraus und nahm Witterung auf, wie Mutter flüsterte. Wo der Mais mannshoch stand, gingen wir aufrecht, im Weizenfeld aber geduckt.

Es war schrecklich still. Mutter keuchte bald vor Erschöpfung, ich hielt sie fest, Vater fluchte, weil er uns mitgenommen hatte. Wenn Mutter müde war, setzten wir uns hin, wenn sie sich erholt hatte, gingen wir weiter. Wir wussten nicht, ob wir mit dem Vollmond zufrieden sein sollten, weil wir uns nicht die Beine brachen, oder ob wir nicht lieber die schwärzeste aller Nächte gehabt hätten. Vater verfluchte den Vollmond. »Sie sehen uns schon von weitem«, meinte er. Aber niemand nahm unsere Fährte auf. Wir gingen Stunden lang, Vater wurde immer unruhiger, weil er vieles nicht so vorfand, wie man es ihm beschrieben hatte. Ich stützte Mutter, nahm ihren Rucksack auf meine Schulter, flüsterte: »Das schaffst du schon, Mutter!«, obwohl ich nicht wusste, ob es auch nur einer von uns schaffen würde. Vater war immer einige Meter vor uns, horchte, suchte den Boden ab und versuchte, sich anhand der Lichter am Horizont zu orientieren. Als der erste helle Spalt am Himmel auftauchte, witzelte Mutter: »Schlüpft jetzt nicht der Teufel wieder aus unserer Welt heraus und geht schlafen, bevor er am nächsten Abend zurückkehrt? Was sagen deine Bauern dazu?« »Ja, das stimmt«, meinte ich. »Dann haben wir jetzt vielleicht bessere Chancen.«

Mutter sollte sich täuschen. Wir stießen so plötzlich auf Asphalt, dass wir erschraken. Wir legten uns flach auf den Boden, Vater führte die Hand über den Straßenbelag, dann rief er freudig aus: »Ich weiß nicht, wie wir das geschafft haben, aber wir haben es geschafft. Wir sind in Jugoslawien!« »Woher willst du das wissen?«, fragte ich. »Schau dir diese Straße an. Sie ist viel zu gut gebaut. Wir können nicht mehr in unserem Land sein.« Wir standen auf, klopften uns den Staub von den Kleidern, umarmten uns und Vater meinte: »Das war aber gar nicht schwierig.« Mutter küsste mich, küsste ihn, sie konnte sich nicht entscheiden, ob sie lieber weinen oder küssen wollte. Wir gingen die Straße entlang, bis Vater einen Kilometerstein sah, sich bückte, ein Streichholz anzündete und es vor den Stein hielt. Im Licht des Streichholzes sah ich auch sein Gesicht und erkannte, dass auf dem Stein nichts Gutes stand. »Wo sind wir?«, fragte

Mutter. »Wir haben die Grenze nicht überschritten. Wir haben uns im Kreis gedreht. Wir sind zwei Kilometer vom letzten Dorf entfernt.«

Man konnte fast den Schrei hören, den wir nur dachten. Wir sprangen wieder ins Feld und gingen aufs Dorf zu. Der erste Zug stand bereit. Hinter einem Haus verließen wir das Feld, klopften unsere Kleider ab und gingen zum Bahnhof. Wir hatten überall Augen, aber außer den Tieren war noch keiner wach. Der Hahn krähte auf die ersten Stunden des Tages, wenn Vater ihn erwischt hätte, hätte seine letzte Stunde geschlagen. Noch bevor Valeria, unsere Nachbarn, die ganze Stadt aufwachten, standen wir wieder in unserer Wohnung. »Ich habe doch gesagt, dass es Unglück bringt, kehrt zu machen«, sagte ich. Vater verpasste mir eine Kopfnuss und rief Aurel an. »Jetzt seid ihr auf euch allein gestellt«, sagte dieser, nachdem er seinen Schreck überwunden hatte. »Ein zweites Mal mache ich das nicht durch. Ich habe zu schwache Nerven für so was.«

Vater ging wieder arbeiten. Er hielt die Verabredungen ein, von denen er nicht mehr gedacht hatte, dass er sie einhalten würde. Er nahm an Sitzungen teil, bei denen er am Vortag seinen Stuhl leer gesehen hatte.

Am Abend sagte ich: »Und wenn das ein Zeichen war?«

»Es gibt keine Zeichen. Es gibt nur das, was man tut, und wir werden es tun.«

»Ich bin mir nicht sicher, ob es wirklich gut ist, wenn wir es nochmals versuchen.«

»Du willst nur wieder unter die Röcke deines Mädchens kriechen.«

Dann wandte sich Vater an Mutter: »Leere deinen Rucksack. Du hast gesehen, dass du nicht so viel tragen kannst.«

»Das möchte ich lieber nicht.«

»Leere ihn verdammt noch mal!«

Mutter hatte vieles eingepackt, von dem sie sich nicht trennen konnte, Salz- und Pfefferstreuer inbegriffen. Vaters Erstaunen wuchs, je mehr Dinge sie auf den Tisch stellte, neben meine Aufnahmen. »Wozu soll das gut sein?«, fragte er von Mal zu Mal. Als Mutter immer tiefer in den Rucksack griff und schließlich die Klarinette herausholte, verstummte auch Vater. »Die gebe ich nicht her«, sagte Mutter vorsorglich, aber keiner von uns wollte sie davon abhalten, ihren Beruf ins Exil mitzunehmen.

Um elf Uhr nachts stiegen wir in den Zug, der bis fast ins Niemandsland fuhr, nah an die Zone heran, die für alle verboten war, außer für Wachen und deren Hunde. Hätte einer im Zug gesessen, dessen Beruf es war, unauffällig zu sein, unauffällig, aber mit einem Auge für Auffälligkeiten, dann wären wir erledigt gewesen. Der Zug fuhr nicht in die Berge, wofür unsere Rucksäcke gut gewesen wären. Hier lang ging es in die Felder und die Wälder der Zone, über deren Schleichwege sich Vater informiert hatte. Um uns herum saßen Männer, die müde waren von der Abendschicht und die schnell nach Hause wollten. Manche schauten uns misstrauisch an, aber die schweren Augenlider fielen schneller zu, als man Verdacht schöpfen konnte. Ich schrieb einige Sätze, so wie mich Valeria gebeten hatte, auch wenn das nicht die Reise war, die sie sich vorstellte. Auch wenn ich nicht wusste, ob sie sie jemals lesen würde.

Im letzten Dorf vor der Zone hörte die Bahnstrecke auf, als alle anderen in der Dunkelheit verschwanden, blieben wir alleine auf dem Bahnsteig zurück. Wir scheuten das Licht der Lampe, unter der ein Mückenschwarm wie hypnotisiert schwirrte. Wir sprangen ins Feld, darin waren wir schon erfahren. Wir setzten die Füße vorsichtig auf, wir gewöhnten uns ans Gehen im Dunkeln, und wenn es doch zu dunkel war, hielten wir uns aneinander fest oder stolperten. Vater horchte, wenn er sich bückte, bückten wir uns auch, wenn er sich auf den Bauch legte, taten wir es ihm nach. Wir wateten durch Dunkelheit und Stille und wussten nicht, was wir am meisten fürchten sollten. Aus der Ferne war Gebell zu hören, vom Dorf, das wir gerade verlassen hatten, oder aus der Kaserne. Das Gebell wurde nicht lauter, das war schon mal gut.

Plötzlich sagte Vater: »Stopp«, und wir froren ein. »Ab hier wird es schwierig. Geht nur tastend weiter, da muss irgendwo eine Schnur am Boden sein. Wenn man sie berührt, geht der Alarm in der Kaserne los.« »Ich glaube, ich habe sie vor der Schuhspitze«, flüsterte ich. »Beweg dich nicht«, befahl mir Vater. Er kam zu mir, ging in die Knie und sagte: »Ich sehe sie. Du berührst sie praktisch. Geh einen kleinen Schritt zurück, dann mach einen großen Schritt nach vorne. So ist es gut.« Mutter aber hob er hoch und trug sie rüber. Nach weiteren hundert Metern sagte er wieder: »Stopp! Dort ist unbestellte Erde, die mit feinem Sand bedeckt ist. Man sieht am Morgen, wer hier durch gegangen ist. Tretet in meine Fußspuren, sie sollen denken, dass hier in der Gegend nur ein einziger kräftiger Mann ist.«

Wo das Feld aufhörte, fing der Wald an. Mit ausgestreckten Händen gingen wir vorwärts, wir berührten Gestrüpp, wir stießen gegen Bäume, wir stolperten über Wurzeln. Mutter knickte um, ich rief Vater zurück, zog Mutters Schuh aus und betastete den Knöchel. Sie hatte Glück gehabt und wir zogen weiter, sobald sie sich wieder einigermaßen auf den Beinen halten konnte. Sie humpelte leicht und stützte sich auf meine Schulter. Jedes Geräusch war eine Uniform. Auf jeden Schritt folgte ein Halt-oder-ich-schieße, auf jedes Horchen die Furcht sich wieder zu bewegen. Wir wussten nicht, wo wir waren, wie weit wir von irgendetwas entfernt waren, wir wussten nicht, ob Vater es wusste, aber wir hatten nur ihn, um irgendwohin zu kommen. Wir wussten nicht mehr, wo vorne und hinten, gerade noch wo oben und unten war. Oben war das, was jede Zeit über uns einstürzen konnte. Unten war das, worunter wir gerne gekrochen wären, wenn man uns entdeckt hätte.

Dann sagte Vater: »Psst«, und legte sich auf den Boden, wir taten genau dasselbe. Inmitten einer Lichtung, kaum sichtbar durch die Bäume, stand ein Wachturm. Ich kroch zu Vater, legte den Arm auf seinen Rücken, in unseren Blicken spiegelte sich die Angst, die wir hatten. »Können wir an einem anderen Ort rüber?«, fragte ich, aber Vater zuckte die Achseln. »Wir warten«, sagte er nach einer Weile. Es begann zu regnen, zuerst tropfenweise, dann heftiger, wenn dort oben wirklich einer wartete, bis wir die Nerven verloren, dann saß er mit uns im selben Boot. Er musste sich bewegen, um dem Regen auszuweichen. Der Regen war lauter als ein Stadtregen, denn es gab keine Geräusche, die ihm Konkurrenz machten, er fiel dicht und schwer auf das Blätterwerk, auf uns und auf alles, was in jenem Wald zusammen mit uns darauf wartete, dass etwas passierte.

Vater nahm einen Stein und warf ihn, so weit er konnte. Nichts geschah. Als wir uns trauten, vorwärts zu gehen, war der Boden klebrig und schlammig und wir bis auf die Knochen durchnässt. Kein Schwitzen auf dieser Welt hätte das geschafft. Nicht einmal Vaters Schwitzen, als er um Mutters Hand angehalten hatte. Direkt unter dem Wachturm blieben wir stehen. »Er ist nicht besetzt«, sagte Vater. »Dort vorne geht die Grenze durch.«

Nach einigen Schritten hatten wir unser Land verlassen. Als der Regen aufhörte, kehrte die Stille zurück. Bei der ersten Straße, die wir fanden, suchte Vater einen Kilometerstein und schaute nach. »Sicher ist sicher«, murmelte er. Diesmal war er mit dem Ergebnis zufrieden. Der Regen hatte eine Unterführung überflutet, wir zogen unsere Fluchtschuhe aus, krempelten die Hosenbeine hoch und stiegen ins Wasser, das uns bald bis zu den Hüften reichte. Als wir weiter gingen, fing Mutter an zu zittern. »Es ist nur die Müdigkeit«, sagte sie, aber ihre Zähne klapperten immer schlimmer. Im ersten Tageslicht sah ich neben einem Feld einige Gartenhäuser, ich schaute in eines von ihnen hinein, drückte die Türe ein, dann holte ich Vater und Mutter. Wir deckten Mutter mit unseren Jacken und Pullovern zu, und um zu schlafen, nahmen wir sie zwischen uns und drückten uns fest an sie.

Wir blieben zwei Tage dort, bis Mutter sich ein wenig erholt hatte. Tagsüber überwachten Vater und ich die Straße, um davonlaufen zu können, wenn jemand kam. Abends saßen wir im winzigen Haus und redeten, wir versuchten, uns zu vergewissern, dass das, was gerade geschehen war, wirklich war. Dass wir es waren, die ins Feld gesprungen waren, und nicht nur einmal. Dass wir in einer einzigen Nacht unser Leben auf den Kopf gestellt hatten. Nun gut, in zwei Nächten. »Seid fröhlich, Kinder«, sagte Vater. »Vielleicht soll Mutter auch noch Klarinette spielen?«, fragte ich spöttisch. »Ich fürchte, das gibt eher Zittermusik, so wie ich mich fühle«, witzelte sie.

In der dritten Nacht nahmen wir unseren Weg wieder auf. An der Hauptstraße wollte ich das erste Auto anhalten, das uns entgegen kam, aber Vater hielt mich zurück. »Wir sind noch zu nahe an der Grenze«, sagte er. »Solche, die sie hier finden, schicken sie

zurück.« »Und was tun wir dann?« »Wir gehen nach Belgrad.«
Und wir gingen nach Belgrad, meistens nachts, tagsüber schliefen
wir im Feld, die Erde war aufgesprungen von der Hitze, als ob sie
nur über der Grenze Sprenkelanlagen installiert hätten. Als ob
sich das Wetter mit den Grenzsoldaten gegen uns verbündet
hätte. Wenn wir nicht mehr weiter gehen konnten, ließen wir uns
fallen, hinter einer Anhöhe, einem Gebüsch, einem Heuhaufen.
Mutter holte das Essen aus ihrem Rucksack, nahm Vaters Messer,
schnitt Brot und Fleisch und Käse ab, machte gleiche Portionen
und legte alles auf Taschentücher, die sie vor uns ausgebreitet
hatte. Sie machte alles so ernst und konzentriert, als ob sie noch
zu Hause in ihrer Küche wäre. Als ob sie gleich die Suppe aus dem
Topf schöpfen und den Braten aus dem Ofen nehmen würde. Als
ob es ein banaler, ruhiger Sonntag wäre, an dem sich nichts Besonderes ereignen würde. Am Schluss gab uns Mutter Servietten
für Mund und Hände. Wenn man uns in jenem Augenblick erwischt hätte, hätte man seinen Augen nicht getraut. Drei Flie-
hende bei einem Picknick. Dann sanken wir schwer in den Schlaf,
alle drei aneinander geschmiegt.

Nach Mutters Rucksack kam Vaters Rucksack dran, dann meiner, das Brot wurde steinhart nach nur einem Tag, das Essen
wurde weniger, das Wasser ebenfalls und in die Dörfer zu gehen,
um unsere Flaschen zu füllen, trauten wir uns nicht oder nur
nachts, wenn wir nicht sahen, wo die Brunnen standen. Unsere
Haut ähnelte mehr und mehr der Erde, an Hüte hatten wir nicht
gedacht. Trotz der Hitze zitterte Mutter noch, ich drückte mich
an sie, legte die Arme um sie. »Alles wird gut, Mutter«, sagte ich.
»Was du für schmutzige Fingernägel hast«, witzelte sie. »Das ist
noch gar nichts. Hast du Vaters Nägel gesehen?«, fragte ich. Sie
holte von irgendwoher eine Schere heraus und wollte sie säubern.
»Mich will in nächster Zeit niemand heiraten«, protestierte ich.
»Die Serbinnen sollen sehr tüchtig sein«, erwiderte sie.

Vater gab Mutter das letzte Wasser zu trinken, dann wollte er
ins Dorf gehen, um neues zu holen. »Wir gehen gemeinsam und
in der Nacht«, sagte ich und hielt ihn am Handgelenk fest.
»Deine Mutter hat Durst.« »Nur alle drei zusammen.« »Wenn sie
mich festnehmen, könnt ihr beide wenigstens weiter.« »In der

Nacht, nicht jetzt.« Wir gingen durch die Gärten der Bauern auf der Suche nach einem Brunnen, wir schreckten das Vieh auf, jeder Schritt konnte uns verraten, jedes Geräusch den Beginn der Verfolgung bedeuten. In den Häusern flimmerte der Fernseher. Ein Mann ging vorbei und erleichterte sich an der Mauer eines Hauses. Dort, wo ein Brunnen stand, küssten sich zwei, wir duckten uns, schauten und warteten. Er schob die Hände in ihren Ausschnitt, sie die ihren in seine Hose. Wir hörten seinen schweren Atem und ihr Stöhnen. Als sie endlich gegangen waren, ließen wir den Eimer langsam in den Brunnen hinunter, zogen ihn übervoll hoch und tranken gierig. Jeder Schluck war laut wie eine Gewehrsalve.

Nach vier Tagen waren Mutters Füße so angeschwollen, dass sie nicht mehr in die Schuhe passten. Vater und ich hatten eitrige Wunden an den Fußsohlen, die Socken klebten fest, wenn wir sie ausziehen wollten. Die Leisten waren wund, vom Hosenstoff, der sich an der Haut gerieben hatte. Ich ging breitbeinig, als hätte ich den ganzen Weg nicht zu Fuß zurückgelegt, sondern auf dem Rücken eines Pferdes. Vater hielt das Lachen zurück, aber bei ihm war es nicht besser. Wir dachten daran, aufzugeben und uns einem verschlafenen, dumpfen Dorfpolizisten zu überlassen. Keiner sprach es aus, nur unsere Blicke sprachen Bände.

Es kam uns vor, als ob sich die Stadt von uns entfernte, je näher wir herankamen. Wir wurden langsam, so langsam, dass Mutter folgen konnte. Die letzten Kilometer trugen wir sie auf dem Rücken. »Hopp, hopp, Mutter, da hast du zwei gute Pferde, bis nach Paris bringen wir dich.« »Bis Belgrad wäre auch schon was«, gab sie zurück. In meine Fußsohlen stachen Nadeln. In Belgrad schliefen alle noch, als wir uns in der Donau wuschen. Wir wurden etwas später von einem geweckt, der uns für tot hielt. Er schüttelte mich, als ich aufschreckte und er mich so schmutzig, unrasiert und verbrannt sah, lief er davon. »Als Toter hast du ihm weniger Angst gemacht«, lachte Vater.

Mutter konnte keinen Schritt weiter gehen, ihre Fluchtschuhe quälten sie, sie machte einige Schritte und setzte sich wieder hin. Ich nahm sie auf den Rücken, trug sie durch die Stadt, die Menschen schauten uns verblüfft an, wechselten die Straßenseite, drehten sich weg oder glotzten erst recht. Wenn ich ermüdete, setzte ich sie ab, atmete durch, dann ging es weiter. »Was suchen wir denn, Vater? Wieso hetzen wir so?« »Ich weiß nicht. Du hast angefangen zu laufen, ich bin dir gefolgt. Ich rufe mal Miodrag an.« Vater ging in eine Telefonkabine, faltete einen Zettel auseinander und wählte die Nummer, die er dreifach aufgeschrieben hatte und die auch Mutter und ich bei uns trugen. Seine Lippen bewegten sich, er redete in seinem gebrochenen Serbokroatisch, öffnete die Tür und fragte mich: »Wo sind wir hier?« Ich schaute mich um, sah nicht weit entfernt die amerikanische Flagge vor einem Gebäude wehen und sagte: »Vor der amerikanischen Botschaft.« »Wir sollen hier warten, Miodrag wird uns abholen. Er fährt jetzt in Ljubljana los«, sagte Vater, als er heraus kam.

Wir warteten den halben Tag, dann fast den ganzen Tag, aber Miodrag tauchte nicht auf. Gegen Abend kam ein Mann aus dem Gebäude und trug die Fahne weg, ich lief hinter ihm her und hielt ihn an. »Wieso tun Sie das?«, fragte ich auf Englisch. »Vor der amerikanischen Botschaft muss doch die amerikanische Flagge wehen.« »Das ist nicht die amerikanische Botschaft, sondern das amerikanische Kulturzentrum. Die Botschaft ist weit weg, am anderen Ende der Stadt«, wurde mir geantwortet. Ich lief voraus und fragte die Leute: »American Embassy, please«, man sah ihnen an, dass sie verstanden, wer wir waren, es war auch keine große Sache, so wie wir aussahen. Uns machte es nicht mehr viel aus, entlarvt zu werden, das war so oder so einerlei, wenn wir Miodrag nicht mehr trafen. Und wir trafen ihn nicht.

Vater trug Mutter, schwitzte und schnaubte wie ein Ochse vor dem Pflug. Als wir endlich vor der Botschaft standen und niemand mehr dort war, setzte er Mutter ab und kauerte sich nieder. Später rief er nochmals in Ljubljana an, aber niemand nahm ab. Wir schliefen wieder an der Donau, wie sprachen kein Wort, wir waren nicht in Gedanken versunken, sondern in der Schwere.

Am nächsten Morgen nahm Miodrag ab. Er hatte vor der Botschaft gewartet, dann hatte er uns in der Stadt gesucht und war schließlich zurückgefahren. Er hatte Angst, dass man ihm eine Falle gestellt hatte. Gegen Morgen war er wieder zu Hause gewesen. Er riet uns, den Zug zu nehmen oder uns bei der Polizei zu melden. Beides sei gefährlich, man werde oft zurückgeschickt. Vater war für den Zug, Mutter aber für die Polizei. Ich schaute Mutters Füße an und gab ihr Recht. Jetzt beeilten wir uns nicht mehr, wir hatten Zeit, wenn die Zeit immer langsamer verflossen wäre, wenn sie still gestanden hätte, wäre es uns egal gewesen. Vor der Hauptwache der Polizei saßen wir lange auf einer Bank, aßen unsere letzten Äpfel, ganz langsam, damit wir uns auf das Kauen konzentrieren konnten und nicht auf unsere Entscheidung. Dann sagte Mutter plötzlich: »Wir nehmen den Zug.«

Vater strahlte erleichtert, küsste sie auf die Schläfe, wir gingen zum Bahnhof, wechselten einen Teil unseres Geldes und kauften Karten nach Ljubljana. Wir wuschen uns notdürftig und versuchten, den getrockneten Dreck von den Schuhen zu kratzen. Im Zug dösten immer zwei von uns und einer wachte. Wir redeten nicht, um uns nicht zu verraten. Bei Miodrag zu Hause fielen wir in die Sessel wie schwere Kartoffelsäcke.

Miodrag war ein kleiner, schmächtiger Mann, dem man das Zupacken kaum zutraute. Er hatte eines Tages in der Zeitung über einen Mann gelesen, der sich bei dem Versuch, über die Berge nach Österreich zu fliehen, beide Beine gebrochen hatte. Er hatte es geschafft, im Krankenhaus bis zu ihm vorzudringen und hatte ihm versprochen: »Ich bringe dich rüber, wenn du wieder gesund bist und wenn dich der Mut nicht verlassen hat.« Seitdem waren es Dutzende geworden. Von einem, der es mit Miodrags Hilfe geschafft und der nach Hause geschrieben hatte, hatte Vater von ihm gehört. Später hatte er über Umwege seinen Namen und die Telefonnummer erfahren.

»Wieso riskierst du das?«, fragte Vater ihn, während wir Suppe aßen.

»Man hat es im Krieg für meine Eltern getan, jetzt tue ich es für andere.«

Dann wandte sich Miodrag an mich und fragte auf Englisch: »Was tust du da eigentlich?«

»Ich schreibe auf, was wir so erleben. Für meine Freundin, für später.«

»Aber schreib meinen Namen nicht dazu.«

»Natürlich nicht. Wie wollen Sie denn heißen?«

»Nenn mich *Tito*«, sagte er und lachte laut.

Wir setzten uns wieder in Bewegung. Wir nahmen einen jugoslawischen Zug, musterten jugoslawische Gesichter, sprangen in ein jugoslawisches Feld, obwohl die Zugehörigkeit des Feldes keine Rolle spielte, wenn es galt, sich alle paar Meter zu ducken und zu horchen. Dem Feld war es egal, in was für einen Gewehrlauf man hineinschaute. In wessen Beine sich die Wachhunde verbissen. Man würde weggetragen werden, und das Feld würde ruhig zurückbleiben. Es war egal, in welcher Sprache man geschlagen wurde, man spuckte immer dasselbe Blut.

Wir taten das, worin wir mittlerweile gut waren: horchen, spähen, fürchten. Diesmal jedoch unter Miodrags Anleitung. Kurz nachdem Miodrag uns angekündigt hatte, die Grenze sei nur noch einige hundert Meter entfernt, und uns alleine gelassen hatte, bekam Mutter einen Schwächeanfall. Wir trauten uns nicht zu rufen, wir flüsterten nur Miodrags Namen. Aber kein Flüstern kam zurück. Vater wollte losziehen, um Hilfe zu holen, aber ich bremste ihn: »Ich mache das, ich kann Englisch.« Als ich aufstehen wollte, hielt er mich zurück: »Aber du kommst zurück. Du lässt uns nicht im Stich.« Ich steckte in der Dunkelheit fest, ich wusste nicht, ob ich vorankam oder zurück nach Jugoslawien ging. Ich streckte blind die Arme aus, schützte meine Augen und mein Gesicht vor Ästen und Gestrüpp, ich hätte mir Vollmond gewünscht und egal, wer mich dann gefunden hätte, ich hätte ihn zu Mutter geführt. Solange sie Mutter halfen, konnten sie mich ruhig schlagen.

Aus dem Wald lief ich in ein Feld hinein, aus dem Feld in einen Bach, am anderen Ufer grasten Tiere, Kühe, fünf, zehn, zwanzig Tiere. Sie waren die ersten Österreicher, die ich traf, dann kam Bauer Josef. Ich war auf die Straße getreten, um so wie Vater den Asphalt zu prüfen, als Bauer Josef mit seinem Auto neben mir anhielt. Er war nicht überrascht, mich zu sehen, ich war nicht der erste, der aus den Wäldern kam. Er brachte mich zu sich heim, rief den Grenzschutz an und kochte mir Kaffee. Dann kamen Soldaten vorbei, fragten mich nach dem Ort, wo ich Vater und Mutter zurückgelassen hatte, aber ich konnte kaum helfen. Am Nachmittag fand man sie, durchfroren und durstig.

Als Mutter sich erholt hatte, sagte Bauer Josef: »Bleibt doch hier. Arbeit gibt es genug auf dem Hof.« Vater aber meinte: »Wir wollen nach Frankreich. Französisch lernen wir schneller als Deutsch. Und wir kennen dort jemanden.« Dass wir in der Schweiz landeten, war ein Zufall, etwas, das nicht geplant und erst recht nicht erträumt gewesen war. Auf dem Weg von Österreich nach Frankreich wurden wir aus dem Zug geholt und in einem engen, kleinen Bahnhof in den Wartesaal gesetzt, weil Vater die falschen Fahrkarten gekauft hatte. Wir hatten wenig bei uns, nur die Rucksäcke und das, was uns die Österreicher gegeben hatten. Darüber hinaus die Telefonnummer aus Frankreich. Wir saßen dort, bis uns die Hintern weh taten und wagten uns nur wenige Schritte weit, immer zu zweit, während der dritte auf unsere Sachen aufpasste. Manchmal legte sich Mutter hin, manchmal Vater.

Wir hatten Geld für genau eine Übernachtung in einem drittklassigen Hotel. Vater holte das Geld aus seinen Taschen, drehte es auf alle Seiten, aber mehr wurde es dadurch nicht. Am Abend schloss der Bahnhofsvorsteher den Wartesaal ab und brachte uns zu einem Hotel, einem, das zu unserer Geldbörse passte. Von dort aus riefen wir in Frankreich an, aber niemand nahm ab, weder dann noch am nächsten Tag. Den zweiten Tag verbrachten wir auf einer Parkbank. Wenn es nun einmal so war, dass wir dort ausharren mussten, dann konnten wir es genau so gut gründlich tun. Mutter fand sogar, dass es ein Zeichen von oben war. »Die Schweiz, ein Zeichen von oben?«, fragte ich. »Man weiß nie, was Gott einem in den Weg stellt.« Ein Wort kannten wir gut, weil man uns schon im Zug damit gedroht hatte: *Polizei*. Wir packten unsere Sachen zusammen, verließen den Park und fanden bald die Polizei. In jenem Augenblick fing unser zweites Leben an.

Über Bücher und Italiener

Ich saß unschlüssig in meinem Hotelzimmer und mochte mich nicht nach Valeria erkundigen. Das hatte Zeit, zwanzig Jahre hatte es schon Zeit gehabt. Ich hatte Angst davor, das Telefonbuch aufzuschlagen, anzurufen und auf eine Antwort zu warten. Was sagte man, damit der Hörer nicht auf die Gabel geknallt würde? Wusste sie noch, wer ich war? Und wenn ein Mann antwortete? Ihr Mann?

Am Nachmittag ging ich ins Zentrum und setzte mich ins Café eines Italieners. Die Italiener führten ihre Mädchen aus oder die Mädchen sie, so klar war es nicht. Arm in Arm gingen die Paare vorbei, die Frauen so bekleidet, dass man ihre Vorzüge gleich sah. Sie sprangen ins Auge, auch wenn es ein Wunder war, dass so viele Vorzüge auf so einer kleinen Fläche Platz hatten.

Es waren einfache Männer, Handwerker und Bauern, an ihrer Aussprache merkte man es. Sie hatten in Italien ihre Haustüren abgeschlossen, hier schlossen sie den Freundinnen bescheidene Wohnungen auf. Die Einfachen des Südens nahmen sich die Einfachen des Ostens. Den Ärzten, Ingenieuren, Firmenbesitzern wurde unter der Hand Besseres vermittelt. Es gab immer eine Freundin und wenn nicht, dann gab es die eigene Schwester. Die eigene Mutter. Das Verkupplungsgeschäft war Pflicht unter Freunden. Der zusammengefaltete Zettel mit Florinas Telefonnummer steckte immer noch in meiner Hosentasche.

Ich folgte in einigem Abstand einem Paar, sie schaute blind umher, er aber erfreut, denn seine Wünsche waren in Erfüllung gegangen. An einem Kiosk hielt sie die Hand auf, er legte Geld hinein, alles war eingespielt, man brauchte kein Wort zu verlieren. Er flüsterte ihr etwas ins Ohr, sie warf den Kopf nach hinten, lachte und gab sich empört, auch er lachte jetzt vergnügt.

Man merkte ihr die Routine an, mit der sie etwas Leichtigkeit zwischen ihnen erzeugte. Die Menschen schauten kurz hin, sonst aber kümmerte sich keiner, denn sie waren an solche Paare gewöhnt. Sie trugen selbst Zettel von Deutschen oder Italienern in der Tasche, eine auf den Zettel passende Bekannte hatte man immer.

Die zwei stiegen die Kirchentreppen hinauf, und ich folgte ihnen. Sie betraten feierlich die Kirche, als ob sie für die Hochzeit übten, ein einfacher italienischer Bauer und die Tochter rumänischer Arbeiter. Das moderne Paar. Sie gingen durch den Kirchenraum nach vorne, knieten nieder. Das Licht fiel schräg und gedämpft durch die Fenster. Wenn sie heiraten würden, würden die Gäste über ihren Köpfen einen Kringel brechen. Auf die Schuhsohle der Braut würden die Freundinnen ihre Namen schreiben, damit sie schneller zu einem Mann kämen. In das Hemd des Bräutigams würde man sein Kind einwickeln. Auf dem Totenbett würde man es dem Bräutigam wieder anziehen. Aber dafür müsste es ein rumänischer Mann sein, ein italienischer legte sich vielleicht zum Sterben einfach hin.

Viele beteten so wie die zwei, sie schauten nach der Arbeit hier vorbei, gingen zum Altar, machten einen Knicks, bekreuzigten sich, nachdem sie die Fingerspitzen in Weihwasser getaucht hatten. Es war eine Massenwanderung, vom hinteren Teil der Kirche zum vorderen Teil und dann zurück, zwei Strömungen von Menschen. So wenig Gott und für so viele.

Die Nutznießer des Unglücks waren die Italiener. Die jungen Frauen folgten ihren Versprechungen, aber nach Jahren würden auch sie zurückkehren, um die Möglichkeiten des Glücks zu ergründen. Sie würden Kinder gebären, für die ihre Mütter fremd sein würden. Sie würden Deutsche, Schweizer, Italiener sein, mit einer Mutter von anderswo. Eines Tages würden sie wie der Vater ins Auto steigen und losfahren, um sich eine Rumänin zu nehmen, oder, falls Rumäninnen selten würden, weiter östlich suchen. Es gab immer etwas, was noch östlicher war und brach lag für einen neuen Samen.

Auf meinem Weg durch die Stadt kam ich an meinem alten Schulhaus vorbei mit verwinkelten Gängen und schattigen

Höfen. Über den Mauern, die die Schule verteidigten, so wie früher Festungsmauern vor dem Einfall der Türken schützten, krähten Raben auf Ästen, die sich über den Mauerrand bogen. Es gab sogar noch die kleine Blechtür, fest verschlossen, dank der wir den Pförtner reinlegen konnten, wenn wir die Schule schwänzen wollten. Er war ein alter Mann mit einem eingedrückten Gesicht, von dem es hieß, er habe sich dieses beim Boxen zugezogen. Inzwischen hingen die Muskeln schlaff herab, als ob die Schwerkraft auf sie stärker einwirken würde als auf den übrigen Körper. Der Mann war zu schwerhörig, um uns zu bemerken, wenn wir unter seinem Fenster hindurch auf die Straße schlichen. Wenn er uns doch bemerkte, blieb uns noch die Blechtür als Fluchtmöglichkeit.

Auf der anderen Straßenseite war immer schon die Geburtsklinik gewesen und wir hatten uns oft verspätet, weil wir den Frauen auf den Bauch schauten und uns fragten, wie das alles zustande gekommen war. Jetzt standen die Schwangeren gelangweilt auf der Straße und drückten die Hände ins Kreuz. Andere saßen auf Bänken, oder direkt auf dem Straßenrand, soweit es die Bäuche zuließen. Dort hatte auch Mutter gestanden, es gab Fotos, schwarzweiße, auf welchen sie die eine Hand auf den Bauch und die andere vor die Augen hielt, um sie vor der Sonne abzuschirmen. Seitdem hatte sie einen langen Weg zurückgelegt, aus der rumänischen Klinik bis in das Schweizer Altersheim, besonders wenn man wusste, dass viele jener Frauen nur wenige Kilometer weit ziehen würden.

Beim Haupteingang saß ein Pförtner auf einem Stuhl, vielleicht war der Stuhl noch derselbe, schief und verrostet, der Pförtner aber hatte gewechselt. Ein junger, kräftiger Mann schob sich die Pförtnermütze ins Gesicht, als er meinen Anzug sah, wurde er unsicher, denn er konnte mich nicht einordnen. Weder Lehrer noch Eltern hatten hier genug, um sich solch einen Anzug zu leisten. Sein Gesicht hellte sich aber gleich auf.

»Ein Ehemaliger?«, fragte er.

»Woher wissen Sie das?«

»Manche von denen haben heute Erfolg.«

»Ich möchte gerne das Schulhaus besuchen«, erklärte ich ihm.

»Nur wenn Sie sich ausweisen können.«

Er steckte sich meinen Pass in die Brusttasche und machte mir ein Zeichen, dass ich hineingehen durfte. Dann kreuzte er die Arme, streckte die Beine aus und vergaß mich.

Im ersten Hof standen noch die mächtigen Platanen und in ihrem Geäst verankert waren Dutzende von neuen Vogelnestern. Oder vielleicht waren es immer noch die alten, aber geflickt. Unter ihnen turnte eine junge Lehrerin mit Primarschülern und wurde dabei von Dutzenden von Raben beobachtet. Die Kinder trugen keine Uniform mehr, so wie wir früher, als uns der Geschmack der Kommunisten ankleidete. Ich war überrascht, nicht weil ich es anders erwartet hatte, sondern weil es zu wissen und es zu sehen zwei verschiedene Dinge waren. Für eine Weile konnte ich mich nicht von ihren kleinen, glatten, vergnügten Gesichtern lösen, so wie auch ich eins gehabt haben müsste, in ihrem Alter. Die Augen funkelten, und was sie taten, taten sie aus Vergnügen und nicht aus uniformierter Notwendigkeit. Die Lehrerin mochte sie, wenn sie sich vergaßen, strich sie ihnen mild über den Kopf. Ich konnte mich dem Gefühl nicht entziehen, dass ich schrumpfte und sie sich zu mir drehen und fragen würde, wieso ich abseits stand.

Auf einem zweiten Hof war es still, nur hin und wieder kam ein Schüler aus der Tür, die zum Schularzt führte. Er hielt sich eine Backe, war benommen und lief davon, so schnell er konnte. Von drinnen hörte man jenes Geräusch, das uns mehr Angst machte als ein Diktat. Das Zahnarztgeräusch. Auf diesem Hof gab es einen einzigen großen Baum, der bis zu den oberen Stockwerken reichte. Darin verfingen sich unsere Papierflugzeuge, und die Vögel benutzten sie dann für ihre Nester. So wurden die Eier auf falsche Mathematikformeln gelegt, die Küken schlüpften auf fehlerhaften Diktaten und sie piepsten verzweifelt auf ebenso verzweifelten Liebesbriefen.

Ich erkannte auch die Stelle, wo einmal im Jahr im Schatten des Baums drei Bankreihen aufgestellt wurden, weil jener in die Schule kam, den wir nach den freien Nachmittagen am meisten liebten: der Fotograf. Die Bilder gab es noch, Mutter hatte sie ins Altersheim mitgenommen, manchmal, an regnerischen Tagen, blieben wir im Heim und schauten sie an.

Man sagte es uns einige Tage im Voraus, damit wir sauber in die Schule kamen. Klassenweise wurden wir geholt, man stellte uns militärisch auf, man nahm es ernst mit diesen Dingen. Noch ernster nahm man es nur mit dem Rauchen, das unvereinbar war mit dem kommunistischen Glauben. Zum Glück stank nur das erstere, der Glaube hingegen war geruchlos.

Es gab davon noch genau vier Fotos. Auf den ersten zwei waren wir noch Kinder, und unsere Augen blitzten schüchtern oder frech. Auf dem dritten kam etwas Neues hinzu. Waren unsere Gesichter vorher weich und offen gewesen, so wirkten sie jetzt einfältig und fern, von ihnen war die Ruhe der Kindheit geschwunden. Jene Ruhe, die besteht, wenn der Körper noch nicht ins Spiel gekommen ist. Wir trugen den obersten Knopf offen, das war neben dem Gesichtsausdruck unser Zeichen der Auflehnung. Die Pionierskrawatten hatten wir in die Tasche gestopft, sie waren nicht mehr als ein Stück Stoff. Auf dem Foto zum Schulabschluss, einige Monate vor der Flucht, war die Ruhe auf manche Gesichter zurückgekehrt. Auf manche jedoch nicht, die Lippen waren dann zusammengepresst und der Blick hart. Die vielen Lehrer saßen vor uns auf Stühlen. Ich war zufrieden mit meinem Leben, und ich glaube, dass Valeria ein wichtiger Grund dafür war.

Ich ging ins Gebäude hinein, hinter manchen Türen wurde gesungen oder es wurden Formeln aufgesagt, ein Lehrer ermahnte einen Schüler, ein Schüler erklärte die Photosynthese. Ich lehnte mich an eine Wand und hörte ihnen zu. Der Flur roch nach dem Chlor der Putzfrauen und die Klos nach Urin, das war schon immer so gewesen. Manche Klassenräume waren leer, ich ging hinein und versuchte mich zu erinnern, ob ich jemals dort gewesen war. Wie überall auf der Welt waren im Holz der Schreibpulte Namen, Herzen, Fußballmannschaften eingeritzt. Hinter Glasscheiben waren Steine oder Tiere oder Pflanzen ausgestellt, nicht anders als in Tokio wahrscheinlich. Aber das hier war nicht Tokio, das war eine armselige Provinzstadt im Osten, nicht mehr, aber für mich auch nicht weniger.

Zurück auf dem ersten Hof schaute ich weiter den Kindern bei ihren Turnübungen zu, bis der Pförtner, der mich unter seiner

Mütze beobachtet hatte, zu mir kam, sich neben mich stellte und mir den Pass hinstreckte.

»Geben Sie hier Ihren Pass keinem so schnell wie mir vorhin«, riet er mir.

»Was ist aus dem alten Pförtner geworden?«, fragte ich.

»Erde ist aus ihm geworden.«

»Und aus der Geschichtslehrerin, Turcu hieß sie.«

»Ebenfalls Erde.«

»Und der Mathematiklehrer? Einer mit Glatze, der schielte.«

»Tot, auch er.«

»Sterben hier denn alle weg?«

Der Pförtner zuckte die Achseln.

»Wann waren Sie zum letzten Mal hier?«, fragte er.

»Vor zwanzig Jahren.«

»Das ist eine lange Zeit. Sie sind auch nicht mehr der Jüngste.«

Ich wollte mich schon entfernen, als der Pförtner mich noch mal zu sich rief.

»Einer lebt noch, das weiß ich sicher«, sagte er. »Ich sehe ihn manchmal auf dem Markt und helfe ihm nach Hause. Biologielehrer war er, ist aber heute pensioniert.«

»Lispelt er?«

»Er lispelt.«

Ich läutete so aufgeregt an der Tür des Lehrers, als ob ich ein kleiner Schüler wäre. Ich knöpfte mein Hemd und meine Jacke zu und räusperte mich, die Pralinenschachtel drückte ich fester unter den Arm. Als ich bereits dachte, dass er unterwegs oder auch tot war, flüsterte eine kraftlose Stimme: »Wer ist da?« »Ein ehemaliger Schüler von Ihnen«, flüsterte ich zurück, und als er nicht reagierte, wiederholte ich es laut. »Das kann jeder behaupten«, meinte er. Es dauerte lange, bis er aufsperrte und mich hineinließ, dann musterte er mich misstrauisch. Er war ein kleiner Mann geworden oder geblieben, je nachdem ob er einmal größer gewesen oder nur ich inzwischen gewachsen war. Sein Gesicht war eingefallen und ausgedörrt, als ob man es erst in Wasser tauchen müsste, damit es aufging, so wie den Kartoffelbrei aus der Tüte. »Kommen Sie rein, setzen Sie sich, ich habe gerade geschlafen.«

Auf einem alten Sofa, einem, das ihn überleben würde, lagen Kissen und Decken herum und seine Brille lag daneben auf dem Teppich. Ich hob sie auf und legte sie auf den Tisch, dann setzte ich mich.

»Wie sagten Sie, dass Sie heißen?«

»Moldovan.«

»Ist ein häufiger Name. Jeder zweite heißt so. Welcher Jahrgang?«

»Fünfundsechzig.«

»Kommen Sie her«, befahl er mir, schaltete den Leuchter ein und wartete darunter auf mich. Ich zögerte, legte aber dann die Schokolade neben die Brille, stand auf und ging zu ihm. Er roch durch alle Poren nach Verwesung, aber am meisten durch den Mund, der Tod höhlte ihn bereits von innen aus. Er fasste mein Kinn, drückte fest darauf und drehte meinen Kopf nach allen Seiten. Er schaute mich ganz genau an, als ob ich ein Objekt wäre, das er kaufen wollte.

»Wo haben Sie so lange gesteckt?«, fragte er, während er nun seine Brille aufsetzte und weiter prüfte.

»In der Schweiz.«

»Das kann auch jeder behaupten.«

Er nahm die Brille ab, setzte sich an den Tisch und schaute durchs Fenster auf die Straße, als ob ich ihn nicht mehr interessierte.

»Es tut mir leid, ich kann mich nicht mehr an Sie erinnern. Ihr wart zu viele. Man verlangt viel von den Lehrern, wirklich viel. Sind Sie denn irgendwie aufgefallen?«

»Aufgefallen? Ich glaube nicht.«

»Na also, wie soll ich mich erinnern, wenn Sie nicht aufgefallen sind? An die Durchschnittsschüler erinnert sich keiner. Was erwarten Sie denn?«, fragte er und schwieg.

Wenige Minuten später war ich bereits wieder auf der Straße.

Auf dem Weg ins Hotel sah ich in einem Schaufenster das Parfüm *Femme Fatale* stehen, mit dem die Mädchenfrau den Italiener betören wollte, und kaufte eine Flasche. Als ich wieder im Hotelzimmer war, zeigten sie im Fernsehen die Wiederholung der Abendshow *Überraschungen*. Die Moderatorin überraschte erneut dieselben Leute, die sich genauso wie beim ersten Mal freuten. Der Sack war wieder voll, und sie zauberte Geschenke daraus hervor. Sie bezahlte die Arztrechnung des Sohnes. Sie schickte auf Kosten von Reiseunternehmen Leute ins Ausland. Sie brachte Leute zusammen, die sich schon lange nicht mehr gesehen hatten. Sie verschenkte Angelausrüstungen und Waschmaschinen. Zwischen den einzelnen Überraschungen wechselte sie die Garderobe. Wenn sie sich bewegte und die Hüften das taten, was Frauenhüften tun, dann wusste man, dass kein Pope und kein Gott gegen sie ankommen konnte. Denn sie schenkte Trost und das noch in diesem Leben.

Ich rief Florina an.

»Ich weiß Bescheid«, sagte sie. »Doina hat angerufen.«

So heißt also das Mädchen ohne Gesicht, dachte ich.

»Sie sagte allerdings, dass du seltsam bist. Hast du zwei Gesichter?«, fragte sie.

»Davon gehe ich aus.«

»Und dass du gemeingefährlich bist.«

»Ich gefährde nur mich selbst.«

»Du hast eine sympathische Stimme.«

So schnell geht das, dachte ich. »Was tust du gerade?«, fragte ich.

»Ich paniere Fleisch. Ich rieche furchtbar nach Öl. Was willst du eigentlich?«

»Ich möchte dich treffen. Vielleicht nur reden, vielleicht wird mehr daraus.«

»Ich weiß nicht. Wenn sie nur nicht gesagt hätte: *gemeingefährlich*. Was tust du in der Schweiz?«

»Ich verkaufe Schleusen, Türen, komplizierte Türen.«

»Teuer?«

»Sehr teuer.«

»Wir könnten uns irgendwo draußen treffen.«

»Draußen ist prima.«

»Ins Hotel komme ich nicht. Ich bin keine von denen. Wenn sich was entwickelt, ist es gut. Was ist das für ein Geräusch?«

»Man bringt mir gerade Pfannkuchen ins Zimmer.«

»Ich liebe Pfannkuchen.«

»Dann komm doch.«

»Aber nur kurz.«

Ich zog mein schwarzes Hemd an und ging hinunter. Die Österreicher waren wieder da, nicht aber der Zuhälter. »Heute brauchten sie Pause«, sagte der Portier und ließ offen, ob er die Österreicher oder *ihre Frauen* meinte.

Wir saßen im Wintergarten des Hotels, Florina aß meine kalten Pfannkuchen und zwischen den Bissen sah sie mich prüfend an. Ihre Schönheit war unauffällig, eine zu große Nase, ein spitzes Kinn, aber alles in allem schön anzusehen. Ihre Finger rochen nach Öl, sie hielt sie mir unter die Nase und ließ mich daran riechen. Als sie zu Ende gegessen hatte, zündete sie sich eine Zigarette an. Sie strich mit dem Finger über den Rand der *Femme-Fatale*-Flasche, die ich ihr geschenkt hatte, öffnete sie und sprühte sich Parfüm an den Hals und auf die Handgelenke, dann wollte sie, dass ich rieche.

»Schweizer also, mit zwei Gesichtern.« Sie schmunzelte.

»Was tust du im Leben?«, fragte ich.

»Frage nicht. Du hast noch nicht bezahlt.«

Sie lachte, griff nach meiner Hand und hielt sie fest.

»Bist du schon lange weg?«

»Beinahe eine Ewigkeit.«

»Lässt es sich dort gut leben?«

»Für eine Weile schon.«

»Und jetzt ist die Weile zu Ende?«, fragte sie.

Nun lachte ich.

»Es gibt etwas, das du wissen solltest«, sagte sie. »Ich habe Narben an den Beinen. Ich bin vor zwei Jahren angefahren worden. Große, hässliche Narben. Falls du es dir anders überlegen möchtest. Manche Männer mögen das nicht.«

»Das kann schon sein, aber mich stört das nicht.«

»Dann gehen wir jetzt zu mir. Dieses Hotel macht, dass ich mich ganz billig fühle.«

Bei ihr tranken wir den Wein, den wir unterwegs an einem offenen Kiosk gekauft hatten. Auf dem Tisch stand noch das kalte

Essen, das sie sich gekocht hatte. Sie zog die Beine an bis unters Kinn und unter den Hosenbeinen tauchten die Narben auf, fleischige, rote Nähte, dort, wo die Haut offen gewesen war. Wo der Knochen durch die Haut gegangen war. Sie würde diese Zeichen auf ihrer sonst makellosen Haut bis zum Ende tragen, bis man auch sie in ihrem Brautkleid aufs Totenbett legen würde.

Für sich selbst war sie nur noch die *Narbige*. Die Narben hatten sich in ihren Augen festgesetzt, sie strahlten die Furcht aus, niemals Schuhe mit den Namen der Freundinnen auf der Schuhsohle zu besitzen. Oder ein Brautkleid. Ich legte die Hand auf eine der Narben und glitt sanft mit den Fingern darüber. Sie ließ es geschehen, nachdem sie zuerst den Atem angehalten hatte, dann führte sie meine Hand an ihre Brust. In ihrer schlecht riechenden, unordentlichen Küche waren wir bereits zärtlich zueinander, ganz ohne Anlauf. Es gab hier keine Abstufungen, alles folgte auf nichts und nichts auf alles.

Eine Küchenschabe rannte über den Boden, umging Kartoffel- und Zwiebelschalen und verschwand in einem Spalt. Wasser tropfte in das Geschirr in der Spüle, in den Hinterhöfen bellten die Hunde, die einen aus Prinzip, die anderen nur nebenbei. Die gut genährten Rassehunde mit Herrchen und die mageren, flohreichen Hunde, Kinder der Freiheit, die den Schwanz einzogen, wenn sie alleine unterwegs waren, aber die zusammen mächtig waren. In der Nacht waren sie die wahren Herrscher der Stadt.

»Kennst du jemanden hier?«

»Ich kannte einmal eine junge Frau.«

»Und was ist aus ihr geworden?«

»Das möchte ich auch gerne wissen.«

»Du redest nicht viel und bist sanft, das mag ich.«

Ihre Matratze war dünn und durchgewetzt von den Körpern, die dort gelegen hatten, nachdem sie die Sanften von den anderen getrennt hatte. Sie schob Zeitschriften, Strümpfe, Taschen, Bücher auf den Boden und machte Platz für die Lust. Sie warf die Decke in die Höhe, zog dann an ihr, bis sie faltenfrei war, setzte sich drauf und streckte die Arme nach mir aus.

»Lass uns bitte weggehen«, sagte ich.

»Wo wir doch erst gekommen sind.«

»Da haben zu viele Männer geschlafen.«

»Meinst du, dass ich nur auf dich gewartet habe?«

»Trotzdem. Lass uns raus gehen.«

Wir fuhren aus der Stadt hinaus und an derselben Stelle wie gestern bog ich ins Feld ein, fuhr eine Weile, hielt an und schaltete den Motor aus. Die Katzenaugen waren wieder da, vielleicht hatte es der Teufel diesmal geschafft und war durch den Spalt zwischen Tag und Nacht in die Welt geschlüpft. Neben uns raschelte es. Feldtiere. Wind kam auf und nicht nur in den Bäumen, auch im Maisfeld.

»Wie heißt du eigentlich?«

»Ich heiße Teodor.«

Ich träumte wieder und erwachte mit dem Gefühl zu ersticken, als ob ich ohne Sauerstoff aus tiefem Wasser auftauchen würde. Ich schlug die Decke zurück, suchte nach dem weißen Zimmer und der Mutter, fand aber nur das Vier-Sterne-Zimmer des Hotels Elite, und im Kissen hörte ich mein Herz pochen. Am frühen Morgen lud ich das Gepäck ins Auto, verließ die Stadt und fuhr hinaus aufs Land, um Mihais Dorf zu suchen. Der beste aller Erzähler war ein einfacher Mann, er konnte kaum Lesen und Schreiben und wohnte in einem Haus, das mit Stroh überdacht war. Er erzählte nicht nur für Alkohol und auch nicht als Zeitvertreib, denn eigentlich war er gerne allein, er war sein Leben lang allein gewesen. Er erzählte aus Leidenschaft.

Ich konnte mich nicht mehr an seinen Nachnamen erinnern, sondern nur noch an die Gegend. Und obwohl er schon damals alt war, hoffte ich, dass er wie durch ein Wunder die letzten Jahrzehnte überlebt hatte. So, wie für Kinder die Eltern unsterblich sind, wünschte ich, dass auch Mihai, wenn nicht unsterblich, dann doch langlebig war. Und wenn er doch gestorben war, gab es vielleicht noch Spuren von ihm.

Die Natur überwucherte die Friedhöfe und deckte sie zu. Sie waren überall, manche sogar am Hang und man musste befürchten, dass sie bald ins Tal rutschten, doch die Toten verankerten sie gut. Am Rand eines Friedhofes stieg ich aus und ging hinein. Ich lief über Gras, so dicht war es, dass ich den Boden nicht erreichte. Das Unkraut war hartnäckiger als der Tod, manche Kreuze versanken darin. Die Spitzen der Gräser kitzelten den gekreuzigten Jesus an den Füßen. Über ein Grab zog ruhig eine kleine Schlange, sie kümmerte sich nicht um mich, der Friedhof war ihr Jagdrevier. Es herrschte eine Stille im Tal, vor der man erschrecken konnte.

Am Hang des sanften Hügels arbeitete ein Bauernpaar, er führte die Sense ruhig und geübt, es war dieselbe Bewegung seit Jahrzehnten. Er schwang sie nach rechts, sie blieb für eine Sekunde in der Luft hängen, dann senkte sich der Arm. Der Karren stand an der Straße, der Schweif des Gauls führte Krieg gegen die Fliegen. Es roch süß nach den Akazien. Diesem Geruch konnte man nicht entkommen, er war überall, ganz so, als hätte Gott eine Flasche *Femme Fatale* über uns ausgeleert.

Der Bauer führte die Hand zum Rücken und richtete sich auf, sah mich mitten auf dem Friedhof stehen, auch seine Frau tauchte auf und sie grüßten mich beide. Sie winkten mich zu sich, und als sie sahen, dass ich unentschlossen da stand, hoben sie Brot und Speck hoch. Er führte den Speck zur Nase und sog den Duft ein, so als ob er mich zu einem feinen Essen einladen würde. Er war überzeugend.

Wir setzten uns hin, er brach Brot ab, hielt den Speck an die Brust, setzte ein speckiges Messer an und schnitt dicke Stücke ab. Die Messerklinge reinigte er an der Hose. Seine Hose trug die Spuren unzähliger Speckstücke, die in seinen Bauch gewandert waren. Seine Frau lockerte das Kopftuch, wischte sich mit dem Handrücken den Schweiß von der Stirn und den Speck vom Mund. Über den Lippen hatte sie einen Damenbart und im Mund glänzte Gold. Gold war hier der Stoff der Armen, denn man musste den Wert des Mundes steigern, wenn man beißen wollte.

Sie saßen barfuß da, und die Nägel der Finger und Zehen waren eingeschwärzt, sie trugen ihre Erde immer bei sich. Die Haut war rissig, man konnte meinen, dass sie mit der Erde Schritt halten wollten, die sie Jahr für Jahr öffneten und schlossen.

Ich stopfte mir Brot und Speck in den Mund, spaltete mit der Faust eine Zwiebel und biss rein. Sie taten dasselbe. Mir war so, als ob ich schon immer dort gewesen wäre, ich bei ihnen und sie bei der Erde und den Toten. Als ich auf die Zwiebel schlug, ihr Knacken hörte und die Risse sah, war es, als ob ich niemals weggegangen wäre. Aber ich war lächerlich in meinem gebügelten Anzug, den sich hier nur skrupellose Zuhälter oder wendige Businessmänner leisten konnten. Ich hatte andere Länder gesehen, die alten Städte Europas, die großen Städte Amerikas und Japans, ich war an Orten gewesen, deren Existenz sie höchstens vom Hörensagen kannten. Mein Gaumen hatte das feinste Essen geschmeckt, und ich hatte meinen Sinn fürs Leben verfeinert. Die letzte Nacht hatte ich an einem Ort verbracht, wo man mir Pfannkuchen aufs Zimmer brachte, die Handtücher aufwärmte, und sich um die Sauberkeit meiner Ohren kümmerte. Genauso gerne hätte man mir ein vor Leben pulsierendes Mädchen aufs Zimmer geschickt.

Währenddessen waren sie tagein, tagaus diesen einen Weg gegangen, mit den Hühnern aufgewacht und am Abend mit den Kühen wieder ins Dorf zurückgekehrt. Die Erde lagerte sich von Jahr zu Jahr stärker in ihnen ein, der Friedhof wurde größer, die Toten raschelten unter dem Boden, irgendwann würden sie enger zusammenrücken und auch für die beiden Platz machen.

Mit welcher Berechtigung hielt ich mich für einen von ihnen? Welche Einbildungen quälten mich und gaben mich nach zwanzig Jahren nicht frei? Sollte ich sie nicht hier begraben, damit sich die Toten darum kümmerten? Wann würde der Bauer sagen: »Geh weg, Mensch. Glaubst du, dass man kommen und uns blenden kann mit einem Audi und dem fremden Kennzeichen?« Stattdessen fütterten sie mich. Die Bauern in dieser Gegend waren immer geduldig mit ihren Herren. Geduldig bis in den Tod.

Die Bäuerin wischte sich wieder den Mund ab, diesmal aber mit dem Ärmel ihres Pullovers, viele Bauern auf den Hügeln rundum taten jetzt genau dasselbe, Speck abschneiden und in Zwiebeln beißen. Akazien- und Zwiebelgeruch, das reicherte hier die Luft an. Wenn sie in der Nacht nebeneinander schliefen, der Bauer und die Bäuerin, würden sie sich Zwiebelduft ins Gesicht blasen. Wovon träumten denn die Bauern, da sie die Welt nicht gesehen hatten? Gingen ihnen die Themen nicht aus?

»Uns ist die Kuh ausgerissen«, sagte der Mann.

»Dafür habt ihr aber ein schönes Pferd«, erwiderte ich. »Feiert ihr hier noch das Fest des *Săntoader*?«

»Sie meinen die Pferde des *Săntoader*? Das sind kräftige Jungen mit Hufen und Schwänzen, die sie gut unter den Kleidern verstecken. Im Frühling gehen sie durch die Häuser, tanzen mit den Mädchen, heben sie in den Himmel und lassen sie fallen. So will es der Volksglaube. Woher wissen Sie das?«, fragte er mich erstaunt.

»Ein Bauer aus dieser Gegend hat es mir früher erzählt. Vielleicht kennen Sie ihn. Er heißt Mihai. Aber er muss schon sehr alt sein.«

Der Mann schmatzte, als ob er seine eigenen Gedanken mit den Lippen prüfte. Dann sagte er: »Nein, einen Mihai kennen wir nicht. Es tut uns leid.« Er packte die Sense, seine Frau nahm das gemähte Gras auf die Furche und stapelte es zu einem Haufen zusammen.

»Bist du jetzt glücklich, weil du unter ihnen bist?«, würde mich Mutter fragen.

»Wieso bist du nie zurückgekehrt?«, würde ich zurückfragen.

»Du bist unzufriedener mit meinem Leben als ich.«

»Du hättest was tun müssen.«

»Ich habe etwas getan. Abgewartet.«

»Was für eine Automarke ist das?« Die Stimme des Bauern übertönte die Stimme meiner Mutter.

»Es ist ein Audi. Ich bringe Ihnen die Kuh zurück. In welche Richtung ist sie gelaufen?«

»Dorthin.«

Manchmal kam ich nah an den Wald heran, dann wiederum watete ich durchs Feld. An manchen Stellen war es morastig, so dass die Schuhe darin versanken. Die Pflanzen wucherten, ich stolperte über Wurzeln, schob Gebüsch beiseite, es sah aus wie zerzaustes, verknotetes Kinderhaar, ganz so als ob ich auf dem Kopf eines wilden Bengels wanderte.

Ich kam zu einer Fabrik, von der nur die Wände übrig geblieben waren. Die Halle war leer, anstelle der Fenster und der Türen klafften Löcher, wie bei den Gräbern wuchsen auch hier Pflanzen entlang der Wände und der Stützbalken. Im Fabrikgeripppe lag Werkzeug herum, alles wurde ab- und weggetragen, das Storchenpaar oben auf dem Schornstein hatte Glück, dass man ihm das Nest ließ.

Mihai sagte Dinge wie: »Die Störche haben die Dörfer unter sich aufgeteilt. Sie sind jetzt Großgrundbesitzer.« Die Störche wachten von den Strommasten aus über ihre Untertanen, hatte ich von ihm erfahren. Jedem war etwas zugefallen, an Land und Menschen herrschte hier kein Mangel. Sie sahen die Toten und die Lebenden, die Bauern, die ihre Höfe zusperrten und aufs Feld gingen, und die Säufer, mit wässrigen Worten im Mund, die jedem Fahrer mit dem Hut über dem Kopf zuwinkten. Sie sahen die Alten, die vor ihrem Haus Gemüse verkauften und die ihre Zahnlücken mit der Hand zudeckten, wenn sie lachten, nicht anders als Mihai.

Der Storch war früher ein Säufer. Gott vertraute ihm einen Sack mit Insekten und Schlangen an, damit er ihn im Fluss leerte, aber er tat es aus Neugierde früher und wurde als Strafe zum Storch. Heute noch versuchte er, seinen Fehler gutzumachen, und brachte Wohlstand, dort wo er nistete. Für seine Gastgeber opferte er eines seiner Küken und stieß es aus dem Nest. Er brachte jenem den Tod, der sein Nest zerstörte. Trotzdem liebte ihn Gott.

Ich ging durch den offenen Bauch der Halle, es war ein Gerippe ohne jede Bedeutung, das aufgegeben wurde, als es keinen Profit mehr einbrachte. Eine Kuh stand in der Ruine und graste hier und dort, sie hob den Kopf und schaute mich an, dann kümmerte sie sich nicht weiter um mich. Ich ging zu ihr, sie hatte genug von der Freiheit, denn sie widersetzte sich nicht, als ich aus einer Kordel, die ich am Boden fand, eine Schlinge machte und sie über ihren Kopf legte.

»Passen Sie auf. Die Straße nach Moneasa ist nicht sicher, sie ist voller Schlaglöcher«, rief der Bauer, als ich in mein Auto stieg. »Unsere Kuh kommt gut daran vorbei, aber nicht ihr Audi.«

Es dunkelte und die schwer beladenen Fuhrwerke wurden auf die Straße gezogen. Die Hunde bellten meinen Audi an, sie träumten nicht von seinen Vorzügen, so wie ihre Herren. Sie verdienten sich den Knochen aus der ausgelöffelten Suppe des

Bauern und das bisschen Maisbrei, das man in ihren Napf füllen würde. Das Tal wurde enger, und die Erde hob sich mehr und mehr.

»Gott hat manchen Ländern die trockene Ebene gegeben, damit sie mit der Hitze umzugehen lernen«, hatte Mihai gesagt. »Anderen hat er die Berge gegeben, damit sie die Kälte ertragen. Und wiederum andere bekamen das Meer, damit sie mit den Stürmen auskamen. Diesem gab er alles, aber weil er dafür etwas wegnehmen musste, nahm er das Glück.«

Während es vorher nur Böschungen gab und die Bäume nur vereinzelt auf den Feldern standen, kam jetzt der Wald dicht an die Straße heran. Die Schatten waren lang, als ob sie ihre Besitzer in den Schatten stellen wollten und sich rächen wollten, dass sie die übrige Zeit ein Schattendasein führten.

In einem Dorf stand eine Ziege auf dem Dach eines Autos. Sie kaute in Ruhe und beobachtete mich. »Die Ziege ist des Teufels«, erzählte Mihai. »Ihr Bärtchen und die geschwollenen Knie verraten sie. Der Teufel verwandelt sich in eine Ziege, wenn er den Karren des heiligen Johannes hört. Denn als Johannes noch Mensch war, flüsterte ihm der Teufel ins Ohr, dass seine Frau ihn gerade betrog. Er lief nach Hause und brachte alle um, die in seinem Bett schliefen, und das waren seine Frau und seine Eltern. Deshalb reist Johannes jetzt in seinem Wagen durch den Himmel und will mit dem Blitz den Teufel treffen. Als der Karren früher umherzog, war der Lärm so groß, dass ein Drittel der Menschen starb. Sogar Gottes Thron wackelte und der Himmel stürzte beinahe ein. Also lähmte Gott Johannes' rechte Seite, um seine Kraft einzuschränken.«

Auf Rumäniens Straßen wuchsen Löcher nach, kaum hatte man welche zugepflastert. Amöbenhaft änderten sie jede Nacht den Standort, um die Fahrer zu verwirren. Das geheime Leben der Schlaglöcher kannte keiner, wahrscheinlich sorgte der Teufel mit seinen Hufen dafür. Oder der Heilige mit seinen Blitzen. Bevor man hier beschleunigen konnte, fiel man in ein Loch und blieb stecken. So erging es auch mir. Mein Auto steckte in einem Graben, aber dieser war nicht neben der Straße, sondern direkt vor mir, wo der Asphalt einfach aufhörte. Im Scheinwerferlicht sah ich nur noch Wald und weiter vorne eine Schotterpiste, die steil in die Berge führte. Ich war vor kurzem durch ein Dorf gefahren, eine Art Kurort mit einigen Hotels, einem künstlichen See, einem großen Reisebus-Parkplatz und Villen mit Gästezimmern. Kurz vor dem Dorfende stand der einzige Plattenbau des Dorfes, als ob man die Reisenden ermahnen wollte, nicht zurückzukehren. Aber weiterfahren konnte man auch nicht.

Ich ging ums Auto herum, ich würde am Tag schauen müssen, wie ich da wieder herauskam. Ich stieg wieder ein und sperrte die Türen zu, um mich herum waren Katzenaugen, die mich anstarrten, sogar als ich die Scheinwerfer ausschaltete, wusste ich, dass sie mich, unsichtbar, im Auge behielten. Ich holte mein Notizheft hervor und schrieb, dann schlief ich ein. Am frühen Morgen schreckte ich auf, weil jemand klopfte, kurze, zögernde Klopfzeichen, die entlang meines Wagens wanderten. Ich schaute nach hinten und sah eine Hand und einen Blindenstock. Der Blinde bückte sich und betastete die Kennzeichen meines Wagens.

»Was sind das für Kennzeichen?«, fragte er.

Ich kurbelte das Fenster hinunter.

»Schweizerische.«

»Und Sie sind den ganzen Weg gekommen, um sich hier umzubringen?«

»Wie kommen Sie denn darauf?«

»Sie sind gestern Nacht an meinem Haus vorbeigerast. Ich dachte: Das ist entweder ein Dummkopf oder jemand, der sich umbringen will. Ich nehme nicht an, dass Sie ein Dummkopf sind.«

»Ich suchte nur einen, den man Mihai den Erzähler nennt.«

Der Blinde redete weiter, als ob er mich nicht gehört hätte: »Der Mensch ist nur Gottes Sache. Mit welchem Recht tasten die Menschen dieses Unbekannte an? Wissen Sie, wer das gesagt hat?«

»Nein, das weiß ich nicht.«

»Der Bischof, als er das Schafott nicht mehr sehen konnte. Victor Hugo, *Die Elenden*. Nehmen Sie Ihr Gepäck und kommen Sie mit.«

68

Ich steckte fest am Ende aller Straßen, vor einem Berg, der sich für Audis nicht öffnete, und folgte mit meinem Gepäck auf dem Arm einem Blinden, der Hugo zitierte. Eine kleine, lustige Hündin spielte mit seinem Blindenstock, sie knurrte das Stockende an und griff es immer wieder zum Schein an.

»Und was wird aus meinem Auto?«, fragte ich.

»Wir lassen es später vom Traktor herausziehen.«

Er trat nah an mich heran und blieb nur einige Zentimeter vor mir stehen, als ob er mich sehen könnte. Er schaute mir nicht ins Gesicht, sondern haarscharf an mir vorbei, denn für ihn war nicht mein Gesicht wichtig, sondern meine Stimme. Er war hager, trug abgetragene Kleider und eine Brille mit dunklen Gläsern. Falten zogen sich über sein Gesicht wie die Längen- und Breitengrade, die auf unserem Globus im Schulzimmer eingezeichnet waren. Er war aber ein magerer Globus, aus dem man die Luft herausgelassen hatte und der zusammengeschrumpft war.

»Was machen Sie hier?«, fragte ich.

»Ich rufe in den Wald hinein«, flüsterte er mir zu.

»Und wieso rufen Sie so früh am Morgen?«

»Am Morgen ist es am ruhigsten. Dann höre ich, ob eine Antwort kommt. Ich heiße Ion. Ion Palatinus. Willkommen in Moneasa.«

Ion, seine Hündin und ich gingen die Straße hinunter zurück nach Moneasa, während uns Waldarbeiter in einem Fuhrwerk entgegenkamen. Es war noch kühl von der vergangenen Nacht und vom nahen, dichten Wald. Ein Hahn krähte vor sich hin, nicht sehr überzeugt, dass es noch etwas brachte, denn der Tag war schon angebrochen.

»Der Hahn ist alt. Man sollte ihm den Hals umdrehen. Vielleicht ist er so blind wie ich. Er kräht immer zur falschen Zeit, mitten in der größten Trockenheit, aber es fällt dann kein Tropfen Regen«, fuhr Ion fort.

»Vielleicht kräht er, weil es heutzutage Italiener regnet«, entgegnete ich. Er schmatzte, und wir lachten zusammen. »Der Hahn trennt um Mitternacht Leben und Tod. Kräht er, so verlieren die bösen Geister ihre Kräfte und verschwinden bis zur nächsten Nacht, denken die Bauern. Der Hahn begleitet die Seele des Toten ins Jenseits und verteidigt ihn vor dem Teufel. In das Grab eines Untoten muss man einen Hahn legen, damit er die Menschen nicht aufsucht.« Ich erzählte Ion vom Bauernglauben, keuchend vom Gepäcktragen. Er war stehen geblieben und hörte mir aufmerksam zu, dann schmatzte er und grinste vergnügt.

»Und gebildet dazu«, sagte er und ich verstand zuerst nicht, dass er mich meinte. »Haben Sie viel gelesen?«, fragte er.

»Nein. Ich habe eher viel zugehört und das ist lange her.«

Als der Karren der Waldarbeiter an uns vorüberfuhr, grüßte er die Männer.

»Guten Morgen Leute. Etwas spät heute, wie der Hahn.«

»Sie aber, Herr Masseur, sind immer pünktlich wie meine Frau, wenn sie streiten will«, sagte der eine.

Die Männer grüßten zurück und für mich führten sie noch die Finger zu den Hüten. Sie hielten den Karren an, redeten mit Ion, suchten seine Hand und nahmen sie in die eigene. Das taten sie so vorsichtig, als ob sie sich plötzlich in rücksichtsvolle Kammerdiener verwandelt hätten, die aufpassten, kostbares Porzellan nicht zu zerbrechen. Sie wirkten fast scheu, sie, die grobe Männer waren, mit Händen, die einen Schädel zertrümmern konnten. Sie zogen die Mützen ab vor ihm, obwohl er das nicht sehen konnte. Man spürte, dass vom Masseur eine Kraft ausging, der sie sich nicht entziehen konnten.

Wir kamen ins Dorf und diejenigen, die schon unterwegs waren, starrten uns an. Verspätete Bauern, die aufs Feld gingen, einige Arbeiter und Kurhauspersonal, Ärzte, Masseure, Schwestern. Aus der Richtung, aus der wir kamen, hätten sie keinen Reisenden erwartet. Da hörte die Straße auf, da war der Wald, da ging man nur hin, wenn man sterben wollte. Sie hörten auf zu reden und folgen uns neugierig mit den Blicken. Sicher war Ion oft aus dem Wald gekommen, aber es war neu, dass er dort jemanden gefunden hatte, mit feinem Anzug und passenden Koffern.

Im Tageslicht wirkte der Plattenbau, der einzige am Ort, genauso hässlich wie gestern Nacht. Irgendwer hatte ihn unter die

Bauern verpflanzt und hatte den Wald nicht gesehen, der dicht bei den Küchenfenstern anfing. Irgendwer ließ sich nicht auf den Berg ein und den Fluss, der neben der Straße floss. Irgendwer wollte hoch hinauf, vier Stockwerke hoch. Das neue Leben, das man den Bauern schenken wollte, ein Leben im Wohnblock, war so missraten, dass man sich nur abwenden und auf die andere Straßenseite schauen konnte, dort wo sich Bauernhaus an Bauernhaus reihte.

Im Hof des Wohnblocks hackte ein alter Mann Holz, stapelte einige Scheite auf seinem Arm und trug sie hoch. »Wieso sind Sie stehen geblieben?«, fragte Ion. »Ach ja, der Plattenbau. Man wollte moderne Wohnungen für das Personal des Kurhauses bauen. Inzwischen haben die Bauern gegenüber Zentralheizung, wir aber heizen mit Holz. Zweiter Eingang, zweiter Stock, die Türe rechts, dort wohne ich. Merken Sie es sich.«

Einige Meter weiter, bei der kurzen, unauffälligen Brücke über dem Fluss, bog er links ab und wir kamen zum Moneasa Kurhotel. Die Gäste, die in der Grünanlage vor dem Hotel warteten, gingen schief, gebückt, stockend. Ihre Hüften, Beine, Rücken wollten nicht mehr. Sie saßen alleine da oder zählten anderen ihre Krankheiten auf. Sie unterbrachen ihre Gespräche und grüßten Ion mit »Herr Masseur«, als ob er eine Berühmtheit wäre. Manche sagten es lauter als die anderen, damit man sie auch wirklich hörte. Wieso er ihnen in seiner abgewetzten Hose und dem befleckten Pullover so viel Respekt einflößte, war mir ein Rätsel. Einer, der unter dem Mantel nicht ein Leibchen, sondern ein gebügeltes Hemd trug, kam näher, verbeugte sich leicht und flüsterte: »Der Text ist fertig. Darf ich jetzt zu einer Zusatzbehandlung kommen?«

»Zuerst kommt der junge Schweizer, Herr Direktor. Er hat sich bei einem Unfall verletzt, das verstehen Sie sicher. Wir sehen dann weiter.«

»Aber das haben Sie gestern schon gesagt. ›Wir sehen weiter‹, haben Sie gesagt«, widersprach der Direktor.

»Dann sage ich es eben heute noch einmal. Sie wollen doch nicht, dass man über uns in der Schweiz schlecht spricht. Dass man sagt, wir würden nicht helfen. Also haben Sie Geduld.«

Vor dem Hoteleingang erholten sich Straßenhunde, Bastarde, von der durchbellten Nacht. Sie versperrten den Weg, aber die Hündin bellte sie so lange an, bis sie gelangweilt aufstanden und einige Meter weiter niedersanken. »Roşcata ist der liebste Mensch«, sagte Ion. »Nur sie allein darf ins Hotel, hat die Direktion beschlossen. Vor einem Jahr ist sie aus dem Nichts aufgetaucht und irgendwann geht sie wieder dorthin, aber im Moment hat sie mich adoptiert.« Während wir die Halle durchquerten, erzählte er.

Im Winter hatte es lange geschneit, man vergaß beinahe, wann es damit angefangen hatte. »Irgendwann im November«, meinten die einen. »Schon im Oktober«, erwiderten andere. Als Ion zur Post musste und sich niemand fand, der ihn begleiten konnte, ging er alleine los. Obwohl er Moneasa gut kannte, fand sein Blindenstock nur Schnee, wo sonst Straßenränder und Mauern waren. Er hörte den Schnee unter den Fußsohlen, aber keine anderen Schritte außer den seinen. Er kam schleppend vorwärts, prüfte mit der Schuhspitze, worauf er trat, und versuchte an den Schneehaufen vorbeizukommen. Er hatte den kleinen See und den Parkplatz hinter sich gelassen und blieb stehen. Er fand den Weg nicht, so sehr er sich bemühte, sondern stieß nur gegen Mauern und Eisenstäbe. Er zündete sich eine Zigarette an und dachte nach. Wenn er doch Schritte hörte, rief er, aber keiner antwortete. Auch bis hierher, bis ins letzte Tal der Welt, war die Schlechtigkeit vorgedrungen. Der Wohlstand nicht, dafür aber die Schlechtigkeit, dachte er. Ihm blieb nur das Fluchen übrig und das Rauchen.

Als sich Ion bereits überlegte, zurückzukehren, und die Zigarette in den Schnee warf, hörte er ein Bellen vor sich. Er glaubte, dass es einer der Bastarde sei, und wollte ihm in den Bauch treten. Der Hund ließ sich nicht abwimmeln, nahm das Stockende ins Maul und zog daran. So führte er Ion bis vor die Post und wich auch später nicht mehr von seiner Seite. Deshalb sei Roşcata ein guter Mensch, während mancher Mensch nur ein dummer Hund wäre, fand Ion. »So ein Hund ist doch ein besserer Mensch, bei den Menschen, die herumlaufen«, beendete er seine Erzählung.

Ion führte mich in eine kleine Kammer, die er sein *Massagezimmer* nannte. Ein Waschbecken, eine an einem Draht hängende Glühbirne, ein schmales Bett, rundum leere Kartonschachteln, Briefumschläge aller Art und zwei, drei Aufnahmegeräte. Die Adressen auf den Umschlägen und Schachteln stammten aus dem ganzen Land. Der hintere Teil des Raums war mit einem Vorhang abgesperrt, dahinter erwartete ich einen Pult, einen Rechner, Decken, Massageöle, frische Bettüberzüge, irgendetwas, was aus diesem Raum den Behandlungsraum eines Masseurs gemacht hätte.

Ich spürte plötzlich Ions Hände auf meiner Schulter, seine Finger suchten meinen Nacken und den Rücken ab. Sie drückten und streiften, berührten sanft meine Haut oder bohrten sich in mein Fleisch, bis sie den Schmerz fanden. Ein stechender Schmerz knapp unterhalb der Schulter. »Das spürt man oft erst nach Tagen«, murmelte er. Er wollte, dass ich das Hemd auszog und mich hinlegte, und ließ sich auch dann nicht ablenken, als an der Tür geklopft wurde. Die Tür ging auf und der Kopf des Direktors tauchte auf, aber noch bevor er wieder betteln konnte, schnauzte ihn Ion so sehr an, dass er sich wieder verdrückte.

»Er nennt sich Direktor, kann aber nicht einmal deutlich sprechen. Er nuschelt, da sind die Aufnahmen für die Katz. Es ist nur verlorene Zeit mit ihm.« Ion redete so vor sich hin und vergaß sich. Er mochte den Direktor anscheinend nicht und dann wiederum schien es, dass er ihm viel Zeit widmete. Seinen Ärger aber kriegte nun ich ab, oder besser gesagt mein Rücken. Ich konnte den Schmerz, den seine Finger und nicht der Unfall erzeugten, kaum noch ertragen. Neben meinem Kopf, auf einem Tischchen, lagen Kassetten herum, aufeinander gestapelt und beschriftet. Die Schrift war kaum zu entziffern, Worte und Zahlen überlappten sich, so als ob sie von einer ungeübten Hand geschrieben worden wären.

»Wissen Sie, wann ich das erste Mal von der Schweiz gehört habe? Als ich Stendhal las, *Die Kartause von Parma*. Kennen Sie Stendhal?«, fragte er mich.

»Nein, nicht wirklich.«

»Auf den ersten fünfzig Seiten kommt sie dreimal vor. Nicht wenig für so einen Winzling. Während Mailand und der Norden Italiens von Napoleon besetzt sind, sorgt der Marchese del

Dongo dafür, dass Lageberichte durch die Schweiz nach Wien gelangen. Als Graf Prina erschlagen wird, weil er sich gegen Österreich stellte, entscheiden sich seine Mörder in die Schweiz abzureisen. Genauso stand es geschrieben: *Die Beteiligten entschlossen sich nach der Schweiz abzureisen.* Als ob man sagte: Die Beteiligten gingen Brot kaufen. Aber jeder verstand, dass dieses Brot besonderes knusprig war. Wenn man Probleme suchte, ging man nach Frankreich oder Deutschland, wenn man welche hatte, ging man in die Schweiz. So einfach war das. Als Fabrizio, der Sohn des Marchese, auf dem Weg nach Paris ist, um Napoleon zu dienen, schreibt Stendhal: *Gott sei Dank traf Fabrizio in Lugano ein, einer Schweizer Landstadt, und war nicht mehr auf der einsamen Straße und in Angst.* Sie können sich vorstellen, was das für eine Wirkung auf mich hatte. Alleine dadurch, dass man in einer Schweizer Stadt war, war man ohne Angst.«

Ich konnte mir das Lachen kaum verkneifen, er schien es zu merken, denn er hielt inne und spitzte die Ohren. Ich nützte den Augenblick, um mich aufzurichten, das Hemd anzuziehen und mich an die Wand zu lehnen.

»Sie können sich nicht vorstellen, was ich in der Schweiz für einen Beruf hatte.«

»Was?«

»Ich verkaufte Sicherheitsanlagen, komplizierte Türen, wenn Sie so wollen.«

Er hob die Augenbrauen.

»Und hat sich so was nicht mehr gut verkauft, dass Sie sich hier umbringen wollen?«

»Sie nehmen immer noch an, dass ich das wollte?« Er schwieg. »Sie sind ein belesener Mann«, sagte ich weiter. »Denken Sie an die Romanhelden. Sie bringen sich doch nicht um, weil das Geschäft schlecht läuft. Weshalb wurde der Graf umgebracht?«

»Für seine Überzeugungen.«

»Sehen Sie? Es gibt noch viele andere Gründe.«

»Was hat Sie dann hierher gebracht?«

»Ich suche einen, der gut erzählen kann. Mihai, den Erzähler. Als Junge reiste ich oft durch die Gegend und hörte mir die Geschichten der Bauern an.«

Ion schmatzte wieder und schien mit mir zufrieden zu sein. Seine Zähne traten hervor, gelblich wie die Finger und die Hände von der Nikotinsucht. »Erfreut, erfreut. Da kann noch was draus werden«, murmelte er. Das Klopfzeichen wiederholte sich, schwächer als vorher, so als ob sich jemand mit letzter Kraft bis vor Ions Tür geschleppt hätte. Die Tür ging einen Spalt weit auf, der Direktor zeigte sich wieder: »Störe ich?« »Sie stören, mein Lieber, aber es lässt sich nicht vermeiden.« Der Direktor schob nun auch den Körper durch den schmalen Spalt, so als ob die Störung kleiner wäre, wenn er hereinkam, ohne dass sich der Spalt vergrößerte. Er musste sich oft so hereingeschlichen haben, er war geübt, denn es war keine einfach Sache, durch solch einen kleinen Spalt einen wenn nicht dicken, dann doch fülligen Körper zu schieben.

»Ich habe, was Sie wünschten«, sagte der Direktor, überzeugt, dass er damit Ion Palatinus besänftigen würde. Er holte aus einem Sack ein Buch und mehrere Kassetten hervor. »Brauchen Sie mehr?«, fragte er weiter. Ion nahm das Buch und die Kassetten und kümmerte sich nicht mehr um den Direktor. Der trat von einem Fuß auf den anderen, zog den Kragen des Mantels hoch, steckte die Hände in die Taschen, nahm sie wieder heraus, schaute sich seine Fingernägel an, sagte: »Na, dann«, und verschwand durch denselben Spalt, durch den er gekommen war.

Der Masseur beschriftete die Kassetten und legte sie neben den anderen ab. Dafür suchten seine Finger schnell das Tischlein ab, fanden, was sie brauchten, einen dünnen Streifen selbstklebendes Papier, fanden auch einen Filzstift, schrieben etwas drauf, was wie Gekritzel aussah, ergriffen die Kassetten und klebten das Papier drauf. Mit seinen Fingerkuppen hatte er routiniert den Kassettenrand ertastet, die zwei Löcher der Spulen ebenfalls, und er hatte genau eingeschätzt, wo das winzige Stück Papier hinkam. Seine Finger glichen unruhigen Insektenfühlern, die er ausstreckte, um in die Welt hineinzusehen.

Ein letztes Mal betastete er mit den Fingern die Kassette, um sicher zu sein, dass alles am richtigen Ort war, dann wiederholte er dasselbe mit der zweiten Kassette. Ich nahm die Kassetten zu mir und las mit Mühe: *Schopenhauer, 2 Bände, von Dumitru Po-*

pescu. Fabrikdirektor in Iași. Kraftlose Stimme, nuschelt. Unbrauchbar.

Im Waschbecken sammelte sich Wasser an, abgestanden und schmutzig. Der Wasserhahn tropfte langsam und jeder Tropfen fiel mit einem lauten *Plätsch* ins Wasser. Der Fußboden war verschmutzt mit dem Schlamm der vielen Schuhsohlen, deren Besitzer hier Linderung gesucht hatten. Dazwischen waren kleine Schlammspuren, die stammten von Roșcatas Pfoten. Ion Palatinus zog den Vorhang beiseite, und vor uns tauchten Regale voller Bücher auf, alte, vergilbte Ausgaben oder neue, noch unbenützte. Der Masseur hatte in einem stickigen, schmutzigen Zimmer Weltliteratur aufgestapelt, auf kaum mehr als vier Quadratmetern, Bücher über Bücher in allen Farben und Formen, gleich neben dem schmalen Bett, wo er für die erschöpften Körper der Leute sorgte.

Dicke Bücher, von denen man schnell wusste, dass es russische oder französische Klassiker waren, solche von Autoren, die pro Zeile bezahlt wurden und ihre Geschichten aufgeblasen hatten, oder dünne, meistens Gedichtbände. Das Gewicht der Gedichte war dann nicht messbar, manche Sätze konnten Regale zum Einstürzen bringen. Andere waren so leicht, dass man sie lieber verankert hätte, damit sie nicht davonflogen. Es gab gebundene Bücher, die solide wirkten und die man gleich kaufen wollte, weil man etwas für sein Geld bekam, und solche, die Schulheften glichen, weil sich der Verlag nur einen schäbigen Schutz für die Geschichten leisten konnte. Manche wären zu Staub zerfallen, wenn man sie berührt hätte.

Ich trat der Hündin auf die Pfote, als ich verblüfft näher herangehen wollte. Sie winselte, und Ion meinte: »So ist das, wenn man sich mit Menschen einlässt.« Seine Hand wanderte über die Buchrücken einer Regalreihe und fand die Stelle nicht, wo das Buch, das der Direktor gebracht hatte, hingehörte. Die Fühler waren nicht immer zuverlässig. Dann wurde er wütend, streckte mir das Buch hin und sagte: »Schauen Sie zuoberst nach, gleich neben Heinrich Böll, dort ist die Lücke. Nein, nicht dort. Sie suchen am falschen Ort.« Er merkte, dass ich unentschlossen vor den Regalen stand, auch wenn ich mich nicht bewegte. Ich stellte das Buch an seinen Platz und versuchte, durch Ions dunkle Brillengläser zu schauen.

»Wieso schauen Sie mich so an?«

»Können Sie das spüren?«

»Es ist keine große Kunst. Leute, die aufhören zu reden, schauen.«

»Das ist also Ihre Bibliothek.«

»Meine Bibliothek?« Er lachte herzhaft. »Das ist, mein Lieber, der Vorraum meiner Bibliothek.«

Er kritzelte etwas auf einen Zettel und streckte ihn mir hin.

»Sie gehen ins Dorf und suchen Elena«, sagte er. »Nach der Villa Anna und der Badeanstalt gehen Sie rechts über die Holzbrücke, da sind Sie schon auf der Hauptstraße des Dorfes. Dort suchen Sie das grüne Haus. Elena wird Sie aufnehmen. Sie geben ihr den Zettel.«

»Man kann ihn kaum entziffern«, erwiderte ich.

»Sie kann das.«

Kein einziges Mal fragte er nach, ob ich das tun wollte, was er vorschlug, kein einziges Mal widersprach ich. Ich nahm das Gepäck, er legte die Hand auf meine Schulter und führte mich hinaus. Im unbeleuchteten Flur gingen wir zusammen einige Schritte, dann tauchten in der Dunkelheit die Umrisse eines Mannes auf, ich hielt ihn für den Direktor, aber er war es nicht. Es war ein kleiner, gekrümmter Mann.

»Herr Lobont?«, fragte Ion, als wüsste er, dass sich jemand in unserer Nähe befand.

Herr Lobont stand mühevoll auf, stützte sich mehrmals ab und kam ins Licht. Er trug einen Pyjama und Pantoffeln, war alt und schwer, verbraucht. Mit einer ruhigen, müden Stimme begrüßte er uns, einer Stimme, die wie tief aus der Erde emporstieg, von einem Kontinent, zu dem wir beide keinen Zugang hatten. Er wirkte, als ob er sieben Leben lang gelebt hätte, aber Gott ihn immer noch nicht entlassen wollte.

»Ein weiteres Leben, Lobont«, hatte Gott gerufen. »Sieben Leben zu ertragen, ist nicht genug. Du willst doch nicht schon aufgeben? Du willst dich nicht schon hinlegen, damit ich dich zu mir hole. Ich brauche einen, der anderen zeigt, dass man mehr als sieben Kreuze tragen kann. Was sollen sie denken, wenn du davonkommst? Dich fein aus der Affäre ziehst? Sollen sie sagen, dass man Gott weich kriegt mit ein bisschen Müdigkeit? Sie jammern mir sowieso die Ohren voll. Würden sie sich jemals vornehmen, gut zu sein, wenn sie wüssten, dass es genügt zu sterben, um das Schlechte nicht zu ertragen? Nein, Lobont, lebe noch eine Weile weiter. Wir sehen uns nach dem achten Leben wieder.«

»Wieso wussten Sie, dass er dort sitzt?«, fragte ich Ion.

»Sie glauben wohl, dass ich hellsehen kann, weil ich blind bin.«

»Kommt doch in Büchern vor.«

»Schlagfertig sind Sie. In Büchern kommt es schon vor, aber nicht in der Realität. Verwechseln Sie Bücher und Realität nicht«, meinte er.

Ich war erstaunt, so etwas zu hören von einem Mann, der dauernd aus Büchern zitierte und ganze Abschnitte auswendig kannte.

»Herr Palatinus weiß, dass ich pünktlich bin. Das ist alles«, mischte sich Herr Lobont ein. Er hustete fürchterlich, als ob sich ganze tektonische Platten in ihm verschoben, suchte dann mit der linken Hand Ions rechten Arm, während er mit der rechten ein Taschentuch gegen den Mund drückte. Er spuckte mehrmals hinein und steckte es in die Tasche.

»Herr Lobont, sagen Sie dem Herrn, was Ihr Beruf ist.«

»Bergarbeiter. Wie die meisten, die jetzt hier im Haus sind.«

»Würden Sie nicht eher ein Lungensanatorium brauchen?«, fragte ich.

Beide schüttelten sich vor Lachen, dann hustete der Mann wieder kräftig.

»Brauchen schon. Aber die Fabrik schickte uns hierher, weil sie sich die Lungenkur nicht leisten kann. So kommen wir mal von zu Hause weg und Massage und Thermaltherapie können nicht schaden. Nicht wahr, Herr Palatinus?«

»Das ist wahr, Herr Lobont. Und sagen Sie noch einmal, wie alt Sie sind?«

»Nicht viel älter als gestern. Fünfundvierzig.«

Ion legte sanft den Arm um ihn und ging mit einem Mann hinein, der vor der Zeit vergreist war. Waren alle anderen, die sich draußen die Zeit vertrieben oder auf ihre Kuren warteten, ebenfalls Junge in der Haut von Alten? Vor lauter Staunen blieb ich noch vor der Tür stehen und hörte Ion, wie er fragte: »Wollen Sie wirklich?« Der Mann antwortete: »Es heißt, dass es gut tut. Und Ihnen hilft es.« Dann hustete die Stimme wieder stark. »Schauen Sie im dritten Regal von unten, Herr Lobont. Der vierte Titel von links. Was steht dort?« »Zo-la. *Ger-mi-nal*«, buchstabierte der Mann. »Legen Sie sich hin und lesen Sie so, wie sie am besten können.«

Ich hörte zuerst gar nichts, dann nahm der Patient mehrmals Anlauf, der von seinem krächzenden, verzweifelten Husten unterbrochen wurde. Als ich dachte, dass er es nicht schaffen würde, auch nur eine Zeile zu Ende zu lesen, setzte Herr Lobont feierlich und linkisch zugleich an. Er gab auch dann nicht auf, als sich wieder der Husten in seinem Hals gesammelt hatte, nicht anders als eine Hand, die ihn zuschnürte. Ions Hände klatschten auf seinem Rücken, während er las:

»*In sternenloser, finsterer, rabenschwarzer Nacht schritt ein einzelner Mann durch die flache Ebene auf der Landstraße dahin, die von Marchiennes nach Motsou führt, zehn Kilometer lang, geradeaus durch Rübenfelder sich hinziehend. Er vermochte selbst den schwarzen Boden vor sich nicht zu unterscheiden und hatte das Gefühl von dem ungeheueren, flachen Horizont nur durch das Wehen des Märzwindes, der in breiten Strichen dahinfuhr, eisig kalt, nachdem er meilenweite Strecken von Sümpfen und kahlen Feldern bestrichen hatte. Kein Baumschatten hob sich vom Nachthimmel ab; die Straße zog sich mit der Regelmäßigkeit eines Dammes durch die stockfinstere Nacht dahin, in der das Auge wie geblendet war.*

Sagen Sie mal, Herr Palatinus, trägt dieser Zola nicht zu dick auf?«, hörte ich den Mann fragen. »Würde es nicht genügen zu sagen, dass die Nacht stockdunkel war? Ich meine, der Hinterletzte versteht ja, wie so eine Nacht ist.«

»Das, mein Lieber, ist eine gute Frage.«

Ions Hände klatschten weiter auf dem Rücken von Herrn Lobont, und ich konnte mir vorstellen, dass Ion zufrieden lächelte.

Ich ging durch den kahlen, altmodischen Empfangssaal hinaus, die Empfangsdame steckte den Kopf durch die Luke, die für den Kontakt zu den Gästen vorgesehen war, und grüßte mich freundlich. Wollte man mit ihr reden, musste man sich bis zur Luke bücken, die auf Bauchhöhe war. Bei den Rückenschmerzen der Leute hier keine allzu beliebte Aussicht. Man grüßte also halblaut, ohne zu wissen, ob jemand am Schalter war, um es zu hören. Denn außer der Luke waren alle anderen Fenster matt und vergittert, man hätte sich ebenso gut in einer gut bewachten Bank befinden können. Was hätte man hier stehlen sollen? Die Träume hatte man den Patienten schon gestohlen. Höchstens die Schmerzen, aber darüber wären sie froh gewesen. Ein Schmerzensdieb, das fehlte hier.

Auch die Bardame schaute aus dem engen Zimmer heraus, das für Geselligkeit bestimmt war, und grüßte ebenfalls. Dass man mich mit Ion zusammen gesehen hatte, machte mich wichtig, obwohl ich nicht verstand, wie das geschehen konnte. Die Bardame war elegant angezogen, sie trug ein Deux-Pièces, aber man sah ihr an, dass sie nur knapp dem Bauerndasein entkommen war. Oder dass sich die Stelle mit der Feldarbeit gut ergänzte. Sie aß Sonnenblumenkerne, spuckte die Schalen in die Hand und warf den Haufen in den Abfall. Das unterschied sie von den anderen, die lieber direkt auf den Boden spuckten. Sie war im Dienst.

Eine alte Bäuerin war vor dem Fernseher eingeschlafen, ihr Gesicht ähnelte Erdfurchen, die man eng nebeneinander gezogen hatte. Sie hatte mit den Jahren das Gesicht ihrer Erde angenommen. Die Fernbedienung glitt ihr aus der Hand und fiel auf den Boden. Sie schreckte auf, sah mich und nickte mir zu. Sie band sich das Kopftuch fester, richtete sich auf, aber nach kurzer Zeit fiel der Kopf wieder auf die Brust.

Draußen wartete der Direktor auf mich, auf der Bank neben den Bergarbeitern. Manche Männer hatten ein Gesicht wie aus Papyrus. Als ob ein ägyptischer Hofschreiber darauf geschrieben hätte, und wenn man in solch einem Gesicht lange genug gelesen hätte, so hätte man die Geheimnisse und Schätze eines langen Lebens gefunden. Aber es hatte sich nur Kohlenstaub darin eingelagert, im Gesicht und auf den Lungen. Nichts, was wirklich veredelte. Das einzige Geheimnis war, dass ihr Leben ein Regelkreis war. Er bestand aus dem schwindenden Tageslicht, den Schächten, dem Dreckig- und Müdewerden, dem Wühlen und Kriechen im Bauch der Erde, dem Aufsteigen an die Oberfläche, dem matten Sich-Waschen und dem gierigen Essen, dem Schlafen und dem erneuten Herabfahren unter Tag.

Der Direktor hatte als einziger glatte Haut, mit Ausnahme der Falten, die von der Zeit und nicht von der Armut stammten. Seine Hände waren gepflegt bis in die Fingerspitzen. Sie alle erzählten von ihren Krankheiten, die Haare standen einem zu Berge, wenn man sie sprechen hörte, denn man fragte sich, wieso sie überhaupt noch lebten. Jeder wollte den anderen an Leid und Schmerz übertrumpfen, aber durch ihre Krankheiten wurden sie sich auch ähnlicher. Obwohl der Direktor bestimmt nicht am Lungenstaub sterben würde.

Sie beschrieben ausführlich Brüche, Ausschläge, Zerrungen, Geschwüre, Verbrennungen, Verätzungen. Schmerzen, die sich anfühlten, als ob sich einem ein Messer in den Bauch bohrte, und andere Schmerzen, die wie ein heißes Bügeleisen auf der Haut waren. Sie waren so krank, kränker ging es nicht. Man glaubte sich auf einem Jahrmarkt der Unzulänglichkeiten. Die Wirbelsäule krümmte sich von Jahr zu Jahr stärker. Der Magen war von Säure durchlöchert, die Augen verätzt, die Nieren unfähig zu reinigen, von der Galle gar nicht zu sprechen. Wenn der eine aufhörte, übernahm ein anderer, ein wahrer Wettbewerb war das. Ein Wettbewerb in der Kunst, sich selbst für bankrott zu erklären.

Als mich der Direktor sah, drückte er seine Zigarette aus und kam auf mich zu. Er ließ sich nicht davon abbringen, einen Teil meines Gepäcks zu tragen, und so gingen wir beide durch den Kurort hinunter ins Dorf. Er in Hausmantel und Pantoffeln, ich in meinem feinen englischen Anzug. Ein seltsames Paar an einem solchen Ort. Ich schätze, an jedem anderen Ort der Erde ebenso.

»Das ist Moneasa«, setzte er ungefragt an. »Früher war es ein bekannter Kurort, jetzt ist er halb verfallen. Hier hört die Straße auf, die aus der Stadt kommt. Danach kommen nur noch eine Goldmine und ein paar Bären und Wölfe. Aber man spricht davon, dass der Bürgermeister die Straße verlängern will. Es gibt nur zwei

Hotels. Eines für die Armen, das ist dort, wo wir waren, und eines für die Reicheren. Sie sehen es jetzt rechts.«

Vor dem hübschen Hotel waren Autos geparkt, mit denen mein Audi kaum mithalten konnte. Auch davor saßen Leute, aber man sah ihnen die anderen Möglichkeiten an. Zwei Mütter spielten mit den Kindern, sie warfen ihnen Bälle zu, die diese fingen, dann kicherten sie alle. Ihr Hund beteiligte sich ebenfalls, er sprang den Bällen nach und tippte sie noch in der Luft mit seiner Schnauze an. Er unterhielt sie damit, er wusste, dass der beste Weg zu seinem Essen war, die Menschen zu vernarren.

Zwei Männer, bauchig und mit Schnauzbärten, die ihre Münder verdeckten, gingen von links nach rechts und zurück und redeten laut. Der eine war mit der aktuellen Politik einverstanden, der andere aber nicht. Zu viele Kunden gingen ihm deshalb durch die Lappen. Die Frau des einen kam auf den Balkon und ermahnte sie, sie sollten leiser sein, der Großvater habe sich gerade hingelegt, von der Kur ermüdet. »Das Geschäft kommt vor dem Großvater«, sagte der eine. »Sonst kann ich ihm den Platz hier nicht bezahlen.« »Und ich? Kommt das Geschäft auch vor mir?«, fragte die Frau. »Vor dir kommt nur das Vaterland, mein Stern.« Die Männer schauten sich an und brachen in Lachen aus, die Frau wusste nicht, ob sie sich geschmeichelt oder beleidigt fühlen sollte. Sie entschied sich für das Erstere und lachte mit. Aus dem Inneren des Zimmers hörte man auch den Großvater lachen.

»Die da sind hohe Tiere«, fuhr der Direktor fort. »Der eine ist im Ministerium, der andere handelt mit Autos. Mercedes.« Der Direktor riss die Augenbrauen hoch und sprach leiser, als ob es etwas Besonderes wäre, Mercedesse zu verkaufen. »Er ist der alleinige Vertreter für Rumänien. Sie können sich die Kohle vorstellen, die er schaufelt. Sie kommen nur hierher, weil der Großvater es so will, aus Nostalgiegründen. Ich habe einmal den Vertreter sagen hören: ›Der soll doch endlich sterben, und ich sorge für ein tolles Begräbnis, mit einem Mercedes natürlich. Dann können wir endlich ans Meer.‹ Ich wohne übrigens auch hier. Nach drüben gehe ich nur wegen Herrn Palatinus. Seit fünfzehn Jahren komme ich her und ich könnte mir mit meinem Geld etwas Besseres suchen, aber ich bleibe ihm treu. Und er versteht das nicht. Er behandelt mich schlecht. Ich habe ihn einmal gefragt: ›Wieso behandeln Sie mich so?‹ ›Weil Sie es verdienen‹, hat er geantwortet. ›Helfe ich Ihnen nicht, wenn Sie etwas brauchen?‹, fragte ich weiter. ›Doch‹, hat er gesagt. ›Nehme ich Ihnen nicht auf, was Sie brauchen?‹ ›Doch‹, hat er wieder gesagt. ›Wieso dann?‹ ›Seit vielen Jahren kommen Sie hierher und nehmen mir Bücher auf, aber Sie verstehen nichts‹, meinte er. ›Was soll ich verstehen?‹, habe ich gefragt. ›Ich nehme sie doch für Sie auf.‹ ›Das ist es eben‹, gab er zurück.«

»Was haben Sie bisher für ihn aufgenommen?«, fragte ich.

»Das Schwierigste. Ich habe ihn immer um Leichteres gebeten, aber da war nichts zu machen. ›Entweder das oder nichts‹, sagte er, also griff ich zu.«

»Und was war das?«

»Philosophie, mein Herr, Phi-lo-so-phie«, buchstabierte er. Er nahm ein wenig Abstand, mit dem Kopf nickte er entschlossen, riss die Augen auf und unterstrich so die Bedeutung des Wortes. Als ob es etwas Ungeheuerliches wäre, in die Anziehungskraft der Philosophie zu geraten. Als ob die Philosophie die Welt im Gleichgewicht hielte, eine Art Geheimkult, der Ehrfurcht verdiente, aber von dem man nur noch benommener wurde. Der verzerrte und verbrannte, wenn man sich ihm näherte.

»Die ganze Philosophie von Aristoteles bis Heidegger. Ich, Dumitru Popescu, bescheidener Fabrikdirektor. Ich fragte ihn: ›Was haben Sie gegen mich, dass Sie mich Kant und Heidegger aufnehmen lassen? Gibt es hier nicht genug Professoren, Schriftsteller und Filmleute, die das besser können? Wieso nicht ein Thomas Mann, ein Balzac? Da stolpert die Zunge nicht im Mund.‹ Er zuckte nur mit den Achseln. Es gibt hier nur einen, der mehr muss als ich. Der Bürgermeister. Der nimmt ihm Hegel auf, die *Phänomenologie des Geistes* in zwei Bänden.«

Er nahm mir noch etwas von meinem Gepäck ab, und wir gingen weiter nebeneinander her, ein Fabrikdirektor in Morgenmantel und Pantoffeln und ein Sicherheitsverkäufer aus der Schweiz. Ich versuchte, mein Lachen zu unterdrücken. »Lachen Sie nur. Irgendwann landen auch Sie mit einem Buch in der Hand vor einem Aufnahmegerät«, meinte er. Bei einer Abzweigung, die den Berg hinaufführte, war die Straßenpflasterung aufgesprungen, einzelne Steine waren tief in den Boden getreten und es klafften große Löcher, als ob der Weg hinauf seit Urzeiten nicht mehr benützt worden wäre.

»Hier durch den Wald kommen Sie zur Villa Nufărul, *Die Seerose*«, setzte er seine Einführung fort. »Ein prächtiges Haus mit einem Seerosenteich daneben, erbaut von Fred Enckheim im Jahre 1891. Es wurde geplündert, als die Kommunisten gestürzt wurden. Sie nahmen alles mit, zum großen Teil Leute aus dem Dorf. Ich erinnere mich an die Blütezeit der Villa, als wir alle, Ärzte, Krankenschwestern, Masseure und Kranke, tagtäglich hinaufpilgerten. Jeden Tag um acht, nachdem wir alle in den Hotels und Pensionen gegessen hatten, setzten wir uns in Bewegung. Man hätte nach uns die Uhren stellen können. Von überall her kamen Leute, je nachdem, wie schnell es der Rheumatismus zuließ. Feine Leute waren darunter, feine und berühmte. Jede Menge Sänger, Schauspieler, Politiker. Hier rauf durch den Wald gingen wir und oben vor dem Eingang warteten schon die Ärzte auf uns.«

Der Direktor seufzte, denn solche Art Erinnerungen gefielen ihm. Wir gingen auch am eingezäunten Strandbad vorbei, Kinder spielten im Wasser und Erwachsene stritten sich um Bier. Wir überquerten die Holzbrücke, drunter schäumte wild der Fluss, die Ufer waren überwuchert von Pflanzen. Etwas lag dem Mann noch auf der Zunge, aber er konnte sich nicht entschließen, weiterzureden. Er nahm mehrere Anläufe.

»Reden Sie«, sagte ich.

»Ich bin ein wohlhabender Mann. Ich habe vor dem Sturz der Kommunisten die Fabrik geführt, und es ist mir gut gegangen. Ich besitze sie jetzt, und es geht mir besser. Ich bin ein einfacher Mann. Ich weiß, dass heute das Geld herrscht, und ich will dabei sein. Ion weiß, dass ich einfach bin, aber er hält mich auch noch für dumm. Aber dumm bin ich nicht. Ich weiß doch, wieso er mir Marx oder Sartre zu lesen gibt. Er will, dass ich so rede wie die Bücher. Aber die Bücher sind keine Realität. Ich werde niemals vor ihm stehen und sagen: ›Jawohl, Marx hat Recht. Jawohl, Sartre hat Recht.‹ Ganz einfach, weil sie nicht Recht haben. Sie saßen alle schön auf ihren Hintern, ich aber lebe unter wilden Tieren, die darauf warten, einen fertig zu machen. Damit sie es nicht tun, brauchst du Geld. Und davon habe ich genug. Wir sind angekommen. Hier wohnt Elena.«

Er stellte die Koffer auf den Boden und klopfte laut ans Tor.

»Woher wussten Sie, dass ich hierher wollte?«

»Elena ist seine Vertrauensperson, neben der Ärztin und seinen vier Philosophen. Er schickt alle zu ihr.«

Das Tor ging auf und eine noch junge Frau, drahtig und hochgewachsen, kam heraus. Auch ihr sah man das Bauerndasein an, wie der Barfrau vorhin, aber da war etwas anderes, Helles, was ich nicht fassen konnte. Sie hatte ein Gesicht, so offen und klar wie eine weite Landschaft, in die man hineinblickt, nachdem man durch ein enges Tal gegangen ist und die ihre Schönheit auf einmal zeigt, ohne etwas zu verbergen. Sie trocknete sich die Hände an einem Tuch, Teigreste klebten noch an ihren Fingern, sie rieb sie an der Schürze ab. »Ich bin gerade dabei, Brot zu backen, Herr Direktor.« »Elena, hier ist ein Freund von Herrn Palatinus. Er hat einen Zettel für Sie.« Ich gab ihr den Zettel, wir begrüßten uns und schauten dem Direktor hinterher, der in seinem feinen Mantel weiter durch das Dorf zog. Sie bat mich einzutreten.

Ich war in einem Tal gelandet, wo die Welt aufhörte und die Wildnis anfing. Egal nach welcher Seite ich schaute, war es eine vergessene, verlorene Welt, die jenseits von Europa lag und doch mittendrin war. Wo nicht nur die Straße brach lag, sondern auch das Wissen. Eine Welt, deren Existenz niemand im Westen kümmerte und die keine Lücke interlassen hätte, wenn sie von heute auf morgen spurlos verschüttet, verschluckt worden, verschwunden wäre. Man hätte an der Nachricht vorbeigehört. Und ausgerechnet hier erzählte mir ein Blinder etwas über Stendhal und ein Fabrikdirektor las Marx, zugegebenermaßen nicht ganz freiwillig.

Vor vielen Jahren hätte mich diese Gegend so richtig gepackt, denn ich hätte hier viele Erzähler vermutet. Jetzt kam ich zurück in einem feinen Anzug und einem noch feineren Wagen. Ich hatte Glück, beim Fahren nicht zu Ende gezählt zu haben. Da kam einiges auf mich zu.

Elena führte mich in den Hof, stellte einen Stuhl in den Schatten und ging ins Haus, um mir einen Sirup zu holen. Ihre Tochter saß auf der Türschwelle und musterte mich neugierig. »Wie heißt du?«, fragte das Mädchen. »Teodor.« »Woher kommst du?« »Von weit her.« »Was tust du dort, wo du herkommst?« »Ich verkaufe spezielle Türen.« »Kannst du uns eine verkaufen? Unsere ist kaputt.« »Meine sind sehr teuer.« »So teuer wie der Hof hier?« »Teurer.« »Wie die Stute im Stall, die Schweine und die Kuh?« »Teurer.« Sie riss die Augen auf, ungläubig. »So teuer wie alles, was hier ist, Apfelbäume, Erdbeeren, Tomaten und Kartoffeln und das Haus obendrauf?« »Teurer.« »So teuer wie unsere Kirche?« »Ja, wahrscheinlich so teuer wie eure Kirche.« »Und bist du hier zur Behandlung?« »Es wird sich zeigen.«

Sie lief zur Mutter, und ich hörte sie durch das offene Fenster sagen: »Der Mann lügt. Er erzählt, dass er Türen verkauft, die so teuer sind wie die Kirche.« Elena lachte, kam mit ihr heraus und legte die Hand auf ihren Kopf. Das Haus war L-förmig, zum Berg hin hatten sie einen Gemüsegarten angelegt, daneben einen Obstbaumhain. Das Schwein grunzte im Stall und in einem kleinen Gehege hüpften Küken aufgeregt durcheinander. Das kleine Mädchen holte eines von ihnen heraus, einen kleinen, goldenen Ball, sie ließ es auf dem Tisch frei, es wollte fliehen, aber sie schränkte seine Freiheit mit den Armen ein. Elena wollte, dass die Kleine das Küken wieder einsperrte, sie stritten, das Küken benützte den Streit, um zu fliehen. Es sprang vom Tisch, der Katze direkt vor die Pfoten. Die Katze brach ihm das Genick, ließ es wieder auf den Boden fallen, schaute mit kaltem Blick zu uns hinauf und wich dem Schuh des Mädchens aus. Die Pfingstrose duftete stark, und der Hahn krähte.

»Wenn der Hahn am helllichten Tag kräht, wird es bald regnen«, sagte Elena. Sie holte einen Besen, fegte den Körper des Kükens auf die Schaufel und warf ihn in den Abfall. Sie sprach mit sich selbst: »Wer lebt, der lebt. Wenn einer stirbt, dann nur, weil er genug gelebt hat.« Sie lief barfuß umher und fegte den Hof, sie hatte schöne Waden, wenn sich bückte, rutschte ihr Kleid nach oben und man sah ihre glatten Schenkel. Sie hatte kräftige, schlanke Beine, als ob sie ein Baum in ihrem eigenen Garten wäre.

»Vor zwei Tagen hat ein Waldarbeiter zu mir gesagt: ›Man soll schnell leben, denn es ist teuer‹«, sagte ich. »Also hat ihn das Küken beim Wort genommen«, erwiderte sie.

Ich trank schnell meinen Sirup aus, dann zeigte mir Elena mein Zimmer. An den Zimmerwänden waren Flecken von zerquetschten Mücken. Das getrocknete Blut der ganzen Familie, vielleicht des ganzen Dorfes klebte um mich herum. Das Bild der Schwiegereltern hing an einem Ende des Bettes, die Mutter Gottes am anderen, sonst aber war das Zimmer karg. Man hatte keinen Wert darauf gelegt, mehr als die Schwiegereltern und den Glauben auszustellen. Die einen hasste man und in den anderen setzte man seine Hoffnung, je mehr man hasste. Beides war in jenem Zimmer vereint. Gut beschützt und mit der Stimme des Mädchens im Ohr, die von draußen ins Zimmer drang, schlief ich ein.

Im Traum fiel ich aus allen Wolken auf die Erde und traf keinen Menschen. Ich klopfte den Staub vom Anzug und machte mich auf die Suche. Die Stadt war leer, obwohl ich wusste, dass viele Leute da sein mussten. Ich schaute in den Läden und den Häusern nach, aber da war niemand. Auf den Tischen stand Essen bereit, in manchen Zimmern war das Licht eingeschaltet. Wenn man die Stadt aufgegeben hatte, wie man sie bei Krieg aufgibt, dann nicht Hals über Kopf. Alles war ordentlich, der Müll war weggebracht worden, die Autos waren sauber geparkt.

Ich ging ziellos umher, bis ich von weitem den Sitz der Firma sah, bei der ich gearbeitet hatte. Ich ging an den Glaswänden entlang, schaute hinein – Konferenzraum, Warteraum, Telefonzentrale, Speisesaal – klopfte an die dicken Scheiben, legte die Hände wie Scheuklappen an die Augen, um besser zu sehen, aber drinnen war keiner. Ich ging zum Haupteingang, betrat die Drehtür, sie bewegte sich zu einem Viertel, dann blieb ich stecken. Ich drehte mich nach allen Seiten, klopfte mit den Fäusten gegen die Scheiben, hörte meinen Atem und wurde panisch. Die Glasscheiben liefen an, dann wachte ich schweißgebadet auf.

Das Haus und der Hof lagen still da, als ob man sie aufgegeben hätte und mit ihnen auch mich, die Schwiegereltern und die Mutter Gottes. Jemand war in mein Zimmer gekommen und hatte das Fenster bis auf einen kleinen Spalt geschlossen. Ich fror, vom Schweiß durchnässt, und zog die Decke bis unter die Nase, aber so blieben die Füße draußen. Ich drehte mich auf die Seite, winkelte die Beine an und legte den Arm unter meinen Kopf. Hin und wieder zuckte ein Finger, und ich hörte mein Herz schlagen. Durch den Spalt hörte ich das Plätschern des Regens, ein dünner, aber dichter Bergregen, bei dem sogar der Himmel auf die Menschen drückte. Das Wasser floss von den Dächern ab, entweder ganz frei an den Hausecken oder durch Rohre, die sich nah am Boden entleerten, wie die Gedärme eines riesigen Tiers.

Ich trocknete mich ab, zog mich an und ging auf den Flur. Die dicken Teppiche verschluckten meine Schritte, die Dielen darunter knarrten, und es zeigte sich immer noch keiner. In der Küche waren Brot und Salami und in einer Kanne Kaffee bereitgestellt worden, dazu ein Löffel Marmelade. Es war türkischer Kaffee mit viel Kaffeesatz, stark und dunkel, und wenn man zu Ende getrunken hatte, konnte man die Tasse umdrehen und warten, bis man im Kaffeesatz die Zukunft lesen konnte. Ich hatte es bei Mutter gesehen, sie drehte die Tassen auf dem Untersetzer um, dort, wo sie gerade den letzten Schluck getrunken hatte: auf dem Balkon, im Badezimmer, im Flur. Nur sie durfte die Tasse umdrehen, und ich war neugierig, was uns die Zukunft brachte. Die Zukunft war ein großes Wort für mich mit acht oder neun Jahren, die Mutter musste die Zukunft anpassen, also erzählte sie über die sehr nahe Zukunft: »Am Abend bringt die Zukunft Kuchen, in der Nacht schöne Träume und morgen eine gute Note im Diktat.« »Und was noch?«, fragte ich unzählige Male. »Ein Paar lange Ohren, wenn du mich nicht gleich in Ruhe lässt«, antwortete sie zu guter Letzt.

Über die längerfristige Zukunft erzählte sie kaum etwas, deshalb erfuhren wir nie etwas über die Schweiz und darüber, dass uns dort das Geld ausgehen würde. Aber das stand uns erst viele Jahre später bevor, da gab es nicht genug Kaffeesatz für so viele Jahre. Wenn sie selbst nicht richtig wusste, was der Kaffeesatz für uns bereithielt, murmelte sie unzufrieden: »Heute schweigt der Kaffeesatz«, und stellte die Tasse ins Waschbecken. Ich nahm sie heraus und führte sie zum Ohr, um die Zukunft sprechen zu hören. Oder schweigen. Dann schaute ich tief in die

Tasse und sah Kontinente, Gesichter, Tiere, ganze Geschichten, aber keine Zukunft. Das war trotzdem so schön, dass ich verstand, wieso Säufer gerne tief ins Glas schauten. Da wurde es keinem langweilig.

Das tote Küken steckte immer noch im Abfall, sein Flaum war durchnässt. Kleine Wasserbäche flossen durch den Hof und sickerten in die Erde. Die Kuh hatte sich in einer Ecke des Hains unter einen Baum gestellt, im Stall war es ruhig, das Schwein horchte so wie ich. Die Katze saß zwischen den Beeten und starrte mich an, dann schaute sie zum Müll hinüber. Sie wollte das Abfallküken, aber sie bekam es nicht. Sie war die Einzige, die sich an es erinnerte. Kükenglück. Oder Pech.

Ich ging wieder durchs Haus, es waren einfache Räume, man sah ihnen noch an, dass hier früher auf Pritschen geschlafen worden war. Die Räume waren nicht für die Bequemlichkeit gedacht, sondern für die Nützlichkeit. Bett, Tisch, Stuhl und die Heiligen. Die Bequemlichkeit kam mit der Schwiegertochter ins Haus, das merkte ich, als ich in den Raum direkt neben meinem Zimmer trat. Das war Elenas Werk, die meisten Bauern hatten keinen Sinn für so etwas, sosehr alle anderen Sinne entwickelt waren. Um Schweine zu schlachten und die Erde umzupflügen, um sich vor Kälte und Hitze zu schützen, brauchte es keine schönen Möbel mit Vitrinen und Regalen, wie sie in den Stadtwohnungen standen.

In den Regalen standen Bücher, nicht viele, aber gelesene, das erkannte man sofort. Auf dem Tisch, auf einer feinen Stickerei lag Dostojewski und daneben ein Aufnahmegerät. Das also nahm sie Ion auf. Das hatte er für sie vorgesehen. Doch gab es auch hier Bauerntum. Neben den Büchern in einem Wandschrank, hinter einem geöffneten Vorhang standen beschriftete Gläser. Erdbeer- und Pflaumenkonfitüre, Kompott, Sirup, Nusslikör und *vișinată*, Weichsellikör. Sie zog den Vorhang bestimmt zu, wenn sie las, und öffnete ihn, wenn sie ihren Magen füllen wollte. Oder ihr Mann seine Kehle.

Im Hof stand mein Audi auf einem Karren, der vordere Teil war eingedrückt. Es tropfte nur noch leicht. Nachdem alles wie erstarrt auf das Ende des Regens gewartet hatte, fingen jetzt die

Tiere wieder an zu reden, das Schwein zuerst. Es grunzte so verzweifelt, als ob es wüsste, dass seine Zukunft nicht rosig war. Als ob es eine Generalprobe auf das letzte empörte Grunzen seines Lebens wäre, etwa in einem dreiviertel Jahr. Durch einen Spalt im Holz sah ich seinen Rücken. Im hinteren Garten wuchs, was Elena für den eigenen Magen und für die Märkte der Umgebung brauchte: Kohl, Rüben, Salatköpfe, Kartoffeln, Bohnen, Tomaten, Gurken. Ich ging zwischen den Beeten hindurch, trat in Pfützen und auf feuchtwarme Erde, bis die Beete in wildes Gras übergingen. Dann ging das Gras in Buschwerk über, und die Bäume stiegen dicht den Bergrücken hinauf. Weit oben kam nur noch Stein. Es tropfte träge.

Als der Regen wieder einsetzte, flüchtete ich unter einen wuchtigen Kastanienbaum. Die Blätter schirmten mich ab, allerdings nicht vollständig, sie spielten mit mir, einmal tropfte es links, dann wieder rechts. Das Haus und den Garten sah ich wie durch einen Wasserfall, die Blätter der Erdbeerpflanzen neigten sich unter ihrer Last zur Seite, und das Wasser floss ab. Es gab Wassertropfen, die zuerst lange Spuren zogen, die aussahen wie schleimige Spuren von Schnecken, bevor sie hinunterfielen. Wenn sich das Wasser am Rand eines Blattes oder eines Astes, an der Öffnung eines rostigen Rohrstücks oder auf Holzscheiten zu einem Tropfen sammelte, zögerte der Tropfen, schien sich festzuhalten, um sein Leben zu verlängern. Denn sein Leben war ein einziger kurzer, freier Fall und endete unten, wo er zerplatzte, wie eine üble, überreife, eitrige Beule.

Elena kam lachend durch ihren Garten auf mich zu, in der einen Hand hielt sie ein Handtuch, in der anderen ein Glas Schnaps. »Was wollen Sie zuerst?«, rief sie mir zu. »Trocken sein oder es warm haben? Mit diesem Schnaps werden Sie glühen.« Ohne meine Antwort abzuwarten, legte sie das Handtuch auf meinen Kopf und streckte mir das Glas entgegen. »Vielleicht doch nur trocken werden«, sagte ich schmunzelnd. Ihre Augen funkelten, da waren keine Schatten in ihnen.

Sie und ihr Mann hatten auf dem Feld gearbeitet, und weil auf ihrem Karren mein Auto stand, das sie inzwischen abgeholt hatten, konnte er sie nicht mehr dorthin tragen. Also waren sie die paar Kilometer zu Fuß gegangen. »Wir brauchen die Erde«, meinte Elena. »Sie braucht uns nicht, aber wir sie schon, also muss man hin, egal wie weit es ist oder ob es regnet oder nicht.«

»Ion hat angerufen«, sagte der Mann, der mit einem eigenen Glas in der Hand im Garten auftauchte. »Er wollte wissen, ob es Ihnen gut geht. Wir haben ihm gesagt, dass Sie wie ein Säugling schlafen. Er und seine Philosophen erwarten Sie bei sich zu Hause um acht. Dieser Schnaps ist selbst gebrannt. Die reinste Medizin.«

»Lieber nicht, an so etwas bin ich nicht gewöhnt.«

»Recht haben Sie. Sie werden mit den Philosophen mehr saufen, als Ihnen lieb ist. Manchmal bedauere ich, kein Philosoph zu sein. Dann würde ich erfahren, wie die Welt sich dreht, und könnte mir dabei einen Rausch antrinken.« Er streckte mir die Hand hin, sie war rau, so wie die Hände aller, die mit dem wirklichen Leben zu tun hatten und nicht nur mit dessen Verdünnung. Als ob ihm Borsten in den Handflächen gewachsen wären. Er leerte beide Gläser und wischte sich den Mund mit dem Handrücken. In seiner Handfläche wuchsen keine Borsten, sondern ein Wald von Schwielen. Dann verschwand er ins Haus.

Elena wusch sich die Füße direkt auf den Stufen vorm Haus. Sie seifte ihre Hände gut ein und fuhr dann damit über Sohlen, Zehen und Waden. Sie stellte einen Fuß auf ihr Knie, dann kam der andere dran. Sie sah, dass ich ihre Beine anschaute und beeilte sich, die Seife mit dem Schlauch abzuwaschen. Dann erinnerte sie sich, dass sie mir noch etwas geben wollte, lief hinein und kam mit dem Löffel Marmelade zurück. Ich steckte ihn mir in den Mund, wir zogen Stühle unter das Vordach und warteten auf das Ende des Regens.

»Wo kommen Sie schon wieder her?«, fragte sie.

»Aus der Schweiz«, sagte ich.

»Darüber weiß ich so gut wie nichts.«

Ich ging den ganzen Weg zurück, über die Holzbrücke, die Hauptstraße entlang, vorbei an der Badeanstalt und dem Parkplatz, vorbei auch an den wenigen hässlichen Cafés und dem See, auf dem sich einige Paare in Tretbooten vergnügten, dann ließ ich das reiche Hotel hinter mir, wo mich der Fabrikdirektor grüßte, und das arme Hotel, wo die Bergarbeiter und die Hunde auf bessere Tage warteten, und kam vor Ions Wohnhaus an. Auf der Straße redeten die Waldarbeiter von heute Morgen, aber müder und dreckiger, weil Ion nicht in der Nähe war. Als sie mich sahen, nahmen sie die Mützen vom Kopf, als ob ich ein Mann von Rang wäre. Dass sie mich mit Ion gesehen hatten, genügte ihnen. Am Kiosk nebenan kaufte ich Schnaps und ging in den Hauseingang hinein. Der Eingang war ein dunkles, schmutziges Loch, die Treppen waren uneben, das Geländer würde bald nachgeben.

Durch ein Fenster, auf dem der Dreck der letzten Jahrzehnte lagerte, sah ich im Hof den Alten von heute Morgen, der wieder Holz hackte. Diesmal war es die Nachtportion. Er tat es so präzise, dass einem schnell klar war, dass er als Knabe sein Elternhaus, später als reifer Mann und jetzt als Greis seine Blockwohnung mit den eigenen Armen beheizen musste.

Im Haus auf der anderen Hofseite war ein Gesicht im Fenster zu sehen, das den Mann beobachtete. Es regte sich nichts in ihm, nicht einmal als die Person merkte, dass ich sie anschaute. Ich nickte ihr zu, sie erwiderte meinen Gruß nicht. Ich hätte sie für eine Erscheinung gehalten, wenn ich nicht genauer geschaut hätte. Man sah vage die Konturen einer alten Frau mit erloschenen Augen und einem Strich als Mund. Was sie dachte und ob sie überhaupt etwas dachte, blieb ein Rätsel. Vielleicht hatte sie als Kind mit dem Mann gespielt, sie waren als Nachbarn erwachsen geworden, als Nachbarn hatten sie geheiratet und Kinder aufgezogen und jetzt alterten sie gemeinsam, auch als Nachbarn.

Ich klopfte an die Tür, ein Mann, der sich als Marius vorstellte, öffnete und bat mich, einzutreten. Ich machte einen Schritt nach vorn und trat in die Welt von Ion Palatinus ein.

Ich verstand schnell, wieso er sein Massagezimmer als Vorraum seiner Bibliothek bezeichnete. Wer nicht gewohnt war zu lesen, Bücher als wertvollen Besitz zu betrachten, der wurde von dem Anblick überwältigt. Und auch jene, die Bibliotheken hatten und sogar damit angegeben hatten, erkannten bei diesem Anblick, wie kümmerlich die eigene Sammlung war. In Ions Massageraum stand man einem Schatz gegenüber, einem, den man nur mit jahrelanger Geduld und Liebe zusammentragen konnte. Wenn man aber sah, was sich hinter Ions Wohnungstür verbarg, wusste man, dass der Massageraum nur ein Lager, eine Absteige, ein Raumersatz für die überzähligen Bücher war.

Man hätte auf dem Flur einen Stuhl, eine Garderobe, einen Spiegel erwartet, aber es gab Regale mit Büchern in zwei Reihen, vom Boden bis zur Decke. Zwischen der obersten Reihe und der Decke konnte man kaum eine Messerklinge durchziehen, als ob man ungern bei der Decke aufgehört, sondern viel lieber Bücher bis in die Wohnung der Nachbarn aufgestapelt hätte. Die Decke gerne weiter weg geschoben oder Löcher hineingeschlagen hätte, damit sich die Bücher nicht zu ducken brauchten. Die Nachbarn hatten Glück, dass sie morgens nicht auf Buchrändern gingen, die nachts aus dem Boden schossen wie wucherndes Grass, und die sie dann wöchentlich mähen mussten. Aber bestimmt raschelten, flüsterten, murmelten die Bücher und stießen gegen die Dielen des Bodens, wenn man das Licht löschte.

Auch die Küche war nicht fürs Essen gedacht, sondern fürs Wissen. Die Regale der Abstellkammer waren mit Büchern gefüllt wie anderswo mit Einmachgläsern. Das Einzige, was dazwischen hing und duftete, waren Speck und Zwiebeln.

»In der Abstellkammer haben wir die Gesamtausgabe der *Königlichen Zeitschrift* bis 1947, als die Kommunisten den König in die Wüste schickten, ah, nein, in die Schweiz. An den Genfer See. Das ist besser als in die Wüste, nicht wahr? Jetzt will er zurück, denn besser ist man unter Armen ein König als unter Reichen ein Niemand«, sagte der schmächtige Mann, und seine Augen funkelten. Alles wurde als Abstellfläche benützt, der Herd, der Tisch, das Fenstersims, jeder Stuhl und sogar das Spülbecken. »In der Küche halten wir die Franzosen. Sie finden hier Montesquieu, Maupassant, Hugo, La Rochefoucault, Proust natürlich, die französischen Realisten und Naturalisten und sogar de Sade.« Dann zeigte er auf die Abstellkammer: »Und hier legen wir sie ein, wir schieben sie ab. Hierher werden jene verbannt, die uns nicht mehr interessieren oder nie interessierten, die zu einfachen oder unnötig komplizierten. Die Bücher derer, die nicht schreiben können.«

Wir kehrten auf den Flur zurück, und ich schaute mir die Buchtitel genau an. Die Nachbarn hatten hier dicht unter ihren Fersen den ganzen Fernen Osten, Persien, China und Indien, wenn sie schlafen wollten, murmelte es unter ihnen in unbekannten Sprachen. Dann gab es auch die Franzosen, die in der Küche keinen Platz mehr hatten, Céline, Rimbaud, Baudelaire, Mauriac, Vian, Valéry, Duhamel oder Camus. Wie sich die Franzosen mit dem Fernen Osten vertrugen, blieb ihr Geheimnis. Nachts schalteten sich die Franzosen ins Gemurmel der anderen ein, aber erst wenn der Rotwein zu wirken begann.

Im Schlafzimmer, auf dem Bett, das nicht zum Schlafen benutzt wurde, lagerten die Bücher auf Durchreise, jene, von denen es mehrere Exemplare gab. Zusammen mit den einfachen und den unnötig komplizierten wanderten sie in den Massageraum und von dort aus an einen Ort, den ich nicht kannte. *Excelsior*, hörte ich, konnte mir aber nicht vorstellen, was das war. »Was ist *Excelsior*?«, fragte ich. »Das erfahren Sie später.«

Sonst aber waren auch hier die Wände voller Spanier, Südamerikaner, Russen und Deutscher und vielen anderen. Kundera und Hrabal neben Zweig, Lenz neben Hamann und Borges, Döblin neben Pavese, Puschkin neben Strindberg, Canetti oder Saramago. Und dann die heiligen drei Russen, wie Marius sie nannte: Tolstoi, Dostojewski, Tschechow. Er strich mit der Hand über die drei Russen und sanfter hätte er es bei keiner Frau getan. Es gab viele vollständige Reihen, seltene, alte Ausgaben, die Buchdeckel bereits abgeschält oder neue, glänzende, manche sogar noch verpackt.

»Die Verleger kennen Ion seit langem und schicken uns dauernd Bücher. Wir kommen kaum mit dem Lesen nach«, sagte Marius.

»Marius, wer ist da?«, rief Ion aus dem Wohnzimmer.

»Der Schweizer.«

»Dann bring ihn doch rein, sonst verschütte ich den Schnaps.«

Durch das Schlafzimmerfenster sah ich ein letztes Mal auf das Gesicht der Frau gegenüber, die sich die ganze Zeit nicht vom

Fleck bewegt hatte. Ihr Mund war zugenäht, die Augen ausgesto-
chen. Von unten schallte das Holzhacken des Mannes die Wände
herauf. Sie wartete hinter einer Fensterscheibe, damit die Zeit
vorbeiging und andere Wege gab es nicht, außer in die Berge zu
gehen und sich vom Bären zerfetzen zu lassen. Da war sie, die
Welt, in so konzentrierter Form, dass einem schwindlig wurde.

Im Wohnzimmer setzte sich der Überfluss fort mit Amerika-
nern wie Faulkner, Wolfe, Updike, Irving, Bellow, Roth. Und
dann, als Krönung des Ganzen, als köstliche Zugabe, die Philosophie, jene Zone, die solch eine schwindelerregende Wirkung auf
den Direktor hatte. An die zweitausend Titel mussten es sein,
Namen, die ich kannte, an denen ich mich versucht hatte, und
solche, die mir gänzlich unbekannt waren. Natürlich die Grie-
chen, dazu Hegel, Kierkegaard, Wittgenstein, Pascal, Schelling,
Kant, Marx, Schopenhauer, Sartre, Cioran oder Croce. Die Bücher wucherten, quollen auf, vervielfältigten sich, kletterten die
Wände hoch, standen in Reih und Glied, lagen faul, stützten sich
auf. Bücher mit schlichten Umschlägen, manchmal nur Autor
und Titel auf farbigem Hintergrund, andere aber mit Zeichnungen oder Bildern versehen. Manche, die sich nicht einschmei-
cheln wollten, waren schlicht gehalten, andere prahlten und wollten Aufmerksamkeit erhaschen. Sie wollten nicht warten, bis man
sie entdeckte, sie empfahlen sich selbst. Sie führten Krieg gegen
das Ignoriertwerden. Sie sprangen einem ins Gesicht, führten
einen an die Nase herum, nötigten einen. Sie riefen: »Nimm
mich!«, aber ein anderes rief lauter: »Nein, mich. Das ist nur fett,
aber es steckt nichts dahinter!« »Und du bist magere Kost«, protestierte das erste Buch. »Und du aufgeblasen«, kam vom zweiten
zurück. »Besser aufgeblasen als halb verhungert«, wurde geantwortet. Die Rivalität der Bücher war nicht zu unterschätzen.

Neben dem geheimen Gespräch der Bücher gab es das Gespräch der Männer, die im Wohnzimmer saßen, qualmten, Speck,
Brot und Zwiebeln aßen und dazu Schnaps tranken. Es waren,
neben Ion und Marius, drei weitere junge Männer im Raum. Ion
stand mit einem vollen Glas Schnaps in der Hand bereit. Als ich
eintrat und zuerst die Bücher anschaute, flüsterte er den anderen
zu: »Der Mann der Geschwindigkeit.«

»Sie haben hier buchstäblich alles«, sagte ich und drehte mich zu ihm um.

»Dreißigtausend Titel und es werden immer mehr.«

»Wie lange sammeln Sie schon?«

»Seitdem ich erblindet bin.«

Er sagte es ganz nebenbei, als ob es dazu gehörte, Bücher zu sammeln, wenn man einmal erblindet ist. Als ob es nicht viel natürlicher wäre, zu fluchen, aber sich dann aufzugeben und in die Blindheit zu gehen.

»Anstoßen?«, fragte er und hob das Glas bis an meinen Mund. Obwohl ich größer war, hatte er richtig eingeschätzt, aus welcher Höhe meine Worte kamen. Noch ein wenig, und er hätte mir den Inhalt direkt in den Mund kippen können. Marius legte die Hand auf Ions Arm und drückte ihn leicht nach unten. Jetzt hatte ich das Glas auf Brusthöhe.

»Es tut mir leid«, sagte er. »Ich richte mich immer nach dem Mund der Leute.«

»Man kann über Ion vieles behaupten, aber nicht, dass er sich nach dem Mund der Leute richtet«, meinte Marius und nahm das Glas aus Ions Hand.

»Ich stelle Ihnen meine Philosophen vor«, sagte Ion. »Marius haben Sie schon kennen gelernt. Er ist ein brillanter Kopf, aber er spuckt sich die Leber aus dem Hals.« Marius stieß mit mir an.

»Und das ist Cosmin.« Er suchte nach einem der Männer, fasste ihn am Arm und zog ihn zu uns. »Cosmins Liebe ist Kierkegaard. Er sagt, alles fange an und höre auf bei Kierkegaard. Viele meinen, Hegel oder Nietzsche seien das Maß aller Dinge, nicht so Cosmin. Nicht wahr, Cosmin? Wissen Sie, was Kierkegaard in seinem Tagebuch geschrieben hat? *Ich bin die bewaffnete Neutralität*, hat er geschrieben. Er hätte seine Freude an der Schweiz gehabt. Die Schweiz ist der einzige konsequente Existenzialist, den ich kenne. Cosmin hat ein schlimmes Bein. Fünf Zentimeter zu kurz. Leider ist Kierkegaard nicht so dick, sonst könnte er ihn im Schuh tragen.«

Sie lachten alle, und ich stieß auch mit Cosmin an.

»Das ist Sorin. Sorins Spezialität ist ebenfalls der Existenzialismus, aber der Existenzialismus ist heute nicht mehr gefragt. Sorin hat Probleme, Leuten in die Augen zu schauen. Nicht wahr, Sorin?« Ein Mann, der schon seit langem aus den Kleidern, die er trug, herausgewachsen war, kam nach vorn und streckte mir die Hand entgegen, den Blick scheu nach unten gerichtet.

»Wir haben ihm oft gesagt, dass er so keine Frau findet. Einer Frau muss man in die Augen schauen, nicht auf die Füße«, sagte der Vierte und schüttelte mir kräftig die Hand. »Wenn Sie einer Frau auf die Beine schauen, sieht sie nicht in Ihre Augen. Und Frauen sind verrückt nach Augen.«

»Und das ist Dan. Er liebt diesen postmodernen Quatsch, aber noch mehr liebt er die Frauen«, sagte Ion.

Marius machte Platz auf dem Sofa, entfernte Papiere, Bücher, Zigarettenpackungen und bot mir von einem Teller Speck an. Er sagte: »Wir haben zu viel. Wir sind es nicht gewöhnt, mehr als einmal am Tag zu essen. Unsere Mägen sind klein.«

»Nur die Reichen haben hier genug und die vermehren sich auf wundersame Weise«, fand Ion mürrisch. »Wo einer steht, wachsen schnell andere nach. Wie Pilze, die man zertreten sollte.« Ions Stimme nahm einen bedrohlichen, dunklen Ton an.

»Sind Sie deshalb so ungerecht zu dem Direktor?«, fragte ich, und alles hörte auf zu kauen und wartete gespannt auf Ions Reaktion. Offenbar war es nicht normal, Ion zu provozieren. Er hatte mir die vier vorgestellt, wie ein Vater, der stolz seine Söhne zeigte, oder eher wie einer, der vier junge Leben besitzt. Es war mir nicht klar, welcher Spezies Ion wirklich angehörte. Er entschied sich, meine Bemerkung zu ignorieren.

»Wissen Sie, was bei Hugo der Bischof zum Schafott meint?«, fuhr er fort. »*Das Schafott verschlingt, frisst Fleisch, säuft Blut. Es hat etwas Halluzinierendes an sich und versetzt die Seele, die es anblickt, in einen grässlichen, traumhaften Zustand. Man kann der Todesstrafe gleichgültig gegenüberstehen, solange man nicht mit eigenen Augen eine Guillotine gesehen hat.* Der Bischof hat eine gesehen und ist erschüttert. Ich bin froh, keine sehen zu können. Mein lieber Mann, wenn Sie hier leben würden, würden Sie manchem das Schafott wünschen. Aber Sie kommen ja aus der Schweiz.«

»Das bedeutet nicht, dass ich ahnungslos bin und nicht weiß, wie sich die Welt dreht«, erwiderte ich.

»Und wie dreht sie sich?«, fragte Ion. »Denn sehen Sie, immer schon wollte ich, dass mir jemand von drüben sagt, wie sie sich dreht. Jahrzehntelang waren wir in diesem Land eingeschlossen, und ich fühlte, dass ich austrockne. Ich hatte diese jungen Menschen hier, aber sie waren zu jung, um etwas zu verstehen.«

»Sie hatten die Bücher«, sagte ich.

»Ich hatte die Bücher, aber auf die Bücher ist nicht immer Verlass. Man braucht eine besondere Art von Liebe und Geduld, damit sich die Bücher öffnen und zu einem sprechen. Außerdem braucht man auch eine besondere Art Offenheit, sonst sieht man nur, was man will. Was bequem ist. Es gibt Bücher, die eine eigene Stimme haben, und man kommt vorwärts mit ihnen. Die meisten Bücher aber sind Wiederholung, im besten Fall angenehme Wiederholung, man macht durch sie keine Sprünge. Sie haben keine kräftige Stimme, egal wie gut der Vorleser ist. Ich würde höchstens eine Handvoll Bücher mit ins Grab nehmen.«

»Und das sagt einer, der Bergarbeitern *Germinal* zu lesen gibt.«

»Sie lauschen hinter Türen. Das ist eine schlechte Eigenschaft. Ich gebe anderen Bücher zu lesen, weil ich glaube, dass es für jeden passende Bücher gibt. Viele sind es nicht, die man in einem Leben finden kann, eine Handvoll eben, aber man soll ruhig die Hand füllen.«

»Wieso dann dieser ganze Aufwand?«, fragte ich und zeigte mit einer ausladenden Handbewegung auf die Bücher rundum. »Sie müssen doch die Literatur als Ganzes lieben, wenn man so herumschaut.«

»Als Ganzes? Man liebt auch nicht alle Frauen, aber es ist nützlich, sich unter sie zu mischen, um eine zu finden, mit der man ein paar Jahre verbringen möchte. All das hier ist Tarnung für einige kostbare Perlen. Nur bei einer so großen Tarnung gibt es auch genug Perlen. Aber wir reden schon zu viel und sie haben nicht einmal mit uns getrunken. Wenn man keinen Schnaps trinkt, schlägt das alles einem auf den Magen.«

»Sie meinen die Bücher?«

»Ion meint die Verhältnisse, in denen wir leben«, ergänzte Marius und gab mir das Glas Schnaps.

»Wenn Sie jetzt das Glas halten, stelle ich mich gerne vor: Ion Palatinus, Masseur und Philosoph, Besitzer einer Hündin, eines Blindenstocks und von dreißigtausend Büchern, darunter viele Perlen.«

»Wie haben Sie es geschafft, all diese Bücher zu lesen?«

»Das sage ich nur solchen, die mich duzen. Wenn man Schnaps zusammen getrunken hat, sollte man sich duzen.«

»Wie hast du das geschafft?«, fragte ich erneut.

»Die Jungen hier haben mich gebildet. Als sie ganz jung waren, haben sie mir Literatur und Philosophie vorgelesen und ich habe zugehört. So kamen auch sie auf den Geschmack.« Er schmatzte, als ob er diesmal den Geschmack der Philosophie überprüfen wollte.

»Ich habe sie nach und nach gefunden, als sie zwölf oder dreizehn waren, noch vor dem Stimmbruch. Normalerweise gehen solche Jungen in einen Chor, aber diese kamen zu mir. Marius hatte die schönste Stimme, war aber nicht sehr konzentriert. Sorin hatte die kräftigste Stimme, aber er sprach so leise, dass ich zwei Paar Ohren gebraucht hätte. Cosmin betonte gut, sprach kräftig aus, aber wurde von Satz zu Satz langsamer, wie ein Auto, dem der Sprit ausgeht. Irgendwann kam gar nichts mehr und man meinte, er sei eingeschlafen, aber er wartete bloß auf irgendetwas. Also saßen wir manchmal nebeneinander, und ich wartete, dass er erwachte und er wartete, dass ich etwas sagte. Dan zuzuhören, war ein Ereignis für sich. Wir nannten es *hormonelles Lesen*. Dan war als Junge der Stärkste von allen vieren, er raufte gerne, aber er hatte es auch auf ein Mädchen aus der Nachbarschaft abgesehen. Es war mit ihm nichts anzufangen, wenn er sie von der Schule nach Hause kommen sah. Er fing gleich hier neben mir zu lesen an, hielt es nach wenigen Minuten nicht mehr aus und ging zum Fenster, dann kam er wieder zurück. Ich kriegte immer nur die Hälfte der Texte mit. Einmal war die Stimme zu nah, dann wieder zu weit entfernt. Und wenn ihm danach war, sprang er auf und weg war er, mitten im Satz. Er roch buchstäblich die Frauen. Dan war schwer zu kontrollieren.«

»Glauben Sie ihm kein Wort«, sagte Dan. »Ion kontrolliert hier alles, man weiß oft nicht wie, aber er tut es. Und wir waren nicht die einzigen, die ihm vorlasen. Viele Leute haben es getan. Ion, erzähl ihm die Geschichte mit dem Popen.«

»Ich fand lange niemanden, der mir de Sade aufnehmen wollte«, began Ion. »Eines Tages kam ein Pope zur Kur, und ich mag Popen nicht, aber dieser hier war ganz in Ordnung. Als er sagte, er wolle etwas für mich aufnehmen, habe ich nicht gezögert und ihm de Sade vorgeschlagen. Seine Stimme versagte fast. Er stotterte: ›Ja, aber er schreibt so über bestimmte Sachen.‹ ›Was für Sachen?‹, fragte ich schmunzelnd. ›Schlimme‹, antwortete er. ›Aber nicht doch. Gott hat doch de Sade gewollt, sonst hätte der keinen Verlag gefunden‹, meinte ich. Das überzeugte ihn ein wenig, er nahm de Sade mit nach Hause und nahm ihn mir auf, auf zehn Kassetten. Marius, bring mal die Kassetten rüber.«

Marius brachte eine Schachtel, worauf *de Sade, gelesen von August Bănică, Popă în Slatina* geschrieben stand, griff sich eine Kassette heraus und legte sie ein. Der Pope hatte eine feierliche, tiefe Stimme, man konnte meinen, dass er de Sade am Sonntag mit in die Kirche genommen und ihn dort gepredigt hatte.

»Er hat eine gute, glasklare Stimme«, meinte Cosmin.

»Beruhigend«, ergänzte Sorin.

»Ihn übertrifft nur Elena. Sie hat die schönste Stimme von allen. Hat sie dich gut verpflegt?«, fragte mich Ion und machte ein Zeichen, das Gerät leiser zu stellen.

»Sie gab mir etwas Brot und Salami.«

»Das kriegst du auch bei uns, die arm sind. Aber Elena und ihr Mann sind tüchtige Bauern, sie haben von allem genug. Ich werde sie tadeln.«

»Oh nein, tu das nicht.«

»Bringt mir das Telefon!«, rief er und Cosmin reichte es ihm.

»Das musst du nicht tun«, wollte ich mich widersetzen.

»Es muss sein.«

Er wählte eine Nummer.

»Elena? Du hast uns den Mann ganz hungrig hergeschickt. Wir müssen uns gut um ihn kümmern, sonst läuft er uns davon. Wie viele können sich schon rühmen, einen Schweizer geangelt zu haben?«

Er hörte Elena lange und aufmerksam zu, dann legte er auf.

»Das hättest du nicht tun müssen«, sagte ich.

»Ich habe es nicht für dich getan, sondern für mich. Ich rufe Elena oft an, um ihr zuzuhören. Ihre Stimme beruhigt mich. Ich erfinde irgendetwas, nur damit ich einen Grund habe, sie zu stören. Sie weiß es, und ich weiß, dass sie es weiß. Nimm noch Speck und Brot. Stopf dir den Mund voll. Es ist alles Bio. So würde man bei euch sagen.«

Das Gespräch ebbte ab, und wir schmatzten synchron. In der Luft lagen Zigarettenqualm, Speckgeruch und die Ausdünstungen unserer Körper. Es war tropisch warm, von uns und vom Spätfrühling draußen. Ich fragte mich, ob das alles den Büchern nicht schadete, und als ob er meine Gedanken erraten hätte, bemerkte Marius: »Wir heizen hier nicht, so wie die anderen. Der Rauch und die Asche würden den Büchern schaden. Außerdem hat Ion Angst, dass ein Feuer ausbrechen könnte.«

»Schadet der Qualm nicht?«, fragte ich.

»Das müssen die Bücher schon aushalten, sonst stellen wir sie auf die Straße«, fügte Cosmin hinzu. »Oder in die Abstellkammer.«

»Um auf deine Frage zurückzukommen«, meinte Ion. »Als ich nach Moneasa kam, bin ich gut empfangen worden. Ich habe diesen Ort angenommen und er mich auch. Aber ich war wütend, so wie junge Leute oft wütend sind. Die meisten vergessen es irgendwann, ich bin es heute noch. Wütend auf alle dummen Hunde, die uns nicht leben lassen. Ich hatte niemanden, der mir vorlas und saß ganze Abende einfach da, bis ich einschlief. Ein bisschen wütend darf doch ein blinder Mann sein, was meinst du?«

Er schmunzelte, lehnte sich nach hinten, das Schnapsglas in der Hand, das Gesicht an die Decke gerichtet. Hinter seinem Rücken lag ein frisch gewaschenes Hemd auf der Lehne, das er mit seinem Rücken bügelte. Er bewegte den Rücken hin und her, langsam, als ob er das Hemd massierte. Als es glatt genug war, nahm es Marius weg, hängte es auf einen Kleiderbügel und legte ein zweites hin. Ion lehnte sich zurück und das Ganze ging von vorne los.

»Wieso denn unbedingt auf die dummen Hunde?«, fragte ich.

»Auf was denn sonst?«

»Auf deine Blindheit zum Beispiel.«

»Man wäre ganz schön dumm, etwas zu hassen, was seit dreißig Jahren ein Teil von einem ist. Nein, da braucht es etwas anderes.«

»Wie meinst du das?«

»Na, die schlimmen Verhältnisse, die Ungerechtigkeit.«

»Bei uns gibt es so etwas nicht.«

»Was meinst du mit *bei uns*?«

»Drüben, in der Schweiz. Ich war neunzehn, als wir geflüchtet sind, das ist sehr lange her, also ist mein *bei uns* drüben. So etwas wie schlimme Verhältnisse gibt es dort nicht. Im Gegenteil, ich würde die Verhältnisse als ausgezeichnet bezeichnen. Was nicht ausgezeichnet ist, braucht nicht zu stören. Ich kam dort als ein niemand an und jetzt bin ich in leitender Position. Ich habe meinen Weg gemacht, aber wenn ich hier geblieben wäre, wäre ich …«

»Du wärst weniger auf den Straßen herumgeirrt und in Straßengräben gelandet«, unterbrach mich Ion.

»Ich habe nur Mihai gesucht, den Erzähler. Als ich jung war, sammelte ich Bauerngeschichten.«

»Deine Stimme sagt aber was anderes«, fuhr Ion fort.

»Was sagt sie?«

»Ich weiß es nicht genau.«

Wir waren still, man hörte nur die Zwiebeln in den Mündern knacken und zum Abwischen nahmen wir die Ärmel. Mein englischer Anzug hatte bereits einen kleinen Speckfleck. »Wie ist die Schweiz?«, fragte Dan plötzlich. Sie wollten wie alle anderen wissen, wie das sei, Schleusen zu verkaufen, und wie viel das einbringe. Angesichts ihrer Armut waren sie weder angewidert noch empört. Sie gaben mir Stichworte wie Calvin und Genf, Hesse und Lugano, Dürrenmatt und Neuenburg, ihr Wissen ergänzte sich wunderbar, denn wo der eine nichts mehr wusste, übernahm ein anderer. Sie lehnten sich zurück und hörten mit geschlossenen Augen zu, am Glas nippend. Ich wusste nicht viel über die drei, aber umso mehr über die Landschaften. Als ich ansetzte, von den Alpen bei Genf, den alten Bergdörfern bei Lugano und dem Jura-Gebirge bei Neuenburg zu erzählen, folgten sie mir bedingungslos. Sie sogen meine Beschreibungen auf und wirkten, als ob sie eine Reise erster Klasse machten, ohne dass es sie etwas kostete. Ich redete mich heiser. Marius hustete dauernd, errötete von der Anstrengung. Jeder Anfall sah aus, als ob es der letzte wäre, Marius jedoch steckte danach das Taschentuch in die Tasche und machte weiter, als wenn nichts wäre. Die anderen nahmen seinen Husten hin, der wie die Hündin zu ihren Treffen dazugehörte.

Die Hündin streckte sich genüsslich unter Ions Sessel. Ob sie mit uns durch die Schweiz mitreiste und sich fremde Hunde vorstellte, Hunde aus dem Ausland, wussten wir nicht. Ich beschrieb die Schweizer Städte, die ich kannte, die Milde des Westens, die Granithärte des Südostens und die Öffnung gegen den Süden, nach Italien hin.

»Man kriegt Lust«, sagte Sorin und nahm wieder einen Schluck.

»Ich will das mal sehen«, sagte Cosmin.

»Bei uns gibt es nur Schlamm und Abfall«, sagte Dan.

»Schlamm und Abfall?«, sprang Ion auf. Er warf das Glas zu Boden, die Hündin flüchtete erschrocken. »Schaut euch um. Ist das Schlamm und Abfall? Sieht Neruda wie Abfall aus? Oder Pessoa? Was bringt es uns, dass sie Wasserfontänen in Genf haben und Palmen im Tessin? Ihr habt nichts begriffen. Die Philosophie und die Literatur sind für euch nur Zeitvertreib. Man wird euch einen Knochen geben und schon wird man euch gekauft haben. Ich frage mich, wieso ich meine Zeit mit euch vergeude. Wir leben hier isoliert, das stimmt, aber wenn ich das da spüre, weiß ich es besser.«

Er streckte den Arm nach hinten und kraulte die Bücher, als ob sie Lebewesen wären. Es fehlte nur noch, dass sie vor Vergnügen kicherten oder stöhnten. Dann wandte er sich an mich: »Aber bald werdet ihr vielleicht finden, dass es besser sei, in einem Schweizer See zu baden, als das zu tun, wofür wir hier sind.«

»Wofür seid ihr hier?«, wollte ich wissen.

»Um die Verhältnisse zu ändern. Es gibt nur, was man tut. Nur das. Bald werden wir fünf uns trennen und jeder meiner Freunde wird an einem anderen Ort im Land lehren und viele Menschen erreichen. Das ist mein Traum.«

»Ich glaube nicht, dass sich etwas ändern lässt. Es bleibt alles im Großen und Ganzen beim Alten, ob man will oder nicht«, widersprach ich ihm.

»Noch sind wir nicht beim Packen für die Schweiz, Ion«, sagte Marius besänftigend.

»Alles Beschwichtigung. Lasst euch beschwichtigen und ihr seid so gut wie tot. Die Reichen zählen nur darauf, dass ihr euch beschwichtigen lasst. Und wer es einmal zugelassen hat, der wird es immer wieder zulassen.«

Er rief seine Hündin zu sich, sie leckte seine Hände, er kraulte auch sie so wie vorher die Bücher.

»Es tut mir Leid, ich wollte nichts kaputtmachen«, sagte ich. »Ich habe nur erzählt.«

»Erzählungen sind gefährlich. Wer erzählt, hat Macht, lass dir das gesagt sein. Wenn die Philosophie für irgendetwas gut sein soll, dann dafür, haarscharf zu denken und sich keine Erzählungen aufbinden zu lassen.«

»Dabei lässt du dir doch dauernd Geschichten erzählen.«

»Erzählen, aber nicht aufbinden.«

Wir schwiegen.

»Es ist nicht wahr, dass Philosophen haarscharf denken und sich nichts aufbinden lassen. Heidegger war immerhin ein Nazi«, widersprach Dan.

»Und Sartre ist nach Moskau zu den Kommunisten gefahren«, meinte Cosmin.

Sie redeten weiter, stundenlang, während ich nur die wenigsten ihrer Gedankengänge verstand. Als ob sie das Reden hungrig machte, zauberten sie aus der Abstellkammer immer wieder Speck, Brot und Zwiebeln hervor. Weil es sie durstig machte, gossen sie nach. Im Dorf schliefen alle, vom Fenster aus sah man nur die Hunde vor dem Hotel, die gelangweilt Flöhe im Fell suchten. Hotelhunde. Hinter dem Wohnhaus und hinter den Bauernhäusern direkt gegenüber erhob sich der Berg. Als sie so betrunken waren, dass die Worte nur noch gestottert den Mund verließen, stand Ion auf und gab das Zeichen zum Aufbruch. Wir gingen die Hauptstraße hinunter, vorbei an den stillen Hotelanlagen, den Kaffeehäusern, dem See, dem Parkplatz und den privaten Villen.

Ion hielt Marius' Arm, Sorin und Dan gingen, wie es ihnen passte. Sorin sah mit den zu langen Gliedern von hinten wie ein gutmütiger Frankenstein aus. Wenn Cosmin einen Schritt machte, schaukelte er wie eine Ente. Marius' Körper wurde vom Husten geschüttelt. Ion wusste, wann es wieder so weit war, blieb stehen und legte die Hand auf Marius' Rücken, wie um das Beben zu spüren. Dann streichelte er ihm wie einem kleinen Jungen über die Wangen. Wir kamen voran im Rhythmus von Marius' Husten.

»Ion mag dich«, meinte Cosmin.

»Wie kannst du das wissen?«

»Weil er auch zu uns so ist.«

Kurz vor der Holzbrücke ging ein Zittern durch die Erde, direkt unter uns hindurch. Als ob die Erde im Schlaf leicht gezittert hätte. Es kam aus dem Berg, setzt sich entlang der Straße fort und verlor sich außerhalb von Moneasa. Ich blieb stehen, erstarrt, aber keiner der anderen ließ sich stören, als ob das Zittern zu ihren Spaziergängen dazugehörte. Bei der Brücke nahm ich Ions rechte Hand und legte fünfzig Euro hinein.

»Für die Behandlung von heute Morgen«, sagte ich.

»Wie viel ist das?«, fragte er Marius. Marius sagte es ihm.

»Das ist ja mehr als die Hälfte meines Monatslohns. Kannst du uns nicht noch mehr Schweizer schicken?«, spottete Ion. Er zerknüllte die Note und warf sie zu Boden. »So viel nimmt eine Hure in der Stadt von den Italienern«, sagte er weiter. »Behandle uns nicht wie Huren.«

»Ich wollte nur etwas geben.«

»Du wirst dazu schon Gelegenheit haben«, murmelte er.

Ich ließ sie hinter mir, überquerte die Brücke und sah sie bald nur noch als fünf Schatten, dünn und kränkelnd am anderen Ufer stehen. Während vier sich umdrehten und zurückgingen, bückte sich der fünfte, hob etwas vom Boden auf und lief dann auf mich zu. Es war Marius.

»Kann ich das Geld trotzdem haben? Wir brauchen es für die Rechnungen.«

Ich nickte. »Bebt hier oft die Erde?«, fragte ich.

»Hier ist man sich nie sicher«, sagte er zerstreut. »Ion bittet dich, morgen früh zu ihm zu kommen, für eine weitere Behandlung.«

»Woher weißt du das?«

»Ich kenne Ion sehr gut.«

Vor Elenas Haus blieb ich stehen und schaute durch das erleuchtete Fenster hinein. Sie las Dostojewski lautlos in ein Mikrofon hinein, den Kopf stützte sie auf die Handflächen, manchmal fielen ihr die Augen zu. Im Dorf rührten sich nur die Seelen der Toten und hinter den Hauswänden lagen die schweren, schlafenden Körper der Lebenden. Hier aber sprach eine mit Dostojewski. Von Zeit zu Zeit spulte sie zurück und hörte sich die Aufnahme an, wenn sie nicht zufrieden war, schüttelte sie den Kopf, blätterte zurück und setzte erneut an. Der Vorhang vor dem Schrank mit Eingemachtem war zugezogen. Nur die Liebe ging durch den Bauch, das Lesen nicht.

Als ich gerade ans Fenster klopfen wollte, kam ihr Mann aufgeregt hinein, ich hörte ihn nicht, aber ich las den Ärger in seinem Gesicht. Sie sprachen heftig, und ich dachte, dass es mit mir zu tun hatte, aber es hatte mit Dostojewski zu tun. Der Mann zeigte mehrmals auf das Buch, hob es hoch, knallte es auf den Tisch, dann warf er es gegen die Wand. Er hob seine schwere Hand und als sie sich senkte, traf sie Elenas Kopf. Dann folgte noch ein Schlag und noch einer. Dreimal schlug er zu, bis er aufhörte, die Vorhänge des Regals beiseite zog, eine Flasche Selbstgebranntes heraus nahm und ins Nebenzimmer ging. Elena blieb mit den Händen im Schoß sitzen, dann raffte sie sich auf, hob das Buch auf, säuberte den Einband, glättete zwei, drei zerknitterte Seiten und setzte sich wieder hin, das Kinn auf die Hände gestützt.

Ich klopfte ans Fenster, wir schauten uns einige Sekunden lang an, sie wusste, dass ich alles gesehen hatte. Sie hob die Augenbrauen, als ob sie mich bat, nichts Schlimmes zu denken. Oder als ob sie sich ertappt fühlte, bei etwas, das niemand hätte sehen sollen. Sie öffnete mir das Tor, ging beiseite und ließ mich vorbeigehen. Zuerst wollte ich nichts sagen, dann aber drehte ich mich um, so dass wir beinahe zusammen stießen. Wir schauten uns an, ohne uns genau zu sehen.

»Tut er das oft mit Ihnen?«, fragte ich.

»Nicht oft.« Sie senkte den Kopf.

»Wieso lassen Sie das zu?«

Sie zuckte die Achseln, sie zog die Stirn in Falten, sie versuchte, den Sinn meiner Frage zu verstehen.

»Er ist mein Mann. Ich glaube deshalb.«

»Sie nehmen Ion also Dostojewski auf«, sagte ich, nur um etwas zu sagen. Sie trat in eine schattige Zimmerecke, damit ich ihren Kopf nicht sah.

»Fünfzig Kassetten habe ich schon. Zwei, drei brauche ich noch«, antwortete sie.

»Und Ihr Mann will das nicht.«

»Mein Mann sagt, dass ich verrückt bin. Verrückter als Ion, denn der könnte gar nicht anders, ich aber schon. Ich sollte lieber zu ihm ins Bett kommen, anstatt Bücher zu lesen. Aber das sagt er seit Jahren, ich habe mich schon daran gewöhnt.«

»Lässt Ion Sie entscheiden, was Sie lesen wollen?«

»Manchmal lässt er mich etwas aussuchen. ›Es wird sich schon zeigen, ob es passt‹, sagt er dann.«

»Und wie passt Dostojewski?«

»Er beschreibt das Landleben der russischen Bauern, als ob es hier bei uns wäre.«

Es fiel ihr schwer zu reden, ich wollte näher rangehen, aber sie wich zurück.

»Sie sollten lieber schlafen gehen, ich muss weitermachen.«

»Und Sie sollten irgendwas auf die Stelle tun, damit sie nicht anschwillt.«

»Jogurt. Ich tue immer Jogurt drauf. Für solche Fälle habe ich immer ein Glas bereit.«

»Na dann, gute Nacht.«

Ich zögerte, dann aber ließ ich sie allein.

Kurz darauf kam sie in mein Zimmer. »Bitte, sagen Sie Ion nichts. Er würde meinen Mann fertig machen, und das will ich nicht.«

Den Kopf im Kopfkissen, dicht bei der Wand, hörte ich eine Weile ihrer Stimme zu. Ion hatte Recht, man folgte Elenas Stimme sogar lieber als Dostojewski. Sie setzte sich nicht über den

Text hinweg, bedrängte ihn nicht. Man merkte ihr an, dass sie durch viele Bücher gewandert war.

Schönheit

Ion schlief noch, als ich an die Tür klopfte und ins Behandlungszimmer ging. Er lag auf seiner Massageliege, der Kopfhörer hing schräg um seine Schläfen, bis zuletzt hatte er Hugo gehört, die Kassettenhülle war auf den Boden gefallen. *Hugo. Gelesen von Maria, etwas zu steif, aber kraftvoll, sie lässt sich nicht unterkriegen.* Auf einer weiteren Hülle stand: *Hegel. Phänomenologie des Geistes. Gelesen vom Bürgermeister. Plustert sich auf, wenn er spricht. Ein Angeber.* Die Hündin kam unterm Bett hervor, freundlich, denn sie hatte mich bereits adoptiert, so wie sie auch Ion, die Philosophen oder das Kurhaus adoptiert hatte. Ion schreckte hoch und richtete sich auf, ohne Übergang zwischen Schlafen und Wachen. »Ist jemand da?«, fragte er. »Ich bin da. Teodor.« Er setzte seine Blindenbrille auf, zog sein Pyjamaoberteil aus, schob den Heizkörper beiseite, der seinen Rücken gewärmt hatte, ging zum Waschbecken und wusch sich.

»Schläfst du nie zu Hause?«

»Hier schlafe ich auf Kosten anderer. Das Hotel bezahlt die Heizung«, sagte er, während er mit dem Pinsel Rasierschaum auf die Wangen verteilte. »Was tust du da?«

»Ich lese, was du auf die Kassettenhüllen geschrieben hast. Der Bürgermeister …«

»Den habe ich in der Hand«, sagte Ion. »Sein Auto haben andere bezahlt. Geschäftsleute aus der Stadt.«

»Wieso tun sie das?«

»Sie wollen hier die Straße ausbauen und verlängern. Und an die Welt anschließen. Aus dem Kurort eine Attraktion machen.«

»Das nennt man Fortschritt«, erwiderte ich.

»Ich will den Fortschritt hier nicht. Es braucht noch Orte ohne Fortschritt.«

»Ich rasiere dich, wenn du willst«, schlug ich vor.

»Gut, denn wenn ich es tue, erschrecken die Kinder nachher, wenn sie mich auf der Straße sehen.« Er setzte sich auf den Stuhl und ich mich auf den Bettrand. Ich setzte die Klinge am Hals an und zog sie sanft nach oben. Er schaute die ganze Zeit an mir vorbei oder in mich hinein, wegen seiner Brille konnte man es nicht sagen. Ich wischte die Schaumreste ab und trocknete sein Gesicht, dann kämmte ich ihn und entfernte die Schuppen von seinen Schultern. Er wartete ab wie ein Junge, der an Aufmerksamkeit und Pflege gewöhnt war. »Hübsch wie ein junger Bräutigam, nicht wahr?«, schmunzelte er. Wir saßen eine Weile da, ich schaute in sein blindes Gesicht und er irgendwohin. Dann schaute ich auf seine nackten Füße, in den fast zahnlosen Mund und auf die kräftigen Masseurshände. Ich merkte, dass ich ihn anstarrte, ohne dass er sich wehren konnte, und wandte den Blick ab. Ich bat ihn, mir mehr über seine Vorleser zu erzählen.

»Ich habe hier Seemänner mit brummigen Stimmen, als ob sie bei Sturm sprechen müssten. Ich habe Eisenbahner, die ein Leben lang Kohle eingeatmet haben, und Bergarbeiter, die sich wegen derselben Kohle die Lungen aus dem Hals spucken. Ich habe einen Bankdirektor, der jung und unverbraucht ist, dessen Stimme aber krächzt, einen Fabrikdirektor, den du kennst, zwei wichtige Politiker aus der Hauptstadt, die zwischen den Parlamentsversammlungen aufnehmen – einer von der Regierung, der andere von der Opposition, man muss doch das Gleichgewicht halten –, dann fünf kleinere Politiker, Bürgermeister und Gemeinderäte, den Polizeichef aus der Stadt, der skrupellos ist. Wenn er redet, dann zerfetzt er die Sätze. Eine Ärztin, Bauern, Lehrer und Professoren. Ach, und einen Totengräber. Er nimmt auf, wenn er nicht graben muss. Du kannst dir nicht vorstellen, wie delikat er den Text ausspricht. Wie ein Kirchenlied. Er lebt in der Gesellschaft der Toten. Wenn er sich davon erholen möchte, kommt er mich besuchen.«

»Wo kommen sie alle her?«, fragte ich.

»Aus dem ganzen Land. Der Totengräber aus der Hauptstadt, die Seeleute aus Galaţi, der Bankdirektor aus Cluj, die Bergbauern aus Tîrgu Jiu. Zuerst massiere ich sie, und sie müssen mir etwas vorlesen. Wenn sie gute Vorleser sind, massiere ich sie gratis. Wenn sie das Lesen brauchen, ebenfalls. Sonst aber hat hier jeder zu zahlen. Wenn sie wieder gehen, gebe ich ihnen Bücher mit. Aufnahmegeräte haben sie inzwischen alle. Jetzt leg dich mal hin.«

»Soll ich dir was vorlesen?«, fragte ich.

»Ich bin doch erst aufgewacht«, sagte er und lachte.

Er konzentrierte sich auf meinen Körper, ließ mich liegen, mich aufsetzen, aufstehen, wieder liegen. Er sagte: »Hmm, hmm« oder »aha«. Wenn er etwas entdeckte, was ihm gefiel, schmatzte er, wenn nicht, knurrte er. Mein ganzer Körper war unterteilt in Knurr- und in Schmatzzonen. Seine Finger und Handflächen suchten Wege durch meine Haut. Es kam mir schon jetzt vor, als ob ich zu diesem erbärmlichen Zimmer, dem blinden Ion, der Hündin, den Büchern und dem Dorf dazugehörte, kaum vierundzwanzig Stunden nach meiner Ankunft. Ich griff nach einem der Bücher, die in den Regalen auf Durchreise waren und viele erschöpfte Körper gesehen hatten. Wahrscheinlich waren auch die Bücher an das Berufsgeheimnis gebunden und mussten darüber schweigen, wie viel Schmerz vor ihnen gelegen hatte.

»Es tut mir Leid wegen gestern«, sprach Ion.

»Ist schon gut.«

Seine Hände ruhten auf meinem Rücken, und er schien nachzudenken.

»Lass uns hinausgehen«, sagte er.

Ich zog mich wieder an, und wir gingen auf den dunklen Flur. »Nimmst du den Stock nicht mit?«, fragte ich.

»Wozu? Ich habe doch dich.«

Im Dunkeln kam eine Gestalt auf uns zu. Auch Ion bemerkte es und sagte freundlich: »Guten Morgen, Herr Direktor.«

»Wie hast du ihn erkannt?«, fragte ich erstaunt.

»Am Gang. Ich erkenne sie alle am Gang. Für dich ist alles eins, aber für mich nicht. Ich bin in dieser Beziehung ein Hund wie Roşcata.«

Der Direktor roch stark nach After Shave.

»Wenn der Herr Direktor zu mir kommt, parfümiert er sich, als ob er ein Rendezvous hätte«, sagte Ion spöttisch. »Ich habe ihn ermahnt, weil mein Hund jedes Mal fast ohnmächtig wird, aber er will es nicht lassen. Nicht wahr, Sie können es einfach nicht lassen?«

Der Direktor lächelte breit. »Manchmal glaube ich, dass Ihnen der Bastard wichtiger ist als ein Mensch«, meinte er.

»Hängt vom Menschen ab«, antwortete Ion.

»Dabei hat dieser Hund auf der Straße schon viel Übles gerochen.«

»Deshalb ist er an die feinen Gerüche nicht gewöhnt.«

»Herr Palatinus, ich brauche dringend eine Behandlung.«

»Winseln Sie nicht so.«

»Gestern hatten Sie keine Zeit.«

»Heute vielleicht auch nicht«, ergänzte Ion.

Herr Direktor Popescu zog den Mantel enger um den Körper und steckte hilflos die Hände in die Taschen. Er setzte sich wieder hin, als ob er entschlossen wäre, auf seine Zeit zu warten. Als wir schon an der Ausgangstür waren, rief er uns hinterher:

»Kriege ich ein neues Buch?«

»Philosophie?«, fragte Ion und drückte meinen Arm, um mich auf die Antwort des Direktors aufmerksam zu machen.

»Wenn möglich, etwas anderes.«

»Es ist nicht möglich«, sagte Ion, dann flüsterte er mir zu: »Er hasst Philosophie, aber gibt seltsamerweise nie auf.«

Das ganze Hotel war umtriebig. Schwestern riefen Patienten zur Therapie, gekrümmte Männer liefen auf und ab und erkrankten in ihren Erzählungen erneut, Ärzte gingen hastig vorbei. Eine Alte kam auf uns zu, von beiden Seiten von kräftigen Schwestern gestützt, ihre Beine waren geschwollen wie Melonen. Als die Frau an uns vorbeiging, sah ich, dass auch sie nicht alt, sondern verbraucht war. Kaum fünfzig war sie.

In diesem Land war auf die Zeit kein Verlass. Sie machte Sprünge. Sie raubte dem Menschen den Körper und verformte ihn, wie es ihr passte. Dann verlangsamte sie sich, bis man meinte, dass man außerhalb der Zeit geraten war. Man wurde zeitlos alt, aber man war nicht gut gealtert. Und vor allem zu früh. Deshalb flüchteten die jungen Frauen in italienische Schöße. Damit sie nicht bald ihre Jugend gegen ein verfrühtes Alter eintauschten.

Als Ion und ich von der Hauptstraße zur Villa Seerose abbogen und den gepflasterten Weg hinaufgingen, fragte ich ihn, warum er so hart mit dem Direktor war. »Ich halte ihn für harmlos und gutmütig«, meinte ich. Ion aber fand, dass alle harmlos seien, wenn sie zur Kur kämen. Das Leben habe ihnen ein Bein gestellt, sie seien gestolpert. Da würde der schlimmste Mensch zahm wie Roşcata. Sie hätten sich für unsterblich, unverwundbar gehalten, aber in den Sekunden des Unfalls oder als sie erkrankten, hätten sie gemerkt, wie wenig fehlte, damit alles zusammenbrach. Je erfolgreicher sie waren, desto eher glaubten sie, besondere Menschen zu sein. Dann plötzlich bekam ein simpler Masseur Macht über sie. Weil der Masseur sich in der Nähe von so etwas Großem wie dem Schmerz befand, fürchtete man ihn. Man war ihm ausgeliefert.

Der Schmerz sei der wirkliche Diktator, und der Masseur der Dompteur des Schmerzes. Erinnerte man sich an seinen Masseur, so tauchte auch die Erinnerung an den Schmerz auf.

Es war schwierig gewesen, Leute zu finden, die Bücher mit nach Hause nahmen. Sie hatten Angst, dass sie dadurch auch den Schmerz mitnahmen. Manche meinten, dass sie beim Lesen Schmerz empfanden. Viele wollten vom Masseur nichts mehr wissen, sobald die Behandlung beendet war, deshalb gewöhnte er sie ans Vorlesen, solange sie hier waren. Ich sollte mich vom Jammern nicht beeindrucken lassen. Die Mächtigen wären hier machtlos, aber bei sich zu Hause die üblichen Schweinehunde. Hier gönnten sie sich eine Pause, so auch der Direktor. Er lebte in geschmacklosem Prunk, aber ohne jede Schönheit.

»Woher willst du wissen, wie er lebt?«

»Bücher zu lesen, ist nur eine andere Form von Massage und oft die gründlichere. Meine Patienten erzählen mir alle ihr Leben, sie lechzen danach. Ich muss nichts tun, sie nicht einmal ermutigen, irgendwann legen sie einfach los«, sagte er. Als wir vor der Villa standen, ergänzte er leise, beinahe nur für sich selbst: »Aber ich mag ihn. Seine hündische Treue. Sein Beharren.«

Die Villa war vor Jahren geplündert worden und teilweise eingestürzt. Der Wald war ins Haus gekommen, hatte Löcher geschlagen, ins Dach und in die Wände. Die Erde hatte sich in die

Behandlungsräume, die Badewannen, die Arztzimmer und die Gänge geschoben. Pflanzen hatten im aufgerissenen Boden Wurzeln geschlagen. An manchen Orten sah man noch Marmorreste, rosé und grün. Vor dem Eingang stand ein Säulenvorbau, an einer der Säulen war auf einem Plakat zu lesen: *Gebaut vom Grafen Fred Enckheim im Jahre 1891. Geplündert 1989, beim Sturz des Kommunismus.*

Es fehlten Fenster, Türen, Waschbecken, Glühbirnen und das gesamte Mobiliar. Dort, wo früher Parkett oder Marmor gewesen waren, war jetzt nur kahle Erde. Die Kabel waren herausgerissen und zerstückelt worden, man hatte nur noch Stümpfe in den Wänden zurückgelassen. Die Holzbalken, die das erste Stockwerk stützten, waren morsch, ragten ohne Sinn auf, denn es gab kaum noch etwas zum Stützen. Auch die Treppe führte ins Leere, nur weiter hinten hatten sich oben einige Zimmer und Flure erhalten.

In kleinen Behandlungszimmern waren Badewannen in den Boden eingelassen, auch sie aus Marmor, und ein paar Treppen hatten den Patienten geholfen, hineinzusteigen. Die Wannen waren mit Schutt, Abfall und verfaulten Blättern gefüllt.

Überall klafften große Risse, durch die man in den nahen Wald schauen konnte. Der Wald starrte zurück.

Ion hatte zwanzig Jahre lang hier gearbeitet, bevor das Haus geplündert wurde. Nachts hörte man unten im Dorf das Hämmern und man sah schwer beladene Umrisse. Jetzt badeten manche in Marmor, hatten golden glänzende Wasserhähne und Duschköpfe und die Kinder lernten an Pulten, die vor hundert Jahren in Italien gezimmert und geschnitzt worden waren. Sie hatten sich alle bedient, das ganze Dorf. Nachts war es ein ständiges Pilgern, man grüßte Nachbarn im Dunkeln und verfluchte sie, nachdem sie weitergezogen waren, weil sie ein schöneres Stück erwischt hatten. Man ließ sich beraten, wie man Marmor unbeschädigt herausschlagen konnte oder Parkett entfernen. Man gab Tipps, aber erst nachdem man sich überzeugt hatte, dass man selbst nichts mehr brauchte.

Das war die erste freie Handlung des Dorfes. Manche Ärzte wollten sich widersetzen und schliefen Tag und Nacht hier, aber sie wurden schnell überwältigt. Ion wusste, wer was mitgenommen hatte. Er hatte sie in der Hand. Früher war es schön anzusehen, so hatte man es ihm beschrieben, auch wenn es heute nur noch nach einem Trümmerfeld aussah.

»Siehst du überhaupt etwas, Ion?«, fragte ich.

»Ich bin blind wie die Nacht.«

»Erinnerst du dich an Formen oder Farben?«

»In letzter Zeit habe ich angefangen zu vergessen.«

»Erst jetzt, nach so vielen Jahren?«

»Sagen wir es so: Die letzte Zeit hat vor zwanzig Jahren angefangen.«

Er lachte herzhaft, denn er liebte seine Witze und war sein bester Zuhörer. Er hielt inne, während wir durch den Schutt der Villa gingen. Wir setzten uns auf ein Mauerstück und von Zeit zu Zeit nahm ich einen Stein und warf ihn ins Wasser. Wenn ich geschickt war, machte er mehrere Sprünge und die vielen Kreise, die er schlug, überlappten sich.

»Suchst du wirklich einen, der Mihai heißt?«, fragte Ion.

»Ja, Mihai, den Erzähler«, erwiderte ich. »Er lebte hier in der Gegend. Sein Haus stand abseits vom Dorf, daran kann ich mich noch erinnern.«

»Ich kannte ihn. Bis vor zehn Jahren hat er unseren Wohnblock mit Holz versorgt. Seitdem aber habe ich nichts mehr von ihm gehört. Kannst du unsere Dacia-Autos fahren?«

Wir gingen zurück ins Kurhaus, Ion sprach auf einem Flur mit einer großen, schönen, aber schon etwas gealterten Ärztin, die mehrmals zu mir herüberschaute. Er schien überzeugend zu sein, denn sie holte aus ihrem Kittel einen Schlüsselbund und gab ihn ihm. Wir setzten uns in den Dacia der Ärztin, wie man sich in einen Schrank setzen würde, wenn Schränke fahren könnten. Allein durch das Fahren solcher Autos war das Patientenpotential für Ion unerschöpflich. Man kriegte Schmerzen nur vom Hinschauen.

Das Auto quietschte und brummte, es widersetzte sich lange, aber am Schluss brachte ich es in Fahrt. Wir fuhren aus Moneasa hinaus und dann weiter bis an jenen Ort, wo der Friedhof war und ich mit den Bauern gegessen hatte. Ohne nachzufragen, wo wir waren, bedeutete mir Ion, dass ich nach links abbiegen sollte. Ich fragte nicht, wieso er wusste, dass es dort eine Abzweigung gab und wir nicht geradewegs ins Maisfeld fuhren. Er hätte so oder so erklärt, dass er es am Knirschen des Asphalts hörte oder so ähnlich. Von weitem sah ich auch die leere Fabrikhalle, aber diesmal ohne Kuh und auch ohne Störche, denn sie hatten ihr Nest auf dem Schornstein aufgegeben oder sie inspizierten gerade ihre Besitztümer, wie Mihai gesagt hätte. Nach einigen Kilometern kam ein Dorf, schon wieder befahl Ion anzuhalten, sein Instinkt war so sicher, als ob wir in seiner Wohnung wären und er bloß *das dritte Buch von links* suchte. In der Dorfmitte war ein alter Lebensmittelladen, so alt, dass die Alten, die davor standen, ihn schon als Kinder gekannt haben mussten. Niemand hatte sich bemüht, ihn frisch zu streichen oder zu erneuern. Über die alte Farbe hatte man *Coca-Cola* geklebt. Durch eine Luke, nicht anders als im Kurhaus, verkaufte eine Hand Eis, Bohnenkaffee oder Mineralwasser. Die Kneipe nebenan war gepflegter, da wollte der Besitzer das abendliche Besäufnis angenehmer machen. Jetzt aber stand sie noch leer.

Manche Bauern lehnten an den Zäunen vor ihren Häusern, wahrscheinlich waren im Holz schon Dellen von den vielen Jahren, in denen ihre Schulter hineingedrückt hatten. Schulter und Zaun passten hervorragend zueinander. Es war eine Art Zaun nach Maß. Andere Bauern saßen auf Bänken, die breiten Hintern alter Frauen oder die schmalen Hintern ihrer Enkelkinder. An den Dellen, die eine Generation hinterlassen hatte, lehnte bereits die nächste.

Diese Straße hier, die einzige gepflasterte, war die Spaziermeile der Bauern, obwohl sie weder üppige Häuser noch breite Plätze vor der Nase hatten. Wenn sie am Nachmittag vom Feld kamen, die Kinder versorgt hatten, die Suppe aufs Feuer gesetzt und die Tiere in den Stall gebracht hatten, gingen sie vor die eigenen Häuser wie andere in die weite Welt. Es zog sie hinaus, obwohl sie keine Wolkenkratzer sahen, sondern die immer gleichen alternden Gesichter der Nachbarn und ihre verfallenden Häuser. In einer Stadt wären sie die Flaniermeile entlangspaziert, und sie hätten die feinen Menschen nachgeahmt. Sie hätten sich über die fremden Düfte gewundert und den Gesprächen gelauscht, aber sie hätten das wenigste verstanden. Denn es trennten die Bauern und die Stadtmenschen nicht nur die Düfte, sondern auch die Worte. Später wären sie in ihr Dorf zurückgekehrt und hätten weiterhin unter der Geruchsglocke aus Misterde und Ausdünstungen gelebt.

Eine Kuh war alleine nach Hause gekommen und wartete darauf, dass man das Tor öffnete. Zwei Frauen diesseits und jenseits des Zauns tauschten Nachrichten aus, und es waren doch nur die Nachrichten von vorgestern. Ein alter Ochse zog mit letzter Kraft ein voll beladenes Fuhrwerk, er zitterte, spannte jede Muskelfaser an und riss die Augen auf. Aber dem Bauern war die Müdigkeit des Ochsen egal, er peitschte ihn aus, bis sie in einem Hof verschwanden. Die beiden waren ein unzertrennliches Paar, ein Paar fürs Leben.

Ion drehte sich mehrmals nach links und rechts, schien eine Fährte zu wittern, nicht anders hätte es ein Jagdhund gemacht. »Sind wir an der Kreuzung mitten im Dorf?« »Ja.« »Haben wir die Kneipe hinter uns?« »Ja.« »Dann müssen wir dort lang«, sagte er und zeigte auf eine Schotterpiste, die sich in den Hügeln verlor. Ich fing an, mich zu erinnern. An jener Kreuzung hatte auch ich gestanden, hatte Schnaps oder Fusel im Laden gekauft und war denselben Weg gegangen, den Ion jetzt vorschlug. Manchmal wartete Mihai auf mich, und weil er nicht auf dem Trockenen warten wollte, fügte er Flüssiges hinzu. Ich fand ihn dann im Zustand allgemeiner Auflösung, aber bei dem langen Weg, den wir noch gehen mussten, hoffte ich, dass er sich sammelte. Und so war es auch. Je mehr er sich aufrichtete, desto schräger ging ich, aber nicht vom Alkohol, sondern von der Müdigkeit. Nachdem ich ihn am Anfang gestützt hatte, musste er auf den letzten Metern aufpassen, dass ich nicht umkippte.

»Vielleicht sollte ich Schnaps kaufen«, schlug ich vor. »Vielleicht ist er schon tot«, meinte Ion. Ich parkte das Auto, nahm Ion am Arm, und wir gingen los unter den aufmerksamen Blicken der Bauern. Endlich hatten sie etwas, um ihre Nachrichten aufzufrischen. Ein Mann in einem nicht mehr ganz frischen Nicht-von-dieser-Welt-Anzug und ein Blinder gingen aus ihrem Dorf hinaus, bogen auf einen Pfad ein, eigentlich nicht mehr als schlammige Traktorenspuren, und folgten nach einigen hundert Meter einer dünnen, grasbewachsenen Spur, die schon lange nicht mehr benützt worden war. Ich geriet nach einigem Auf und Ab durch die Hügel außer Atem, und Ion musste mich stützen, während ich die Richtung vorgab. Nach einer Weile machten wir Halt und setzten uns ins Gras.

»Kannst du noch?«, fragte er.

»Nicht mehr lange. Und du?«

»Ich fühle mich wie ein junger Hund. Was siehst du?«

»Ich sehe Wälder und Felder.«

»Sei genauer.«

»Links ist der Wald, vielleicht zweihundert Meter von hier entfernt.«

»Kann man einzelne Blätter erkennen oder nicht?«

»Es sind schmale, spitzige Blätter, hellgrün, es gibt auch Wind, nicht viel, aber die Blätter bewegen sich leicht.«

»Man hört aber kein Rascheln.«

»Dafür ist der Wald zu weit weg. Er ist nicht dicht wie eine Wand, man kann ruhig hineingehen.«

»Und die Bäume? Haben sie dünne oder breite Stämme und stehen sie gerade?«

»Sie haben eher dünne, helle Stämme und sind nach Osten geneigt. Ich meine, von uns gesehen nach rechts.«

»Steht die Sonne über dem Wald? Ist er in Licht getaucht?«

»Die Sonne ist weit im Westen.«

»Ich spüre sie auf meinem Gesicht. Und die Erde? Wie ist die Erde?«

»Bis zum Wald ist sie unbestellt, vernachlässigt.«

»Was heißt vernachlässigt?«

»Klumpig, grob und überall wächst Unkraut. Die Erde hat eine matte, graubraune Farbe.«

»Und hinter uns?«

»Man sieht nur noch ein Meer von unreifem Korn, gelbbraun, bis zum Dorf. Das Feld ist ruhig, der Wind reicht nicht aus, um das Korn zu bewegen. Ich sehe die Schotterpiste, die Kreuzung und unser Auto. Ich sehe ein Kind, das aus dem Laden herauskommt und etwas auf den Boden fallen lässt, und ich sehe eine

Frau, die Mutter vielleicht, die es schlägt. Das Kind läuft davon, die Frau bückt sich und sammelt ein, was herumliegt.«

»Und was siehst du noch?«

»In einem Hof streiten zwei, Mann und Frau, ich glaube, dass es derselbe Mann ist, der vorher seinen Ochsen auspeitschte. Es muss ziemlich laut sein, sie hebt die Arme über den Kopf, er geht unruhig umher, bleibt jetzt vor ihr stehen und …«

»Ohrfeigt er sie oder schlägt er sie mit der Faust?«

»Mit der Faust. In den Bauch. Sie krümmt sich, er geht wieder umher, springt auf den Wagen, packt die Heugabel und wirft das Heu auf die Erde. Sie richtet sich wieder auf und redet weiter auf ihn ein, noch heftiger, und er wirft die Gabel weg, springt vom Wagen und …«

»Wieder die Faust?«

»Er drückt ihr die Faust in den Bauch. Ich kann da nicht mehr hinschauen.«

»Schau genau hin.«

»Sie krümmt sich wieder, fällt auf die Knie. Der Mann kehrt zurück auf den Wagen, die Frau verschwindet ins Haus. Das ist alles, lass uns gehen.«

»Das ist nicht alles.«

Minutenlang geschah nichts mehr, ich zog bereits an Ions Arm, und die Umrisse wurden klarer und schärfer, ein Zeichen, dass die Sonne bald untergehen würde.

»Das ist nicht alles«, widersetzte sich Ion.

»Ich will nicht sehen, wie er seine Frau verprügelt.«

»Warten wir es ab«, meinte er.

Als ich erneut an Ions Arm zog, kam die Frau wieder heraus und stürzte sich auf ihren Mann, der erschrocken zurückwich. In der Hand hielt sie etwas, das in der Sonne glänzte, und sie stach damit immer wieder in die Luft, der Mann sprang dann zur Seite.

»Sie hat ein Messer geholt und sticht auf ihn ein.«

»Was möchtest du tun?«

»Ich möchte wegschauen.«

»Nein, schau hin!«

Der Mann griff nach der Gabel und richtete sie auf die Frau, die Frau ihrerseits hielt das Messer bereit. Sie standen sich gegenüber wie zwei wilde Tiere, bereit zum Angriff, nur dass die zwei vielleicht Jahrzehnte lang zusammen gelebt hatten. Zusammen im gleichen Käfig. Spät, aber nicht zu spät, tauchten Nachbarn auf, trennten die beiden und stellten sich dazwischen. Sie brachten die Frau zu Nachbarn und den Mann ins Haus.

»So, jetzt habe ich alles gesehen. Bist du zufrieden?«

»Hinschauen ist wichtig. Man soll niemals wegschauen. Der beste Schriftsteller ist nichts anderes als ein guter Zuschauer.«

»Woher wusstest du, dass die Frau zurückkommen würde?«

»Die Leute aus dieser Gegend sind sehr hitzig«, sagte er schmunzelnd.

»Ion?«

»Ja.«

»Ach, nichts.«

Ich sagte Ion nicht, dass ich mittlerweile Erfahrung im Hinschauen hatte. Elena hätte es mir nicht verziehen.

Mihais Haus lag in Trümmern, entweder war er tot und auf den Friedhof gewandert oder er hatte alles aufgegeben. Es standen nur noch die Wände und eine Tür, das Dach war eingestürzt, die Fensterscheiben zerschlagen. Alles war geplündert worden, nicht anders als bei der Villa Seerose. Die Plünderer machten keinen Unterschied zwischen dem armseligen Haus eines Bauern und einem alten Kurhaus.

Ion und ich setzten uns auf einen Baumstumpf.

»Er war ein sehr guter Erzähler«, meinte ich. »Er erzählte vor allem Geschichten aus dem Jenseits.«

»Jetzt unterhält er das Jenseits mit Geschichten von hier. Vielleicht haben die drüben auch Angst vor uns, so wie wir vor ihnen.«

Wir lachten beide.

»Wirst du jetzt abreisen?«, fragte mich Ion, als wir genug gelacht hatten, und wurde wieder ernst.

»Sobald mein Auto repariert ist wahrscheinlich schon.«

»Du wirst nicht abreisen.«

»Wie willst du das wissen?«

»Deine Stimme wirkt wie Blech, leer, tot oder müde, abgelebt. Es gibt nicht wirklich etwas, das dich anzieht. Da kannst du genauso gut hier bleiben.«

»Was hat meine Stimme mit meiner Weiterreise zu tun?«

»Mir ist nicht klar, was du suchst. Denn diesen Mihai suchst du nicht wirklich. Sein Verschwinden macht auf dich keinen starken Eindruck. Und wegen der Schönheit unserer Landschaft bist du sicher auch nicht hier.«

Ich gab keine Antwort, erst nach einiger Zeit murmelte ich: »Ich habe kurz vor der Grenze gesehen, wie zwei, die heiraten wollten, bei einem Unfall starben. Das alles ergibt keinen Sinn.«

»Ich verstehe dich nicht«, meinte Ion.

»Ion?«

»Ja, was willst du?«

»Was ist für dich Schönheit, wenn du nichts sehen kannst?«

»Schönheit ist, wenn ein Buch gut klingt.«

Damit stand er auf und zeigte, dass er zurückgehen wollte. Als wir wieder im Dorf waren, war es dunkel und wir fragten einen, der gerade in die Kneipe ging und deshalb noch deutlich antworten konnte, nach Mihai. Beim Nachhauseweg würde er über jedes Wort stolpern. Er wusste, wo Mihai war, auf dem Friedhof beleuchtete er mit einer Laterne ein Kreuz, zwei schmale Röhren aus Eisen, die zusammengeschweißt worden waren.

Zurück im Hotel trafen wir Elena, die mit dem Buch im Schoß auf uns wartete. Elena hatte sich festlich angezogen, als ob zum Lesen eine besondere Bekleidung notwendig wäre. Ein schwarzer Rock und eine weiße Bluse mit hochgezogenem Kragen. An den Fingerkuppen sah man noch die Zeichen der Feldarbeit, kleine eingeschwärzte Risse, so sehr sie auch versucht hatte, die Schwärze auszuwaschen. Ihre Beine steckten in dicken Strümpfen. Es war nichts, was eine Stadtfrau getragen hätte, sondern nur eine junge Bäuerin. Sie bemerkte erneut meine Blicke und wurde verlegen.

»Sie sehen schön aus, Elena. Ziehen Sie sich immer so an, wenn Sie Ion vorlesen?«, fragte ich sie.

Zuerst leuchteten ihre Augen auf, dann senkte sie sie. »Ion wäre es gleich, wie ich mich anziehe, er sieht es eh nicht. Aber ich tue es für die Bücher.«

»Das verstehe ich nicht.«

»Man kann solche Bücher nicht anfassen, wie man eine Schaufel oder eine Furche anfasst. Man muss sich die Hände waschen und sich sauber anziehen.«

»Das ist ja fast wie sonntags in die Kirche gehen.«

»Für mich ist es auch ein bisschen so.«

»Tut es noch weh?«, flüsterte ich. Sie verneinte, aber ihr Gesicht sagte was anderes. Ich war froh, dass Ion ihre Flecken nicht sehen musste.

»Dann liegt das wohl daran, dass Ihr Jogurt Wunder wirkt«, fuhr ich im Flüsterton fort. Sie schaute mich lange an, auf der Stirn bildeten sich Falten, dann lächelten wir uns an.

»Wollen Sie nicht hineinkommen und zuhören?«

»Darf ich das überhaupt?«

»Natürlich darfst du das. Unsere Gastfreundschaft geht eben nicht nur durch den Magen, sondern auch durchs Hirn«, sagte Ion, der bisher etwas abseits gestanden hatte. Er umarmte sie so fest, dass sie kaum Luft kriegte. Er legte den Kopf auf ihre Brust, sie konnte sich kaum von ihm lösen. Sie drückte ihn sanft von sich weg und meinte zu mir: »Ion kann sich wie ein Kind freuen.« Die Empfangsdame steckte den Schlüssel eines leeren Hotelzimmers durch die Luke. »Während der Arbeit liest man mir im Massageraum vor. In der Freizeit in einem Hotelzimmer. Das ist, als ob auch ich ein bisschen Urlaub machen würde«, grinste Ion. Die Hündin, die zusammengerollt unter einem Stuhl geschlafen hatte, streckte sich und folgte uns. »Darf Roşcata mit rein?«, fragte ich, als Elena das Zimmer aufgesperrt hatte und wir bereits eingetreten waren. »Klar doch«, sagte Ion. »Sie bildet sich doch auch.«

Sie redeten eine Weile über den Alltag, Ion fragte sie über ihren Mann und das Mädchen aus, sie ihn über seine Patienten und die Philosophen. Das gehörte dazu, es war eine Art Ritual und es verlängerte die Vorfreude. Sie machten sich bereit, der eine fürs Zuhören, die andere fürs Vortragen. Sie kosteten es aus wie wahre Genießer. So wie einem das Wasser im Mund zusammenläuft, wenn man sich ein feines Essen vorstellt, so lief den beiden das Wasser im Mund zusammen, weil Dostojewski auf dem Speisezettel stand.

Elena setzte an, ihr Gesicht verwandelte sich, es wurde weicher und ruhiger, als ob schon die Aussicht zu lesen sie beruhigte.

Sie schlug die Beine übereinander, machte ihren Rücken gerade, schaute mich an, lächelte, und ich wusste, dass sie in jenem Moment mit mir flirtete. Ich lehnte mich zurück, schloss leicht die Augen, Ion fragte: »Worauf wartest du noch, Elena?«, dann legte sie los. Ihre Stimme war so klar und ruhig, als würde sie aus einem tiefen, verborgen Ort aufsteigen, wie der Fluss, der unweit von hier aus dem Berg schoss. Das war bestimmt Schönheit ganz nach Ions Geschmack.

Es gab Schönheit. Dass man dafür Umwege in Kauf nehmen musste, bedeutete nicht, dass es sie nicht gab.

Ich hatte sie das erste Mal in Valerias Augen gesehen, mandelförmige Augen mit langen Wimpern, deren Wirkung sie mit Tusche verstärkte. Sie war keine schöne Frau, ein Fehler hier, einer dort, aber das zählte nicht, es zählte nur, dass wir uns einließen. Nach der Schule noch in der Uniform, die die Kommunisten uns zugedacht hatten, oder am Abend in den Kleidern, die uns zugänglich waren. Westliche Kleider, denn das Ausland war wichtig. Wir trugen es am Körper. Meine Eltern sogar in den Gedanken.

Ein einziges Mal war Valeria mit mir in die Dörfer gefahren, um mit den Bauern zu sprechen. Ich hatte von einem Schäfer gehört, einem schlechten Schäfer, aber guten Säufer, der so spannend erzählte, dass man am liebsten davonlief. Er hatte eine Vorliebe für *strigoi* und *vîrcolaci*, Untote und Teufel, für *iele* und böse Geister. Je mehr er trank, desto mehr davon hatte er gesehen und desto besser wurden seine Geschichten. Wir nahmen Schnaps mit, *pălincă*, und dazu auch Whiskey. »Das ist nicht gerade eine romantische Reise«, sagte Valeria im Zug, aber sie lächelte, denn sie kannte meine Narrheit.

Nach zwei Stunden Fahrt nahmen wir den Bus und gingen dann nochmals eine Stunde zu Fuß, bergauf. Wir fanden den Schäfer weit ab von allen Dörfern, keine weitere Menschenseele hatte sich jemals dorthin verirrt, er schlief besoffen vor seiner armseligen Hütte und lag zwischen seinen Hunden und Schafen. Wir schlugen unser Zelt in der Nähe auf, so dass wir ihn gut sehen konnten, dann warteten wir darauf, dass er sich regte. »Und wenn auch er einer von denen ist, über die er erzählt?«, fragte Valeria. Wir lachten und fürchteten uns zugleich, denn die Neugierde war größer als der Mut, wir tranken uns Mut an mit dem Schnaps, der für ihn bestimmt war. Am späten Nachmittag erwachte er. Als er uns sah, rieb er sich die Augen, als ob er seit langem keinen Menschen mehr gesehen hätte, stand mit Mühe auf, legte sich den schweren Schäfermantel auf die Schulter und kam zu uns.

»Was wollt ihr?«, fragte er.

»Man hat uns gesagt, dass Sie gute Geschichten kennen«, sagte Valeria.

»Ihr wollt Geschichten? Habt ihr was zum Saufen?«

»Wenn Sie erzählen schon«, sagte ich.

»Zeigt her.« Er trank Whiskey, spuckte ihn aber wieder ins Gras. »Habt ihr nichts wirklich Starkes? Unsere *pălincă* ist stärker als dieses Babyzeug.«

Wir gaben ihm, was vom Schnaps übrig geblieben war. Er wollte anfangen, ich bremste ihn, holte aus dem Rucksack meinen ganzen Stolz, das Aufnahmegerät mit externem Mikrofon Marke Ausland, und schaltete es ein. »*Go*«, sagte ich auf Englisch, er verstand mich nicht, und ich flüsterte ihm zu, dass er loslegen konnte.

»Der *spiriduş* ist ein Teufel, der aus einem Ei schlüpft, das man sechs Monate lang in der Achselhöhle ausgebrütet hat«, erzählte der Schäfer, nahm einen Schluck aus der Flasche, schmatzte vor Vergnügen und wischte sich den Mund mit dem Ärmelrand ab. Dieser war eingeschwärzt, er hatte oft Schnaps und Schmutz in einem wegwischen müssen. »Er dient dem Herrn, bringt ihm Wohlstand und erfüllt seine Wünsche. Man muss ihn aber beschäftigen, sonst bringt er einen um. Ein Schäfer ist eines Tages mit seiner Herde weit weg gezogen, weil dort die Wiesen saftiger waren. Eifersüchtig hat seine Frau ein Ei ausgebrütet und den *spiriduş* hinter dem Mann hergeschickt. Er knebelte ihn, hob ihn auf den Rücken und brachte ihn gegen seinen Willen heim.«

Unser Mann nahm einen kräftigen Schluck und wechselte zu den schlechten Geistern, den *piaza rea*, die in alles eindrangen, Mensch, Tier oder Gegenstand. Wenn Schlimmes geschah, dann bestimmt, weil eine *piaza rea* in der Nähe war. Das konnte ein Hund, eine schwarze Katze oder sogar ein Huhn sein.

»Ein armer Bauer hat sich einmal entschieden, sein Haus aufzugeben, weil es verwünscht war. Als er bereits eine Weile gegangen war, erinnerte er sich, einen wertvollen Krug vergessen zu haben. Er kehrte zurück und sah, dass sich seine schwarze Katze in einen Teufel verwandelt hatte. Der Teufel schlief auf dem Ofen. Als er erwachte, fragte ihn der Bauer: ›Wer bist du?‹ ›Deine Armut‹, antwortete der Teufel. ›Und was suchst du in meinem Haus?‹ ›Ich kam, um dir Gesellschaft zu leisten.‹ Der Teufel sprang dem Bauern an den Hals und der Bauer musste versprechen, ihn im Krug mitzunehmen. Der Teufel machte sich klein und sprang hinein. Der Bauer deckte den Krug gut zu, brachte ihn zum Fluss und versenkte ihn. Jahre lang lebte er glücklich und reich, bis eines Tages sein Bruder zu Besuch kam. Dieser war eifersüchtig auf das Leben des Bauern und als er die Geschichte mit der Armut hörte, wollte er die Stelle am Fluss sehen. Als sie dort waren, hob er den Krug aus dem Wasser und befreite den Teufel. Er befahl ihm, seinem Bruder wieder zu schaden, aber der Teufel zog es vor, nun bei ihm zu bleiben. So schadet man sich selbst, wenn man anderen Schlechtes antun will«, bemerkte der Schäfer, führte die Flasche zum Mund und diesmal blieb es nicht nur bei einem Schluck.

Er schwieg einige Zeit lang, Valeria und ich froren leicht. Er sammelte Kräfte für das, was folgte, denn bisher hatte er nur leichte Kost serviert. Er musterte uns, überprüfte, welche Geschichten er uns zumuten konnte, und legte endlich los. Die Sonne ging gerade unter, als ob sie für die Teufelsgeschichten die passende Kulisse bieten wollte. Er hielt sich kurz bei den Ertrunkenen auf, die einen bei den Beinen packten und in die Tiefe zogen. Auch die *schlechten Zeiten* waren ihm nur eine Fußnote wert. Sie verunstalteten nachts jene, die unterwegs waren. Man erkannte sie an einem lauten Zischen in der Luft. Um sich vor ihnen zu schützen, musste man vor dem Ohr das Kreuzzeichen machen. Das Gesicht des Schäfers bekam in der Dämmerung scharfe Konturen, die Augen leuchteten auf. Er schaute über seine Herde hinweg, die friedlich graste, zeigte zum hellen Streifen am Horizont und meinte: »Durch den Spalt dort kommt der Teufel in die Welt.«

Dann fuhr er fort: »Der *strigoi* kommt wie alle anderen Kinder auf die Welt, aber er hat auf dem Gesicht ein Häutchen. Wenn man das Häutchen nicht entfernt, wird er bösartig und frisst seine Verwandten. Kinder von Geschwistern oder sonst miteinander Verwandten werden zu *strigoi*. Kinder, die ungetauft sterben. Kinder, die im Gebüsch geboren werden. Die von der Geburtshelferin verwünscht werden. Kinder, die nach der Entwöhnung von der Brust trinken. Kinder, die in der Nacht des heiligen Gheorghe von einer Mücke gestochen werden. Das siebte Geschwister wird zum Untoten. Auch jene, die falschen Schwur leisten. Die alten Frauen, die im Leben dem Teufel halfen. Der Untote hat eine Glatze, aber nicht alle Glatzköpfigen sind Untote. Er vermeidet Weihrauch und isst weder Zwiebeln noch Knoblauch. Er hat einen Pferdeschweif, der bei Wärme länger wird. Alle, die nicht gut starben, die Ertrunkenen, Erschossenen, Erhängten, werden zu *strigoi*. Die Kranken, über die eine Katze gesprungen ist. Die unbewachten Toten, über die Hunde oder Hühner gelaufen sind. Deshalb darf man den Toten nicht alleine lassen. Muss man es trotzdem tun, so muss man eine Sichel und einen Ring auf seine Brust legen, die ihn schützen. Wenn man ihn zum Friedhof fährt, darf kein Tier unter dem Sarg durchlaufen. Ob einer nach dem Tod zum Untoten wird, sieht man ihm an der roten Nase an. Der Teufel saugt ihm zwar das ganze Blut aus, aber die Nase lässt er unberührt. Denn der Teufel fürchtet, dass ihm der Tote dabei in die Augen schaut.«

Der Schäfer dachte nicht daran aufzuhören, die verängstigten Gesichter von Valeria und mir kümmerten ihn nicht. Er hatte Zuhörer, hatte *pălincă* und Erzähllust. Valeria und ich aber hatten uns überschätzt. In einer menschenleeren Gegend, während es auf die Nacht zuging, waren solche Geschichten das Letzte, was wir brauchten. Wir waren gewarnt worden, aber aus der Ferne lassen sich Vampire gut ertragen. Der Schäfer hatte ganze Arbeit geleistet, wir zitterten vor Aufregung und vor Angst. Wir sahen uns entweder von Vampiren oder von ihm zur Strecke gebracht, überstürzt beschlossen wir, abzureisen und überließen ihm das Zelt und unsere Provisionen, denn wir wollten schnell sein. Wenn der Teufel wirklich hindurchgeschlüpft war, war er nun unterwegs zu uns.

Wir flohen, so schnell wir konnten, und hinter uns blieb lange noch sein schallendes Lachen. Ein Lachen, das sich vielfach an den Felsen brach, in die Täler rollte, sich vervielfältigte und sich in unserer fiebrigen Einbildung in ein teuflisches Lachen verwandelte. Am Anfang sahen wir noch, worauf wir traten, Stein, Moos, Holz, aber mit der Zeit war es uns egal, solange es uns nicht daran hinderte, fortzukommen. Wir stocherten mit den Händen im Dunkel, suchten Halt, betasteten Baumrinden, Gebüsch oder Felsenwände, es schien die dunkelste Nacht aller Zeiten zu sein. Wir hielten uns aneinander fest, und wenn einer stolperte und fiel, fiel der andere mit. Die Geräusche der Nacht nahmen zu, Geräusche, die wir Stadtkinder niemals zuvor gehört hatten, Rufe, Kriechen, Rascheln, Brechen. Es war schwer zu sagen, wo die Geräusche herkamen, manchmal schien es uns, als ob sie direkt hinter unseren Rücken waren, ein anderes Mal kamen sie vom anderen Hang. Aber egal wie weit sie weg waren, sie waren immer noch zu nah. Wir hofften nur, dass es unschuldige Tiere waren und nicht etwa der *spiriduş*, die schlechten Zeiten, die Ertrunkenen, die *piaza rea* oder die *strigoi*. Es wäre uns nicht eingefallen, dass ein unschuldiger Braunbär gefährlicher war als ein schuldiger Teufel.

Außer Atem und voller Schürfungen kamen wir in einem Dorf an, wir gingen Hand in Hand die Dorfstraße hinunter und suchten nach beleuchteten Fenstern. Die Hunde hatten uns gewittert und bellten schlecht gelaunt durch wacklige Zäune hindurch. Sie hatten es auf uns abgesehen, sie hätten das Holz zerfetzt, um an uns heranzukommen, manche versuchten, sich einen Weg durch den Zaun zu graben. »Wir haben jetzt nicht die Teufel überlebt, damit uns die Hunde fertig machen«, sagte Valeria und drückte sich an mich. »Dein Herz schlägt ja schneller als meins. Du hast mehr Angst als ich.«

Es blieb mir nur übrig, ihr zuzustimmen. Wir klopften dort an, wo noch schwach Licht brannte, erzählten dem Bauern unsere Geschichte, und er konnte erst wieder antworten, als er zu lachen aufhörte. Und mit ihm seine Frau, die Kinder, die Großeltern, Onkel und Tanten, alle, die dort waren. Uns schien, dass es die ganze Welt war. Er gab uns ein Zimmer im hinteren Teil des Hauses, wo wir zur Ruhe kamen und uns nach und nach dem Lachen, den Blicken, dem Schweigen und später auch den Küssen überließen. Unsere erste gemeinsame Nacht hatten wir den Vampiren zu verdanken. Wer konnte sich schon damit rühmen, dass Vampire Pate gestanden hatten. Als ich am Morgen erwachte, war Valeria im Hof und wusch sich. Sie hatte mir einen Zettel in die Hand geschoben:

Ich habe dich die ganze Nacht angeschaut. Vom Zeh bis zum Scheitel.

Du bist schön.

Du hast einen Bauch, nicht viel, aber genug. Ich habe dich gekniffen.

Deine Augäpfel bewegen sich unruhig unter den Lidern. Was hast du geträumt?

Dein Hintern ist fest, deine Beine kräftig. Du kannst mich bestimmt auf dem Rücken tragen.

Du frierst, wenn ich die Decke wegziehe. Die Härchen auf deinem Körper richten sich auf.

Du fürchtest dich vor Teufeln. Fürchtest du mich? Ich dich schon. Die ganze Nacht war Schönheit da.

Das war kaum drei Monate vor der Flucht.

Der erste Morgengeruch war der nach Brot. Ich wurde in der Schweiz Bäckereifahrer, so wie Vater Taxifahrer wurde. Er lernte Straßennamen, die er nicht aussprechen konnte, und weil auch ich eine Art Taxifahrer für Hörnchen und Brötchen war, lernte ich mit. Wenn ich um vier Uhr aufstand, schliefen Vater und Mutter noch zwei Stunden. Die erste Lieferung des Tages machte ich bei uns zu Hause, frisches, warmes Brot, so dass auch für Vater und Mutter der erste Geruch des Tages Brot war. Wenn sie in die Küche gingen, lag es schon da, mit einem Zettel versehen: *Das erste Brot der Freiheit* oder *Der Brotteig geht hier besser auf, bei uns ging ihm wegen der Kommunisten die Luft aus, wie uns allen auch* oder *Bei der nächsten Flucht nehmen wir Schweizer Brot mit. Es hält länger.*

Einmal fiel die ganze Brotladung auf die Straße, mehr als hundert Stück. Ich nahm die Kurve zu scharf, und die Türen des Wagens öffneten sich. Autos fuhren über die Brote, ich sprang auf die Straße und sammelte sie ein, so gut es ging. Einer rief mir zu: »Das können Sie nicht mehr verkaufen.« Ich hielt vor der ersten Bäckerei und kaufte alles, was sie hatten. Das Straßenbrot aber reichte für Vater, Mutter, mich und unsere Nachbarn eine Woche lang. Gegen zehn Uhr morgens, wenn ich die letzte Fahrt machte, hielt ich oft an Vaters Taxistand. Er hatte ein bisschen Bauch angesetzt, seitdem er nicht mehr halb Europa zu Fuß durchquerte, und sein Gesicht war nach kaum einem Jahr rundlich geworden. Die Rundungen des Wohlstands. Er legte den Arm um meine Schulter und schaute das Taxi an.

»Was habe ich für einen schönen Mercedes«, sagte er.

»Das ist nicht dein Auto, das gehört deinem Chef«, erwiderte ich.

»Ich verbringe so viel Zeit damit, dass es fast schon mein Auto ist.«

»Kommst du klar mit der Fahrerei?«

»Wenn ich nicht klarkomme, habe ich ja den Stadtplan.«

Ich hatte alles für Valeria aufgeschrieben: auf dem Weg nach Belgrad, im Zug nach Ljubljana, bei Miodrag zu Hause, bei Bauer Josef, im Schweizer Hotel und im Wartesaal. Ich schrieb auch dann weiter, als klar war, dass uns die Flucht gelungen war. Ich schickte hin und wieder auch Briefe ab. Sie verschwanden in ein Loch, ohne dass ich wusste, ob sie zugestellt wurden oder nicht oder ob sie einfach nicht beantwortet wurden. Ich wusste gar nichts, und in diesem *gar nichts* lebte ich weiter. Ich gab das Warten auf, aber da blieb ein Geräusch bestehen, das von weitem kam wie ein leises Summen.

Mit Mutter ging ich eines Tages ins Konzerthaus, wo sie sich, Gott weiß wie, einen Termin besorgt hatte. Sie hatte all ihre Kleider schon am Vorabend bereitgelegt, für warmes und für kaltes Wetter. Sie nahm ihr Instrument mit, falls sie vorspielen musste, aber sie musste nicht. Kaum hatte ich mich in ein Café gesetzt, tauchte sie wieder auf. Ich sah von weitem, dass sie wie unter einer schweren Last ging. »Sie wollen mich nicht. Ich bin schon zu alt für sie«, sagte sie. »Das tut mir Leid, Mutter. Das tut mir sehr Leid«, antwortete ich. Ich legte meine Hand auf ihre leicht zitternden Hände. Später strich Mutter manchmal über die Klarinette, wenn ich ins Zimmer kam. Ich sagte dann: »Spiel doch was, Mutter.« Und sie spielte nur für mich.

Mutter wurde Spielsalonleiterin. Nachdem Vater kurz vor Mitternacht sein Taxi in die Garage gefahren hatte, ging er sie abholen. Er saß bis zur Sperrstunde wortlos neben ihr, erzählte Mutter. Sie hatte immer eine volle Kasse, denn die Gier ihrer Klienten war ergiebig. Vater prüfte jeden ganz genau, der hereinkam, und wenn der letzte weg war, sperrte er zweimal zu. Wenn Vater und Mutter nachts nach Hause kamen, schlief die Stadt schon und mit der Stadt auch ich, der morgens um vier den Kopf voller Brotgeruch haben würde.

Im ersten Jahr wurde ich jeden Freitagabend unruhig. Am Wochenende ging ich morgens zum Bahnhof, studierte die Fahrpläne, und weil ich über die Schweiz nichts wusste, stellte ich mir vor, welche Gegend ganz nach meinem Geschmack wäre. Noch fuhr ich allerdings nirgends hin, sondern setzte mich ans Gleis und schaute, wie Züge ein- und ausfuhren. Man hielt mich für verrückt und ließ mich in Ruhe. Ich sah auch den Zug aus Wien kommen, und wo Wien war, war der übrige Osten nicht weit. Ich horchte, ob jemand rumänisch sprach, aber da war niemand.

Einmal packte ich meinen Koffer, setzte mich auf den Bahnsteig, wo der Zug aus Wien hielt, und als dieser kam, stand ich auf, entschlossen einzusteigen. Der Zug leerte sich, er füllte sich wieder, dann fuhr er ab. Mutter, die das Fehlen der Kleider bemerkt hatte, wartete zu Hause. »Wir bleiben zusammen«, sagte sie leise, so dass Vater es nicht hörte. »Wir bleiben zusammen, Mutter.« Dann gab ich die Rückkehr endgültig auf, nicht aber das Am-Bahnhof-Sitzen. Weil Mutter sich fürchtete, fand sie immer Gründe, um mich am Bahnhof zu besuchen: Sie brachte mir Handschuhe, die Post, einen Apfel. Manchmal schaute sie mich nur von weitem an, und das war ihr genug.

An einem Samstag gab ich das Sitzen auf, ich stieg in den ersten Zug, der vor mir hielt, und der brachte mich ins Tessin. Danach kamen Basel, Bern, Luzern dran. Ich kaufte ein Aufnahmegerät und trug es bei mir für alle Fälle, aber *alle Fälle* stellten sich nicht ein. Ich wusste nicht, wie ich die Menschen ansprechen sollte, damit sie mit mir sprachen. Wie ich erklären sollte, was ich von ihnen wollte. Am wenigsten aber hätte ich sie verstanden, nicht einmal mit einer Schnapsflasche wäre ich da weiter gekommen. Es war, als ob alles durcheinander geraten wäre, nicht nur die Sprachen. Ich versuchte es zwei-, dreimal und wurde weggeschickt. Manchmal ging ich schon auf jemanden zu, als mich der Mut wieder verließ und ich zu meinem Platz zurückkehrte.

Die Bahnhöfe, an denen ich ankam, waren viel zu groß, als dass dort Geschichten hängen blieben. Ich ging auf die Straße, drehte einige Runden durch die Stadt, machte Fotos und kehrte zurück nach Hause. Ich erzählte Mutter, wo ich gewesen war, in der Berner Altstadt, auf der Holzbrücke in Luzern, am Genfer See, so reisten wir ein zweites Mal durch die Schweiz. Ich dachte: Wenn es in der Stadt nicht klappt, klappt es vielleicht auf dem Dorf. Ich stieg auf regionale Züge um, fuhr in die Täler hinein und die Hänge hinauf, nach Alpthal, Muotathal, Vorderthal und Hinterthal, nach Scuol, Zuzwil, Uzwil und Flawil. Wo es mir gefiel, stieg ich aus, spazierte durchs Dorf und fand doch niemanden. Eine Alte, neben der ich kurz saß und die ich zum Reden bringen wollte, fragte mich: »Wozu soll das gut sein?« Den ganzen Weg zurück fragte ich mich: »Wozu soll das gut sein?«

Ich gab es nach und nach auf, ich nahm immer seltener das Aufnahmegerät mit. Wo ich ankam, sprach ich für Stunden mit niemandem, und ich vermisste es nicht mehr. Aber nicht sprechen konnte ich gut auch zu Hause, also fuhr ich immer seltener weg. Die Bahnhofsbesuche wurden seltener, dann blieb am Wochenende nur der Gedanke daran bestehen, später nicht einmal mehr das.

Vater starb zwei Jahre, nachdem sich uns die Schweiz in den Weg gestellt hatte. Manche, die mit dem Auto verunfallen, telefonieren am Steuer, andere beschleunigen und wiederum andere suchen während der Fahrt Straßen auf Stadtplänen, von denen sie weder wissen, wie man sie schreibt, noch, wie man sie ausspricht. Man weckte mich aus dem ersten Schlaf des Abends, ich dachte, dass es Vater sei, aber es war Vaters Chef. »Leonard hat sich mehrmals mit dem Auto überschlagen«, sagte er. Ich dachte: Was erzählt er da? Da hatte sich Vater also überschlagen, nachdem er uns nicht im ersten, aber im zweiten Anlauf durch die Zone gebracht hatte. Nachdem er Mutter durch halb Jugoslawien getragen hatte. Nachdem er den Weg zu Miodrag, aber nicht nach Frankreich gefunden hatte. Als Mutter mich anstelle von Vater in den Spielsalon hereinkommen sah, ahnte sie es. Sie schickte ihre Kunden weg, die unzufrieden waren, weil sie nicht den halben, sondern den ganzen Lohn zurücklassen wollten. Sie schloss zweimal ab und sagte: »Lass uns nach Hause gehen.« Zu Hause sagte sie wochenlang nichts mehr. Irgendwann sagte sie: »Wir bleiben zusammen, nicht wahr?«

Fortan schlief ich von sieben bis elf Uhr abends, benommen wachte ich auf, benommen zog ich mich an und ging Mutter abholen. Ich saß an derselben Stelle, an der Vater gesessen hatte, die Lämpchen der Automaten flimmerten, die letzten Kunden des Abends waren so konzentriert, als befänden sie sich in der Oper. Nachdem sie bei Mutter Geld gewechselt und sich hingesetzt hatten, bewegten sie nichts mehr außer ihren Armen. Die eine Hand warf Geld hinein, die andere drückte auf den Hebel. Nichts verriet, was in ihnen vorging. Mutter putzte die Tische, die Aschenbecher, die Theke, ich wischte den Boden, die Kunden verließen das Lokal und würden am nächsten Tag auf Mutter warten, als ob sie vor der Tür übernachtet hätten.

Mutter nannte sie beim Vornamen, da war das Geldverlieren angenehmer, es blieb praktisch in der Familie. Mutter war mit ihnen allen gefangen, neun Stunden am Tag waren sie im gleichen Käfig eingesperrt. Sie brauchte keine Dompteurin zu sein, keine Peitsche zu schwingen, die Tiere waren zahm. Manchmal ging sie nach vorne, legte einem die Hand auf den Rücken und starrte zusammen mit diesem auf die Lichter, als ob sie ein Geheimnis entschlüsselten. Aber sie wurde nicht unglücklich. Ich suchte ihr Gesicht ab, ich hörte ihr genau zu, aber von Unglück war nie die Rede. Höchstens von Müdigkeit.

Sonntags brachte ich Mutter dazu, Klarinette zu spielen. Ich stellte es so an, dass es sich spontan ergab. Sie stellte es so an, dass sie mir glaubte. »Aber wenn ich Klarinette spiele, muss ich mich umziehen«, sagte sie. »Mit der Küchenschürze will ich nicht spielen.« »Da hast du Recht, Mutter.« So sehr sie darauf brannte zu spielen, nachdem sie sich umgezogen hatte, hielt sie noch einmal inne: »Und die Nachbarn?«, fragte sie. »So gut, wie du spielst, werden alle Eintritt zahlen wollen«, antwortete ich.

Wenn Mutter spielte, hörte ich nicht immer hin und meine Augenlider wurden manchmal schwer. »Ich höre jetzt lieber auf, du schläfst ja nur«, sagte sie. »Mutter, ich mache die Augen zu, um besser zuzuhören.« »Lügner«, erwiderte sie. Vater ließen wir hinter uns zurück wie auch Valeria, unsere Flucht und alles andere, was wir erlebt hatten. Nur ein leichtes Summen blieb, so wie das eines Stromgenerators, der in die Stille einer leeren Wohnung hinein summt, aber leise genug, um nicht zu stören. Dann fing mein Aufstieg an.

»Warum haben Sie so lange gewartet? Sie sind immerhin schon fünfundzwanzig«, fragte der Personalleiter, tief über meine Bewerbung gebeugt.

»Nicht ich habe gewartet, sondern meine Zunge«, sagte ich.

Er hob den Kopf, schob die Brille auf die Nasenspitze. »Wie meinen Sie das?«

»Als Bäckereifahrer ist es den Brötchen egal, ob Sie Deutsch sprechen. Aber das gilt nicht für einen Versicherungskunden.«

»Und jetzt können Sie unsere Sprache?«

»Wie geölt, mündlich wie schriftlich.«

Der Mann, ein alter, ergrauter Herr, schmunzelte, und das schien ihm schon zu viel des Lachens zu sein.

»Sie können Fremdsprachen, das ist gut. Sie werden viel mit dem Ausland in Kontakt sein. Aber können Sie auch tadellos Korrespondenz führen und Formulare ausfüllen?«

»Ich kann vor allem tadellos dazulernen. Wenn Sie mir diese Chance geben.«

»Ich weiß nicht, ob wir der richtige Ort sind für solche Experimente. Wir sind eine große Versicherung, wir können uns nicht einmal auf einem, ich nenne es mal so, unwichtigeren Posten wie jenem des Backoffice-Assistenten jemanden leisten, der Fehler macht. Sehen Sie, es ist so: Ihre Briefe an unsere Kunden sind ein Fenster zu unserem Unternehmen. Schreiben Sie falsch, wird man nicht Sie für ungenügend halten, sondern jenen, der unterschreibt, und damit das ganze Unternehmen.«

»Ich werde die ganze Dudenreihe auf meinem Pult haben, wenn es sein muss.«

Das war schlecht, sehr schlecht sogar. Das war so schlecht, dass ich mich selbst hinausgeschickt hätte. Welche Versicherung brauchte einen, der ständig in Klammern schrieb *gemäß Duden*? Und dafür war ich so schnell gefahren wie möglich, beinahe wäre das Brot wieder auf der Straße gelandet. Dafür hatte Mutter meinen besten Anzug reinigen lassen. Dafür hatte ich unter der Dusche das Mehl aus den Haaren und von der Haut geschrubbt. Dafür hatte ich Brot verteilt, als ob ich ein Eilkurier wäre, und hatte meinen Haaren einen neuen Schnitt verpasst, nicht den Bäckereischnitt, sondern den Versicherungsschnitt, angemessen für die ausgeschriebene Stelle als Verwaltungsmitarbeiter in einer bekannten Schweizer Versicherung. Eine große Müdigkeit packte mich, meine Augen wurden schwer, meine Glieder ebenfalls, während der Mann weiter sprach und ich ihm nicht mehr zuhörte. Seine Stimme plätscherte angenehm an mir vorbei, ich wartete nur noch darauf, dass er mich hinausschickte, als ich seinen letzten Satz hörte.

»Wären Sie damit einverstanden?«, fragte er.

Ich richtete mich auf, atmete kräftig ein:

»Wissen Sie, wie Brot riecht? Ja, das weiß jeder von uns. Aber wie hundert, zweihundert, tausend Brote riechen? Es riecht gut, wenn man es nur hin und wieder riechen muss. Ich aber muss es täglich tun. Ich sitze mitten im Brot, es wird mir übel davon. Ich sitze jeden Morgen alleine in meinem Brotauto, es ist kaum ein Mensch auf den Straßen und die, die mir die Hintertüren ihrer Geschäfte öffnen, sind auch nicht gerade gesprächig. Um elf Uhr bin ich fertig, da kann ich nach Hause. Da hätte ich eigentlich den ganzen Tag noch vor mir, aber ich falle um vor Müdigkeit. Sie werden sagen, das gehe Sie nichts an, Sie seien kein Wohltätigkeitsverein. Das sind Sie auch nicht, Sie sind eine weltweit bekannte Versicherung. Ich erwarte nur, dass man mir eine Chance gibt. Es ist nicht viel verlangt, eine Chance zu bekommen, finde ich. Ich will weiterkommen, ich will hier etwas Neues lernen, ich will unter Menschen sein, ich will mit Menschen zu tun haben und nicht mit Brot. Dort, wo ich herkomme, hatte ich immer mit Menschen zu tun. Sie werden vielleicht fragen, wieso ich nicht zurückgehe. Das geht nicht, da ist der Eiserne Vorhang dazwischen, und ich glaube, dass ich es inzwischen auch nicht mehr möchte, inzwischen ist es hier ganz in Ordnung. Wenn Sie mir diese Stelle nicht geben, ist es nicht schlimm. Ich werde weiterhin Brot ausfahren und auf meine Chance warten. Ich weiß nicht, ob ich damit Ihre Frage beantwortet habe.«

Der Mann legte den Kugelschreiber weg und die Handflächen auf den Tisch. Er nahm seine Brille ab, kniff die Augen mehrmals zu, dann schauten wir uns an, sekundenlang, aber es schien eine Ewigkeit.

»Ich hatte Sie eigentlich nur gefragt, wann Sie anfangen könnten.«

So wurde ich zum Backoffice-Assistenten. Mutter brachte meinen Anzug wieder in die Reinigung. Sie sagte: »So ein Anzug macht den Mann.« Sie cremte meine Schuhe ein, bis sie glänzten, kaufte mir Hemden und Krawatten. Ich wusch ein letztes Mal das Mehl von meinem Körper. Frisch rasiert und parfümiert stand ich am Tag meines Arbeitsbeginns morgens um acht bereit. Mein drittes Leben begann.

Nach einem Jahr holte mich der Personalleiter zu sich: »Sie sind ein ganz guter Dudenbenützer, da kann man nicht klagen. Auch Ihre Korrespondenz ist tadellos. Ich habe schon mit Ihrem Vorgesetzten geredet. Wollen Sie nach wie vor weiterkommen?«

Zuerst wurde ich in die Handelsschule geschickt. Ich wohnte unweit von Mutter, nach der Arbeit fuhr ich zu ihr und setzte mich auf den Stuhl, der schon lange nicht mehr Vaters Stuhl war. Manche Kunden blieben weg, man sah sie nie wieder, aber das machte uns keine Sorgen, denn Kundschaft wuchs nach. Um Mitternacht putzten Mutter und ich die Reste des Tages weg, Mutter zählte die Einnahmen und steckte sie in den Geldschrank, dann begleitete ich sie nach Hause. Sonntags sahen wir uns immer seltener, sie spielte auch immer seltener Klarinette, sie gab es auf, so wie ich das Zugfahren aufgegeben hatte, aber sie schien es nicht zu vermissen. An einem Sonntag stand sie vor meiner Tür, mit einer Zeitungsanzeige in der Hand. »Meinst du, ich wäre gut genug als Empfangsdame eines mittleren Unternehmens?«, fragte sie mich zögernd. Ich strich ihr über die Haare, und sie verstand. Diesmal ging sie für sich Kleider kaufen, ließ sich einen neuen Haarschnitt verpassen und die Fingernägel pflegen, und als ich sie am Abend sah, erkannte ich sie beinahe nicht. »Bist du das, Mutter?« »Es ist zu viel, nicht wahr?« »Es ist nicht zu viel. Du siehst einfach anders aus. Jünger.« »Lügner.« Mutter wurde Empfangsdame. Leider hatte sie keinen leeren Stuhl neben sich, sonst hätte ich hin und wieder gerne gemeinsam mit ihr die Leute empfangen.

Wieder einige Jahre später wollte mich der Nachfolger des Personalleiters sprechen, aber diesmal kam er zu mir, denn ich war inzwischen Leiter einer kleinen Abteilung. »Sie erledigen Ihre Arbeit ausgezeichnet. Wollen Sie nicht weiterkommen? Marketingexperte ist der Beruf der Zukunft, kein Weg führt da vorbei. Keine Firma wird auf Marketing verzichten können. Auch wir brauchen verstärktes Marketing, und da dachten wir an Sie. Ich kenne da eine gute Schule.«

So ging ich erneut in die Schule. Ich lernte, dass man Produkte bedürfnisorientiert gestaltet und dass man Preise ebenfalls gestaltet, aber markt-, konkurrenz- und herstellungskostenorientiert. Dass dies am einfachsten war, wenn das Marktverhalten der Leute bei Hochkonjunktur berechenbarer war, weil sie mehr Geld hatten. Bei Rezession aber war das Marketing am interessantesten. Während der Hochkonjunktur konnte man den Leuten mit beiden Händen das Geld aus der Tasche ziehen, während der Rezession nicht einmal mehr mit einer.

»Stellen Sie sich vor, Sie müssten Ihr Produkt, den neusten Fernsehtyp zum Beispiel, das neuste Automodell, einen Füllfederhalter, eine italienische Einbauküche mit allen Annehmlichkeiten, auch in schwierigen Zeiten verkaufen, wenn der Kunde gerne darauf verzichtet«, sagte der Professor. »Wie stellen Sie das an?«

Ich lernte also, wie man mit dem Kunden redete, wie man die Lücke von *Guten Tag. Schön, dass Sie Zeit haben* bis *Auf Wiedersehen und danke für Ihr Vertrauen* füllte. Wie man das Bedürfnis und das Budget des Käufers abklärte.

»Das Bedürfnis eines Mannes, der in ein Optikergeschäft kommt, scheint klar«, sagte der Professor, während er durch die Reihen ging. »Er will eine Brille. Aber ist es auch klar, welche? Will Elton John dieselbe Brille wie ein Schweißer oder dieser eine wie John Lennon? Will der Schweißer eine Brille für seine Discoabende oder fürs Schweißen? Es ist nicht egal, was Sie ihm verkaufen, Sie wollen ja, dass er wiederkommt. Dass man ihm zu Hause nicht sagt: ›Mit dieser Brille ist dein Kopf so rund wie ein Fußball.‹ Oder: ›Mit dieser Brille ist dein Kopf so eckig, dass er wie ein Picasso aussieht.‹ Viele Kunden kommen mit den falschen Vorstellungen, aber sie müssen mit der richtigen Brille weggehen. Dafür seid ihr verantwortlich. Die erste Grundregel ist also, mit dem Kunden zu reden.«

Wir schrieben die erste Grundregel auf, dann spielten wir die Grundregel durch. Nach dem Optiker kamen der Auto-, der Fernseh- und der Parfümverkäufer dran. »Darf ich fragen, für wen das Parfüm ist? Für Ihre Frau? Sie hat morgen Geburtstag? Sie wird sechzig? Da mag sie vielleicht nichts Provokantes. Ach, sie ist noch vital und unternehmungslustig? Sie zieht sich pfiffig an? Das ist aber schön, wenn man im Alter dynamisch bleibt. Ja, Sie haben Recht, man ist immer nur so alt, wie man es zulässt. Was für Farben zieht sie gerne an? Knallige Farben? Ich sehe schon, Ihre Frau ist etwas Besonderes. Vielleicht kann ich Ihnen etwas zeigen, wenn Sie mir folgen wollen. Was für Parfüms stehen sonst bei Ihnen im Bad? Ja, ich verstehe, das wissen Sie nicht, Sie schauen nicht genau hin. Sie sind schon lange verheiratet, da gehört schon alles irgendwie dazu. Das wird Ihre Frau sicher freuen, dass Sie mal etwas riskiert haben, auch wenn es ihren Geschmack nicht trifft. Aber ich wäre nicht so pessimistisch, wir finden sicher das Passende. Etwas Besonderes? Unsere Produkte sind alle Markenprodukte. Darf ich fragen, ob sie Lieblingsdüfte hat? Zum Beispiel herbe oder süßliche Gerüche? Ich glaube, ich habe, was Sie interessiert. Damit machen Sie Ihrer Frau bestimmt eine

Freude. Sie haben Recht, es ist nicht billig, aber ich finde immer, dass man bei seinen Liebsten nicht sparen sollte. Ja, die Zeiten sind wirklich nicht gut, man verdient immer weniger, man kann sich immer weniger leisten, einen schönen Tag noch.«

Sonntags gingen Mutter und ich spazieren, so weit sie die Beine trugen. Wir gingen durch die gepflegten Felder der Schweizer, die *unsere Schweizer* geworden waren, wie eine Trophäe, die man gewonnen hat, oder wie ein hart erarbeiteter Lohn. Im selben Zug, in dem die Schweizer *unsere Schweizer* wurden, wurden auch die Rumänen zu *unseren Rumänen*. Die einen, weil sie da waren, die anderen, weil sie nicht mehr da waren. Wir gingen Wander-, Fuß- und Fahrradwege hinauf und hinunter, überall waren Entfernung und Dauer bis zu den nächsten Zielen angegeben. Man kümmerte sich hier um den Menschen. Man warf ihn nicht zum Fraß vor. Man ließ ihn unbehelligt leben. Wir gingen vom Feld in den Wald, aus dem Wald ins Feld, alles lag friedlich da, erlahmt in der Sonne.

Auf den Fotos aus ihrer Jugend war Mutter schön, eine begehrenswerte Frau. Sie schlug die Beine übereinander, spannte den Rücken, nahm Haltung an. Ob im Hausmantel oder im Abendkleid, der Rücken war gerade. Jetzt wirkte sie mehr und mehr gekrümmt und geschrumpft, auf den Fotos aber hatte sie makellose, pechschwarze Haare, gezupfte Augenbrauen und im Blick den Glauben, dass man die Haltung bewahren konnte.

Ihre Beine trugen sie weit, aber nicht weit genug, um zurückzukehren. »So, jetzt bin ich wieder da«, hätte sie zu den Freunden gesagt, als ob sie erst seit Wochen weg wäre. Sie hätte die Wohnung aufgeschlossen, die Heizung aufgedreht, Staub gewischt, Kaffee gekocht und gewartet, dass jemand vorbeikäme. Und man wäre gekommen, für eine Weile zumindest.

Ihre Beine trugen sie oft bis zum See und dann auf ein Schiff. Das Schiff fuhr langsam am Ufer entlang, über uns und unter uns gab es so viel Blau, dass es sogar für Blauäugigkeit reichte. Im Bauch des Schiffes ratterten die Motoren. Manche Leute sprangen vom Ufer oder von den Segelschiffen aus ins Wasser, ihre Köpfe tauchten auf wie die von Seelöwen, denen man etwas zuwerfen möchte, damit sie jonglieren. Manche hatten die Hemden aufgeknöpft und die Hosen bis zu den Knien hochgekrempelt. Männer lagen zur Hälfte über ihren Mädchen, die Beine ineinander verschlungen, die Hände spielten mit den Haaren, den Hüften und dem Rücken des anderen. In den Gärten der Restaurants aßen Familien, die Kinder waren gelangweilt, und die Erwachsenen prosteten uns zu. Einzelne saßen auf Steinen und hielten die Füße ins Wasser, an einem Tisch verschlang ein Paar das Essen, er drückte das Messer in das Fleisch, sie stopfte sich etwas Breiiges in den Mund. Sie und die Liebenden waren die Einzigen, die unser Schiff nicht bemerkten. Die anderen aber winkten uns immer wieder zu.

Ein Dorf folgte auf das andere, ein gepflegtes Haus auf ein anderes, Rasen neben Rasen, Garten neben Garten. Zuerst kam ein schmaler Landstreifen mit Wiesen, kleine Häfen, Parks, Villen, Bootshäuser, dahinter war die Uferstraße, dann stieg das Land sanft an. Sogar ein paar Weinreben wuchsen da und jede Menge Wohlstand. Wenn man einen Ort auswählen wollte, um glücklich zu sein, dann wäre dieser einen Gedanken wert gewesen.

Eine Landschaft der Ruhe.

Neben uns zeigte ein Mann seinen kleinen Söhnen, wo er geboren worden war. Seine Augen suchten kurz, und sobald er den Ort gefunden hatte, hob er den Jüngsten hoch und streckte den Arm aus. Dort, auf der Spitze seines Zeigefingers war es. Die beiden Jungen würden wachsen und ihrerseits herfahren und den eigenen Kindern zeigen, wo Großvater herkam. So würde es eine Weile dauern, bis sich die Spuren des Mannes verlieren würden. Aber die Landschaft würde die Übernächsten aufnehmen. Auf sie war Verlass.

Ich schaute Mutter von der Seite an. Nichts verriet, was in ihr vorging. Sie saß regungslos da, hielt die Hände im Schoß und ihr Blick ging durch die Berge und die Häuser hindurch. Als sie spürte, dass sie beobachtet wurde, stand sie auf und ging zum Schiffsgeländer, beugte sich leicht darüber. Ich sah jetzt nur noch ihren Rücken. Den Rücken einer Frau, die mitten in Europa lebte, aber deren Zuhause am Rande war. Sie dreht sich plötzlich zu mir und sagte strahlend: »Wie schön das alles ist!« Mutters Falten wurden von Tag zu Tag tiefer.

Von Mal zu Mal wurden die Fälle des Professors anspruchsvoller: »Jetzt stellt euch vor, Volvo will einen neuen sportlichen Autotyp einführen. Volvo bietet Limousinen und Kombiwagen an. Die Marke steht für konservativ, stabil, seriös, wertbeständig. Volvos werden oft von Familien, Handwerkern und Firmen gekauft. Der neue Typ soll vor allem zwei Fähigkeiten verkörpern: den direkten Straßenkontakt eines Sportwagens und den Komfort eines Familienfahrzeugs. Mit simplem Knopfdruck am Armaturenbrett kann die Komfortstufe eingestellt werden. Der Verkaufspreis beträgt vierzigtausend Franken. Sie kriegen den Auftrag dieses Promotionsprojekt zu erarbeiten. Welche ist die Zielgruppe, Herr Moldovan?«

»Ich glaube, dass die Zielgruppe männlich, um die fünfunddreißig und in mittlerer oder höherer Kaderstellung ist. Sie ist städtisch, verheiratet und aufstrebend. Sie legt Wert auf Prestige, hat Freude an Fahrdynamik und Komfort. Sie ist informiert, liest Fachzeitschriften, geht auf Automessen, beteiligt sich aktiv am Leben.«

»Haben Sie einige Ideen, wie man den Durchschnittsschweizer dazu bringt, beim Namen Volvo nicht nur an Kombiwagen, sondern auch an Limousinen zu denken?«, fragte der Mann weiter.

»Man könnte zum Beispiel an einem Freitagnachmittag im Radio einen Limousinendienst für das Wochenende verlosen. Oder man veranstaltet an einem Sonntag in allen Volvo-Filialen einen Tag der offenen Tür. Die Kinder können spielen und die Eltern den neuen Volvo Probe fahren. Oder Volvo übernimmt bei einer beliebten Fernsehsendung den Transport der Kandidaten vom Hotel ins Studio. Oder man hängt in der ganzen Schweiz Plakate auf mit der Volvo-Limousine von hinten und einem guten Spruch. Zum Beispiel: *Sie glauben, nur weil es eine Limousine ist, ist sie auch langsam? Schauen Sie sie sich von vorne an.* Und andere Plakate zeigen die Limousine von vorne. Dann müsste drunterstehen: *Sie glauben, nur weil sie sportlich ist, ist sie auch unbequem? Schauen Sie sie sich von innen an.*«

Als Anfang der neunziger Jahre Kopierer und Druckmaschinen eingeführt wurden, wechselte ich zu Kopierern und Druckmaschinen. Jetzt fragte man nicht mehr: »Was für ein Typ ist Ihre Frau?« Man fragte: »Was muss der Drucker, den Sie haben wollen, alles können?« Als der Markt für Drucker und Kopierer schrumpfte, machte ich mir wenig Sorgen. Neue Märkte würden wachsen. Ich war gut gewappnet, alles zu verkaufen. Dass es Sicherheitsschleusen sein würden, konnte ich nicht ahnen. Dann kam der 11. September, und ich wechselte wieder die Branche. Man brauchte sich gar nicht mehr um Kunden zu kümmern, sie rannten einem die Türen ein. Das Einstürzen der Türme hatte Arbeit geschaffen. Ich überzeugte Leute, dass sie mit unseren Anlagen besser lebten als ohne. Wir konnten uns vor Aufträgen kaum retten, denn es gab kaum einen Flughafen, eine Bank, ein Forschungslabor, das nicht anfragte. Ich war überzeugend. Ein Nutznießer des Terrors. Unsere Leute arbeiteten im Freien und in Schichten, wir mussten neue Räume anmieten.

Wir bauten Sicherheitsschleusen, die überall Platz hatten und über intelligente Sensortechnik verfügten. Sie waren mit klassischen oder biometrischen Identifikationssystemen ausgerüstet. Sie boten eine hundertprozentige Personenvereinzelung. Unsere Produkte hatten ein Video-Bildverarbeitungssystem mit vier Kameras. Das Signalmuster wurde digital ausgewertet, und es gab keine Einengung der Bewegungsfreiheit innerhalb der Schleuse. Es gab Not-, Flucht- und Rettungswege.

Auf meinen Reisen rund um die Welt warb ich für unsere Schleusen. Ich wurde am Flughafen abgeholt und ins Hotel gebracht, ich sah viele Städte aus der Perspektive von Hotelzimmerfenstern, Tokio, New York, Boston oder Rom. Die Zimmer sahen überall gleich aus, oberste Kategorie der Gleichheit, ich schaltete manchmal lange das Licht nicht ein, der Fernseher lief unbeachtet, in der Stadt gingen die Lichter an. Danach ging ich essen, mit der Zeit hatte ich meine Lieblingslokale: das Harry's in New York, irgendwo in Manhattan, wo ich mir auch *Ground Zero* anschaute, um zu wissen, wem ich meine gute Stelle verdankte. Das Caruso in Rom unweit der Stazione Termini, in Tokio eine kleine Imbissbude in der Innenstadt, etwas ab vom unaufhörlichen Menschenstrom.

Zum Schluss machte ich immer einen Spaziergang, ich kannte die Städte mittlerweile gut, kein Taxifahrer konnte mich übers Ohr hauen, manchmal nannte ich ihnen den Preis, den ich zu zahlen hatte. Wenn ein Kino auf meinem Weg lag, ging ich hinein, auch wenn ich nichts verstand. So hatte ich ein Dutzend Filme in mehreren Sprachen gesehen, allein *When Harry Met Sally* mehr als vier Mal, der, obwohl er alt war, immer noch gern gezeigt wurde. So stöhnte Sally auf Schwedisch, Finnisch, Japanisch und Italienisch. Vor der Invasion der Außerirdischen in *Independence Day* fürchtete ich mich dreimal, auf Französisch, Englisch und Japanisch.

Es gab überall Frauen, für die ich zahlen konnte. Meistens widerstand ich. Am nächsten Morgen traf ich unsere Kunden, ich war immer gut vorbereitet und ihnen einen Schritt voraus. Kaum hatten sie Bedenken, hatte ich schon das bessere Argument. Kaum wünschten sie mehr Informationen, lagen die Papiere vor ihnen. Kaum sprachen sie über die Konkurenz, die Besseres anbot, bot ich Besseres an als die Konkurenz. Manche duzte ich, manchen legte ich die Hand auf den Rücken, ich machte es nicht anders als Mutter in ihrem Spielsalon. Für andere wählte ich meinen Anzug und meine Krawatten extra aus, von meiner Sprache ganz zu schweigen. Vielen brachte ich Geschenke mit, Schweizer Uhren, die mochten alle.

Die Japaner nahmen mich in Karaoke-Lokale mit, sie liebten es, mich falsch singen zu hören und ich machte ihnen die Freude. Ich sang *New York, New York* oder *La vie en rose* oder *Volare*. Das letzte Getränk nahmen wir an der Hotelbar zu uns. Überall um mich saßen andere, die nach schwierigen Verhandlungen das letzte Getränk zu sich nahmen. Überall ging es darum, auch das noch über die Runde zu bringen, bevor man die Zimmertür hinter sich schloss. Von überall her rief ich Mutter an. »Wie ist es in Tokio?«, fragte sie dann zum Beispiel. »Ich habe gerade zum sechzigsten Mal *Volare* gesungen. Die wollen immer dasselbe hören. Ich bin leicht beschwipst. Keiner geht hier aus, ohne sich zu besaufen«, sagte ich.

Wenn ich wieder zurück war, besuchte ich Mutter. Wir gingen, solange ihre Füße sie trugen. Dann saßen wir manchmal stundenlang auf einem Hügel und lachten, weil sie sich noch gut an meine Bauerngeschichten erinnerte und mich ständig aufforderte, ihr eine davon zu erzählen. »Was bedeutet es bei den Bauern noch mal, wenn eine Katze unter einem Sarg hindurch geht?«, fragte sie, und obwohl sie die Antwort längst kannte, ließ sie mich ausführlich erklären. Und obwohl ich es oft ausführlich erklärt hatte, tat ich es noch einmal. »Und wie war das mit dem Heiligen Johannes, der im Himmel so laut war, dass auf Erden die Menschen starben? Oder mit dem Teufel, der auf den letzten Lichtspalt wartet, damit er unbemerkt in die Welt kommen und die Menschen plagen kann?« Manchmal war es dunkel, wenn ich Mutter zurück nach Hause brachte. Ich wusste, dass sie nach meinen Besuchen tagelang still und zurückgezogen war.

Als ich Mutter ins Altersheim brachte, als wir endlich all ihre Habseligkeiten im Zimmer verstaut hatten, als sich ihr alle vorgestellt hatten und sie sich allen vorgestellt hatte, als wir alleine waren, sie auf dem Rand des Bettes und ich auf dem Stuhl vor ihr saß, nahm sie mein Gesicht in ihre Hände, schaute mich lange an und sagte: »Früher war dein Blick so lebendig. Jetzt ist er matt. Du würdest hervorragend zu uns ins Altersheim passen.« Wir lachten, aber als ich dann zum Parkplatz ging, dachte ich das erste Mal daran, zurückzufahren.

Ich ging nach Hause und schaute mich im Spiegel an. Ich hatte Falten bekommen und sie würden sich immer schneller vermehren, so wie bei Mutter. Meine Augen waren eingesunken, mir gelang kein Lächeln. Was ist mit dir los? Du hast bisher doch alles angepackt, dachte ich. In der Nacht schwitzte ich kräftig, ich trank Wasser, trocknete mich ab, legte mich wieder hin. Da war das Schwitzen vom Vater auf den Sohn übergegangen. Ich träumte das erste Mal jene Träume, die mir den Atem raubten.

Das zweite Mal, dass ich an Rückkehr dachte, war, als ich Michaela kennen lernte. Eines Tages hatte ich Michaelas Stimme auf dem Anrufbeantworter: »Guten Tag, Herr Moldovan. Ich suchte nach einem rumänischen Namen im Telefonbuch, da bin ich auf Sie gestoßen. Bitte rufen Sie mich an.«

Ich traf Michaela am Bahnhof auf derselben Bank, auf der ich früher gesessen hatte. »Wie werde ich Sie erkennen?«, hatte sie gefragt. »Ich werde wahrscheinlich Unterlagen lesen, ich komme von der Arbeit«, hatte ich geantwortet. Sie setzte sich so sanft neben mich, dass ich sie gar nicht bemerkte. Sie war so ratlos, dass ihr Gesicht Bände sprach.

»Was möchten Sie von mir, Michaela?«

»Ich möchte nur mit Ihnen reden. Mit meinem Mann kann ich nicht Rumänisch sprechen. Ich möchte mit jemandem zu tun haben, der spricht wie ich.«

Wir schwiegen lange und schauten den Zügen hinterher. Ich hüstelte, sie glättete ihren Rock. Sie wippte mit dem Fuß, ich rieb meine Hände an der Hose. Als sie schon aufstehen und gehen wollte, als sie sich bereits entschuldigte, weil es doch dumm war, was sie suchte, sagte ich: »Gut.«

Michaela hatte ihren Schweizer kennen gelernt, als dieser ausgezogen war, um im Osten eine Frau zu suchen. Er hatte vor einem Kiosk angehalten, um Zigaretten zu kaufen, sie sah ihn aus dem Inneren des Kiosks und mit jedem seiner Schritte richtete sie sich ein bisschen mehr auf. Sie befeuchtete den Zeigefinger und führte ihn über Augenbrauen und Wimpern, dann zog sie am Rock, man begegnete seiner Chance nicht unordentlich. Man musste für die günstigsten Bedingungen sorgen, auch wenn die Vorzüge durch die Kioskluke nicht zu sehen waren.

Er beugte sich vor und sprach in den Kiosk hinein, sie beugte sich ebenfalls inmitten der Coca-Cola-Flaschen, der Nivea-Seifen und der Skandalpresse nach vorne, und sie sahen sich ein erstes Mal an. Er setzte sich vor dem Kiosk auf einen Plastikstuhl, als sie abgelöst wurde, setzte sie sich dazu und es war so, als ob sie schon immer dorthin gehört hätte. Er begleitete sie zwischen den Wohnblocks nach Hause, einen Kilometer weit, durch Löcher und Gräben, über einen Damm und Eisenbahnschienen, unter den rostigen Röhren der Heizzentrale hindurch, die sich durch das Viertel zogen.

Sie verstanden kaum etwas von dem, was sie sich sagten, aber was sie nicht verstanden, machten sie mit Blicken wieder wett. Der Schweizer war interessiert, keiner ließ ein gutes Auto an der Peripherie der Stadt stehen und folgte einer Kioskverkäuferin, ohne dass er interessiert wäre. Am nächsten Tag war der Schweizer wieder da, sie gratulierte sich zu ihrer weiblichen Intuition. Das Horoskop hatte es angekündigt: *In der Liebe sind Verände-*

rungen in der zweiten Wochenhälfte möglich. Es war die erste Wochenhälfte und von Liebe konnte keine Rede sein, aber eine Veränderung war es bestimmt.

Der Schweizer wartete Stunde um Stunde auf dem Stuhl und dann vor ihrem Wohnblock, bis sie sich umgezogen hatte. Michaela brachte ihn in ein Lokal, wo auch andere mit ihren Ausländern saßen. Aber dieser hier war eine besondere Sorte Fremder. Als die Mädchen es hörten, schielten sie zu Michaela herüber und in ihren Blicken mischten sich Spott und Neid. Sie würde ihm bestimmt nicht gewachsen sein, dachten alle. Sie würde ihre Träume bald wieder begraben und einer Geschickteren Platz machen. Einer, die mit mehr Wassern gewaschen war als sie. Aber sie war gewaschen. Der Weg des Schweizers zurück in sein Hotel führte durch ihr Bett.

Michaela und ich trafen uns einmal die Woche am selben Ort und sprachen ohne aufzuhören, bis uns die Themen ausgingen. »Siehst du den Zug dort? Wo fährt der wohl hin?« »Und die Dame mit Hut, nein, nicht die junge, die wie Lady Di aussieht, sondern die andere, wer könnte sie sein?« »Ist sie reich, oder täuscht sie das bloß vor?« »Auf was für Musik habt ihr eigentlich an euren Schulfesten getanzt? ABBA und Boney M. bis zum Umfallen? Wir auch.« »Was hast du früher gelesen?« »Ich habe wenig gelesen, ich habe mehr zugehört. Siehst du den Mann dort, jenen mit den Händen in den Taschen und dem unruhigen Blick? Was hat er wohl für eine Geschichte?« »Ist er Tscheche, Russe oder Italiener?« »Ist die Frau, die jetzt auf den Mann zugeht, seine Geliebte oder wäre sie es gerne? Hattest du einen Geliebten, seitdem du hier lebst? Was, du warst dem Schweizer treu?« »Hast du auch in einer winzigen Plattenbauwohnung gelebt? Wie sahen die Straßen aus, auf denen du gespielt hast? Und dein Zimmer? Sicher das reinste Chaos.« »Hattest du viele Freunde? Ich hatte nur wenige, aber das genügte mir. Ich war zufrieden in meiner Welt.« »War es schlimm, wegzugehen?« »Seit wann weißt du, dass dir etwas fehlt? Ich möchte dich küssen.« »Ich möchte noch reden.« »Dann reden wir und küssen uns nachher.«

Wir schliefen miteinander nach einigen Wochen Reden. Sie war danach so erschrocken, dass ich dachte, sie würde nicht mehr kommen. Aber sie kam zurück und alles ging von vorne los, das Reden und das Küssen. Sie redete oft mit sich selbst, sagte: »Das darf ich nicht. Ich darf nicht alles aufs Spiel setzen«, aber dann kam sie wieder in meine Arme.

Ich war mit allen Wassern gewaschen, so wie die Frauen, die aus dem Land weg wollten, aber ich war in einem anderen Geschäft tätig. Oder vielleicht auch nicht, es ging doch immer nur um das Eine. Was sich im Rücken anhäufte, war nicht verschwunden, aber festgefroren und abgelegt, wie große Eiswürfel, die man erst während der nächsten Hitzewelle braucht. Ich sah Rumänien in der Erinnerung wie durch milchiges Glas oder wie durch einen Schleier, so wie ihn die Braut getragen hätte, wenn sie nicht vorher gestorben wäre.

Ich fing an, wieder an Valeria zu denken, je mehr ich mit Michaela zu tun hatte. Ich konnte es mir nicht erklären, aber es war so. Vielleicht Michaelas Größe, die an Valerias Größe erinnerte, vielleicht unsere Spiele, vielleicht die Größe Michaelas und unsere Spiele zusammen und das alles in unserer Sprache. Ich konnte mich an Valerias Stimme, an ihr Gesicht und ihre Art nur noch vage erinnern. Seitdem ich Michaela kannte, ging sie mir jedoch nicht mehr aus dem Kopf. Was war aus ihr geworden? Und was wäre aus mir geworden, wenn ich bei ihr geblieben wäre?

»Du hast jemanden«, sagte Mutter auf einem unserer Spaziergänge durch die Stadt.

»Ja, ich habe jemanden. Sie ist Rumänin und mit einem Schweizer zusammen.«

»Liebst du sie?«

»Nein, ich glaube nicht.«

»Besser so, sonst würdest du sie einem anderen wegnehmen.«

Wir gingen durch die Bahnhofstraße, die reichste Gegend der Stadt. Wenn man Besuch aus dem Ausland hatte, brachte man ihn immer hierher, denn das Gelingen der Geschäfte hier strahlte aus auf das eigene Gelingen. Geschäft reihte sich an Geschäft, Schaufenster an Schaufenster, die Puppen wurden mit der Herbstmode bekleidet und grinsten uns an. Es war seltsam still für einen Ort mit so vielen Menschen, kurz nach Feierabend. Keine großen

146

Gesten, kein großer Einsatz. Man schloss in Gedanken gerne die Haustür hinter sich und freute sich auf jenen Moment, wenn man erschöpft ins Bett fallen würde, bereit für die wohlverdiente Bewusstlosigkeit. Würde hier einer umfallen, außer Plan sozusagen, würde einer zu schreien anfangen, so würde man ihn diskret entfernen.

Zu Hause nahm ich das erste Mal, seit ich vor Jahren am Bahnhof gesessen hatte, die Schachtel in die Hand, in der alles war, was ich für Valeria geschrieben hatte. Zeilen aus dem rumänischen Zug, aus dem jugoslawischen Zug, aus dem österreichischen Zug. Zeilen aus dem Schweizer Wartesaal. Ich las das alles wieder und schrieb auch etwas hinzu.

Michaela meinte, dass das Zuhause pure Einbildung sei, die den Menschen beunruhigte. Vielleicht war sie klüger als ich, trotz der zehn Schulklassen, die sie nicht wirklich gebildet hatten. Wenn sie schlief, lag ihr Körper dünn und klein da wie der eines Kükens und die Augen rollten unter den Augenlidern. Sie träumte. Ihr Schweizer Mann war manchmal tagelang abwesend, dann blieb sie über Nacht bei mir, obwohl ich eigentlich nicht gut jemanden neben mir ertrug.

Mir brach der Schweiß aus, wenn ich mich in die Enge getrieben fühlte, zwischen ihrem Körper und der Wand. Ausgepresst. Das letzte Bild, das sie von mir hatte, war das des Ausgepressten. Der Schweiß floss in Bächen, sie trocknete mich jedes Mal ab und fügte hinzu: »In diesem Tempo trocknest du bald aus.« »Dann begießen wir das«, schmunzelte ich. Wir tranken, und ich schwitzte weiter ganze Schweißseen.

Ich dachte: Hättest du dich mit ihr abgegeben, wenn die Umstände andere gewesen wären? Und sie sich mit dir? Ich sagte: »Es ist nicht wahr, dass es kein Zuhause gibt«, während sie mich mit dem Handtuch abrieb, das Tuch auf mir ausbreitete und ihren Kopf drauflegte. »Wieso sind wir beide denn zusammen, wenn nicht, weil wir das Zuhause vermissen?«

»Die Gegend, aus der ich komme, ist eine Handvoll Staub. Dreckige, unfähige Männer. Ich bin hier bei meinem Schweizer und das ist gut so«, meinte sie. »Wieso denkst du daran? Du bist so lange weg und hast Erfolg. Du wolltest doch raus, niemand hat dich gezwungen. Wozu soll jetzt das alles gut sein?«

Michaela hatte die Schläue eines wilden Tieres, das die Falle umgangen hat. Sie würde mich nicht wirklich vermissen, so wie auch ich sie nicht wirklich vermisste. Wir waren füreinander eine gute Gelegenheit. Man sprach miteinander, weil die Sprache des anderen vertraut war, und schon war alles magisch, wie aus einer anderen Welt.

Eines Tages klopfte man an meine Bürotür, die Leute waren da, die unsere Schleusen für die Europäische Zentralbank einkaufen wollten. Ich ging ihnen mit ausgestreckten Armen entgegen. Ich konnte dem unangenehmsten Kunden das Gefühl vermitteln, dass er einzigartig war. Ich hatte Jahre damit verbracht, mich zu verbessern, jeder Tonfall, jede Pause im Gespräch waren Teil eines Schachspiels, und es gab wenige Patt-Situationen. Wenn es mir gelang, den Verlauf des Gesprächs zu bestimmen, die Zügel an mich zu reißen, den Kunden glauben zu lassen, dass nur unsere Produkte ihn befriedigen konnten, flüsterte ich mir zu: »Schachmatt.« Als ich aber an jenem Tag die Besucher durch unser Haus führte, als ich in ihre Gesichter starrte, stockte ich. Sie warteten, dass ich den Faden wieder aufnahm, lächelten verlegen und traten von einem Bein aufs andere. Ich sah in ihren Gesichtern mich selbst, mit fünfzig oder sechzig Jahren, und ich wusste, dass sich nichts, gar nichts ändern würde. Ich sah mich in einem hellen Raum mit einer Schwester, die mir eine Zahnprothese in den Mund schieben wollte und die es in meiner Nähe nur deshalb aushielt, weil sie dafür bezahlt wurde. Ich sah mich ausgetrocknet, dürr.

Ich dachte: Egal, wie viele Menschen runterspringen und am Boden zerschellen, wie viele verbrannt, zerdrückt, erstickt werden, egal wie viele Leben davon abhängen, dass ich meine Arbeit gut mache, ich verfehle mein eigenes.

Der oberste Chef räusperte sich und nahm mich beiseite. »Vergessen Sie nicht: Wenn wir diesen Fisch an Land ziehen, haben wir für ein Jahr ausgesorgt«, sagte er.

Was antwortet man einem, der Fische an Land ziehen möchte?,

fragte ich mich. »Sie müssen das für mich übernehmen. Ich kann es nicht«, sagte ich.

»Für diesmal geht es in Ordnung, aber es darf sich nicht wiederholen.«

Ich erzählte es Mutter am Abend.

»Ich habe mich in deinem Alter gesehen.«

»War das schlimm?«

»Schlimm ist nur, schon jetzt zu wissen, wie es endet.«

»Du brauchst eine Frau von hier, dann hast du nicht mehr solche Gedanken. Dann kommst du auch endlich an.«

»Ich bin doch seit zwanzig Jahren hier.«

»Nein. Du bist immer noch unterwegs hierher.«

Ich spielte seit einiger Zeit mit dem Gedanken, wegzugehen. Es war mir, als ob nichts mehr zählte, solange ich nicht klärte, wie es drüben war. Ich hätte mich ebenso gut bewegen und nicht bewegen können, hungern oder essen, auf mich Acht geben oder mich gehen lassen. Seitdem aber der Gedanke aufgeblitzt war, dass alles schon verloren war, vorgebahnt, ohne die Spur einer Chance, etwas daran zu ändern, wurde der Wunsch noch stärker. Denn alles war, wie es war, da half das Wenigste, da hatte man kaum den Mut, es auf den Kopf zu stellen. Man konnte gerade noch darüber reden, bis einem auch das Reden verging. Am Ende des Redens kam das Schweigen. Und am Ende des Schweigens kam gar nichts mehr.

Am letzten Abend vor der Abfahrt, als Michaela duschte, saß ich bei ihr und sagte: »Meine Mutter sagt, dass ich müde und matt aussehe. Ich habe mich im Spiegel genau angeschaut, und es stimmt. Sie sagt, ich würde gut ins Altersheim passen.«

»Alte Leute reden Unsinn«, erwiderte sie, während sie umherging. »Wenn du müde bist, geh jetzt schlafen. So einfach ist das. Wir müssen gar nichts tun.«

»Nein, ich meine nicht solche Müdigkeit.«

Sie kam tropfend zu mir und packte meine Handgelenke.

»Ich lasse nicht zu, dass du mich unglücklich machst.«

»Wie hast du drüben gelebt, die letzten Jahre?«, fragte ich.

»Ich habe schlecht gelebt.«

»Was heißt schlecht?«

»Schlecht ist ohne Hoffnung.«

Als sie später zuerst das Handtuch auf mich und dann ihren Kopf darauf legte, kurz vor dem Einschlafen, murmelte sie noch: »Morgen kommt Ralf zurück. Besser, wir sehen uns nicht mehr.«

Als der Tag anbrach, fuhr ich bereits auf Wien zu.

Der Pass, das Geld, der Anzug

Als ich am nächsten Abend vom Dorf zum Kurort ging, kam ich am Parkplatz vorbei, wo einige Reisebusse und ihre Fahrer auf Touristen warteten, die in den Kneipen gegenüber das tranken, was zu ihren Geldbörsen passte. Die von der Sonne und vom Alkohol geröteten Männer hatten die Hemden bis zum Bauch hochgeschoben oder bis dort aufgeknöpft. Aus dem tiefen Ausschnitt quoll Fleisch heraus, schlapp bei den ganz Alten oder rund, wenn es regelmäßig mit Bier versorgt wurde. Den Männern blieb Bierschaum in den Mundwinkeln hängen, sie wischten ihn mit den Ärmeln oder den Händen ab wie der Pope seine Spucke.

Die Würste auf den Tellern waren angebissen, manchen der Männer steckten Fleischreste zwischen den Zähnen, die sie mit den Fingernägeln entfernten. Auch ihre Frauen bohrten im Mund, verdeckten aber den Finger mit der anderen Hand. Anstand musste sein. Sie prüften danach die Stelle mit der Zungenspitze, wenn sie nicht erfolgreich gewesen waren, setzten sie wieder an. Die Reste spuckten sie vor die Füße der anderen. Die Kinder schauten zu und lernten. »Uns geht noch nicht das Geld aus«, sagte die eine. »Uns ist es schon ausgegangen«, erwiderte eine andere. »Diese Reise können wir nur machen, weil der Betrieb meines Mannes zahlt.« »Ihr habt mehr Glück als wir«, sagte wieder die Erste. »Ihr dafür mehr Geld.« Eine der Frauen zeigte ihrem Mann etwas auf dem Platz. Man könne es gut sehen, weil einer der Busse abgefahren sei, meinte sie. Alle drehten die Köpfe dorthin.

»Seit Jahren kommen wir hierher, und er sitzt immer dort. Wir haben gefragt, ob er verrückt sei, aber er ist nur eigenartig. Er hat eine große Bibliothek, die aber kaum jemand gesehen hat«, fügte sie hinzu.

»Der Kerl ist nicht blind«, sagte ein Mann. »Er tut nur so, aber er beobachtet uns alle. Schaut, wie er uns angrinst. Ich wollte einmal ein Buch stehlen, einfach so, um ihn zu prüfen. Denn so was hat doch kaum Wert. Ich stellte mich also vor ihn und wollte danach greifen, aber er legte die Arme auf die Bücher und rief: ›Wer sind Sie?‹ Mensch, bin ich erschrocken. Ich antwortete frech: ›Der Teufel, und ich will mich bilden.‹ Er aber gab zurück: ›Wenn du der Teufel bist, dann pass mal auf, dass ich dir nicht den Stock in die Eier stecke.‹ Und er fing an mit dem Stock in die Luft zu stechen, so dass ich zur Seite springen musste.«

»Blinde spüren so etwas«, meinte einer am Tisch. »Das habe ich im Fernsehen gesehen. Sie spüren auch, wenn Geister im Raum sind.«

»Will mal sehen, was der arme Kerl spürt«, sagte der erste, sprang auf und überquerte die Straße.

Erst jetzt drehte ich mich um und sah, worüber sie sprachen. Ion hatte auf dem Parkplatz eine Art Buchhandlung aufgestellt. Auf einem kleinen, mit Planen überdachten Wagen stapelten sich Bücher. Da waren sie, die Transitbücher. Aus der Wohnung in den Massageraum und von dort auf die Straße, das war die Karriere, die manche Schriftsteller in Moneasa machten. Es sah aus wie ein Eiscremewagen, der an heißen Tagen vorbeifuhr und bei dem man auswählen konnte zwischen Vanille-, Erdbeer-, Pistaziengeschmack. Hier aber wurden Bücher angeboten. Wie gut sie schmeckten, ob erfrischend oder abgestanden wie ungelüftete Räume, blieb dem Einzelnen überlassen.

Buchhandlung Excelsior hatte Ion seinen Stand getauft und es ganz groß dranschreiben lassen. *Excelsior* war hell beleuchtet, Ion hatte ganze Ketten von Glühbirnen rund um den Wagen befestigen lassen. Er war ein strahlender Punkt in der Dämmerung, und es erinnerte mich daran, wie Robert Redford in einem Film als elektrischer Reiter durch Las Vegas zog. Ion saß hinter dem Wagen, hielt den Kopf in den Händen und hörte sich Aufnahmen an. Die Verkäufer rundum boten Plastikspielzeug, Geschirr und Besteck aus Holz, fein geschnitzte Stühle, Tücher, Decken, Käse, Wein, Schnaps, T-Shirts, Schuhe, Volksmusik, Flöten und Tamburine, Zigaretten an. Von einem solchen Stand musste sich eine ganze Familie ernähren. Ion aber bot Canetti und Joyce, Grass und Shakespeare an. Nicht die schlechtesten Schriftsteller, nur die überzähligen. Jene, von denen Ion viele Ausgaben besaß.

Der Mann stellte sich vor Ion und streckte die Hand aus, aber er hatte nicht mit Roşcata gerechnet. Sie kam unter dem Wagen hervor, bellte den Fremden an, Ion breitete die Arme über den Büchern aus und fluchte. Roşcata packte das Hosenbein des Mannes und zerriss es. Er konnte sich aber befreien und kam zurück, von allen ausgelacht. »Vor einem Jahr hatte der noch keinen Hund«, meinte er, seine Hose prüfend.

»Jetzt versuche ich es«, sagte ein Zweiter, stand auf, zog die Hose über den Hintern und schnallte den Gürtel unter dem Bauch fester. Es war jener, der die Reise vom Betrieb bezahlt bekommen hatte. Ich griff nach einer Gabel und stellte mich breitbeinig vor ihm auf, obwohl er größer und stärker war als ich. Ich wusste, wenn ich es nicht schaffte, ihn einzuschüchtern, würde ich verprügelt.

»Wenn ich dir die Gabel in den Hintern steche, wird dir der Betrieb dann die Arztrechnung bezahlen?«

»Was?«, fragte er, verblüfft, dass ich ihn herausforderte. Er wollte mich mit einer Armbewegung wegstoßen, aber ich machte einen Schritt nach hinten, so dass er nur durch die Luft ruderte.

»Macht es dir Spaß, einen Blinden zu ärgern?«

»Was?«, fragte er wieder.

Er kannte nur dieses eine Wort für sein Erstaunen. Er kam näher, so dass ich ihn riechen konnte. Es war der Schweiß des Tages, der sich bei dieser bezahlten Reise auf seiner Haut angesammelt hatte. Seine Masse würde mich erdrücken, wenn er mich packen konnte, also machte ich wieder einen Schritt nach hinten. Er schaute verunsichert zurück, zu den Leuten am Tisch, die grinsten, sogar seine Frau und sein Kind grinsten, es hätte mich nicht gewundert, wenn sie sich abgewechselt hätten beim Was-Rufen.

»Was?«

»Kannst du nur das sagen?«

»*Zwerg* kann ich auch sagen.«

Er war zufrieden mit seinem Witz, die anderen auch. Das ging eine Weile so, er kam auf mich zu, ich wich aus, bis er mich in einer Ecke hatte, aus der ich nicht entwischen konnte. Schon war seine Frau aufgestanden und wollte ihn beschwichtigen, als er mich so fest am Oberarm packte, dass ich aufschrie. Wie eine Zange, die mein Fleisch umschloss. Ich stieß die Gabel in sein Bein, das hatte er nicht erwartet, er riss die Augen auf und schaute abwechselnd mich und die Gabel an. Als ich schon auf seinen Schrei wartete, brach er in Lachen aus und schüttelte leicht das Bein. Die Gabel, die sich im Stoff verfangen hatte, fiel zu Boden, es hatte nicht einmal für einen kleinen Kratzer gereicht. Jetzt ließ er mich los und hielt sich den Bauch vor Lachen.

»Der hat nicht einmal Kraft, um richtig zuzustechen. Mit so einem lohnt es sich nicht, sich einzulassen«, sagte er.

Weil der Busfahrer sie alle rief, brachen sie auf. Auf dem Weg zum Reisebus rief er mir noch zu: »Du hast Glück gehabt, sonst hätte es böse enden können.«

»Du ebenfalls«, rief ich zurück.

Seine Freunde mussten ihn zurückhalten, damit er sich nicht wieder auf mich stürzte. Sie erinnerten ihn daran, dass sie zur Erholung hier waren.

Roşcata erkannte mich und wedelte freudig mit dem Schwanz. Ion bemerkte Roşcatas Aufregung, legte erneut die Arme auf die Bücher und fragte: »Wer ist da?« »Ich bin es, Teodor.«

»Was war drüben los?«, fragte er mich.

»Ach, nichts. Ein paar laute Touristen.«

Er stand auf, steckte seinen Kassettenrekorder in eine Tasche, schob den Stuhl unter den Wagen, ordnete die Bücherstapel, zog an den Planenenden, so dass sie vom Dach runterfielen, und machte *Excelsior* dicht, dann schaltete er nach und nach die Lichterketten aus.

»Werden nie über Nacht Bücher gestohlen?«

»Bücher interessieren die Leute hier nicht. Sie wollen nur zeigen, was für tolle Kerle sie sind«, sagte er und spuckte angewidert auf den Boden. »Lass uns gehen, die anderen kommen gleich.«

»Spürst du wirklich Geister? Jemand sagte, dass Blinde Geister spüren.«

»Nein. Aber ich spüre Dummheit.«

Wir verbrachten den Abend ebenso wie den vorherigen mit Speck, Brot, Schnaps und Gespräch. Vor dem Haus bellten die Hunde in den Wald, und in den Häusern schauten die Bauern fern. Manche hatten sogar Satellitenantennen und empfingen Rai Uno und RTL. Im Stall schliefen die Tiere. Die Philosophen und Ion redeten über Dinge, die ich nicht immer verstand, und mit Worten, die ich noch weniger verstand. Aber das Nichtverstehen kam mir gelegen, denn ich lehnte schläfrig an der Wand, der Schnaps wirkte und die Wärme stieg in mir auf. Die Wangen aller färbten sich rot. Ion bügelte mit dem Rücken weitere Hemden, Hosen, Unterhemden. Marius und die anderen saßen auf Stühlen oder am Boden, der Speck lag ranzig im Mund, auf die Zwiebeln streuten wir Salz. Manchmal waren unsere Münder so voll, dass sie mit dem Reden nicht nachkamen. Dann aber schoben sich die Worte wieder vor den Speck.

Als Stunde um Stunde vorbeigezogen und die Fernseher im Dorf ausgeschaltet waren, als die Bauern in ihren Betten schnarchten und sich ein Meer von Weizen erträumten, hob Ion sein Glas für einen letzten Spruch. »Stoßen wir an auf den Schweizer, der auf seiner Irrfahrt zu uns fand. Auf dass er sich bei uns genauso wenig langweilt wie an der Brust einer Frau.« Ion hatte sich gepflegter als sonst angezogen, den ganzen Abend lang hatte er wie auf Kohlen gesessen. Er hatte ein Rendezvous. »Jede Woche ein Mal«, hatte mir Cosmin zugeflüstert. Deshalb also hatte er seine Kleider so sorgfältig gebügelt. Er trug jetzt eine gebügelte Hose, frisch von der Sessellehne, dazu ein Hemd und einen gestopften Pullover, keinen mit Löchern und Flecken wie sonst.

Marius kämmte ihn, dann gingen wir auf die Straße. Auf der Höhe des Hotels brachte Marius Ion zum Eingang, drückte seine Hand und kam zu uns zurück. Ion ging hinein, und eine Ärztin in weißem Kittel empfing ihn. Es war dieselbe, die uns das Auto geliehen hatte, eine große blonde Frau, etwa im selben Alter wie er. Ion drückte den Kopf an ihre Brust, und sie ließ es geschehen. Sie redeten eine Weile, dann gingen sie Arm in Arm in einen der dunklen Flure hinein, wir gingen auf der Straße neben ihnen her, parallel zum Hotel. Wir blieben in einer Reihe stehen, fünf Männer, ein rumänischer Schweizer und vier Philosophen mit verschiedenen Krankheiten und Merkwürdigkeiten.

Das Licht im Dienstzimmer ging an. Ion und die Ärztin setzten sich hin, sie ans Pult, er auf das Bett, sie zog die Schuhe aus, er ebenfalls. Aus einem Schrank holte sie eine Weinflasche heraus, die halbvoll war.

»Diese Nacht wird sie ausgetrunken und eine neue geöffnet«, sagte Marius.

»Sie trinken immer genau eine Flasche«, ergänzte Sorin.

»Was für ein Weib«, meinte Dan. »Sie ist die Ärztin hier. Sie kommt aus derselben Gegend wie er. Sie liest ihm nachts vor, wenn alles ruhig ist.«

Sie zog die Schuhe aus, und weil Ion sie nicht sehen konnte, knöpfte sie das Hemd großzügig auf. Die Ärztin hatte so viel Klasse, dass man glaubte, ihren Duft bis zur Straße zu spüren. Sie zog einen Stuhl näher heran und legte die Beine in feinen Strümpfen darauf, dann zog sie an ihrem Rock, damit er die Schenkel bis zu den Knien zudeckte. Als ob es unanständiger gewesen wäre, einem Blinden gegenüber mehr Bein als Busen zu zeigen.

Sie holte ein Buch aus ihrer Tasche, schlug es in der Mitte auf, aber Ion unterbrach sie und sagte etwas, worüber sie lachte. Dann schaute sie durchs Fenster, ohne uns zu sehen. Das war der Vorteil, wenn es so wenig Licht gab wie auf diesen Straßen: Man brach sich ein Bein, aber man blieb unerkannt. Ion ging ans Fenster, öffnete es und rief uns drohend zu: »Jungs, wenn ihr nicht verschwindet, versohle ich euch die Hintern.« Er hatte eindeutig einen sechsten Sinn. Vielleicht sah er keine Geister, aber er kannte die Bedürfnisse junger Männer. Die Frau hatte Recht gehabt, mehr an die Beine als an die Brüste zu denken, denn Ion nahm einen ihrer Füße und massierte ihn, während sie las. Sie ließ es zu, als ob es ein altes Ritual zwischen ihnen wäre, eines, bei dem sie sich nicht bedroht fühlte, aber vorsichtshalber den Rock glattstrich. Denn ein Blinder hatte wirksamere Waffen als ein gewöhnlicher Mann. Er hatte seine Hände.

Wir zogen durch Moneasa, träge und faul, der Wind blies, und wir hörten ein leises Rascheln von allen Seiten her. Vom Farn aus den Böschungen unten am Fluss, von den Nuss-, Pflaumen-, Apfel- oder Birnbäumen aus den Gärten und von den Buchen, Weißbuchen, Eichen oder Pappeln an den Hängen. In den wenigsten Häusern war Licht und die Philosophen wussten genau, wer in Ions Auftrag in der Nacht Bücher aufnahm. Der Spaziergang durch den Kurort war eine Reise durch die Literatur. Alle saßen hinter Pulten, an Küchentischen, in ihren Sesseln oder schon im Bett und sprachen in die Mikrofone. Um zum Hof von Elena zu kommen, musste ich durch Literatur waten.

Im Hotel für die Bessergestellten saß der Fabrikdirektor direkt hinterm Fenster, hielt den Kopf in den Händen und redete in ein Mikrofon. Das Buch hatte er an einen Aschenbecher gelehnt. Meine Freunde bedauerten nicht, dass er immer die schwierigste Philosophie zum Lesen kriegte.

»Wer sich so gut durchs Leben schmuggelt, ist zäh«, sagte Marius.

»Wenn er nur halb so zäh ist wie beim Kohlemachen, hält er noch lange durch«, meinte auch Sorin.

»Man kann beim Geldmachen zäh sein, aber bei Kant wird man brav wie ein Lamm«, sagte Cosmin.

»Es ist dumm von Ion, ihm das alles zum Lesen zu geben. Er hat doch gar keinen Grund, um zu verstehen, was er da liest. Ihm geht es prima.« Das war Dan.

»Er ist nicht einfältig. Er weiß, was Ion mit ihm vorhat, aber er hat den Kampf mit ihm, Marx und allen anderen aufgenommen. Alleine schon, dass er nicht aufgibt, ist für ihn ein Erfolg. Es geht ihm nicht ums Verstehen, er hat da einen Wettkampf mit Ion, und es geht darum, wer länger durchhält«, sagte ich.

»Ion weiß das«, ergänzte Marius. »Er hat gesagt: ›Der Direktor kommt zur Kur, aber weiß nicht, was für eine Kur ich ihm verpasse. Er glaubt, dass ich von ihm erwarte, wie Marx zu reden. Das wird er nie. Aber solange er mir aus der Hand frisst, rächt sich die Arbeiterschaft ein bisschen.‹«

»Na dann rächen wir uns«, meinte Dan, hob einen Stein und warf ihn gegen das Fenster des Direktors. Er horchte auf, setzte dann sein Lesen fort. Auch die anderen nahmen Steine und taten es Dan gleich. Der Direktor öffnete das Fenster, spähte in die

Nacht hinein, während wir uns unten hinter Bäumen versteckt hatten. Er schloss das Fenster und das Spiel wiederholte sich. »Verbrecher, Hurensöhne!«, rief er, als er erneut das Fenster öffnete. Unter den Bäumen wurde gelacht. »Herr Direktor«, rief Dan leise, aber doch so, dass ihn Dumitru Popescu, Direktor und Besitzer einer der blühendsten Fleischwarenfabriken des Ostens Rumäniens, noch hören konnte. »Wer ist da?« »Herr Direktor, gibt es eigentlich ein *Ding an sich*?«, fragte Dan. »Herr Direktor, das Proletariat wird Sie bestrafen«, meinte Cosmin. »Fahrt alle zur Hölle.« Er schlug wütend das Fenster zu.

Marius hatte sich nicht beteiligt. Er ließ die anderen gewähren, aber war immer bereit, sie zurückzupfeifen. Er führte die drei, so wie Ion die vier führte. Er stand bei mir und beobachtete alles unbeteiligt, ich entdeckte weder Missfallen noch Vergnügen in seinem Gesicht. Er hustete lange, hustete sich die Lunge in die Hand und wischte die Hand an der Hose ab. Dann zog er ein Taschentuch heraus und wischte sich den Mund ab, ganz genießerisch, wie nach einem feinen Essen. Er faltete das Tuch zusammen, steckte es in die Tasche und pfiff die anderen zurück, die aus dem Dunkel kamen. »Jetzt haben wir uns gerächt, was?«, sagte er mit bitterem Lächeln. »Es ist schlimm, dass wir nur noch das tun können. Ion ist ein Träumer, aber jemand muss doch ein Träumer sein.«

Die vier Freunde hatten Appetit auf mehr. Sie packten Stühle und Tische, die vor der Dorfkneipe standen, und stapelten sie zu einem Turm auf, der bis zum ersten Stock des Gebäudes reichte. Dan schaute, als er hochgeklettert war, durchs Fenster ins Schlafzimmer des Wirtes, aber er konnte nichts sehen.

»Dan hat ein Verhältnis mit der Wirtin«, erklärte mir Cosmin. »Eine nicht mehr ganz junge Frau, aber wenn man sie sieht, wird man besinnungslos. Sie ist wie gemacht für die Liebe. Sie hat Hüften wie eine italienische Schauspielerin«, erzählte Cosmin weiter.

»Wie hat er sie rumgekriegt?«, fragte ich.

»Mit der Philosophie«, sagte Sorin. »Die meisten wissen nicht, was man alles mit Philosophie tun kann. Er hat ihr philosophische Sätze ins Ohr geflüstert, er hat sogar welche erfunden, und von Satz zu Satz leuchteten ihre Augen mehr. Er sagte: *Es heißt aber jede Erkenntnis rein, die mit nichts Fremdartigem vermischt ist,* und sie kam näher. Er sagte: *Es gibt zwei reine Formen sinnlicher Anschauung, als Prinzipien der Erkenntnis a priori, nämlich Raum und Zeit*, und sie öffnete die Bluse. Sie murmelte ihm zu: ›Was hältst du von dieser sinnlichen Verführung?‹ So hat er es uns zumindest erzählt, aber man kann sich nicht darauf verlassen, dass das auch stimmt.«

»Dan war schon immer ein besserer Verführer als ein Philosoph«, meinte Cosmin. »Er wird noch im Sarg versuchen, den Tod mit der Philosophie umzustimmen.«

»Sie ist nicht zu Hause«, rief Dan von oben.

»Und wenn der Mann zu Hause wäre?«, fragte ich.

»Der ist in Spanien beim Erdbeerenpflücken. Mit welchem Geld, glaubst du, haben sie wohl das Kaffeehaus eröffnet?«

Dan sprang auf den langen, starken Ast einer Tanne und glitt sanft zu Boden. »Da bin ich wieder«, sagte er und klopfte sich die Hose ab.

»Wie war es oben?«, fragte Cosmin.

»Abwechslungsreich. Man sieht unten eine Menge dumme Gesichter«, antwortete er.

»Ihr seid wie Kinder«, murmelte Marius, hatte aber einen so fürchterlichen Hustenanfall, dass wir uns alle um ihn versammelten. Wenn er hustete, bebten Kopf, Brust und Bauch und seine Augen tränten vor Anstrengung. Sein Husten breitete sich im Tal und im Wald aus und kam vervielfacht zurück. Vielleicht horchten auch die Nachttiere auf, oder sie waren es gewohnt, Nacht für Nacht dieselben krächzenden Zeichen eines sich auflösenden Menschen zu hören. Sie hörten auf zu wühlen, zu graben, zu kriechen, sich heranzuschleichen, die Beute zu zerteilen.

Als Marius fertig war, horchten auch wir in den Wald, aber er lag still da.

»Ich will nach Amerika!«, rief Dan plötzlich laut, die Hände vor dem Mund. Und dann leiser zu uns: »Ich verschenke hier meine Jugend. Philosoph in Amerika ist etwas anderes als hier Philosoph zu sein.«

»A-me-ri-ka!«, rief nun auch Sorin und wartete auf das Echo, aber kein Echo kam.

»Amerika antwortet nicht«, lachte Marius.

»*El-ve-ţia*!«, rief Dan und auch jetzt geschah nichts. Auch von der Schweiz kam kein Lebenszeichen.

»Ich glaube, wir sind ganz alleine«, sagte Marius.

»Ach was, die stellen sich nur taub und halten den Mund, damit wir sie nicht finden.«

»Ich bleibe hier bei Ion und helfe aus«, sagte Cosmin und wurde auf einmal ernst. »Und du, Marius?«

Marius zuckte die Achseln. Als er gerade antworten wollte, zog wieder dasselbe Zittern durch die Erde wie in der vergangenen Nacht. Die anderen bemerkten meinen Schreck.

»Wir haben uns daran gewöhnt. Seit Jahren geht das so«, sagte Sorin. »Man munkelt, dass es von der Mine kommt, oben in den Bergen. Sie arbeiten dort auch nachts und einer der Schächte kommt nah ans Dorf ran.«

»Manche sagen, der Teufel ziehe durchs Dorf. Wie spät ist es?«, fragte Cosmin.

»Mitternacht.«

»Das könnte stimmen«, sagte ich, und sie schauten mich erstaunt an. »Jetzt hat er bis zu den ersten Lichtstrahlen Zeit für die Seelenjagd. Es heißt, man könne seinen Atem spüren, wenn er einem nahe kommt. Und wenn man alleine unterwegs ist, kommt man niemals an. Die Geister fressen einem das Herz weg.«

»Sei doch still. Du machst uns Angst«, meinte Dan.

»Woher weißt du das alles?«, fragte Marius.

»Ich habe früher solche Geschichten gesammelt«, antwortete ich.

Im Gemeindesaal wurde getanzt, Musik drang durch die Fenster heraus in die Nacht. Der Raum war gut gefüllt mit Studenten aus einer nahen Ferienkolonie. Die jungen Frauen hatten sich perfekt herausgeputzt, um willige Fliegen anzuziehen. Welche Sorte Fliegen sie sich an diesem isolierten Ort versprachen, war nicht klar. Aber vielleicht war es bloß Routine. Sie hatten vor den zersprungenen Spiegeln die Lippenstifte getauscht und bestimmt auch die Parfüms Marke *Femme Fatale*. Sie waren einen langen Weg durch den Wald gegangen, um hier ihre Schönheit zu zeigen, und sie würden spät nachts denselben Weg zurückgehen. Ihre Waden waren wohlgeformt, die Hüften und die Hintern auch, unter den knappen Kleidern wuchs Jugend. Sie waren auch für den Teufel eine Augenweide, vielleicht klebte er wie wir mit der Nase an einer Fensterscheibe. Sie wollten sicher für ihre Studentenfreunde schön sein, obwohl sich manche bestimmt Italiener wünschten. Aber es gab weit und breit keine Italiener, sie hatten Moneasa noch nicht entdeckt. Auf dem Weg hierher wuchsen einem Städte entgegen und in den Städten wuchs genug Nachschub für jedes Italienerherz.

Sie sahen uns und winkten uns zu, dann forderten sie uns auf hereinzukommen. Wir glätteten unsere Kleider und unsere Haare, kratzten Erde von den Schuhen, spuckten darauf und polierten sie mit dem Ärmel der Jacke.

Die Studenten stammten aus dem ganzen Land, die Eltern hatten nur für Moneasa Geld genug gehabt, nicht aber für einen Urlaub am Meer. Wir kamen mit ihnen ins Gespräch, da ich das Geld hatte, bezahlte ich für alle und für immer neue Trinksprüche. Sie waren angehende Ärzte, Anwälte, Ingenieure. Ich erzählte ihnen, dass ich sichere Türen verkaufte, das interessierte vor allem die späteren Ingenieure. Als sie hörten, wie viel man damit verdienen konnte, und als ich ihnen anhand der Tür des Tanzsaals erklärte, wie eine biometrische Schleuse funktionierte, pfiffen alle anerkennend.

Die Philosophen tanzten mit den Mädchen, nicht elegant, aber ausgelassen. Dan und Sorin hielten sich in der Nähe zweier Frauen auf, manchmal bildete sich auf der Tanzfläche ein Kreis, man klatschte, jeder ging einmal in die Mitte und tanzte, bis er von einem anderen abgelöst wurde. Die Hüften der Frauen machten seekrank. Dann löste sich der Kreis auf, und man tanzte paarweise weiter, alle verführten sich und schauten sich auf die Haut. Ich trank aus, ging zu ihnen, schloss die Augen und wollte tanzen, aber ich kam nicht vom Fleck. Ich machte einige Schritte, aber sie wirkten gequält, als ob ich ein großes, schwerfälliges Insekt wäre.

Männer und Frauen sprachen mit den Blicken und das war eindeutig kein Kauderwelsch. Eines der Mädchen wich nicht von meiner Seite, als ich die Augen öffnete, tanzte sie um mich herum, sie gab sich Mühe, mir zu gefallen. Jedes Mal, wenn es ihr gelang, die Hüften verführerisch zu bewegen, schlug sie die Augen zu mir auf. Einer der Männer, der sich im Hintergrund hielt, kam auf uns zu und wollte sie wegziehen, sie riss sich aber los und schickte ihn zurück auf seinen Stuhl. Von einem Schweizer habe sie schon immer geträumt, schrie sie mir ins Ohr. Die Schweiz sei das Beste, was einem passieren könne. Sie hatte eine Freundin, die einem Schweizer gefolgt war. Die Freundin hatte Karriere gemacht, verdiente fast so viel wie ich mit meinen Türen, sie hatte sich dann vom Schweizer getrennt, sich einen anderen genommen, einen Franzosen, auch er verdiente gut, sie lebte am Rheinufer, vom Bett aus sah sie die Schiffe vorbeiziehen. Die Freundin hatte ihr Bilder aus der ganzen Schweiz geschickt.

Die junge Frau trug die Bilder immer in der Handtasche bei sich, damit sie die Freundin in der Nähe hatte. Die Freundin oder die Schweiz. Sie wollte sie mir unbedingt zeigen, aber draußen. Ich folgte ihr, vor der Tür holte sie sie heraus und seufzte. Sie hatte sie oft herausgeholt und angeschaut, eingeklemmt zwischen Daumen und Zeigefinger. Ihre Sehnsucht hatte Druckstellen hinterlassen.

Auf der Rückseite mancher Bilder war in zwei Sprachen notiert, was darauf zu sehen war:

Schweizer Käse mit Löchern, *brînză elvețiană cu găuri.*

Die Turmuhr von Bern mit den Figuren, die bei jeder genauen Stunde herauskommen, *turnul ceasului cu păpuși, ce ies la fiecare oră exactă.*

Den Berner Bärengraben, *groapa cu urși.*

Schaufenster mit Rolex- und Swatchuhren, *ceasurile elvețiene precise.*

Bäckereien mit Hörnchen und leckerem Kuchen, *brutării cu patiserie delicată.*

Die goldene Uhr, die ihr der Schweizer geschenkt hatte.

Das Gesicht des Schweizers, *Marcel.*

Die Wohnungseinrichtung von Ikea.

Der Wohnzimmertisch, überfüllt mit Essen und dann mit den Resten des Hochzeitsfestes. *Resturile abundenței.*

Die Gesichter von Schweizern mit Namen wie Jürg, Willi, Moni, Babsi, Uschi.

Die Gesichter der Schwiegereltern, ihr eigenes zwischen ihnen.

Ihre Mutter, die sie für die Hochzeit eingeflogen hatten, glücklich.

Die Kücheneinrichtung mit eingebauter Spülmaschine und Mikrowelle.

Dann ein Bild von sich mit Gummihandschuhen beim Versorgen des verschmutzten Geschirrs in die Maschine. Die glückliche Hausfrau, *femeia casnică fericită*.

Dann zeigte mir das Mädchen Bilder von Spaziergängen unter den Arkaden der Berner Altstadt und von der Wiese unterhalb des Bundeshauses mit den nackten, gebräunten Körpern vor sich hin schlummernder Berner. Eine Landschaft der Ruhe, *un peisaj liniștit*.

Ich konnte es nicht glauben. Sie hatte denselben Gedanken aufgeschrieben, den ich gehabt hatte, als ich mit Mutter auf dem Schiff gewesen war. Auf demselben Foto aber hatte sie einen Punkt markiert, eine Plattform, und mit einem Pfeil darauf hingewiesen: Von hier aus springen die Schweizer in den Tod. Sie landen auf den Dächern und in den Gärten der Häuser unterhalb. Man hat Netze aufgespannt.

Das hatte der jungen Frau, die mir die Fotos zeigte, zu denken gegeben. »Ja, beides nebeneinander«, sagte ich, aber wir missverstanden uns, denn sie schaute mich unschlüssig an. Sie meinte nicht, dass beides in unmittelbarer Nähe war, der Ort der Ruhe und der Ort der Unruhe, dass sie auf demselben Foto Platz hatten. Sie wollte vielmehr hervorheben, dass man sich noch um den Menschen bemühte und Netze aufspannte. »Da zählt der Mensch noch was«, sagte sie.

Ihre Freundin hatte auch das Büro fotografiert, in dem sie zuerst gearbeitet hatte.

Mein erster Arbeitsplatz. Eine Telefonzentrale. Brauche viel Französisch und Englisch. Sobald ich Deutsch gelernt habe, geht es aufwärts.

Dann kamen andere Städte dran, Seen, Flüsse, Wiesen.

Man muss diese Landschaften schön finden, *nu există, să nu găsești frumos aceste peisaje.*

Die Schönheit ist überall, *frumusețea este peste tot.*

Man braucht nur die Augen zu öffnen, *nu trebuie decît să deschizi ochii.*

Nach einiger Zeit verschwand der Schweizer von den Bildern und François tauchte auf, dann ging alles noch mal von vorne los, diesmal mit dem Gesicht von François im Bild. Das Auto von François, die Reisen mit François, die neue Wohnung mit Rheinausblick. Auf dem letzten Bild saß sie in einem hellen, geräumigen Büro. Das Medizinstudium war nicht umsonst. Forschung bei Nestlé in Basel, hatte die Freundin auf die Rückseite des Bildes geschrieben.

Der Blick der Frau ging durch mich hindurch. »Das nenne ich Aufstieg«, murmelte sie. Ihr Gesicht verformte sich zu einer Grimasse, als ob die Worte schmerzten, und es war unklar, ob sie bedauerte, vermisste, sich ekelte. Wahrscheinlich alles auf einmal. Ich wollte sie trösten, aber ich fand nichts, was sich dazu eignete. Ich hatte es nicht für mich gefunden und für sie würde ich es auch nicht finden.

Sie gab mir zu verstehen, dass sie nichts dagegen hätte, nah bei ihrer Freundin zu wohnen. Ebenso wenig, sich für mich verfügbar zu halten, denn ich hatte den doppelten Vorteil: Ich war einer von dort und zugleich einer von hier. Ich trug die Fremdheit an mir. Sie kleidete meinen Körper, füllte meine Geldbörse, gab mir das gewisse Extra. Aber die Fremdheit sprach ihre Sprache. Das waren tatsächlich zwei Fliegen auf einen Schlag.

Der Mann von vorher kam heraus und packte sie an der Schulter. Sie schrak auf, als ob sie aus einem meiner Träume erwacht wäre, drehte sich zu ihm, strich ihm über die Wange. »*Caro, ti diverti?*«, fragte sie. Ich hatte mich getäuscht, die Italiener hatten es doch bis hierher geschafft. Zumindest dieser hier. Eine Art Wegöffner für alle anderen, es gab in solchen Tälern noch ungenütztes Potenzial. Auch die Bauernfrauen und -töchter fürchteten auszutrocknen, beim Kuhmelken, beim kilometerweiten Gehen zu den Feldern oder beim gebückten Hacken. Sogar mit dem Körper des Bauern auf ihnen träumten sie weiter. Dieser kluge Italiener hatte es gewusst. Die Städte waren gesättigt von seinesgleichen, er hatte sich verspätet, aber je weiter er kam, je abgelegener es wurde, desto besser standen seine Chancen. Hier war er auf ein Studentencamp gestoßen und war geblieben. Bevor sie ihm in seine Ecke folgte, schaute sie mich an. Ein Zeichen nur von mir und sie hätte *ihren Italiener* gegen *ihren Schweizer* eingetauscht.

Marius begleitete mich nach Hause. Wir lehnten an der Hausmauer gegenüber Elenas Wohnzimmer und schauten ihr zu, wie sie Dostojewski aufnahm.

»Wieso nehmen die Leute das auf sich?«

»Ion öffnet sie«, antwortete er.

»Ist er so selbstlos?«, fragte ich zweifelnd.

»Das kann man so sagen, aber das Gegenteil trifft auch zu.«

Mein Auto stand immer noch auf dem Fuhrwerk, Elenas Mann hatte es mit Teilen des rumänischen Dacia-Autos geflickt. Im Licht der Lampe, die am Hauseck leuchtete, war es gut zu sehen: Ein Bastardauto, drei Viertel deutsch, ein Viertel rumänisch. Ich stieg auf den Karren und dann ins Auto, Marius tat es mir von der anderen Seite nach. Der Hund bellte uns an, die Scheinwerfer blendeten ihn, er klemmte den Schwanz zwischen die Beine, legte die Ohren an und verschwand in seiner Hundehütte.

»Glaubst du das, was Ion sagt?«, fragte ich ihn.

»Ich war zwölf, als ich Ion kennen lernte. Es war seltsam für mich, dass ich ihm aus den Büchern vorlesen sollte. Am Anfang gefielen mir die Geschichten gar nicht, denn er hatte schwierige Bücher ausgesucht. Obwohl ich lieber bei den anderen Kindern gewesen wäre, tat er mir Leid. Er merkte, dass er dabei war, mich zu verlieren, und dachte sich einen Trick aus. Eines Tages wartete er auf mich mit einem Buch im Schoß. Da ich bereits den Schlüssel zu seiner Wohnung hatte, ging ich hinein und fand ihn so vor, auf dem Rand des Bettes sitzend. Was er da für mich bereithielt, war Mark Twain. Er war sehr aufgeregt, später erklärte er mir, dass es seine beste Waffe war. Wenn ich nicht angebissen hätte, wäre ihm nur noch übrig geblieben, mich von seinem mageren Gehalt zu bezahlen. Er schlug mir eine Vereinbarung vor: Ich würde ihm zuerst ein Buch vorlesen, das mir gefiel, und dann eines, das ihn interessierte. Mark Twain war das erste, und es wirkte. Danach kam ein Buch für ihn, dann wieder eines für mich.

Ich las uns Oscar Wilde, Jules Verne, Karl May, Alexandre Dumas und vieles mehr vor. Von Buch zu Buch wurde meine Leidenschaft stärker. Ich war froh, dass Ion mich nicht sehen konnte, wenn ich vorlas, denn ich glühte. Doch er benützt seine Ohren wie andere die Augen, er sah zwar meine Wangen nicht, aber er hörte meinen Atem. Er wusste dann, dass ich gelaufen war, nur um länger vorlesen zu können. Eines Tages sagte er: ›Jetzt weiß ich, dass du Literatur liebst. Deine Bücher darfst du zu dir nehmen und lesen. Mir liest du ab heute nur noch das vor, was mich interessiert.‹ Das erste Buch, das ich mit nach Hause nehmen durfte, war Salingers *Der Fänger im Roggen*. Da war ich siebzehn. So ist nun mal Ion: Indem er für andere schaut, schaut er vor allem für sich selbst.«

»Ich habe dich gefragt, ob du auch an Ions Ideen glaubst.«

»Und ich habe geantwortet. Ion hat mir eine Chance gegeben, mehr zu sehen als diesen kleinen unbedeutenden Flecken hier. Ion gehört seit mehr als meinem halben Leben zu mir.«

»Glaubst du, dass es sinnvoll ist, sich für irgendetwas einzusetzen?«, fragte ich. »Überhaupt mehr zu wollen, als man bereits bekommen hat? Du hast gesagt, dass Ion ein Träumer ist.«

»Ich halte zu ihm.«

»Und die drei anderen?«

»Sie sind viel jünger als ich. Dan liebt das Leben und die Frauen mehr als irgendwelche Ideen. Sorin hat einen reichen Vater, der in der Stadt zusammen mit einem Italiener ein Schuhgeschäft führt. Ich glaube, dass sie beide Ion aufgeben werden. Cosmin wird zu ihm halten, denn er kann gar nicht anders. Mit seinem Bein kommt er nicht weit. Cosmin ist genau so ausgestoßen wie Ion. Sie sind beide wütend, und Wut ist gut, damit nicht alles eine Laune bleibt. Wenn du magst, werde ich dir eines Tages Ions Geschichte erzählen«, sagte Marius, während er die letzte Zigarette des Tages rauchte und den letzten Husten hustete.

Ich verbrachte die folgenden Wochen zusammen mit Ion. Wenn er bereits jemanden in Behandlung hatte, wartete ich auf dem Flur, manchmal setzte sich der alte Lobont hinzu, manchmal der

Direktor. Ich lernte Patienten und Personal kennen, spazierte durch die Therapieräume, setzte mich zu den in heißes Wachs eingepackten Bergarbeitern oder zu den bis zum Hals im Wasser stehenden Bessergestellten. Sie erzählten aus ihrem Leben, als ob sich mit meiner Ankunft eine geheime Tür in ihre Vergangenheit geöffnet hätte und sie mich daran beteiligen wollten. Ich hörte Geschichten über das Leben unter Tage, über das Leben auf Schiffen oder in immer neuen Bahnhöfen. Der Fabrikdirektor wartete auf einen letzten Auftrag, den er anfangen wollte, bevor er abreiste. Und ich lernte die Ärztin kennen. Als sie mich das erste Mal auf den Fluren gesehen hatte, war sie mit ausgestreckter Hand auf mich zugekommen.

»Sie müssen Teodor sein.«

»Woran erkennen Sie das?«

»Am Anzug. Wenn Sie hier nicht auffallen wollen, müssen Sie andere Kleider anziehen.«

Sie las Ion seit fünfzehn Jahren vor, nachts, wenn es im Hotel ruhig war und die Menschen ihren Krankheiten nur in den Träumen begegneten. Sie war nach dem Studium diesem Kurort zugeteilt worden, was einer noch jungen, lebendigen Frau wie ein Exil vorkam. Eines Tages war sie aus dem Bus gestiegen, der Fahrer hatte die Koffer neben sie gestellt und sie stand bald alleine da. Es gab nur Kühe und Besoffene, die sie anschauten. Niemand holte sie ab, sie musste das Bauernhaus selbst finden, wo sie zur Untermiete wohnen sollte. Sie nahm ihre feinen Schuhe in die Hand, ging zuerst durchs Dorf, fragte nach, sie bog in eine Lehmstraße ein, lief weiter durch Feld und Wiesen und kam bei der Bauernfamilie an, wo sie gründlich weinte. Die Bäuerin nahm ihre Wangen in die Hände, schaute ihr in die Augen und sagte: »Ey, Mädchen, das ist doch kein Grund zum Weinen. Alles hat seinen Sinn.« Und der Sinn war, Ion zu treffen. Kamen ihr die Abende und die freien Tage sinnlos und leer vor, bat sie anfangs um mehr Arbeit, später beruhigten sie die Bücher.

»Ich könnte Ion tagelang vorlesen, es würde mir nichts ausmachen«, sagte sie. »Wir haben gemeinsam einen Großteil der französischen Literatur gelesen und einen Teil der modernen rumänischen Literatur. Ich wies Ions Bitte einige Jahre zurück.

Als ich dann anfing, ihm vorzulesen, war mein Mann eifersüchtig, er meinte, die Bücher seien nur ein Vorwand, und dass ich ihn vor den Augen aller betrog. Jeder konnte auf der Straße vorbeigehen und sehen, wie ich ihm Hörner aufsetzte. Ich sagte: ›Du bist mein Mann. Mit dir teile ich mein Leben, mit Ion aber die Nächte.‹«

»Und das beruhigte ihn?«, fragte ich.

»Nicht wirklich. Aber er gewöhnte sich daran.«

Ion massierte mich, aber verlangte nicht, dass ich ihm etwas vorlas. Ich las für mich, was gerade in Reichweite war, Ausschnitte aus diesem und jenem Buch. Die Nachmittage verbrachte ich in Elenas Garten, die Obstbäume blühten prächtig. Ich wartete dort auf den Abend, oder ich saß in der Kneipe bei *Excelsior*, sprach mit Touristen und Kurhausgästen. Oft waren auch Marius, Cosmin oder einer der anderen Philosophen da. Wenn keine Busse ankamen, klappte Ion seinen Stock aus, überquerte die Straße und kam auf ein Gläschen Schnaps zu uns. Immer öfter aber ließen sich Dan und Sorin entschuldigen. Sorin hatte vor, ins Geschäft seines Vaters in der Stadt einzusteigen, Dan bei einer der jungen Frauen vom Tanzabend.

Wenn Spaziergänger, Wanderer, Kurgäste, Touristen vor Ions Wagen stehen blieben, ging ich hin und stellte mich an dessen Platz. Wenn sie gebildet waren und Fragen hatten, die ich nicht beantworten konnte, rief ich über die Straße. Die Antwort wurde dann zurückgerufen. Wenn die Leute etwas kauften, kassierte ich das Geld und brachte es Ion. Wenn wir etwas brauchten, Essen oder Trinken, zahlte meistens ich. Anfangs wollten sie es tun, aber ich bremste sie, bis sie es einfach geschehen ließen. Die Schweiz, die Schleusen, Michaela, Valeria, sogar Mutter waren nur noch vage vorhanden. Es war, als ob ich hierher gehörte. Der Tag hatte seinen Rhythmus, er fing auf dem Hof von Elena bei frischer Kuhmilch an und endete mit dem Schnaps und den Gesprächen in Ions Wohnung inmitten der Bücher.

Wöchentlich trafen mehrere Pakete von Ions Vorlesern ein. Für manche Bücher waren bis zu sechzig Kassetten besprochen worden. Der Seemann nahm seine Arbeit ernst, der Mathematikprofessor aus Sibiu ebenfalls, aber andere nahmen es nicht so genau. Sie meldeten sich lange nicht, und Ion musste sie ermahnen, sie übersprangen Seiten, um schneller zu sein, oder löschten ungewollt ganze Kapitel aus. Sie hielten den Abstand zum Mikrofon nicht ein, so dass die Aufnahme schlecht wurde, sie ließen im Hintergrund das Radio laufen, die Kinder schrien, die Handwerker hämmerten.

Ion besaß den Straßenlärm aus Cluj, aus Arad oder Timişoara, aus Iaşi oder Bucureşti auf Tonband. Er hatte Kinderstimmen, die nach Spielzeug fragten, auf den Kassetten und Ehemänner, die sich nach dem Essen erkundigten. Katzen, Hunde und jede Menge Hühner und Hähne. Er bekam gegackerte John Irvings zurück oder gekrähte Thomas Manns. Als die Mutter Lolitas auf die Straße lief und überfahren wurde, kam im Hintergrund der Mann der Vorleserin nach Hause. Als Mr. Humbert Humbert und Lolita als Liebespaar zur Reise aufbrachen, zog der Mann seine Frau an sich. Als Humbert den erfolgreichen Nebenbuhler erschoß, schnarchte der Mann daneben.

Es gab Parks, in denen Mütter mit ihren Kindern spazieren gingen. Manchmal vergaßen sie vor Aufregung das Aufnahmegerät zu stoppen, wenn ihre Geliebten vorbeikamen, und dann hörten wir zwischen den Zeilen ihrer geflüsterten Liebe zu.

Wir hörten müde Nach-der-Arbeit-Stimmen und die ebenso müden Stimmen nach einem kurzen Schlaf. Wir hörten zerstreute, träge, bequeme Stimmen und Stimmen, denen man die Schwere des Lebens anmerkte. Überzuckerte Stimmen, wie Elenas Nusslikör oder wie die Erdbeermarmelade, die man den Kranken am Morgen servierte. Bittere Stimmen, so als ob sie erst nach dem Essen genossen werden sollten, und saure Stimmen von Menschen, die in Unfrieden lebten.

Wir hörten die quirligen Stimmen junger, zuversichtlicher Menschen. Wir hörten frisch Verlobte, Verheiratete und Geschiedene. »Da ist die Ehe nicht gut gegangen«, bemerkte Ion wie für sich. Oder anderswo: »Sie hat den Tod des Sohnes nicht überwunden.« Ion kannte viele solche Geschichten, mindestens zwei Dutzend. Wir hörten aus der Ferne eine Hochzeit auf dem Land, die Musiker, das Zuprosten, und Ion wusste, dass sich die Vorleserin zurückgezogen hatte. Ion wusste auch, dass sie ihre Schwester nicht liebte und ihr nicht einmal die Hochzeit gönnte. Oder dass sie von Bauern abstammte, aber die Bauern ihr inzwischen zuwider waren, und sie sich deshalb fern hielt. Oder dass sie den Mann gewollt hatte, den jetzt eine andere kriegte.

Wir hörten das hallende Geräusch weiter, hoher Räume, und Ion wusste, dass der Professor es vermied, zu früh in sein leeres Haus zurückzugehen. Er blieb an der Universität, so lange er konnte, und richtete sich mit dem Aufnahmegerät und dem Buch in einem Hörsaal ein, bis ihm die Müdigkeit keine andere Wahl ließ, als heimzugehen. Seine Frau war vor Jahren gestorben. Als Ion ihn das erste Mal getroffen hatte, hielt den Mann nichts mehr am Leben. Heute waren es die Bücher, und Ion sorgte dafür, dass sie ihm nie ausgingen.

Wir hörten Glocken und wussten, dass es Sonntag war, Sonntag um zehn Uhr morgens.

Am meisten aber gefielen uns die klaren, konzentrierten Stimmen.

Ich kümmerte mich mehr und mehr um die Buchhandlung *Excelsior*, wenn Ion von Kranken aufgehalten wurde, und das war fast täglich. Denn nie erhielten sie genug Aufmerksamkeit und Fürsorge, sie bettelten nach mehr, also blieb er bei ihnen und ich öffnete den Bücherstand. Ich saß wie Ion da, den Kopf auf die Hände gestützt, hörte Aufnahmen, las in den Büchern oder trank vor der Kneipe mit anderen zusammen Schnaps.

Ich konnte nichts zu den Büchern erzählen, so wie Ion oder Marius es getan hätten, aber ich war ein geschickter Verkäufer. Nur einen Schönheitsfehler gab es: Ich trug immer noch dieselben Kleider wie bei meiner Ankunft, wenn sie schmutzig wurden, wusch und bügelte Elena sie. Ich fiel auf, man drehte den Kopf nach mir um, und manche, die schon einen Schritt auf *Excelsior* zugemacht hatten, blieben stehen und machten kehrt, weil sie mit meiner Erscheinung nicht rechneten. So bekleidet sah ich nicht wie ein kleiner Buchhändler aus, den sie gerne unterstützt hätten, sondern wie ein Businessmann, der sein verrücktes Hobby ausübte. Eine Art liebenswürdiger Spinner. Zusammen mit dem beleuchteten Bücherwagen sah sowieso alles wie ein Witz aus.

An einem Abend, nachdem wir das erste Glas geleert hatten, verlangte ich neue Kleider. Ion überlegte lange, als ob es eine schwierige Entscheidung wäre und die Vor- und Nachteile geprüft werden müssten.

»Jeder schaut mir hinterher. Ich kann mich nicht frei bewegen«, sagte ich. Als er nicht reagierte, doppelte ich nach: »Willst du, dass ich Bücher verkaufe oder nicht?« Und dann: »Wenn ich bei euch sein soll, dann will ich Kleider wie ihr tragen.«

Ions Rücken glättete eine alte, verbrauchte Hose. »Gib ihm, was er sich wünscht«, forderte er Marius auf. »Vergiss aber nicht, dass dies dein eigener Wunsch war«, sagte er an mich gewandt.

Marius brachte abgetragene Kleider aus Ions Schrank, ich zog meine aus, bis ich nur noch in Unterhose und Socken vor ihnen stand. Stumm faltete ich alles zusammen und legte es aufs Sofa, genau so stumm überreichte mir Marius eine billige dunkelbraune Hose, ein verwaschenes Hemd und abgenützte Schuhe. Über das Hemd zog ich einen Pullover. Sie drehten mich nach allen Seiten, nicht anders als sie es in einem guten Kleidergeschäft getan hätten. Jetzt hatte ich Hose Marke Irgendetwas und Hemd Marke Irgendetwas und Pullover Marke Irgendetwas. Die Schuhe waren mehrmals geflickt worden.

»Fehlt nur noch der Stock und man würde dich für Ion halten«, sagte Cosmin.

»Der Stock und der Hund«, meinte Marius.

Marius nahm meine Kleider in Verwahrung, aus der Jackentasche zog er den Schweizer Pass, die Geldbörse und den Umschlag mit meinem Geld heraus. Er blätterte durch die Scheine, als ob sie Buchseiten wären. Er blätterte auch durch den Pass, schaute sich das Foto an und meinte zu Ion: »Er hat schütteres Haar wie du.« Ich griff danach und steckte alles in meine neuen Taschen.

Ion wurde ernst: »Die Schweinehunde wollen die Straße bauen. Mircea Balint, der Bürgermeister, steckt mit ihnen unter einer Decke. Und die muss ziemlich groß sein, so viele sind es. Wir werden Geld brauchen, um dagegen zu halten. Wenn sie bestechen, bestechen wir doppelt.«

»Mit welchem Geld denn?«, fragte Cosmin.

Ion grinste, lehnte sich im Sessel zurück und nippte an seinem Glas. Der Erste, der mich ansah, war Marius, dann folgte auch Cosmin.

»Mit meinem Geld, nicht wahr? Kannst du mir erklären, wieso du den Fortschritt nicht willst?« Ich schaute mich im Spiegel an, und im Spiegel sah ich ohne die Kleider des Westens wie ein Beliebiger des Ostens aus.

»Der Fortschritt frisst alle und alles«, sagte er. »Er muss nicht überall sein. Er nimmt mehr, als er gibt. Ich fühle mich gut so: Die Leute lesen, und ich massiere sie. Ich gebe ihnen Bücher mit, und sie nehmen sie mir auf. Sie kehren nach einem Jahr zurück und wenn nicht, weiß ich, dass sie tot sind. Ich liebe sie dafür, dass sie mir vorlesen und sie lieben mich dafür, dass ich ihnen eine Gelegenheit gebe, in ihrem Leben etwas Sinnvolles zu machen. Die Aufnahmegeräte sind alles an Fortschritt, was ich ertrage. Meine Philosophen, Elena, die Ärztin, Roşcata und meine Kranken. Mehr brauche ich nicht. Es ist nicht die beste aller Welten, aber für mich die erträglichste.«

»Vielleicht wollen die anderen mehr vom Leben«, sagte ich.

»Mehr vom Leben?«, schrie er mich an. »Du hast drüben gelebt. Hattest du mehr vom Leben? Wenn ja, wieso bist du zurückgekommen? Wer den Fortschritt hat, hat auch die Nostalgie und fährt womöglich in einem tollen Auto herum und sucht geeignete Bäume. Wie kann man mehr wollen als die Bücher und diese Erde?«

»Ich glaube nicht, dass viele Bücher wollen.«

»Viele nehmen für mich Bücher auf.«

»Sie tun es vielleicht aus Mitleid.«

Ion zitterte vor Wut, er ließ das Glas fallen, und die Hündin leckte den Schnaps auf. Er stand auf, wankte, hielt sich an einem Regal fest. Er ballte die Faust und schlug gegen die Wand.

»Sie müssen sehen wollen. Man muss sie dazu bringen. Wo kommen wir hin, wenn wir immer nur hinnehmen? Ich habe nie etwas hingenommen«, murmelte er.

»Wir werden eher sterben, als dass sie sehen«, bemerkte ich.

»Still, sei still!«, rief er aufgebracht.

»Du hast selbst gesagt, man dürfe Bücher und Realität nicht verwechseln.«

»Das tue ich auch nicht. Ich benütze nur das eine, um das andere zu ändern. Marius, wo bist du? Gib diesem Mann seine Kleider zurück. Er soll sie wieder anziehen und gehen. Er hat nichts in meinen Kleidern zu suchen. Sein Geist in meinen Kleidern, das ist erbärmlich. Marius, wen lassen wir da überhaupt ins Haus? Nur Gesindel.«

Ion kochte vor Wut, mehr und mehr auch ich. Marius legte die Hand auf seine Schulter und klopfte darauf, um ihn zu beruhigen, aber er geriet noch mehr in Rage. Es fehlte nur wenig, und er hätte mit dem Stock nach mir geschlagen. »Hat er euch die Köpfe verdreht mit seinen Erzählungen von drüben?«, fragte er in die Runde. »Macht ihr gemeinsame Sache mit ihm? Kauft er euch mit seinem Geld?«

Die zwei anderen schwiegen, ich zog Ions Kleider wieder aus und meine wieder an. Ion drehte den Kopf auf die Seite, Marius wippte mit dem Schuh, Cosmin trat von einem Fuß auf den anderen. Marius' Hustenanfall rettete diesmal nicht die Situation. Ich stand bald in meinen alten Kleidern Marke Fortschritt auf der Straße. Mit jedem Schritt entfernte ich mich von jenem Wahnsinnigen, der von der Welt nur das wusste, was in den Büchern geschrieben stand, der sich gerne in einem einsamen Tal begrub und alle anderen mitnahm.

Vom bisschen Hautkneten und Vorlesen wurde die Welt nicht satt. Die Bergarbeiter Zola und den Direktor Marx lesen zu lassen, war aussichtsloser, als meine Türen zu verkaufen. Die retteten Leben, wenn es darauf ankam, aber der Arbeiter kehrte zu seinem Kohlestaub zurück und der Direktor zu seinen Narrheiten. Es nützte ihnen nichts, wenn sie von einer Welt wussten, die es jenseits ihrer Welt gab. Sie würden die Grenzen nie überschreiten. Drehtüren und Schleusen aber machten einen sicher. So sicher man sein konnte.

Es war an der Zeit, das Tal zu verlassen.

Im Haus ging ich an der sitzenden Elena vorbei, packte meine Sachen und legte sie ins Auto. »Alles Blinde«, murmelte ich. Als Elena ins Zimmer kam, fuhr ich fort: »Sie verbringen ganze Nächte damit, ihm Bücher aufzunehmen. Sie arbeiten von morgens bis abends auf dem Feld oder hier im Haus, und nachts bleiben Sie wach für diesen Dostojewski. Sie wissen doch selbst, wie das Bauernleben ist, Sie brauchen nicht darüber zu lesen. Ich schaue Ihnen manchmal von draußen zu und sehe, wie müde Sie sind, wie oft Ihre Augen zufallen. Ich vermute, dass Sie nicht mehr gut sehen. Wer wird die Arztrechnung bezahlen? Ion? Nein, Sie. Mit ihm wird auch das hier untergehen und dann wird es wieder still im Tal. Das Beste wäre sowieso, sich umzubringen. Aber wenn man dazu nicht den Mut hat, sollte man den Mund halten und sich mit den Verhältnissen abfinden. Es ist ohnehin alles aussichtslos. Man hat nicht genug Bücher für so viel Aussichtslosigkeit.«

Ich war außer mir, ging hin und her, stieß mehrmals gegen sie, aber sie war zäh. Sie war unsicher, was sie tun sollte, aber sie blieb, während ich wütend vor mich hin redete.

»Was werden Sie jetzt tun?«, fragte sie.

»Ich gehe weg. Hier ist kein Platz für mich.«

»Wollen Sie alles mitnehmen? Sind Sie sicher?«

»Ich bin sicher.«

»Haben Sie sich nicht wohl gefühlt bei uns?«

»Ich habe mich sehr wohl gefühlt bei Ihnen, Elena.«

»War ich Ihnen keine gute Gastgeberin?«

»Sie könnten gar keine schlechte Gastgeberin sein.«

Ich nahm ihre Hand und drückte sie. Sie schaute hinunter, dorthin, wo ich ihre Hand hielt, dann wieder zu mir hinauf. Sie legte ihre Stirn in Falten, als ob sie etwas fragen wollte. Sie war nicht gewohnt, dass man so etwas tat. In die Hand gehörte der Spaten, nicht eine andere Hand. Ihr Mann hatte sie vielleicht nie bei der Hand genommen und war dann mit ihr ins Bett gefallen. Eher hatte sie ihn zum Bett geführt, wenn er herumtorkelte. Eher legte er sich mit der Flasche hin, die er hinter dem Vorhang hervorholte. Da waren sie: er in dem einen Zimmer mit der Flasche, sie im anderen mit Dostojewski. Als ich ihre Verwirrung sah, zog ich meine Hand zurück.

»Was macht Ihre Tochter?«

»Sie schläft tief und fest. Sie musste heute in der Schule die Fee des Grases spielen, ein Kinderstück, das sie mit der Lehrerin eingeübt haben. Sie ist müde, aber zufrieden.«

»Und Ihr Mann?«

»Er ist auch müde und zufrieden, weil er danach in der Kneipe auf das Wohl seiner Tochter gesoffen hat. Jetzt liegt er drüben flach.«

»Er darf Sie nicht wieder …«

»Ich finde es schade …«, fiel sie mir ins Wort. Sie hatte sich fast schon entschieden, den Satz auszusprechen, den sie länger schon im Kopf übte, aber sie brachte nur den Anfang und den Schluss über die Lippen: »… dabei hätten wir hier jede Menge Platz für Sie.«

Ich fuhr mein Auto vom Karren hinunter, auf dem es Elenas Mann abgestellt hatte. Elena lief ins Haus und kam dann mit einem großen, zusammengeknoteten Tuch zurück. Sie öffnete das Tor, ich fuhr hinaus, ließ den Motor laufen und ging zu ihr zurück.

»Na, dann«, sagte ich.

Ich fasste sie am Arm, aber ich zog die Hand wieder zurück, weil ihre Stirn Falten bekam.

»Sie müssen jetzt gehen. Wissen Sie, wohin Sie wollen?«

»Erst einmal in die Stadt. Ich habe dort noch etwas vor und ich habe damit schon zu lange gewartet.«

»Na, dann«, sagte sie diesmal. Sie pickte einen Faden von meinem Anzug und fuhr kurz mit der Hand über meine Schulter. »Jetzt sind Sie bereit für die Stadt. Fahren Sie, aber kommen Sie zurück.« Als ich ins Auto einsteigen wollte, lief sie hinter mir her. »Ich hätte es fast vergessen. Da ist Essen für Sie, falls Sie Hunger haben.« Sie gab mir das Bündel und ging einige Schritte zurück. Sie sorgte sich um meinen Bauch. Aber wie sollte Elena, die ein Kind geboren hatte, Speck räucherte, Schnaps brannte, Marmelade einkochte, die dem Rhythmus der Erde folgte, mich überhaupt verstehen? Solange sie das alles tun konnte, war ihre Welt in Ordnung, und sie funktionierte. Ich aber blieb den Beweis schuldig, dass meine Welt mehr war als nur ein Schleudersitz in den Selbstmord.

Ich gab Gas, verließ das Dorf und die Gegend, fuhr lange durch die Nacht, kam in der Stadt an und blieb erst vor dem Hotel Elite wieder stehen. Der Nachtwächter empfing mich, als ob ich nur kurz weg gewesen wäre. Auch der Zuhälter war da und die Fliege, die ihm nicht in den Mund fliegen wollte. »Haben Sie diesmal wieder Österreicher im Haus?«, fragte ich. »Nein, Deutsche«, antwortete er. »Sind sie ausdauernd?« »Es geht so.«

Dann schauten wir dem dürren, aber bestimmt für die Zuhältergeschäfte gut vorbereiteten Mann zu. »Ham«, machte der Wächter jedes Mal, wenn sich die Fliege dem Mund näherte. »Ham, ham.« »Wollen Sie dasselbe Zimmer haben?« »Dasselbe.« »Und wollen Sie immer noch kein Mädchen?« »Doch.« Im Zimmer schaltete ich den Fernseher ein. So wie im rumänischen Fernsehen wurden auch auf fremden Sendern Leute mit Geschenken beglückt. Darin hatten sich die Welten angeglichen. Im Glücksversprechen. Bewerben durfte sich, wer wollte. Wenn es diesmal nicht klappte, dann sicher das nächste Mal. Bestimmt aber noch in diesem Leben.

Ich setzte mich in den Sessel und war beinahe eingenickt, als es an der Tür klopfte. Die Frau hieß Virginia. Man hatte sie angerufen und geweckt, sie wollte zunächst nicht kommen, denn sie sei momentan nicht darauf angewiesen. Aber man hatte sie unter Druck gesetzt, denn man konnte keinen Hotelgast unbefriedigt lassen. Man hatte gedroht, auf ihre Dienste zu verzichten, also habe sie sich gewaschen, ein Taxi genommen und sei hierher gefahren.

Sie wollte wissen, was ich zu machen wünschte. Perversionen mache sie nicht, aber für ein Extra würde sie es sich überlegen und sonst sei noch der gute Oralsex da, darin sei sie Meisterin, ihr Mund kenne sein Geschäft. Das ginge schnell und dann könnten wir noch ein bisschen reden. Aber wenn ich lange wollte, so wie mit der eigenen Freundin, da könne sie sich auch Zeit lassen, sie habe überhaupt nichts dagegen, jetzt sei sie sowieso wach, auf eine Stunde mehr oder weniger komme es nicht mehr an.

Das alles hatte sie in einem Atemzug gesagt. Sie war eine hübsche, junge Frau, ihre Jugend machte ihre Anziehung aus, später würde sie in die Breite gehen und gewöhnlich werden. Gewöhnlich verbraucht. Jetzt ließen sich ihr Bauch und ihre Schenkel aber noch sehen.

»Du machst das noch nicht lange, nicht wahr?«, fragte ich.

»Du bist mein zehnter Kunde überhaupt.« Sie seufzte erleichtert, und die Luft war draußen. »Ich habe erst angefangen. Ich bin aus Iaşi hierher gekommen, weil ich hörte, dass man hier gut verdienen kann.«

»Weiß deine Familie, was du machst?«

»Sie würden mich umbringen. Sie glauben, dass ich in einer Firma arbeite. Wenn wir telefonieren, erfinde ich irgendwas.«

Sie fing an, sich bis auf die bordeauxrote Unterwäsche auszuziehen, sie gab sich Mühe, verführerisch zu wirken, setzte sich vor mich hin, holte mein Glied aus der Hose und begann, es zu streicheln. Ich stoppte sie, ich war überhaupt nicht bei der Sache, dachte an das, was mir in letzter Zeit passiert war, an Ion und Elena und mehr und mehr auch an Valeria. Ich stieß ihren Kopf weg und bedeckte mein Glied. »Es ist schon in Ordnung«, sagte ich. »Hier, nimm bitte das Geld.« Sie schaute mich gekränkt an, als ob sie in ihrer Berufsehre verletzt wäre. Sie griff wieder nach meinem Glied, verbissen, und wollte weitermachen, wo sie aufgehört hatte. Ich hatte Mühe, sie davon abzubringen. Jedes Mal, wenn ich sie wegstieß, bemühte sie sich nur noch mehr, mich zu befriedigen. Wir führten einen Kampf um mein Glied, sie entblößte es, ich bedeckte es wieder.

»Mache ich es nicht richtig?«

»Doch.«

»Was ist dann?«

»Es ist nichts. Die Lust ist vorbei.«

»Ich kann noch nicht runtergehen, sonst meint der Zuhälter, dass ich meine Arbeit nicht gut mache.«

»Dann bleib noch.«

Wir setzten uns auf den Rand des Bettes, tranken, was wir im Kühlschrank fanden, und schauten gemeinsam fern. Dann stand sie auf, wir gaben uns die Hand, und sie ging hinaus.

Am nächsten Tag lief ich ziellos durch die Stadt. Soldaten bewachten Wahlplakate, standen gelangweilt vor den Brettern, von denen die Gesichter der Kandidaten herablächelten, und waren ahnungslos, wieso gerade sie die Strafe verdient hatten, ein paar Papierbogen zu beschützen. Auf den alten, quietschenden Straßenbahnen stand: *Alm hat's in Ulm am Münsterplatz: Porzellan, Geschirr, Küchengeräte.* Die ebenso alten und ausgemusterten Busse antworteten: *Mode macht Spaß. Das Leben ist aus einem guten Stoff. Modehaus Kraus.* Oberhalb der Werbung, an den Fenstern, waren die ausdruckslosen Gesichter der Menschen zu sehen. Die Menschen hatten es nicht bis nach Deutschland geschafft, aber die deutschen Verkehrsmittel hierher.

An ärmlichen Kiosken war auf rumänischen Zeitschriften zu lesen:

Schönheit, Gesundheit, Mode, Küche, Liebe, Ratschläge
Das unsichtbare Leben der Stars
Wenn du ihn betrügen willst, tu es mit Köpfchen
Design-Neuigkeiten aus Mailand
Klimaanlage in der Wohnung
Feng Shui, Rot-Schwarz als faszinierende Kontrastfarben

In einer Straße lehnte ein zurückgebliebener Junge an einer Hauswand, dessen größter Besitz ein Kassettenrekorder war. Er hatte ihn auf ein Fenstersims gestellt und hörte Lieder von Adriano Celentano. Wenn sie zu Ende waren, spulte er zurück, unzählige Male. Er lachte vor Vergnügen und stieß mit dem Kopf gegen die Hauswand. Ich blieb vor einer *Gelateria Italiana* stehen, setzte mich und schaute auf die Straße. Es gingen die üblichen Italiener mit Mädchen vorbei, die nicht nur an Kilos leicht waren. Matt und gekrümmt ging vorbei, wer fast nichts hatte, oder sehr mit sich selbst beschäftigt, wer am eigenen Gelingen schaffte.

Ein alter Mann zählte vor einer Bäckerei Münzen und gab ein Gebäckstück zurück, weil die Münzen nicht für alles reichten. Die Verkäuferin zögerte, nahm es zunächst, dann aber schob sie es ihm wieder zu. »Ich schenke es Ihnen. Sie haben es sowieso schon berührt«, sagte sie. Das Gesicht des Mannes leuchtete auf, er wollte ein zweites herausschinden, aber es blieb bei dem einen. Er stopfte zwei kleine Brote und das Geschenk in eine Tasche, die bessere Tage gesehen hatte. In dieselbe Tasche hatte er bestimmt auch die Konserven der Kommunisten gestopft. Weil der Fortschritt noch nicht bei ihm angekommen war, war er der kommunistischen Tasche treu geblieben. Als er sich entfernte, fluchte er darüber, dass die Frau ihn seit Jahrzehnten kannte, ihm aber nur ein einziges unbezahltes Gebäck zugestand.

An mir zogen Verkrüppelte vorbei und solche, die Verkrüppelungen vortäuschten. Menschen ohne Beine oder ohne eine Hand, gerissene Bettler mit Berufserfahrung. Was hier durcheinander gekommen war, waren nicht die Sprachen, sondern das Elend.

Es gingen Frauen vorbei, die sich in Sicherheit wiegten, weil sie eine gute Partie gemacht hatten, eine aus dem In- oder Ausland. Frauen, die es aus eigener Kraft geschafft hatten, und solche, die vor Müdigkeit aus eigener Kraft nur noch ins Bett fallen konnten.

Es gingen Männer vorbei, die über sich hinauswuchsen, wenn sie das Auto besaßen, das zum Neid der anderen passte. Deren Anzüge aus allen Nähten platzten, weil das Fleisch darunter wucherte. Männer, aus denen der Alkohol in Fontänen hochgeschossen wäre, wenn man sie angestoßen hätte.

Es gab alte Leute, die der Mode ihrer Jugend treu geblieben waren, so wie der Mann seiner Tragetasche. Wenn man immer denselben verrunzelten Körper hineinsteckte, brauchte man schließlich nicht die Kleider zu wechseln.

Im Parfümerie-Geschäft neben der *Gelateria* blieben die Frauen lange vor den Originalgerüchen stehen, aber sie kauften doch nur die Imitate. *Femme Fatale* war sehr erfolgreich. Eine Bäuerin hielt sich ein bisschen abseits, so als sei sie wegen anderer Geschäfte dort. Wegen ehrbarer Geschäfte. Aber sie war bereit für jeden, der sie zu sich rufen wollte. Sie war füllig, hatte jahrzehntelang die eigenen Tiere gegessen, hatte Weizen zu Mehl und Mehl zu Brot gemacht und war wie das eigene Brot aufgegangen. Jetzt war sie hier gelandet und bettelte, so unauffällig es der Hunger zuließ. Sie ging vor zwei Frauen an einem Nachbartisch auf und ab, Frauen mit Aktentaschen und mit den Originaldüften zu Hause im Badezimmer. »Schämen Sie sich nicht, in Ihrem Alter?«, fragte sie die eine von ihnen. »Scham kann sich nur leisten, wer genug hat, mein Liebes«, antwortete die Alte. Sie sagte es sanft, ohne Bosheit und Verbitterung, die Frauen gaben Bares, und sie ging zurück an ihren Platz. Es wirkte, als ob sie einen kurzen Ausflug in die Stadt machte und das hektische Leben beobachtete. Betteln? Nein, höchstens annehmen, was andere übrig hatten.

»Haben Sie Hunger?«, rief ich ihr zu.

»Hab ich.«

»Und Durst?«

»Wo Hunger ist, ist auch genug Platz für Durst.«

Ihre Augen funkelten. Wahrscheinlich wusste sie, dass sie sich wieder einen Kunden geangelt hatte. Sie machte es besser als die professionellen Bettler. Sie erbat nichts, sie wurde erbeten.

Ich bestellte Suppe und Kartoffelbrei mit weichem Fleisch, damit das Essen in ihrem zahnlosen Mund passte. Sie war siebzig, und nachdem der Mann gestorben war und sie sich alleine nicht mehr ernähren konnte, hatte sie die Kuh verkauft, sich mit einem Teil des Geldes eine Fahrkarte gekauft und war hierher gefahren. »Das ist das einzige Geschäft, bei dem ich besser ankomme als die jungen Dinger dort«, sagte sie und zeigte auf zwei junge Frauen, die viel zu zeigen hatten. Sie lachte und versteckte das Mundloch hinter der Hand. Am Schluss gab auch ich Bares. Sie zog uns das Geld buchstäblich aus der Tasche. Sie nahm meine Hand und wollte sie küssen, aber ich zog sie zurück und streichelte ihr Gesicht. Die Bauern hier hatten zu viel und zu lange Hände geküsst. Sie machte das Kreuzzeichen auf meiner Stirn, zwinkerte mir zu und ging zu ihrem Stammplatz zurück.

Ich verlangte nach einem Telefonbuch und schrieb mir alle Neagu heraus. Ich kaufte mehrere Telefonkarten, ging in eine Kabine und hatte nach einer halben Stunde Valerias Mutter dran. Sie erinnerte sich nicht mehr an mich. Ihre Tochter lebte in der Stadt, sie war Rechtsanwältin geworden, war verheiratet. »Machen Sie Urlaub bei uns?«, fragte sie. »Das kann man so sagen.« »Und wo übernachten Sie?« »Im Elite.« Ich brauchte eine weitere Stunde, bis ich die Nummer wählte. »*Da*«, hieß es am anderen Ende. Man stellte sich am Telefon nicht mit Namen vor, als ob das überflüssig wäre. Es gab hundert Arten *Da* zu sagen: wütend, genervt, hart und trocken oder wie gesungen. Manchmal hatte man schon bei der Begrüßung genug und hätte am liebsten wieder aufgelegt. Valerias *Da* war immer noch gleich: träge, ganz nebensächlich.

»Valeria?«

»*Da. Cine este?*«

»*Eu.*«

Ich legte auf, wischte mir den Schweiß der Hände an der Hose ab. Ich hob den Hörer ein zweites Mal, führte ihn zum Ohr, wählte wie im Zeitlupe die ersten vier Ziffern, dann verließ mich der Mut. Im Hotel zog ich mich aus und ließ unter der Dusche Wasser über mich fließen. Dann läutete das Telefon.

»Bist du es Teodor?«

»Valeria?«

»Meine Mutter hat mich angerufen. Was suchst du im Elite? Bist du reich geworden?«

»Nein, aber ich verdiene gut.«

»Was arbeitest du?«

»Ich verkaufe teure Schleusen für Sicherheitsbereiche in Banken, Flughäfen und so weiter. Wir nennen das auch Personenvereinzelungsanlagen.«

»Dann machen wir ja beide dasselbe. Ich mit meinen Verträgen und du mit deinen Schleusen. Meine Arbeit ist nur handlicher, du musst dich schon mehr anstrengen. Was tust du hier? Ich wüsste nicht, dass jemand bei uns so reich wäre, dass er eine Schleuse bei dir bestellen könnte.«

Sie lachte mich aus, aber das bedeutete nichts. Sie hatte auch früher über meine Ausflüge zu den Bauern gelacht und darüber, dass ich kaum noch den richtigen Zug fand, weil ich angetrunken war. Denn um den Bauern zum Sprechen zu bringen, brauchte es auch Schnaps und nicht nur Überredung. Der Bauer war meistens trinkfester als ich. Wenn sich Valeria später meine Tonbänder anhörte, lachte sie noch lauter, denn von einer Frage zur anderen lallte ich immer stärker.

»Das ist ja schlimm mit dir. Von den Teufeln zu den Sicherheitsschleusen. Kannst du nicht etwas Normales machen wie Business?«

»Das ist Business. Hast du Zeit?«

Sie nahm mich wieder hoch, aber das war mir lieber, als dass sie auflegte. Ihre Stimme hätte Ion gefallen. Sie sprach langsam und deutlich, hinzugekommen war die Nüchternheit.

Als ich auflegte, war ich so verschwitzt, dass ich wieder duschen musste. Ich schüttete den ganzen Kofferinhalt aufs Bett, aber viel hatte ich nicht bei mir. Ich war jedoch froh, dass ich nicht in Ions Kleidern vor ihr stehen musste. Was aber kleidet einen am besten, der zwanzig Jahre zu spät am Treffpunkt ist? Ich vergaß beinahe das Wichtigste: das Paket mit meinen Notizen, Hefte über Hefte, Blätter über Blätter, alles in allem einige hundert Seiten, mit elastischem Band zusammengehalten.

Am Abend wechselte ich im Park mehrmals die Bank, bis ich eine fand, von der aus ich die Allee überblickte und Valeria zuschauen konnte, wie sie auf mich zukam. Das würde ich mir gönnen. Sie hatte immer einen übereilten Gang gehabt, haltlos, man wusste nie, ob sie bald stolpern oder abheben würde. Sie setzte einen Fuß vor den anderen, und man dachte: Wenn das nur gut geht. Ihre Stimme und ihr Gang lebten in Krieg miteinander. Wenn sie sprach und sich dabei bewegte, glaubte man, man höre den Ton eines falschen Films. Die Stimme war erdiger als der Gang und dieser luftiger als die Stimme. Es hätte besser gepasst, wenn sie auf dem Kopf gegangen wäre und die Beine für die Unterhaltung benützt hätte.

Zwei Herren tauchten in der Allee auf und gingen zu den Anglern, die geduldig am Ufer ausharrten. Sie schauten ins Wasser und die Fische schauten durchs Wasser zu ihnen hinauf. Wer würde schneller nachgeben, der Fisch oder der Mensch? Manchmal zog der Mensch den Kürzeren, dann wieder der Fisch. Diesmal war die Reihe an den Fischen.

Einer der Angler grüßte die Herren, er ging mit einem übervollen Eimer zu ihnen, und die Männer suchten sich Fische für das Abendessen aus. Sie öffneten die Aktentaschen, der Angler legte die Fische hinein, sie schlossen sie, nahmen sie unter den Arm und gingen. Eine Frau in Jeans kam auf mich zu, ich stand auf und ging ihr entgegen. Zuhinterst tauchte eine Frau mit ihrer kleinen Tochter auf, deren Gehen mehr einem Stolpern glich. Ich dachte: Genauso wie das Mädchen ist auch Valeria gegangen.

Nur noch zweihundert Meter.

Ich legte mir die ersten Worte zurecht, obwohl ich wusste, dass ich was anderes sagen würde, das war doch immer so. Man hatte immer die beste Absicht, aber im entscheidenden Moment vergaß man sich. Nun blieb auch die Mutter bei den Anglern stehen und derjenige, der vorhin ein gutes Geschäft gemacht hatte, zeigte dem Mädchen den Eimer. Auch es durfte wählen. Der Mann füllte eine Plastiktüte mit Wasser auf, steckte den Fisch hinein und machte einen Knoten.

Noch hundertfünfzig Meter.

Die Frau, die ich für Valeria hielt, schien auch zu lächeln und mich zu erkennen, sie beschleunigte sogar. Ich glaubte, ihr knochiges Gesicht zu erkennen, die vollen Lippen und die kräftigen Augenbrauen über ihren unruhigen Augen. Ja, da war sie wieder.

Noch hundert Meter.

Jetzt veränderte sich das Gesicht der Frau, sie war verunsichert, weil ich auf sie zuging. Auch ich merkte bald die Verwechslung. Ich ließ sie vorbeiziehen, trat auf der Stelle, schaute umher, als mich plötzlich jemand rief. Die Frau mit dem Mädchen winkte mir zu. Das war sie also.

Nichts war so, wie ich es mir vorgestellt hatte. Ich hatte mir in all den Jahren eine eigene Valeria gebastelt und hatte an ihr gehangen wie Kinder an ihren Stofftieren. Oder ich hatte sie in der Erinnerung festgefroren, und jetzt verflüssigten sich die Bilder wieder. War sie nicht schmaler und größer? Hatte sie nicht volle Lippen und kräftige Augenbrauen über unruhigen Augen? Und einen kleinen Busen und eine bestimmte Art zu lächeln, die nur ihre eigene war? Auch ihr Gang war ein anderer. Er hatte die Trägheit der Stimme übernommen, fast schon müde wirkte er. Sie musterte mich.

»Das ist meine Tochter«, sagte sie. »Ohne Fisch will sie nie nach Hause. Er wird zwar bald sterben in unserer Glasschale, aber so will sie es nun mal. Dann weint sie und will den nächsten. Und du? Zurück aus dem Urlaub? Hat lange gedauert.«

Damit war ein Anfang gemacht.

»Hallo, Valerias Tochter. Wie heißt du denn?«, fragte ich das Mädchen.

»Teodora.«

Ich stockte.

»Sie trägt meinen Namen.«

»Was für ein Zufall«, spottete Valeria und schaute weg. Sie zündete sich eine Zigarette an.

»Du hast sie nach mir benannt.«

»Jetzt, wo du es sagst.«

Sie nahm die Tochter bei der Hand und deutete an, dass sie weitergehen wollte. Als sich die Tochter widersetzte, herrschte sie sie an.

»Du bist unverändert, du hast höchstens ein bisschen abgenommen«, sagte sie zu mir.

»Und du zugenommen.«

»Ich war immer so.«

»Ich hatte dich anders in Erinnerung.«

»Im Komplimentemachen warst du nie besonders gut.«

»Entschuldige bitte.«

Wir gingen nebeneinanderher und erzählten, was wir nicht hören wollten. Ich erzählte von der Schweiz, meiner Mutter, den Beruf, ohne dass es sie besonders interessierte. Sie erzählte von ihrem Leben, ohne dass ich mich darauf konzentrieren konnte. Dann und wann schwiegen wir und bemühten uns, neue Themen zu finden. Irgendwann schien sie sich entschieden zu haben, über das zu reden, was sie bedrückte.

»Wieso hast du es mir nicht gesagt? Wieso hast du mir nicht vertraut?«

»Wir hatten Angst, alle drei.«

»Was tut dein Vater heute?«

»Er ist tot.«

»Ist er während der Flucht gestorben?«

»Er hat sich zwei Jahre nach unserer Flucht mit dem Auto überschlagen.«

»Und deine Mutter?«

»Sie ist im Altersheim.«

»Hat es sich gelohnt?«

»Schwer zu sagen. Wahrscheinlich schon.«

»Wahrscheinlich schon? Du lebst in der Schweiz und du sagst

wahrscheinlich schon? Was wäre aus dir geworden, wenn du hier geblieben wärst? Du mit deinen Seltsamkeiten und mit deinen Bauern. Hier überlebt nur der Stärkste. Wenn Darwin heute leben würde, würde er nicht nach Galapagos fahren, um Schildkröten zu beobachten. Er würde hierher kommen. Nein, du hättest dich nicht durchsetzen können. Niemals.« Als sie merkte, wie sie auf mich einredete, ging ein Ruck durch sie und sie verstummte.

»Was hast du dann gemacht?«, fragte ich irgendwann.

»Ich habe gewartet, bis ich merkte, dass mir die Fotos alleine nicht ausreichten. Ich bin in eure Wohnung gegangen, bevor andere dort eingezogen sind, und habe alle deine Tonbänder zu mir genommen. Sie lagen auf einem Haufen auf dem Tisch. Ich habe dir und deinen Bauern tagelang zugehört. Ich war in deine Stimme verliebt, aber ich kam nicht dazu, es dir jemals zu sagen, also sage ich es dir jetzt. Am Schluss wusste ich fast genauso viel über die Märchen der Bauern und ihren Aberglauben wie du. Ich fand einen anderen Freund und dann einen zweiten, den ich sogar liebte. So vergaß ich dich nach und nach. Nein, nicht ganz. Nach dem Sturz der Kommunisten dachte ich: Jetzt wird er kommen und mich zu sich nehmen. Es gibt keinen Grund mehr, nicht zu kommen. Als ich ahnte, dass du nicht kommen würdest, dachte ich, dass du mindestens anrufen würdest. Du würdest schon wissen, wie du mich finden kannst. Als du auch nicht angerufen hast, habe ich dich ein zweites Mal vergessen. Vor sechs Jahren lernte ich Victor kennen. Teodora ist unsere Tochter. Wir lieben uns.«

Sie sagte: *Wir lieben uns*, um einen Abstand zwischen uns zu bringen.

Sie sagte es vielleicht, um sich an mir zu rächen.

Sie sagte es nebenbei, ohne jede Teilnahme. Vielleicht sagte sie es mehr zu sich selbst als zu mir.

Nach und nach entdeckte ich in den fremden Gesichtszügen vertraute Merkmale. Ein fast unsichtbares Grübchen im Kinn, die Halsadern, die unter der weißen Haut zum Vorschein kamen, der tiefe, dichte Haaransatz, ein leichtes Hochziehen der Augenbrauen, wenn sie spöttisch war, oder ein leichtes Zucken an den

Schläfen, ein Zusammenkneifen der Augen, wenn sie nachdachte. Über all dem lag, wie eine deutliche und gleichzeitig transparente Maske, die Mutter, die Anwältin, die Zeit, das Alter.

Wir setzten uns hin, die Kleine sprach mit dem Fisch und ging dann mit anderen Kindern spielen. Valeria glättete ihr Kleid und hielt den Fisch im Schoß. Ich schaute sie von der Seite an und versuchte herauszufinden, was aus uns beiden geworden wäre, wenn meine Flucht entdeckt worden wäre. Ob ich mit dieser Frau glücklich geworden wäre oder froh sein musste, keine Fortsetzung zu kennen. Denn es hatte uns mehr beschäftigt, als es das wohl getan hätte, wenn wir uns ganz langsam voneinander abgewendet hätten. Es hatte kein richtiges Ende gegeben, bis heute nicht.

»Ich habe viel an dich gedacht«, sagte ich.

»Davon hatte ich nichts.«

»Ich schickte dir Briefe.«

»Ich habe nichts bekommen. Keinen einzigen.«

Ich senkte den Kopf. Ihre Hand war nah bei der meinen, sie zog sie zurück. Ich glättete meine Hosen und sie erneut ihren Rock.

»Ich wollte dich wiedersehen«, sagte ich schließlich.

»Wieso mich? Es gibt viele Frauen hier, die glücklich wären, dich zu kennen. Du siehst immer noch gut aus, und die Schweizer Aussichten locken jeden.«

»Ich bin gekommen, um mich zu vergewissern.«

»Jetzt hast du dich vergewissert.«

Wir brachten kein wirkliches Gespräch zustande, ihre Härte stand zwischen uns. Die Weichheit hatte sie sich verboten. Die Weichheit, die uns erlaubt hätte, einen guten Schluss zu finden. Seltsam, dass ich zwanzig Jahre später nach einem guten Schluss suchte. Um sie aufzuheitern, fragte ich: »Erinnerst du dich noch an die Vampirnacht?« Sie lehnte sich überrascht zurück, atmete aus und schmunzelte, dagegen war sie nicht gewappnet. Daran hatte sie nicht gedacht, als sie in Gedanken unser Treffen vorbereitet und dabei versucht hatte, die Fallen vorauszusehen. Diese grausige und leuchtende Nacht war vielleicht das Stärkste, was uns verband.

»Wie könnte ich sie vergessen?«

»Du hast dich gefürchtet.«

»Du aber mehr als ich.«

»Wer hat gesagt: ›Brechen wir auf‹?«, fragte ich.

»Ich, aber dein Herz schlug viel schneller.«

»Was hat der Schäfer mit dem Zelt gemacht, das wir zurückgelassen haben?«

»Bestimmt hat er es gegen Schnaps eingetauscht.«

»Und dann das Zimmer, das uns der Bauer gab ...«

»Sei still«, befahl sie mir.

Sie griff nach meiner Hand und drückte zu, dass es wehtat. Dann ließ sie los und legte ihre Hand auf die meine, die Adern zuckten und die Schläfen ebenso. Sie kniff die Augen zu, schaute zum anderen Flussufer hinüber und dachte nach. Die Tochter suchte Schutz vor Hunden bei ihrer Mutter, sie drängte sich fest an sie und wollte sie wieder ganz für sich haben. Valeria umfasste sie mit einem Arm und hielt sie fest, dann legte das Mädchen den Kopf in ihren Schoß, Valeria löste die Hand von der meinen und strich lange über die Haare ihrer Tochter.

»Was wäre gewesen, wenn ich geblieben wäre?«

»An so was zu denken, bringt nichts.«

»Wie lange wären wir zusammengeblieben?«

»Eine Weile, dann wären wir auseinander gegangen. In unserem Alter blieb man keine Ewigkeit zusammen.«

»Hätte es sich gelohnt, dafür zu bleiben?«

»Ich hätte dich gehasst, weil du so wie viele Männer hier geworden wärst. Du wärst grob und würdest nur an das nächste, noch tollere Geschäft denken.«

»Wäre ich so geworden?«

»Viele sind es, die es nicht glaubten.«

Sie nahm wieder meine Hand, drehte sich zu mir und schaute mich zum ersten Mal offen an. »Ich will nicht, dass du mich verwirrst. Ich verstehe nicht, was du hier wirklich suchst, aber das bleibt unser einziges Treffen. So will ich es.« Nachdem sie das klargestellt hatte, war sie erleichtert. Sie drehte sich wieder zum Fluss hin und schwieg. Spät, als die Schatten schon in die Dämmerung übergingen, fragte sie: »Wie seid ihr geflüchtet?«

»Nachdem ich dich in der Straßenbahnstation zurückgelassen hatte, bin ich nach Hause gefahren, wir haben unsere Wohnung abgeschlossen und ein Bekannter von Vater brachte uns in die Zone. Wir haben uns die erste Nacht im Kreis gedreht, die zweite Nacht aber haben wir den Weg gefunden. Wir sind bis nach Belgrad zu Fuß gegangen, von dort haben wir den Zug nach Ljubljana genommen. Wir waren tagelang unterwegs. Übrigens, ich habe was für dich, ich dachte, dass du es vielleicht haben möchtest.«

Ich streckte ihr mein Packet entgegen.

»Was ist da drin?« Sie öffnete es und steckte die Hand hinein.

»Meine Eindrücke, meine Gedanken, die ich gesammelt habe. Du hast es mir so aufgetragen.«

»Habe ich das?«

»Ich habe im Feld geschrieben, wenn wir uns ausgeruht haben. Ich habe im jugoslawischen Zug geschrieben. Ich habe in der ersten Nacht, der zweiten Nacht und an vielen anderen Tagen in der Schweiz geschrieben. Zuerst für dich, dann einfach vor mich hin. Es gehörte irgendwie dazu. Ich habe in Stockholm, Rom und Tokio geschrieben. Ich habe auf Servietten in teuren Hotels geschrieben, auf Bierdeckel in billigen Take-Away-Läden, auf Verpackungspapier, auf Papier, das andere in Zügen oder Flugzeugen aus ihren Heften gerissen hatten. Und natürlich in Hefte, die ich bei mir hatte.«

»Habe ich das wirklich von dir verlangt?«

»Erinnerst du dich nicht mehr? Du hast beim Abschied zu mir gesagt: ›Schreib auf, was du siehst und denkst. Wenn du zurückkommst, kann ich es lesen und es wird sein, als ob ich mit dir gereist wäre.‹«

Sie zog einen Zettel heraus, der zuoberst lag.

Du hast mich einmal gefragt, ob ich Angst vor dir hätte. Ja, ich habe Angst vor dir. Wir sehen uns in einer Stunde und am liebsten würde ich davonlaufen. Ein Marketingleiter, der davonläuft, wer hat so etwas schon mal gesehen? Ich hoffe, du bist nicht zu hart mit mir, aber ich kann wohl nichts erwarten.

»Tiefer.«

Der erste Geruch am Morgen in der Schweiz war der des Brotes. Hier war es der Knoblauchgeruch. Ich habe einen Popen mitgenommen, er erinnerte mich so sehr an meine Bauern, weil auch die nach Knoblauch oder Schnaps rochen.

»Tiefer.«

Morgen werde ich aufbrechen, und Michaela schläft neben mir. Wir haben uns miteinander abgegeben, das ist manchmal mehr als genug. Ich weiß gar nicht, was ich anziehen soll, ich habe nur schicke Anzüge. Damit kann man sich im Osten nicht zeigen. Wie dumm, dass ich ans Anziehen denke und nicht daran, dass ich hier alles aufgebe.

»Tiefer.«

Mein Gott, ich habe zuletzt vor fünfzehn Jahren etwas geschrieben. Wie kann das sein, dass so viel Zeit vergangen ist. Wo war ich in dieser Zeit? Irgendetwas stimmt mit mir nicht, ich mache meine Arbeit nicht mehr gerne und vor kurzem sagte Mutter, dass ich fast so wie einer aus dem Altersheim aussehe. Ich bin aber noch nicht alt, ich fühle mich noch fähig für so vieles.

»Noch tiefer, bitte!«

Ich fange an, mich an manche rumänischen Wörter nicht mehr zu erinnern. Vielleicht ist das normal nach so vielen Jahren. Mutter und ich lachen darüber, aber irgendwie tut es mir weh.

Ich bin Bäckereifahrer. Ich fahre Brot herum, von hier nach dort, von vier Uhr morgens bis elf Uhr. Dann gehe ich nach Hause und schlafe. Vater ist zufrieden hier, er sagt, dass sich alles gelohnt hat. Wenn du nicht wärst, würde ich das vielleicht auch sagen. Am Wochenende gehe ich zum Bahnhof, du kennst ja meine Vernarrtheit, aber ich weiß nicht, wohin ich fahren soll. Trotzdem habe ich mir fest vorgenommen, in die Dörfer der Schweizer zu fahren, ich weiß nur nicht, ob ich Schnaps mitnehmen muss.

Wir sitzen seit zwei Tagen in der Schweiz fest und bald geht uns das Geld aus. Es sieht alles ganz schön aus hier, du würdest gerne herum-schauen und überall etwas entdecken. Sie pflegen ihr Land, auch die Landschaft sieht so aus, als ob sie sie in der Nacht waschen. In einer Stunde müssen wir das Hotelzimmer verlassen und dann werden wir mal eine Runde im Park sitzen. In Frankreich nimmt nie-mand das Telefon ab, und das macht uns Angst. Es waren Bekannte von Vater, wer weiß, was aus ihnen geworden ist. Du wirst wütend sein, weil ich dir das alles nicht erzählt habe. Wer weiß, wann du es lesen wirst? Vielleicht nie. Ich kann dir nicht beschreiben, was wir hier sehen. Ich bin nicht gut darin. Ich bin kein Schriftsteller. Aber ich kann dir sagen, dass ich an dich denke.

Die Flucht ist zu Ende. Wir waren sieben Tage unterwegs. Wir sind schmutzig und hungrig. Ich könnte wochenlang schlafen. Ich bin ins erste österreichische Dorf nach der Grenze gegangen, ich hatte Vater und Mutter im Wald gelassen, denn Mutter hatte einen Schwäche-anfall. Ich hatte Angst, dass ich sie verliere. Ich habe dann Bauer Josef getroffen, er ist ein anständiger Mensch. Er lebt alleine mit sei-nen Kühen, seine Frau ist vor vielen Jahren gestorben. Vielleicht wäre er ein guter Erzähler, aber ich verstehe kaum, was er sagt. Ich frage mich, ob ich hier auch Geschichten sammeln kann. Und wenn Mutter wieder kräftiger ist, brechen wir wieder auf. Ich bin müde, ich werde schlafen und von dir träumen.

Ich habe Tito kennen gelernt. Tito hilft Menschen, nach Österreich zu fliehen. Es ist doch seltsam, dass es Leute gibt, die ihr Leben für andere aufs Spiel setzen. Wir hätten uns gewünscht, bei Tito zu schlafen, im Zug konnten wir nicht mehr als einnicken. Aber wir müssen weiter, eine dunkle Nacht erwartet uns.

Wir sind im Zug nach Ljubljana, wir dürfen nicht miteinander reden, damit man uns nicht erkennt. Nur Vater flüstert manch-mal: »Wenn ich es nur alleine versucht hätte, aber ihr wolltet ja un-

bedingt mit.« Mutter hält meine Hand und drückt sie fest, so wie früher, als ich klein war. Ich bin mir allerdings nicht sicher, wer hier wen hält. Ich mache mir Sorgen um sie, sie ist nicht stark, wir mussten sie durch ganz Belgrad tragen. Du denkst bestimmt, ich sei irgendwo in den Bergen. Du denkst bestimmt: ›Denkt er noch an mich?‹ Wenn du wüsstest, dass ich nur an dich denke. Jetzt mache ich mich wieder klein, der Zugführer kommt gleich vorbei.

Wir sitzen in einem jugoslawischen Feld, einige Kilometer von Belgrad entfernt. Mutter kann kaum noch gehen, und wir müssen sie tragen. Wir haben kein Essen mehr, und Wasser holen wir nachts aus den Dörfern. Tagsüber verstecken wir uns im Feld. Vater flucht, weil er uns mitgenommen hat. Wenn ich es mir überlege, dann war immer er es, der die ganze Sache vorantrieb. Das ist eigentlich nur seine Flucht, wir begleiten ihn einfach mal. So sieht er es jedenfalls. Wir sind dreckig, müde, wir wollten schon mehrmals aufgeben und uns dem erstbesten Polizisten stellen. Wenn ich denke, dass ich jetzt bei dir sein könnte und wir unsere Spiele spielen würden. Wenn ich denke, dass du gar nicht so viele Kilometer entfernt bist. Wer schon mal durch die Zone gegangen ist, der weiß, dass es kein Zurück gibt. Ich habe von keinem gehört, der durch die Zone wieder nach Hause geht. Du bist nicht einmal so weit weg, aber unerreichbar.

Es ist einen Tag her, dass wir uns gesehen haben. Du sitzt sicher zu Hause und lernst. Deine Mutter hat sich hoffentlich beruhigt. Bald kommt das letzte Dorf, und wir steigen aus. Es ist noch nicht viel Neues geschehen. Wir haben noch Zeit, uns anders zu entscheiden. Ich will zu dir zurück. Denkst du noch an mich oder hast du mich schon vergessen? Ich habe Angst, und Mutter hat auch Angst. Ich wollte all meine Aufnahmen mitnehmen, aber Vater erwischte mich. Lieber hätte ich sie dir gegeben. Da wären sie in sicheren Händen. Betrüge mich weder mit Bobby Ewing noch mit einem anderen.

Ich sehe dich noch vor mir durch das Fenster der Straßenbahn, wie du auf der Straße stehst. Du redest, aber ich verstehe nicht. Deine Lippen bewegen sich. Du legst die Hand auf die Glasscheibe, ich tue dasselbe. Ich verstehe jetzt, was du sagst: »In zwei Wochen hast du mich wieder«, sagst du.

Wir sind gerade in das Auto gestiegen, das uns nahe an die Zone bringt. Wir fahren jetzt aus der Stadt heraus, die letzten Lichter bleiben zurück.

Adieu, vielleicht für immer.

Die letzten Minuten schwiegen Valeria und ich, dann schien sie sich entschieden zu haben. Sie stand auf, holte eine Kassette aus ihrer Tasche und streckte sie mir entgegen. »Das ist alles, was von deinen Aufnahmen übrig geblieben ist. Den Rest haben wir mit den Jahren überspielt«, sagte sie. Ich stand ebenfalls auf, wir gaben uns die Hand, und ich schaute, wie sie, das Mädchen und der Fisch sich entfernten. Ich wusste lange nicht, was tun.

Im Hotelzimmer ging ich unruhig umher, ich schaltete den Fernseher ein, aber es beruhigte mich nicht. Ich rief Florina an, die wunde Frau mit den öligen Fingern. Sie sagte, dass bei ihr zu Hause immer noch dieselbe Unordnung sei. Die letzten Wochen waren männerreich. Sie beeilte sich hinzuzufügen: »Du darfst nicht meinen, dass ich es mit jedem mache. Man muss sich um mich kümmern, mich ausführen.«

»Ich habe dich nicht ausgeführt«, sagte ich.

»Du hast mir Pfannkuchen zu essen gegeben. Und außerdem haben wir bisher gar nichts getan.«

Bis ich bei ihr war, hatte sie aufgeräumt und sich gewaschen. Sie hatte Hunger, aber diesmal nichts zu essen im Haus, also holte ich Elenas Tuch aus dem Wagen. Wir knöpften es auf, legten es zwischen uns auf das Bett und der Speck- und der Käsegeruch machten uns fast benommen. Wir schnitten gierig, bissen ab, aßen so lustvoll, dass wir beinahe die eigentliche Bestimmung der Matratze vergaßen.

Sie griff nach meinem Gesicht, ich nach ihrer Taille. Sie strich mir mit den Fingern über Stirn, Wangen und Hals, dann fand sie zum Mund, führte den einen Finger über die Lippen und gab nicht auf, bis ich den Mund öffnete. Sie kam ganz nah heran, so dass ich ihren Atem hören konnte, schaute mich an, wich dann aus und fing an, mein Gesicht abzulecken, bis zu den Ohrmuscheln und dem Nacken. Wir hatten den Geruch des Specks im Mund, meine Hände suchten ihre Brüste und die Fingerkuppen rieben ihre Brustwarzen. Plötzlich stemmte sie sich gegen mich und schaute mich ernsthaft an.

»Heute willst du aber«, sagte sie.

»Ich wollte diese Nacht nur nicht alleine bleiben.«

»Das wollen auch die anderen nicht, aber Sex wollen sie auch.«

Sie fuhr mit den Fingern durch meine Haare.

»Du bist sanft. Du wärst ein guter Mann«, sagte sie noch.

Dann stand sie auf, zog sich aus und streckte mir die Arme entgegen. Ich gab nicht gleich nach, aber ich gab nach. Sie hatte das Tuch mit den Resten nicht weggetragen, sondern auf den Boden gelegt. Ich hatte das abgebissene Brot, die Speckrinde und die Fettflecken auf dem Tuch vor mir, während ich auf ihr lag und mich um meine Lust bemühte. Ich stemmte die Arme gegen die Matratze, schaute haarscharf an ihr vorbei und sah Fliegen, die sich aufs Essen setzten. Eine Fliege setzte sich ins Fett und dann auf ihre Schulter. Mit einem Schlag zerdrückte ich sie, dann wischte ich mir die Fliege mit einer Ecke des Tuchs von der Hand. Sie lachte und meinte: »Beim Fliegenfangen bist du besser in Form als beim Sex.« Sie streichelte mich, schaltete das Licht aus und drückte mich an sich. »Das darf nicht jeder. Die Nacht über bei mir bleiben. Das ist ein Privileg«, flüsterte sie noch.

Bis ich einschlief, schaute ich ihre Konturen an. Der Brustkorb hob und senkte sich, die Haare fielen ihr ins Gesicht, der Mund stand offen. Sie vertraute mir, wenn sie sich so in den Schlaf gleiten ließ, oder sie täuschte Bewusstlosigkeit vor, um besser zu lauern. Sie war eine hübsche Frau, unter anderen Umständen hätte ich ihre Nähe gesucht. Unter anderen Umständen wäre ich vielleicht der gute Mann, den sie sich wünschte. Die Art, wie sie ihre Wunden aufdeckte, wie sie ihre Offenheit als Dienst an den Kunden ansah, die Art, wie sie verwundbar wurde, zog mich an. Sie röstete Zwiebeln, bevor sie sich mit dem Potenziellen traf. Wollte man zu ihr gelangen, musste man durch frittiertes Öl hindurch.

Aus meiner Lage zwischen ihren Brüsten sah ich ganz nah bei meinem Gesicht ihre noch harte Brustwarze. Der Schweiß schoß durch meine Poren, ich löste mich von ihr, ging ins Bad, wusch das Gesicht, rieb mich mit einem Tuch ab, drückte Zahnpasta auf einen Finger, putzte mir die Zähne, schluckte sogar Zahnpasta, um den Speckgeruch zu vertreiben. Wieder bei ihr setzte ich mich im Dunkeln aufs Bett. An der Wand hingen eingerahmt ihre Eltern, jung und strahlend, die Köpfe einander zugeneigt. Auf einem anderen Bild war auch ein Säugling zu sehen und wieder lachten die Eltern. Der Stolz war ihnen deutlich anzusehen. Was aus diesem Säugling geworden war, wussten sie vielleicht nicht einmal. Dann gab es ein Bild, das nur Florina zeigte, sie trug eine Schuluniform, so wie man es hier zu tragen hatte, bevor man sich Ende der Achtziger von Uniformen befreite. Und als man sich befreit hatte und das neue Körpergefühl so unbeschreiblich war, merkten manche, dass drunter hübsche Körper waren und dass sie durchaus Gewinn abwerfen würden. Dass sie davon leben konnten, wenn schon nichts Besseres in Aussicht war.

Ich schlief ein und hatte die alten Träume. Träume, die mich in letzter Zeit in Ruhe gelassen hatten. Ich erwachte, weil ein schwerer Körper gegen den meinen drückte und mich lähmte. Ein Mann beugte sich über mich, hielt ein Knie auf meine Brust und umfasste meine Gelenke. Ein anderer durchsuchte meine Hose, die auf dem Stuhl gelegen hatte. Das Gesicht des ersten grinste mich an, ich erkannte den Zuhälter, obwohl ich ihn nur nachts auf dem Hotelsofa gesehen hatte.

»Du bist so verschwitzt, dass du dich zuerst abtrocknen müsstest, bevor ich dich anfasse. Du machst dich also in fremden Häusern breit«, sagte der Zuhälter. Er packte mich am Hals, drückte zu und schlug mir ins Gesicht. Da meine Hände frei waren, versuchte ich ihn wegzustoßen, aber ich war zu schwach.

»In der Hose ist nichts, da wollen wir aber hoffen, dass etwas in der Jacke ist«, sagte der Zweite. Als er dort Pass, Geldbörse und Autoschlüssel fand, pfiff er beeindruckt. »Ein Schweizer Pass und ein Audi. So was verkauft sich teuer. Und die Geldbörse ist gut gepolstert, inklusive Bank- und Kreditkarten«, sagte er und beugte sich ebenfalls über mich. Seine Zähne waren zur Hälfte aus Gold und zur Hälfte verfault.

In der Freude vergaß mich der Zuhälter für einen Augenblick und lockerte seinen Griff. Er drehte sich um, um die Beute zu beurteilen, ich nahm meine ganze Kraft zusammen, warf ihn von mir ab und sprang auf. Aber ich hatte keine Chance, er mochte Würgegriffe am Hals, er packte mich wieder und schleppte mich zur Wand. Dort schlug er auf mich ein, mehrmals auf den Bauch und ins Gesicht. Ich spürte Blut fließen, auch im Mund wurde es salzig.

»Du hast Glück, dass du Kunde im Hotel Elite bist. Nimm deine Kleider, denn Unmenschen sind wir nicht. Wir lassen doch keinen nackt auf der Straße stehen. Nicht wahr Petru? Lassen wir jemanden nackt auf der Straße stehen?«, fragte er vergnügt. Das Schlagen hatte seine Stimmung offenbar aufgehellt.

»Nein, wir lassen niemanden frieren«, antwortete Petru.

»Zieh deinen Anzug an und hau ab. Wer mein Mädchen fickt, muss mit mir abrechnen. Zuerst lehnst du meine Mädchen ab und dann schleichst du dich durch die Hintertür ein.« Dieser Gedanke machte ihn wieder rasend, und er schlug kräftiger zu als zuvor, so dass ich beinahe ohnmächtig wurde. »Und das behalten wir als Erinnerung«, fügte er hinzu.

Er schwenkte den Pass und die Geldbörse wie auch den Autoschlüssel vor meinen geschwollenen Augen. Als sie mich zur Tür brachten, hörte ich, dass Florina sich in der Küche räusperte. Ob sie die beiden gerufen hatte? Es war immerhin eine Möglichkeit, von den Kunden mehr als zwanzig oder fünfzig Euro zu holen. Oder wurde auch sie übel zugerichtet? Stand ihr das erst bevor? Bevor er die Tür öffnete, packte mich der Zuhälter fester am Arm, so dass ich fast schrie vor Schmerz. »Zur Polizei zu gehen, nützt dir nichts. Wir schmieren zu dick«, sagte er.

Als ich draußen war, hörte ich den anderen noch sagen: »Es ist kaum Tag und schon haben wir Kohle gemacht. Praktisch ohne Aufwand.«

In meinen guten Kleidern, aber benommen von den Schlägen, irrte ich durch die Stadt, schaute in Gesichter, die meinen Zustand sahen und sich abwandten. Ihre Blicke wirkten unschlüssig, denn mein Anzug und mein Elend passten nicht zusammen. Ich setzte mich hin und ließ sie alle vorbeiziehen. Es waren im Grunde alles nur Fremde, die mich getäuscht, benutzt und stehen gelassen hätten, wie es ihnen passte. Sie hätten auf diskretere Weise als der Zuhälter versucht, an mein Geld zu kommen, hätten sich eingeschmeichelt, sich mein Vertrauen erschwindelt. Schlafwandler, wir alle, und ich der größte unter ihnen, dachte ich. Ich würde hier nichts als Schatten finden und sie in mir nichts als Schatten sehen.

In der Arztpraxis wurde ich misstrauisch beäugt, man traute mir den guten Anzug nicht zu, so wie ich aussah. Entweder war ich ein Krimineller oder ich hatte mich mit Kriminellen abgegeben. Ich erklärte der Krankenschwester nicht, woher ich die Schwellungen und die Blutergüsse hatte, und sagte auch nicht, woher ich kam. Ich hätte so oder so kein Geld gehabt, um den Arzt zu bezahlen.

»Haben Sie Geld, um zu zahlen?«, fragte sie.

»Nein, habe ich nicht.«

»Aber Ihr Anzug …«

»An mir ist nur der Anzug reich.«

»Schlafen Sie auf der Straße?«

»Das kommt schon vor.«

»Warten Sie dort. Ich frage den Herrn Doktor.«

Ich setzte mich hin, zufrieden mit meiner Vorstellung. Ich fing schon an, wie sie alle zu denken, wenn es um den Eigenvorteil ging: haarscharf und mit einem Schuss Erfindungsgabe.

Wenn man von der Straße kam und kein Geld hatte, war die erste Konsequenz, dass man länger als alle anderen wartete, bis sich eine Lücke fand zwischen einem Magengeschwür und einem gebrochenen Finger. Ein Schlupfloch durch den Dickdarmkrebs. Sobald ein Fall so hoffnungslos war, dass man ihn nur noch nach Hause schicken konnte, würde ich drankommen, aber ich war zufrieden, denn im Sitzen spürte ich die Schmerzen weniger und konnte manchmal einnicken. Vor mir wechselten sich Kranke ab,

Arbeiter mit Löffelhänden, feine, duftende Frauen, Bauern. Manche hatten Briefumschläge voller Geld für den Doktor dabei. Sie zogen sie alle paar Minuten aus der Innentasche, um sich zu vergewissern, dass sie wirklich dort waren. Manche gaben sie schon beim Empfang ab. »Für Herrn Doktor«, flüsterten sie, und die Krankenschwestern schmunzelten. »Heutzutage zahlt man den Doktor nach Tarif«, sagten sie. »Nach Tarif plus etwas Aufschlag«, erwiderte die Zigeunerin, die mit ihrer Familie hereingekommen war.

Sie setzten sich zu fünft in eine Reihe, Vater, Mutter, Tochter und zwei Söhne, die Zigeunerin zog die Schuhe aus, legte den bunten Rock fester um die Schenkel und steckte ihn sich zwischen die Beine. Ihr Mann, ganz in Schwarz und mit Hut, redete mit ihr, aber man wusste nicht, woher die Stimme kam. Der Schnauzbart deckte den Mund zu, so dass es mehr nach Bauchreden aussah. Sein Hemd war nur zur Hälfte zugeknöpft, drüber kräuselten sich Brusthaare. Einer der Söhne schlug ein Buch über rumänische Maler auf. Auch ihre Münder waren Gold wert.

»Er will in die Kunstschule«, sagte der Zigeunervater durch den Schnauz.

»Der erste Studierte in unserer Sippe«, meinte die Mutter und strich ihm über den Kopf.

»Lern ruhig fleißig, mein Sohn. Falls das Schmiergeld für die Lehrer nicht reicht, musst du auch etwas können«, sagte der Zigeunervater.

»Ich habe auch einen Sohn an der Uni«, meinte ein Bauer, der wie ich die Familie beobachtet hatte. In einer Tasche hatte er eine tote Gans, in der anderen Obst. »Für sein Studium mussten wir auch schon schmieren«, ergänzte er.

»Womit denn?«, fragte einer der Zigeuner.

»Na, damit. Er hob die Gans in die Luft. Von uns werden die Ärzte satt, wir von ihnen aber nur kränker. Weshalb seid ihr hier?«, fragte er die Zigeuner.

»Wir haben alle zu hohen Blutdruck«, sagte der Zigeunervater.

»Alle?«

»Das ist genetisch. Das kommt von innen.«

»Das hat jeder in sich, keiner kommt da herum, ums Geneti-sche«, ergänzte seine Frau, drückte die Mundwinkel nach unten und hob das Kinn, um zu betonen, wie schwerwiegend ihre Fest-stellung war.

»Mein Vater hatte genetische Probleme, und mein Großvater ebenfalls und vor ihm der Urgroßvater. Sie sind alle umgekippt und gestorben. Eins, zwei, paff und weg bist du. Nur wegen die-ses Genetischen. Aber nicht mit mir. Deshalb schmieren wir jetzt, damit wir später nicht umkippen«, sagte der Zigeunervater.

Der Arzt kam aus dem Behandlungszimmer, sah den Bauern mit der Gans und schickte ihn nach Hause. Er rief ihm hinterher: »Wie oft soll ich euch das noch sagen? Geld, nur Geld. Heutzu-tage werden Ärzte nach Tarif bezahlt. Dafür gibt es Richtlinien. Ich bin doch kein dummer Viehdoktor.« »Wir zahlen nach Tarif, Herr Doktor.« Die Zigeunerin winkte ihm mit dem Umschlag zu, ging barfuß zu ihm, drückte ihm diesen in die Hand und mur-melte: »Nach unserem Tarif.« Dann verschwand sie ins Behand-lungszimmer, gefolgt von den anderen.

Mein Gesicht brannte und fühlte sich unförmig an. Ich rech-nete mir wenig Chancen aus, dass man sich um mich kümmerte, denn ich hatte weder eine Gans noch einen Umschlag mit Geld. Aber der großzügige Tarif der Zigeuner wirkte sich mildernd aus. Kaum waren die fünf draußen, durfte ich hinein. Nachdem mir der Arzt Schmerzmittel gegeben und mich weggeschickt hatte, ohne sich weiter um mich zu kümmern, ging ich zur Stadtaus-fahrt. Dort hielt ich wie viele andere den Arm ausgestreckt und wollte mir Autos heranwinken. Vor allem junge Frauen waren er-folgreich. Was überzeugend wirkte, waren nicht die Arme, son-dern die Schenkel. Dann wurden die älteren Frauen mitgenom-men, dann die Alten und die Familien, aber keiner hatte Lust auf ein geschwollenes Gesicht. Vielleicht hätte ich eine Gans in die Höhe halten müssen.

Irgendwann, nach zwei, drei Stunden, hielt auch vor mir ein Auto, als ich mich bückte und hineinschaute, erkannte ich die Zi-geuner mit den genetischen Problemen. Die Zigeunerin qualmte. Ich zwängte mich hinein, wir waren nun zu sechst drinnen, sie fragten: »Wohin?« Ich antwortete, ohne zu zögern: »Moneasa.«

Einer der Jungen spuckte alle paar hundert Meter durch das geöffnete Fenster, sein Bruder bereitete sich auf seine Prüfungen vor, hob den Kopf nicht von seinem Buch, obwohl seine Schweißtropfen direkt auf die Bilder der berühmten Maler fielen.

»Wer hat Sie so zugerichtet?«, fragte die Zigeunertochter zwischen zwei Zigarettenzügen.

»Ich bin überfallen worden.«

»Einer der unseren?«

Damit sein Spucken auch einen Inhalt hatte, holte der Junge Sonnenblumenkerne aus der Tasche und führte seine Lieblingsbeschäftigung mit den leeren Schalen fort. Auch die anderen steckten die Hände in seine Taschen und holten sie voll heraus, sogar ich durfte es tun. Im Auto breitete sich zufriedene Stille aus, man hörte nur vielfaches Knacken, und wir spuckten abwechselnd durch die Fenster.

Ich bemerkte bald, dass wir nicht Richtung Moneasa fuhren, sondern Richtung Niemandsland, direkt durch die Felder. Das Auto war von der Straße abgebogen, die hinter uns immer kleiner wurde. Auf dem Feldweg lagen verbrauchte Taschentücher herum, dort, wo die leichten Mädchen ihren Dienst leisteten. Es war ein holpriger, löchriger Weg, der direkt zu den Zuggleisen führte, die nach einigen Kilometern im Bahnhof endeten. Das Auto wirbelte Staub auf, aus der Ferne sah es bestimmt wie eine wandernde Staubwolke aus. Auf die Idee würde keiner kommen, dass in jenem Staub einer, der gerade ausgeraubt worden war, zwischen fünf Zigeunern feststeckte.

Der Staub drang in Nase, Mund und Ohren, es war ein kleiner Saharasturm, und wir husteten alle synchron. Die Schienen lagen leicht erhöht auf einem Damm, der die Felder teilte. Diesseits war man noch von der Straße her sichtbar, jenseits nicht mehr. Das Auto schaffte es nicht gleich den Damm hinauf, es rutschte zurück, die Räder drehten leer, der Zigeuner gab mehrmals Gas, bis wir endlich vor den Gleisen standen. Er hielt kurz an, um sicher zu sein, dass auch wirklich kein Zug kam. In diesem Augenblick drückte ich den schmächtigeren Sohn in den Sitz, kletterte über ihn, drückte die Tür auf und plumpste auf die Erde. Alles, was nach der Spritze des Arztes noch wehtun konnte, tat weh.

Die Zigeuner waren zunächst verblüfft, dann starrten sie mich aus dem Wagen heraus an und grinsten golden. Ich wollte davon laufen, zurück zur Straße oder jedenfalls so weit mich die Beine trugen, aber sie trugen nicht weit. Ich stolperte ein, zwei Mal, fiel hin, stand auf, stolperte weiter. Ich winkte den Autos an der Straße zu, rief laut, aber sie waren viel zu weit entfernt. Die Zigeuner fuhren rückwärts, holten mich schnell ein, aber keiner beeilte sich, mich zu fassen. Sie fuhren einfach rückwärts neben mir her.

»Was ist mit Ihnen?«, fragte der Zigeunervater.

»Ich bin schon ausgeraubt worden, ich habe nichts mehr. Sie können mich schlagen, aber das ist schon alles.«

»Geld brauchen wir nicht, davon haben wir genug.«

Ich wollte ins Feld laufen, aber ich stolperte über Wurzeln und blieb diesmal liegen, ein stechender Schmerz war durch meinen Fuß gefahren. Ich hörte wie eine Autotür aufging, wie Schritte auf mich zu kamen, sah, wie sich die Erde um mich verdunkelte, weil sich jemand über mich beugte, dann packten mich zwei kräftige Arme und trugen mich zurück ins Auto. Wir fuhren wieder los, überquerten die Gleise, dann drehten wir Richtung Stadt und kamen nach kurzer Zeit auf eine asphaltierte Straße am Stadtrand. Auf der linken Seite hatten Reisende Flaschen, Papier und Essensreste aus dem Zugfenster geworfen, bevor der Zug in den Bahnhof eingefahren war. Auf der rechten Seite wohnten die Zigeuner, aber nicht so, wie man es von ihnen erwartete. Ich konnte nicht glauben, was ich dort sah, als der Zigeunervater rief: »Das sind unsere Häuser!«

Es waren Häuser, wie man sie an diesem miserablen Ort nie vermutet hätte, irgendwo zwischen brachliegendem Feld und Zugschienen. Strahlend weiße Häuser, als ob man sie Tag und Nacht mit dem Waschmittel aus der Werbung geschrubbt hätte, Häuser, die mehrere Stockwerke hoch und fünfzig und mehr Meter lang waren, so dass sie beinahe die Breite eines Fußballfeldes erreichten. Es gab drei kleine und ein großes, und man merkte schnell, dass die Größe einer bestimmten Hierarchie folgte. Die Häuser hatten unzählige Balkone, Säulen und Türmchen, man hatte hier zwar nicht an der Größe gespart, aber genauso wenig am schlechten Geschmack. Anstatt Türen gab es Tore und dahinter ahnte man riesige Hallen. Zum Eingang des größten Hauses führte eine Rampe unter Säulen hindurch, und die Fenster waren mindestens doppelt so groß wie ein Mensch. Die Southfork Ranch aus der Fernsehserie Dallas war im Vergleich dazu eine billige Absteige. Das Weiße Haus hingegen schlug es, aber nur knapp. Teile der Häuser waren noch im Bau, überall waren Holzgerüste aufgestellt. In keinem der Zimmer brannte Licht, als ob sie nicht bewohnt oder noch vor dem Einzug aufgegeben worden wären.

»Wenn ihr in solchen Häusern wohnt, was braucht ihr dann von mir? Ihr entführt mich, jagt mir Angst ein …«

»Glauben Sie nicht, dass Sie etwas übertreiben? Sie haben sich selbst Angst eingejagt. Wir haben Sie nicht entführt, wir wollen nur, dass Sie unser Gast sind.«

»Aber die Häuser sind unbewohnt.«

»Zum Bewohnen sind sie auch nicht gedacht.«

»Wozu denn?«

»Zum Vorzeigen. Man soll sehen, wozu Zigeuner imstande sind. Die drei kleineren gehören meinen Söhnen und meiner Tochter.«

»Wenn Sie wollen, dass man sie sieht, wieso bauen Sie nicht im Zentrum?«, fragte ich.

»Schauen Sie sich doch um. Was sehen Sie?«, erwiderte er.

»Nichts sehe ich, nur Felder. Hier ist nichts«, antwortete ich.

»Eben. Jeder, der Zug fährt, weiß jetzt, dass hier etwas ist. Das sticht doch direkt ins Auge.«

»Und wo wohnen Sie?«

»Im Sommer im Garten. Im Winter in der Küche. Man hat doch kaum das Geld, um solche Häuser zu beheizen.«

Die Häuser standen in einer Reihe, vor dem einen hielten wir an, einer der Söhne küsste den Eltern die Hand und ging hinein, dann war die Reihe an der Tochter. Als wir beim großen Haus angekommen waren, fuhren wir die Rampe hoch, stiegen unter dem breiten Vorbau aus, der Vater sperrte das Portal auf und wir gingen hinein, Zigeunervater und Zigeunermutter, der belesene Sohn und ich.

Die Räume, wenn man von solchen sprechen konnte, waren nicht möbliert, nirgends stand ein Schrank oder ein Tisch. Es gab nur kahle, zugemauerte Räume. Im zentralen Saal hätte man rauschende Ballnächte feiern können, wenn es noch Könige gegeben hätte. Die Zigeuner führten mich durch ein Labyrinth von Fluren zur Küche. Die Küche war bestens eingerichtet, und zwar nicht nur zum Kochen, sondern auch zum Schlafen. Drei solide Betten standen da zwischen Töpfen, Geschirr und Kühltruhen. »Unser Jüngster ist noch zu klein für ein eigenes Haus, aber gebaut haben wir es schon mal«, meinte die Zigeunerin. In großen Körben war Gemüse und Obst gelagert, alles im Überfluss und manches schon verfault, denn man konnte unmöglich all das essen.

»Setzen Sie sich, lassen Sie uns trinken, während meine Frau uns eine Suppe kocht.«

»Ich weiß nicht, ob ich trinken möchte.«

»Man schlägt nichts ab, wenn man Gast ist.«

Er legte den Arm um meine Schultern, schob mir ein Glas hin und goss uns beiden ein. »Eins, zwei, drei, gluck, eins, zwei, drei, gluck«, sagte er und bei jedem *Gluck* leerte er das Glas. Der Junge setzte sich in einen Sessel, ohne seine Augen von dem Buch zu heben, er hatte wohl gar nicht bemerkt, dass ich da war. Seine Mutter holte Fleischstücke aus einem Topf und ein Fleischmesser aus dem Schrank. Sie knallte das Fleisch auf eine Ablage und begann es mit sicherer Hand zu zerteilen. Als Nächstes kam verschiedenes Gemüse dran, das sie dann gemeinsam mit dem Fleisch anbriet. In der Küche breitete sich Dampf aus und mit dem Dampf auch der feine Geruch einer dickflüssigen Suppe.

»Was wollen Sie denn von mir?«, fragte ich, nachdem ich mehrmals an dem Glas genippt hatte.

»Ich will gar nichts. Mein Sohn will was. Er will Ihren Anzug.«

»Wieso meinen Anzug? Sie können sich tausend Anzüge kaufen von dem Geld, dass Sie hier bei der Heizung sparen.«

»Sie haben einen herrlichen Anzug. Englischer Stoff, toller Schnitt, mit so etwas kenne ich mich aus. Wenn ich nicht Zigeuner wäre, wäre ich bestimmt Schneider geworden. Mein Sohn hat sich in den Kopf gesetzt, dass er in Ihrem Anzug an die Prüfungen geht und dass es ihm Glück bringen wird. Wir wollen natürlich, dass er die besten Bedingungen hat. Also, geben Sie uns den Anzug?«

»Ich gebe niemandem meinen Anzug. Außerdem ist er verdreckt.«

»Den Dreck können wir rauswaschen.«

Ich blieb bei meinem Nein auch nach mehreren Gläsern Schnaps, denn der Zigeuner wusste nicht, dass ich bei Ion trinkfest geworden war. Der Mann konnte bald keine zwei Sätze mehr sagen, ohne über seine Zunge zu stolpern, mehrmals schlug er auf den Tisch und warf Gläser auf den Boden. Seine Augen wurden glasig, sein Tonfall bedrohlich. Als dann die Suppe auf den Tisch kam, jeder in seinem Teller löffelte, der Sohn einen Brotlaib an die Brust gedrückt und grobe Stücke herausgeschnitten hatte, als ich schon hoffte, dass ihn das warme Essen ausnüchtern würde, sprang der Mann auf, tanzte kurz seinen Besoffenentango, und als er sich auf den Beinen sicherer fühlte, packte er mich und zwang mich aufzustehen. Ich dachte: Jetzt werde ich wieder verprügelt. Ich sagte: »Jeder hier will mich verprügeln. Die einen wegen Geld, die anderen wegen meines Anzugs.« »Ich lasse mich nicht vor meinem Sohn lächerlich machen«, brummte er. »Geben Sie endlich den Anzug her, sonst ziehe ich ihn Ihnen eigenhändig aus.«

Ich war viel zu müde, um Angst zu haben, und irgendwie hatte ich mich an Prügel gewöhnt. Meine Knochen würden die Fäuste des Zigeuners aushalten, wenn sie die Fäuste des Zuhälters ausgehalten hatten. Aber es kam nicht so weit. Während der Mann mir seinen Alkoholatem ins Gesicht blies, sagte die Frau zwischen zwei Bissen: »Hinsetzen.« Sie rief es nicht aus, man war sich nicht mal sicher, dass sie gesprochen hatte, sie schlürfte ganz einfach ihre Suppe weiter, aber es genügte, damit ihr Mann von mir abließ und sich wankend hinsetzte.

Ich erwachte im Dunkeln, in der Küche hing immer noch der Suppengeruch, und im Bett neben dem meinen schnarchte der Zigeunervater. Ich erschrak, weil ich dachte, dass man mich ausgezogen hatte, und betastete meinen Körper, aber der englische Stoff war an seinem Platz. In der Küche war niemand mehr außer uns zwei, aus der Ferne hörte man Stimmen. Das ganze Haus lag wie die Küche im Dunkeln, die Zigeuner hatten noch kein Licht angeschlossen oder sie sparten Strom, so wie sie Wärme sparten. Wozu sollte man auch Licht anmachen? Man besoff sich einfach tagsüber, dann lag man sowieso flach, wenn es dunkel wurde.

Ich ging vorsichtig den langen Flur entlang, und alle Zimmer, an denen ich vorbei kam, standen leer. In manchen lag noch Baumaterial herum, Ziegelsteine, Zementmischung, Kabel. Ganz am Flurende flimmerte etwas Licht, ich schaute in den Raum hinein und sah die Zigeunermutter und den Zigeunersohn, die fernsahen. Inmitten eines Saals waren zwei Stühle, ein Fernsehgerät und zwei Menschen, die gegen den Schlaf ankämpften. Ihre Köpfe sanken dauernd auf die Brust. Die Fernsehstimmen hallten im weiten Raum. Ich öffnete ein Fenster in einem entfernten Zimmer und sprang hinaus. Ich trat auf Metallröhren, verlor das Gleichgewicht und fiel hin. Jetzt blutete ich an der Hand. In der klaren Nacht hätte mich jeder im freien Feld gesehen, ich duckte mich und wollte möglichst schnell wegkommen. Weil sich meine Beine in den vielen Fallen verfingen, die das Feld bereithielt, und weil sie zu bleiern waren, um mich auf der weichen Erde zu tragen, ging ich irgendwann auf der Lehmstraße weiter. Aus einem Zug, der beim Einfahren in den Bahnhof verlangsamte, fiel Licht auf mich, und drinnen sangen Männer durcheinander. Sonst rührte sich weit und breit nichts und bei Tagesanbruch war ich wieder an die Stelle gelangt, an der ich ins Zigeunerauto eingestiegen war.

Es fuhren wenige Autos vorbei, aber aus allen wurde ich bestaunt, so verdreckt und zerknittert, wie ich nun mal war. Der Anzug aber machte den Engländern alle Ehre. Außer, dass er verschmutzt war, hatten ihm meine Abenteuer nicht geschadet. Die Sonne stieg hoch, Menschen, die per Anhalter fahren wollten, standen weit weg von mir, sonst hätte man sie nicht mitgenommen. Aus einer Pfütze, in der sich der letzte Regen gesammelt hatte, schöpfte ich Wasser und wusch mein Gesicht. Es wurde nur noch dreckiger. Meine Prellungen und Schwellungen schmerzten, aber schlimmer als der Schmerz war die Müdigkeit. Als mich gegen Mittag immer noch keiner mitnehmen wollte, legte ich mich auf den Boden, schob den Arm unter den Kopf und wollte schlafen, egal was geschehen würde. Nach einiger Zeit hielt die Polizei an. Die Polizisten wollten mich aufs Revier oder ins Krankenhaus fahren, ich erzählte ihnen, dass ich überfallen worden war und dass ich gut zurechtkam, wenn man mich nach Moneasa brachte. Von dem Zuhälter und den Zigeunern erzählte ich nichts. Die zweiten schmierten bestimmt genau so dick wie die ersten.

Ion erblindet

»Du hast mitten im Fluss gestanden, Mädchen«, sagte Elena zu ihrer Kuh. »Die Steine sind so glitschig, dass du ausrutschen und dich verletzen kannst. Dann müssten wir dich schlachten und könnten nicht einmal dein Fleisch essen, so alt bist du.«

Die Kuh hieß Rodica. Elena sprach mit ihr, als wäre sie ein Mensch. »Rodica, wo bist du mein Herz?«, rief sie manchmal. Oder: »Rodica, wenn du ausreißt, kann dich morgen niemand melken und deine Euter werden schmerzen.« Als würde sie verstehen, kam Rodica jedesmal ruhig nach Hause. Wenn sie nicht kam, murmelte Elena: »Ich weiß nicht, ob Kühe taub werden, aber unsere ist bestimmt taub.« Sie zog die Stiefel ihres Mannes an und ging Rodica suchen. So auch an jenem Abend, als ich wieder in Moneasa ankam. Rodica schien sich im Fluss wohl gefühlt zu haben, denn Elena hatte sie herausholen müssen. Sie ging neben der Kuh her, ein Seil brauchte sie nicht, sie hielt die Hand ruhig auf Rodicas Flanke. Sie brachte die Kuh in den Stall, und als sie wieder herauskam und den Kopf hob, sah sie mich. Sie hob entsetzt die Hände vor den Mund, kam näher, wollte mich berühren, aber tat es dann doch nicht.

»Guten Abend, Elena, da bin ich wieder.«

Sie streckte die Hand nach mir aus, zog sie zurück, streckte sie wieder aus und hielt sie nah bei meiner Wange in der Luft. Sie brachte mich ins Zimmer, legte mich sanft ins Bett, sie strich sachte mit der Hand über meine Haare und meine Schulter. Sie fragte nicht, was geschehen war. Sie sagte nur: »Wie schmutzig du bist. Als ob du in einem Stall geschlafen hättest.«

»Eigentlich war es ein Vier-Sterne-Hotel.«

»Kann man in so einem Hotel so schmutzig werden?«

»Nur wenn man sich mit den falschen Leuten einlässt.«

Sie brachte Wasser in einer Schüssel und ein Tuch, sie tauchte einen Teil des Tuchs ein und wusch mein Gesicht. Wenn es weh tat und ich zuckte, spitzte sie die Lippen und machte: »Au, au, au! Was bist du mir für ein Kind, wenn du mir nicht einmal das aushältst.« Sie führte das Tuch über meine Stirn, meine Wangen, meinen Mund und meinen Hals. Die ganze Zeit schauten wir uns an. Sie legte meine Hände in ihren Schoß, wusch jeden einzelnen Finger, dann trocknete sie sie ab.

Das hatte nur meine Mutter getan, wenn ich als Kind dreckig, erschöpft, aber strahlend vom Spielen nach Hause kam. Sie zog dann meinen Kopf auf ihren Schoß, schrubbte meine Haare und murmelte: »Was für ein dreckiges Kind ich habe. Wenn ich es verkaufen wollte, würde es keiner haben wollen.« »Aber ich will nicht, dass du mich verkaufst«, rief ich. »Ich will immer bei dir bleiben.« »Wir bleiben zusammen, klar doch. Keine Mutter verkauft ihre Kinder. Aber später wirst du mich verlassen«, behauptete sie. »Ich dich? Niemals«, rief ich noch verzweifelter. »Doch, und das muss so sein, damit auch andere Frauen Mütter werden«, erwiderte sie ruhig. »Das verstehe ich nicht.« »Das verstehst du schon noch zur rechten Zeit. Jetzt aber halte das Gesicht still, sonst merkt dein Vater, dass du dich wieder herumgetrieben hast, und dann hast du wirklich Probleme.« »Wollen wir im Kaffeesatz lesen, ob Vater es herausfindet?«, fragte ich dann.

»Ich möchte schlafen«, sagte ich zu Elena.

»Zuerst wasche ich dich, dann kannst du schlafen. Zieh deinen Anzug aus.«

Sie ging hinaus, ich stand mit Mühe auf, zog mich aus und legte den Anzug auf den Stuhl. Durch die halboffene Tür sah ich Elenas Schatten. Sie wurde verlegen, weil sie sich ertappt fühlte und beeilte sich, etwas zu sagen: »Ich muss deinen Anzug reinigen. Hast du keinen anderen? Du solltest ihn schonen.«

»Du wirst lachen, aber ich habe nur diesen einen mitgenommen. Ich dachte schon seit längerem daran, wegzugehen, aber ich habe mich erst in der Nacht davor entschieden. Alles ging sehr schnell. Als ich meinen Schrank öffnete, sah ich nur solche Anzüge. Am liebsten hätte ich gar nichts davon mitgenommen, aber etwas musste ich doch anziehen. Ich wollte mir später etwas kaufen und jetzt habe ich nicht einmal mehr das Geld dazu.«

»Für heute kann ich dir etwas von meinem Mann geben.« Sie reichte mir die Kleider ihres Mannes durch den Türspalt. Sie wartete, bis ich mich angezogen hatte, dann kam sie hinein, mit einem Jogurtbecher in der Hand. Als ich wieder im Bett lag, steckte sie einen Finger in den Becher und verteilte dann den Jogurt in meinem Gesicht. »Es ist gut, eine Notration Jogurt im Haus zu haben, nicht wahr?«, fragte sie.

»Da bin ich mir nicht so sicher und außerdem ist es doch zu spät dafür. Geschlagen worden bin ich gestern.«

»Das hilft, das hilft bestimmt. Wenn du nicht still hältst, schmiere ich dir den Jogurt in die Haare.«

»So viele Haare habe ich gar nicht mehr.«

»Dann meinetwegen auf die Glatze. Vielleicht wachsen dann Haare nach. Die Schwiegermutter sagte früher, Rodicas Zunge sei das reinste Wundermittel. Wo sie einen belecke, würden später Haare wachsen. Du kannst dir nicht vorstellen, wie viele Männer in unserem Stall vor Rodica niedergekniet sind, damit sie ihnen den Kopf ableckte. Manchmal waren ihre Frauen dabei, aber oft kamen sie alleine und im Dunkeln, weil sie sich schämten. Männer in jedem Alter. Wir konnten an Rodica gut verdienen. Ob es genützt hat, wissen wir nicht. Keiner kam zurück, um es uns zu sagen.«

»Wieso redest du mit der Kuh wie mit einem Menschen?«

»Meine Schwiegermutter hat Rodica so getauft, weil sie keine Tochter hatte, der sie diesen Namen geben konnte. Sie sagte: ›Wenn ich schon keine Tochter habe, die Rodica heißt, dann wenigstens eine Kuh.‹ Die Schwiegermutter hat als Erste mit Rodica so geredet, als ob sie ein Mensch sei. Sie lebten fünf Jahre lang zusammen, die eine im Stall, die andere im Haus. Als die Schwiegermutter den Hirnschlag hatte, war sie im Stall bei Rodica. Sie muss dort lange gelähmt gelegen haben, bevor sie starb. Rodica und sie hatten genug Zeit, um sich zu verabschieden. Wir fanden sie, als wir vom Feld zurückkamen, am Abend. Als wir sie zu Grabe getragen haben, war allen klar, dass Rodica mit musste. Wir sind mit dem Sarg durch das ganze Dorf gezogen, und man hat zum ersten Mal eine Kuh in einem Trauerzug gesehen. Und auf dem Friedhof. Ich weiß nicht, wieso ich mit ihr rede. Vielleicht wegen der Schwiegermutter, vielleicht nur, weil sie so mehr Milch gibt.«

Ich nickte ein. Als ich das erste Mal aufwachte, schaute mich Elena zärtlich an. Als ich das zweite Mal aufwachte, lag sie neben mir und weinte. Sie hatte ihre Beine eng an den Bauch gepresst und umfasste sie mit den Händen. Als sie zu weinen aufhörte, war sie eine Weile still, dann flüsterte sie mir ins Ohr: »Ich weiß nicht einmal, wer du bist, aber ich weine vor dir. Ich weiß, dass du nichts sagen kannst, der Jogurt muss jetzt hart sein und du sollst auch nichts sagen. Aber ich weiß, dass du mich hörst. Ich lebe mit meinem Mann seit zehn Jahren zusammen und ich dachte, dass würde ewig so weiter gehen. Jetzt kommst du und bringst alles durcheinander. Du bemühst dich gar nicht um mich, manchmal hast du mich tagelang nicht beachtet. Während du hier warst, habe ich nur hin und wieder an dich gedacht. Als du aber weggefahren bist, habe ich nur noch an dich gedacht. Ich möchte, dass du das weißt. Ich werde jetzt aufstehen, mich neben meinen betrunkenen Mann legen und ich möchte, dass wir nie wieder darüber reden. Morgen stehen wir auf, und es ist ein anderer Tag.« Meine Finger suchten ihre Hand, sie zog sie zurück. Die heilige Jungfrau und die Schwiegereltern schauten auf uns hinunter. Als ich das dritte Mal erwachte, war ich alleine und gut zugedeckt. Ich wusch mein Gesicht ab, durch einen Türspalt sah ich Elena neben ihrem Mann schlafen, eine Hand auf seinem Bauch. Ich steckte mir das Löffelchen mit der Konfitüre in den Mund, das sie auf den Nachttisch gelegt hatte.

In Elenas Hof grunzte das Schwein und die Küken piepsten gut geschützt. Die Katze war für alle Fälle zur Stelle. Es war Abend und Ion, Marius, die Ärztin, der Direktor und zwei, drei andere Bessergestellte waren in Elenas Hof versammelt. Sie feierten den Abschied des Direktors für ein weiteres Jahr. Marius führte aus, wieso dem Bauern der Glaube in die Wiege gelegt worden sei.

»Der lebt doch mit seinen Tieren, liebt sie und bringt sie dann um. Was soll da heilig sein?«, spottete Ion.

»Aber danach geht er in die Kirche. Der Glaube ist ihm wichtig«, sagte der Direktor.

»Der Glaube und der Aberglaube«, ergänzte die Ärztin. »Ihr wisst doch, was man sich über die kleinen Erdbeben erzählt.«

»Was erzählt man sich denn?«, fragte eine der Frauen, die ich nicht kannte.

»Es sei der Teufel«, meinte Marius.

»Oder böse Geister«, bemerkte Elena.

»Das Jüngste Gericht«, sagte der Direktor.

»Wenn wir schon davon sprechen. Wie werden Sie denn dort abschneiden, lieber Direktor?«, fragte Ion lachend.

»Kann man Gott bestechen?«, fragte ein weiterer Gast. Er lachte schallend.

»Man kann. Aber man darf sich nicht zu viel davon versprechen«, antwortete man ihm.

»Manche Dinge geschehen, und man weiß nicht wie«, meinte Elena. »Auch Maria kam zu ihrem Mann, ohne zu verstehen, wie das geschehen ist. Nicht wahr, Maria? Erzähl doch mal.«

Nachdem die Ärztin sich mehrmals hatte bitten lassen, obwohl sie augenscheinlich darauf brannte loszulegen, fing sie an zu erzählen: Sie war unweit von Borşa, Ions Heimatdorf, aufgewachsen und hatte dort gelebt, bis es Zeit wurde, in der Stadt zu studieren. Kein Mann fiel ihr vom Himmel in den Schoß, weder dort noch später in Moneasa. So, wie sie in der Stadt, wo sie studiert hatte, die Waffen der Stadtfrauen eingesetzt hatte, setzte sie in Moneasa die Waffen der Bäuerinnen ein. Sie ging in die Küche, knetete Kuchenteig und versalzte ihn, dann steckte sie ihn in den Ofen. So wollte es der Brauch. Mit dem warmen Kuchen ging sie an die Hausecke, es dunkelte und sie setzte zum Lied an, während sie mit dem Zeigefinger über den Kuchen strich. Es war das Lied, das alle Mädchen sangen, die sich einen Mann wünschten. Sie sang eine Weile, dann horchte sie. Aus der Richtung, aus der der erste Hund bellen würde, würde der Mann kommen, so sagte man. Als sie schon aufgeben und ins Haus gehen wollte, bellte ein Hund aus der östlichen Richtung. Es war der Hund des Schäfers oben auf dem Weideplatz. Man erkannte ihn schnell, sein Bellen war tief und träge. Ihr Mann würde also aus den Bergen kommen und dazu aus dem Osten. Aber was konnte das nur für einer sein, der aus dem Wald kam? Sie hätte sich lieber ein Bellen aus Richtung der Bushaltestelle gewünscht oder des Parkplatzes. Ein Bellen, das einen berühmten Patienten oder einen sympathischen jungen Arzt ankündigte. Vom Berg her aber kamen nur Ungebildete, Rohe, solche mit Schrauben-händen. Förster und Schäfer.

Sie ging stumm in ihr Zimmer und machte sich für die Nacht bereit. Sie durfte für einige Stunden mit niemandem reden, das gehörte dazu. Sie durfte auch nichts trinken, denn der spätere Verlobte würde ihren Durst stillen. Als das Haus still wurde, die Bauern, bei denen sie wohnte, das Feuer in der Küche löschten, klopfte jemand laut ans Tor. Ein magerer Unteroffizier suchte Essen für sich und seine Kompanie, die in den Bergwäldern übte. »Ohne Gans brauchst du gar nicht mehr zurückzukommen«, hatte man ihm gesagt. »Noch besser wäre ein Ferkel mit einem Apfel im Mund.«

Die Bauern führten ihn in den Hof und suchten im Haus nach Essen. Die Ärztin musste bei ihm bleiben, was sie nicht wollte, denn sie durfte nicht reden, wenn sie ihre Chancen bewahren wollte. Dieser Mann da war zu jung und zu unerfahren, um der Richtige zu sein. Die Bauern brachten ein Huhn und eine Gans und dazu noch Tomaten, Käse und Brot. Er zahlte, zog den Eimer aus dem Wasserbrunnen, füllte die Kanne auf und trank gierig. Dann füllte er sie wieder und bot sie ihr an. Die Ärztin wusste nicht, was tun, so erstaunt war sie, dass er ihren Durst lö-schen wollte. Wenn sie nach der Kanne griff, kam das Ganze ins Rollen. Als er den Arm zurückziehen wollte, griff sie danach und trank. Man wusste nie, ob es nicht die letzte Chance war. »Ist das Mädchen stumm?«, fragte er die Bäuerin. »Sie ist nicht stumm. Sie sucht nur einen Mann«, antwortete die Bäuerin. Er kam seit-dem regelmäßig, und die beiden saßen zusammen, bis die Bauern das Essen eingepackt hatten. Nach der Armeezeit kam er ins Dorf und blieb. Er wurde ihr Mann.

Elena ging mit ihrer Tochter durch den Hof, um die Küken einzufangen und einzusperren. Sie breitete die Arme aus und machte »Hui, hui, hui«. Nach den Küken kam das Schwein dran und nach ihm Rodica. Ich ging hinaus, nachdem ich ihnen von meinem Zimmer aus zugehört hatte. »Da ist er also«, rief Ion, der mich am Gang erkannte. Er zertrampelte Blumen- und Gemüse-beete, kippte Flaschen um, verscheuchte die Katze, und als er mich mit den suchenden Händen fand, legte er den Kopf an meine Brust, so wie er es bei Elena oder der Ärztin getan hatte.

»Was ist mit dir passiert?«, fragte Marius. »Elena hat ein biss-chen erzählt, aber sie wusste auch nicht viel.«

Ion strich mir über die Haare und klopfte mir auf die Schulter. »Ich dachte schon, du kommst nicht mehr«, flüsterte er mir zu.

Nachdem sie alle meine Verletzungen bestaunt hatten, fragten sie so lange nach, bis ich alles erzählt hatte, sogar die gekaufte Lust sparte ich nicht aus. Ion fragte ganz genau, seine Stimme wurde dunkel, metallisch. Er wollte wissen, wo Florina wohnte und was ich über den Zuhälter wusste. Jeder verwünschte ihn der Reihe nach.

»Auf dass ihm im Hals stecken bleibt, was er sich von deinem Geld gekauft hat.«

»Auf dass ihm die Vögel die Augen ausfressen.«

»Die Leber, das Herz und die Milz.«

»Auf dass er gegen einen Baum fährt.«

»Auf dass der Teufel seine Seele frisst.«

»Schon geschehen, sei sicher.«

»Auf dass ich ihn erwische«, murmelte Ion.

Der Direktor hatte Schnaps, geräucherten Schinken und Landwein in Kisten verpackt für den Heimweg. Sein Fahrer würde noch in der Nacht eintreffen.

»Und ein Buch oder zwei nehmen Sie nicht mit?«, fragte Ion grinsend.

»Nächstes Jahr wieder. Jetzt gehe ich mal meine Arbeiter pei-nigen. Ich bin doch der Klassenfeind.«

Der Schnaps stürzte in seinen Mund.

»Man muss wieder Marx lesen«, meinte Ion.

»Gerade haben wir uns von ihm befreit und jetzt soll man ihn wieder lesen?«, fragte eine der Damen.

»Herr Palatinus, glauben Sie wirklich, dass ich ein schlechter Mensch bin?«, fragte der Direktor lachend. Er wischte sich vom

Mund ab, was drinnen keinen Platz mehr gefunden hatte. »Man könnte es nämlich glauben, so wie sie mich behandeln.«

»Sie sind ein schlechter Mensch, aber ich habe mich an Sie gewöhnt«, sagte Ion.

»Und ich mich an Sie.«

»Dann trinken wir auf die Gewöhnung. Ohne Gewöhnung wäre nichts auszuhalten. Ohne Gewöhnung würden wir uns der Reihe nach umbringen. Ohne Gewöhnung würden wir in den erstbesten Graben fahren. Nicht wahr, Teodor?« Marius packte Ion am Ärmel. »Sei still«, sagte er zu ihm, aber Ion fuhr fort: »Stoßen wir auf den Landwein an, der uns allen zu Kopf steigt.«

»Und auf die armen Schlucker dieser Welt«, meinte Marius.

»Auf dass sie sich endlich vereinigen und allen Fabrikdirektoren in den Hintern treten.« Das war wieder Ion.

»Allen Politikern.«

»Allen Aktionären.«

»Den Kleinen nicht. Nur den Großen.«

»Auch den Kleinen.«

»Und auf Cioran«, meldete ich mich, der von Cioran ein paar Auszüge gelesen hatte, während ich in unserer Buchhandlung auf Kunden gewartet hatte.

»Wie kommst du auf Cioran?«, fragte Ion erstaunt.

»Er schrieb doch über Einsamkeit. Ich finde es richtig, dass man anstößt auf einen, der über Einsamkeit schreibt. Ist das so falsch?«

»Cioran schrieb vor allem über den Mangel an Alternativen zur Einsamkeit, da es von der Geburt bis zum Tod keinen Ausweg aus ihr gibt, außer den Selbstmord«, meinte Marius.

»Selbstmord, wie absurd!« rief Ion aus. »Der Mensch muss handeln. Anpacken. Immer. Trinken wir mal besser auf Camus, der eher für Taten war.« Der Direktor, die Bessergestellten, Elena, eigentlich wir alle, warteten mit den Gläsern in der Luft, damit sich Ion entschied, auf wen wir anstoßen sollten. »Cioran hat nur darüber geschrieben, dass man sich das Leben nehmen soll, getan hat er es nicht,« fuhr Ion fort. »Trinken wir trotzdem auch auf Ciorans Feigheit, die uns so viele schrecklich schöne Bücher geschenkt hat.«

Im wuchernden Garten erloschen die Stimmen, ich legte mich hin und das Gras überdeckte mich beinahe. Ich legte die Wangen an die Erde, so dass sie sich abkühlten vom Alkohol, knickte den Stiel eines Sauerampfers ab, steckte ihn mir in den Mund und zerbiss ihn der Länge nach. Zitronensauer. Manche Stiele waren einen Meter lang. Mein Arm fiel auf die Erde, die Hand öffnete sich. Ich war eine Art Gulliver für alles, was hier im Garten lebte, bald würde man mich fangen und fesseln.

Die vier alten Nussbäume traten von einem Bein aufs andere. Sie hatten gelernt, im Stehen zu ruhen, nur deshalb waren sie all die Zeit nicht umgefallen. Aber vielleicht legten sie sich nachts kurz hin. Weit hinten, dort, wo der Garten aufhörte und die Böschung anfing, wo die Kuh hindurchkam, wenn sie nach Hause wollte, stand der Pflaumenbaum. Elena hatte auf ihn eingeschlagen vor einem Jahr, weil er plötzlich aufgehört hatte, Früchte zu tragen. Da war sie zur *baba* von Moneasa gegangen und diese hatte ihr geraten, den Baum wie ein ungezogenes Kind zu schlagen.

»Solche Bäume sind wie Kinder. Man muss nach ihnen sehen, sonst tun sie nur, was sie wollen. Und manchmal gehört ein bisschen Prügel dazu«, hatte die *baba* gesagt. Also hatte Elena im Herbst einen Stock genommen, war zum Baum gegangen und hatte drauflosgeschlagen. »Ich treibe dir die Launen aus«, hatte sie gerufen. Das hatte den Baum beeindruckt, im nächsten Jahr blühte er wieder. Mit dem Saft jener Pflaumen hatten wir uns gerade zugeprostet.

Ich schloss die Augen. Irgendetwas kroch über mein Gesicht oder kitzelte mich, so klar war es nicht. Ich wollte es fassen, aber es gelang mir nicht, ich griff immer ins Leere. Elenas Mädchen kicherte hinter mir mit einem langen Sauerampfer in der Hand, an dem sie knabberte.

»Ich bin die Fee des Grases, und wer bist du?«, fragte sie mich. »Ich bin der Bär.« »Wo wohnst du, Bär?« »In Alaska.« »Gibt es bei dir kein Gras?« »Nein, nur Schnee.« »Und was suchst du hier bei mir?« »Ich suche Gras, um mich auszuruhen.« »Du musst mich fragen, ob du dich ausruhen darfst«, flüsterte sie mir zu. »Darf ich das?«, fragte ich. »Du darfst hier nicht schlafen. Du störst meine Untertanen. Sie haben mich gerufen.« »Was soll der Bär dann machen?« »Er soll nach Alaska zurückgehen.« »Der Bär ist müde«, sagte ich. Sie gab mir Sauerampfer zum Essen. »Wenn der Bär das gegessen hat, wird er wieder stark sein.« »Und wenn der Bär den Weg nicht mehr findet?« »Dann esse ich davon und danach kann ich den Bären hochheben bis zum Falken dort oben. Von dort sehen wir, wo Alaska liegt.« »Ist der Falke auch dein Untertan?«, fragte ich. »Der Falke, die Nussbäume, die Küken, die Ameisen, alles«, antwortete sie.

Elena, die sich barfuß herangeschlichen hatte, packte ihre Tochter sanft bei den Schultern, zog ihren Kopf an ihren Bauch und streichelte sie. »Wieso lässt du Teodor nicht schlafen? Und wie schmutzig du bist. Bald sperre ich dich im Stall ein.« Sie spuckte in ein kleines Tuch und wischte damit die Wangen des Mädchens ab.

»Ich bin die Fee des Grases. Ich kann nicht schmutzig sein«, widersprach das Mädchen, während die Mutter es weg zog.

Ich blieb alleine zurück, manchmal zuckte mein Körper, manchmal lag er ruhig da. Der Wind schüttelte die Bäume von Zeit zu Zeit. Irgendjemand, schwerer als das Kind, setzte sich ins Gras. Es war Ion.

»Manchmal bin ich furchtbar plump«, meinte er.

Er versuchte sich zu entschuldigen.

»Manchmal weiß ich nicht, was ich sage. Manchmal sehe ich nur rot. Manchmal bin ich ein Ekel«, fügte er hinzu.

»Manchmal schließe ich die Augen beim Fahren und will schauen, wie weit ich komme«, erwiderte ich.

»Wieso hast du nichts davon erzählt?«

»Man kann doch nicht von hier fliehen und dann dort nicht glücklich werden.«

»Und das genügt dir als Grund, um gegen einen Baum zu fahren? Du solltest mal Cioran wirklich lesen. Er ist durch das Unglück berühmt geworden, aber aus dem Fenster gesprungen ist er nicht.«

»Hast du nie daran gedacht? Wegen deiner Blindheit?«

Ion stützte sich auf den Stock und stand auf. Er streckte mir die Hand entgegen und sagte: »Steh auf. Ich will dir was zeigen.« Wir gingen hinauf zum Kurort, die Händler auf dem Parkplatz grüßten, dann die Gäste im Kaffeehaus, die Patienten. Wir gingen auch an Ions Wohnung vorbei, immer weiter hinauf, bis zum Ende der Straße und zu dem Ort, wo ich mit dem Wagen stecken geblieben war. Die Leute kamen und ergriffen Ions Hand, um sie zu schütteln, und jedes Mal duckten sie sich fast unmerklich dabei.

»Weißt du, dass sich die Leute vor dir ducken?«, fragte ich ihn.

»Sie sind dumm. Anstatt, dass sie selbst denken, fürchten sie sich vor denen, die es tun. So hat man sie immer fest im Griff.«

Wir nahmen die Schotterpiste und gingen in den Wald hinein. Nicht ich führte Ion, sondern er mich. Unter einem Baum mit einem abgebrochenen Ast blieb er stehen. Er strich mit den Händen über die Baumrinde, wie über das Gesicht einer Geliebten. »Hast du schon mal etwas von Beckett gelesen? Nein, du hast ihn nicht gelesen. Bei Beckett warten zwei auf Godot, der nicht kommt. Sie warten bei einem Baum und einer schlägt vor, dass sie sich erhängen sollen, aber sie tun es nicht, weil der Ast brechen könnte.«

»Hast du hier gehangen?«, fragte ich.

»Fünf Jahre, nachdem ich in Moneasa eingetroffen war.«

»Wieso?«

»Ich fand niemanden, der mir vorlesen wollte. Ich ging ein.«

»Und der Ast ist abgebrochen?«

»Es heißt, dass der Teufel dich nicht sterben lässt, wenn du nicht genug gesündigt hast, denn du bist ihm zu nichts nütze. Du willst dich erhängen, aber er kommt, sägt den Ast ab und rettet dich.« Wir setzten uns auf einen morschen Stamm und schwiegen. »Ich komme manchmal am Morgen hierher. Auch an dem Tag, als wir uns trafen, bin ich hier gewesen.«

Wir waren für eine Weile still.

»Ich habe in der Stadt Valeria getroffen«, sagte ich.

»Wer ist diese Valeria?«

»Valeria ist der eigentliche Grund, weshalb ich zurückgekommen bin. Sie war ein Mädchen, als wir geflüchtet sind. Ich hätte mir nicht vorstellen können, dass sie altert, heiratet, Falten und Kinder kriegt. Nicht, weil ich das nicht wollte oder weil es bequemer war, so zu denken, sondern weil man es sich schlicht nicht vorstellen kann. Und dann eines Tages wacht man auf und denkt: Ich will die Gesichter der Leute wiedersehen, ich will sehen, was aus ihnen geworden ist und in erster Linie aus Valeria. Und ich will erkennen, wie es mir ergangen wäre, wenn ich nicht geflüchtet wäre. Das kennst du nicht, das kennt keiner, der am Ort der Kindheit geblieben ist. Es gibt aber etwas, das die Gesichter von drüben nicht haben, man kann es nicht beschreiben. Das ist auch mit den Stimmen so. Man bemüht sich, man strengt sich wirklich an, aber man hört nichts als Rauschen. Und das ist nicht einmal das Schlimmste. Das Schlimmste ist, dass auch die Stimmen von früher zu einem Rauschen werden. Eigentlich gibt es nur noch ein einziges lautes Rauschen. Und jetzt frage ich mich: Was bleibt mir noch zu tun übrig?«

Ion zuckte die Achseln und wechselte das Thema: »Und was ist aus Valeria geworden?«

»Eine Frau wie viele. Sie war nicht glücklich, mich wiederzusehen. Hast du einmal eine Frau gehabt?«

»Eine der Patientinnen, die ich in Moneasa behandelte, hieß Ramona«, erzählte Ion. »Sie war keine besonders schöne Frau, wie man mir sagte, aber auf diese Art Schönheit kam es mir auch nicht an. Mir sind Stimmen wichtig und darin war Ramona unübertrefflich. Was Ramona an mir gefiel, war mir nicht klar, aber sie ließ sich mit mir ein. Sie hat mir zuerst im Massageraum der Villa Nufărul vorgelesen oder irgendwo im Wald. Im zweiten Jahr kam sie zum Vorlesen zu mir nach Hause und sie hat auch dort geschlafen, auf dem Sofa. Im dritten Jahr hat sie gar kein Hotelzimmer mehr reserviert, sondern stellte ihr Gepäck bei mir ab. Ich saß in meinem Lehnstuhl, sie auf dem Boden und sie wäre gut und gerne die ganze Nacht dort sitzen geblieben und hätte gelesen. Wenn ich sie etwas fragte, las sie weiter, ohne eine Antwort zu geben. Sie schien sich ins Vorlesen verbissen zu haben. Erst spät fiel mir auf, dass sie besser vorlas, als sie sich um Menschen kümmerte, und dass man offenbar nicht von der Stimme auf den Menschen schließen sollte.

Jedenfalls liebte ich sie und auch sie meinte, mich zu lieben. Im zweiten Jahr haben wir uns spät nachts ins Schlafzimmer gelegt, sie hat weiter gelesen, bis wir eingeschlafen sind. In den folgenden Nächten ließen wir das Buch beiseite. Als sie das dritte Jahr kam, hatte sie einen Säugling bei sich, und das war mein Kind. Ich wollte sie überzeugen, dazubleiben, aber sie wollte nicht am Arsch der Welt alt werden. Ich spürte zum ersten Mal ihre Härte.

Jahr für Jahr ist sie nach Moneasa gekommen, die Bibliothek wuchs und das Kind ebenfalls. Ich schenkte dem Kind Märchenbücher, sogar ernsthafte Literatur, die es bestimmt später lieben würde. Mittlerweile hatte sich dort, wo Ramona mit unserer kleinen Tochter wohnte, auch eine Bibliothek angesammelt. Wenn beide bei mir waren, fühlte ich mich wie verwandelt. Ich ging mit ihnen durch den Kurort und stellte sie allen vor. Meine Tochter lernte, mich zu führen, mich vor Hindernissen zu warnen, Bücher für mich aus den Regalen zu holen. Bald würde sie eine prächtige Vorleserin werden, überlegte ich, aber es kam anders.

Nach fünf weiteren Jahren ließ Ramona ein Jahr aus, dann noch eines. Wenn ich anrief, bekam ich nur Ausflüchte zu hören. Ramona hatte einen anderen gefunden. Sie brachte die Tochter im Urlaub zu mir und ließ sie einen Monat hier. Später blieb auch das aus. Ich habe meine Tochter bis vor einigen Monaten nicht mehr getroffen. Sie ist plötzlich mit ihrem Mann aufgetaucht, sie haben im Hotel nach mir gefragt und haben dann an meiner Tür geläutet. Marius machte auf, und sie fragte ihn, ob der Hurensohn nun auch einen Sohn habe. Marius sagte, er sei kein Sohn, sondern ein Freund. Der Mann hat ihn beiseite geschoben, und sie sind beide eingetreten. Als ich bemerkte, dass meine Tochter da war, wollte ich sie umarmen, aber sie schob mich weg.

›Ich bin gekommen, um die Bücher zu holen‹, hat sie gesagt. ›Was meinst du mit holen?‹, habe ich ungläubig gefragt. ›Wir wollen sie verkaufen. Wir brauchen Geld. In solchen Zeiten, in denen man kaum überleben kann, ist es dumm, so viele Bücher zu haben, ohne daraus Geld zu machen. Du schuldest mir sowieso etwas‹, hat sie weiter gesagt. ›Zwanzig Jahre lang wolltest du mich nicht sehen. Jetzt kommt die Rechnung.‹ ›Deine Mutter wollte nicht. Ich habe dir doch immer Bücher geschickt. Hast du sie nicht bekommen?‹, habe ich gefragt. ›Wir wollen die Bücher und fertig. Du bist blind, sie nützen dir nichts. Du solltest lieber essen und dich pflegen, du siehst schlecht aus.‹ ›Was hast du denn mit deiner eigenen Bibliothek gemacht?‹, habe ich sie gefragt. ›Ich habe sie verkauft. Du glaubst doch nicht, dass ich Dinge behalten wollte, die mich dauernd an dich erinnerten.‹ ›Hast du sie gelesen?‹, habe ich gefragt. ›Kein einziges‹, hat sie daraufhin geantwortet.

Ihr Mann war inzwischen zum Auto gegangen und kam mit Säcken und Kisten zurück. Marius wollte ihn aufhalten, die Bücher aus den Regalen zu nehmen, aber er war zu schwach dazu. Marius ist dann ins Dorf gelaufen, um Hilfe zu holen. Als der Mann meiner Tochter gerade wieder beim Auto war, habe ich sie mit dem Blindenstock aus dem Haus gejagt. Sie drohte mir, nannte mich einen Hurensohn und einen Rabenvater. Roşcata bellte ununterbrochen. Sie sind abgereist, aber sie drohten zurückzukommen. Lieber verbrenne ich meine Bücher, als dass ich sie weggebe«, schloss Ion seine Erzählung ab.

Auf dem Weg zurück ins Dorf flüsterte er mir ins Ohr: »Ich werde bald sündigen. Ich werde so sehr sündigen, dass es sogar für den Teufel reicht.« Ich verbrachte den restlichen Abend damit, mich zu fragen, was Ion da eigentlich angekündigt hatte. Was wohl geschehen würde.

Am nächsten Morgen war Ion verschwunden, als ob er vom Erdboden verschluckt worden wäre. Die Hündin schlief bei den anderen Hunden vor dem Hotel, manchmal knurrte einer von ihnen im Schlaf und ein anderer antwortete. Sie unterhielten sich. Ions Massagezimmer war leer, das Bett noch warm. Die gekrümmten Patienten vor dem Hotel, eine neue Ladung Eisenbahner, luden mich ein, bei ihnen zu sitzen. Sie redeten mir die Ohren voll mit ihren Geschichten, die eigentlich eine einzige waren. Die Geschichte einer großen Ungerechtigkeit. Die Krümmung ihrer Rücken unterschied sich nur nach der Anzahl ihrer Arbeitsjahre. Die Geschichten der Armen ähnelten sich immer, sie hatten nie genug Geld oder Zeit für Geschichten der Extraklasse. Manche standen auf, beugten, dehnten oder streckten sich. Manche keuchten, manche waren außer Atem, andere spuckten.

Manchen fehlten Finger, anderen die ganze Hand. Einer war einäugig, ein Kohlesplitter hatte das Auge aufgerissen. Im Mund vieler gab es Gold. Gold war das Metall der Armen, auf zwanzig Gramm Zahngold musste man es erst mal bringen.

Die Ärztin oder jemand vom Personal kam heraus und rief nach ihnen. Sie drückten ihre Zigaretten an einem Baumstamm aus und folgten. Einer von ihnen, Herr Lobont, der Ion aus *Germinal* vorlas, bat mich, ihn zu massieren. Es störte ihn nicht, dass ich das noch nie gemacht hatte, Hauptsache er konnte liegen und die Schmerzen austricksen. Die Lungenschmerzen. »Sie können kneten und klopfen, wie sie wollen. Schaden tut es nicht. Ich habe es ja mit der Lunge«, beruhigte er mich. Sobald wir bei Ion im Kabinett waren, zog er das Hemd aus und setzte sich genüsslich hin, als ob er nur darauf gewartet hätte. Er griff nach dem Buch und las dort laut weiter, wo er das letzte Mal abgebrochen hatte. Ich schaute seinen Rücken an, zögerte, wollte ihn berühren, zog die Hände zurück, dann aber legte ich los. »Verstehen Sie überhaupt, was Sie lesen?«, fragte ich ihn. »Nicht immer. Aber es macht schläfrig und das brauche ich.« Manchmal musste ich stoppen, damit er husten und spucken konnte. Er las immer undeutlicher, bis nur noch ein schwaches Murmeln zu hören war. Seine Augen fielen zu, das Buch rutschte zu Boden, und er schnarchte leicht. Ich ließ ihn schlafen und ging Marius suchen. Seine Mutter weckte ihn und kochte uns Kaffee.

Ion war mit dem Bürgermeister unterwegs, erzählte Marius. Der Bürgermeister war ein ausgekochter Kerl, er verdiente an den Hotels und an fast allem, was sich in Moneasa bewegte und nicht bewegte. Er war nicht eindeutig schlecht, aber eindeutig gut war er auch nicht. Er war so, wie man werden musste, wenn man obenauf schwimmen wollte. Nicht mehr und nicht weniger. Ion massierte auch ihn, deshalb wusste er mehr, als dem Bürgermeister lieb war.

Die Massage versetzte alle in einen wohligen Zustand, in dem man mehr Auskunft gab, als man später ertragen konnte. Die Leute wollten es so haben, Ion öffnete nicht einmal den Mund, sie dafür ihre Münder umso bereitwilliger. Was sie schwer in sich trugen, wurde leicht erzählt. Ion wusste, wer wen betrog, wer wen nicht mehr liebte, wer den Nachbarn verfluchte, wer stahl, wer log, wer schlug. Er wusste, wie die Politiker zu ihren Autos kamen und die Kurärzte zu ihren Häusern. Wer sich mit wem einließ und für wie lange. Nachdem sie das ausgesprochen hatten, hatten sie Angst vor ihm. Ganz von selbst, da musste sich Ion gar nicht bemühen. Beim Bürgermeister war es nicht anders. Ions Massagen waren gefährlicher als ein Verhör vom Geheimdienst. Er brauchte den Leuten keine Wanzen in die Kleider zu nähen, sondern nur zuzuhören.

Marius sperrte Ions Wohnung auf, er legte eine Kassette ein mit den Aufnahmen des Bürgermeisters. »Der gute Ion quält auch ihn. Der arme Mann nimmt ihm Hegel auf. Man hört fast, wie sein Schweiß tropft«, sagte Marius. Die Stimme des Bürgermeisters war dünn, stolpernd, man hätte ihn nie für ausgekocht gehalten. Wenn er Wörter nicht aussprechen konnte, trennte er sie nach Silben. Manchmal gähnte oder seufzte er, und man merkte seiner Stimme die Schwere der Aufgabe an. Wir hörten auch dem Seemann aus Galaţi zu, der Lehrerin aus Sibiu, einem Schlosser und vielen anderen.

Klare, offene Stimmen, die nur darauf gewartet hatten, loszulegen, wechselten ab mit verschlossenen und dunklen, die nicht erzählen konnten und es trotzdem versuchten.

Es gab Stimmen, die sich aufplusterten, und andere, die natürlich und warm waren.

Stimmen, die gewohnt waren zu befehlen oder zu schmeicheln und zu verführen.

Stimmen, die wussten, wie man ordentlich in Wut ausbrach oder in Tränen.

Gebrochene Stimmen, die das Leben hinter sich hatten, und zögerliche, am Ende ihrer Jugend.

Stimmen wie Schmirgelpapier und andere wie Seide.

Getänzelte, gesungene, gemurmelte Stimmen.

An den Stimmen konnte man sich berauschen, nicht weniger als an Büchern.

»Wer war eigentlich Cioran?«, fragte ich und stellte das Gerät leiser.

»Er war ein Rumäne, der in Frankreich gelebt hat.«

»Und was hat er geschrieben?«

»Er schrieb, dass der Mensch alleine ist und nichts dagegen tun kann. Am besten bringt er sich gleich um.«

»Und der andere, Camus?«

»Für Camus ist der Mensch auch völlig allein, aber er kann was dagegen tun. Er schiebt wie Sisyphos Steine einen Berg hinauf, die dann wieder runterrollen. Tagtäglich macht er dasselbe, aber wenn er revoltiert, kann er sein Leben auf den Kopf stellen. Camus ist allerdings nicht mehr modern.«

»Was ist dann modern?«

»Modern wäre, wenn Sisyphos einen Fernseher auf dem Berg stehen hätte.«

»Und wer hat jetzt Recht? Cioran oder Camus?«

»Ion sagt, dass beide großartige Schwätzer waren, aber er könnte ohne sie nicht leben.«

»Und was denkst du?«

»Ion meint, dass jeder im Leben den Knochen finden muss, an dem er nagen möchte. Man kann gut leben von so einem Knochen. Ion sagt, dass es immer noch Fleisch gibt, das man abnagen kann. Kein Knochen ist blitzblank genug.«

»Und du, was denkst du?«, fragte ich erneut.

»Ich lebe noch nicht lang genug, um es zu wissen.« Er starrte seine Hände an, die er im Schoß hielt, und wir hörten wieder den Stimmen auf dem Tonband zu. »Ich könnte dir Ions Geschichte erzählen«, schlug Marius vor, als wir uns an den Stimmen satt gehört hatten.

Ion saß frierend im Stall, wo seine Mutter ihn nicht sehen konnte, und las. Von den Tierkörpern stieg Wärme auf. Seit Wochen las er ununterbrochen. Je mehr sein Sehen abnahm, desto mehr las er, als ob er der Blindheit zuvorkommen wollte. Hätte man ihn gefragt, was er vorhatte, so hätte er geantwortet: »Ich will alles fertig lesen.«

Er versuchte doppelt so schnell zu lesen wie sonst, aber er musste zufrieden sein, wenn es ihm überhaupt noch gelang. Es legte sich ein Schleier über seine Augen, er kniff sie oft zusammen und musste doch nach einer Stunde aufgeben. Die Bauern sagten zu ihm: »Du wirst dünn wie ein Blatt Papier, wenn du nur liest und nichts isst.« Oder: »Du wirst dick wie ein Buch, wenn du dich nicht bewegst.« Oder: »Vom Lesen und Sitzen wird man impotent.« Die Mutter nahm die Eigenheiten ihres Sohnes hin, genauso wie sie hinnahm, dass er hin und wieder stolperte, daneben griff oder an Möbel stieß. »Alles die Wirkung der Bücher«, meinte sie. »Die machen den Menschen zerstreut.« Ein Bauer brauchte nur so viel Bildung, wie notwendig war, um die Schafe zu zählen und die Pachtverträge zu unterschreiben. Die Herren würden den Bauern hintergehen, ob er nun wusste, was geschrieben stand oder nicht. So hatten die Großeltern gesprochen, und die Mutter hatte es übernommen, aber nur hinter vorgehaltener Hand, denn inzwischen waren die Herren im Land die Kommunisten.

Das Schwein grunzte im Hof. Es wusste, was ihm bevorstand.

»Ion, komm raus. Du musst das Schwein schlachten«, rief der Vater.

»Muss ich nicht.«

»Jeder Mann muss das einmal machen. Dein Bruder kann es schon.«

»Dann soll er es machen.«

»Lass die Finger von den Büchern. Da steht nichts Nützliches drin.«

»Emma will sich gerade umbringen.«

»Welche Emma?«

»Emma Bovary. Die Frau aus meinem Buch.«

»Dummkopf!«

Ion hörte den Vater sich fluchend entfernen und wusste, was folgen würde. Der Vater hielt das Schwein fest, der Bruder setzte sich drauf, hob das Messer und stach ins Herz. Im selben Augenblick lehnte sich Emma gegen das Fenster und las den Abschiedsbrief noch einmal. Sie blickte suchend und wünschte sich, die Erde würde einstürzen. »Warum nicht Schluss machen?«, fragte sich Emma. Wer hielt sie noch zurück? Und sie beugte sich vor, blickte auf das Pflaster hinunter und sagte: »Los. Los.« Ion hätte sie selbst gestoßen, denn sie betrog Charles, den er sehr mochte.

Der Bruder drückte das Messer tiefer. Als er es schnell herauszog, spritzte das Blut in Fontänen hoch. Der Bruder wusch seine Hände im Schweineblut. Er schnitt dem Schwein die Kehle durch, dann drehten sie es auf den Bauch, verbrannten die Haut mit einem Bunsenbrenner und öffneten seinen Rücken. Sie holten Speck, Fleisch und Wirbelsäule heraus, dann auch die Innereien. Emma stand auf der äußersten Kante, fast schwebte sie, umgeben von einer unendlichen Weite. Die Luft kreiste in ihrem leeren Kopf, sie brauchte nur nachzugeben, sich nur erfassen zu lassen.

Emma soll springen, dachte Ion, sie ist gierig und falsch. Aber eine Hauptfigur, nach der ein ganzes Buch benannt ist, kann nicht schon auf Seite zweihundertvierundachtzig sterben. Also würde Charles sie doch retten. Und tatsächlich hörte Emma eine rasende Stimme, die nach ihr rief: »Frau! Frau!« Im gleichen Augenblick legten die Männer vor der Scheune das ausgenommene Schwein in große Schüsseln, brachten es ins Haus und überließen den Rest dem Hund. Der fraß gierig, weil er sonst nur Maisbrei bekam. Der Geruch verdrehte auch anderen Hunden den Kopf. Wo vorher nur das Grunzen war, bellte jetzt ein ganzes Dorf.

Emma erkrankte ein paar Seiten weiter, und Ion wunderte sich, dass man vom Liebesschmerz eine Hirnhautentzündung kriegen konnte. Steigt da die Liebe oder der Schmerz in den Kopf?, fragte er sich. Charles wich nicht von ihrer Seite, obwohl Ion ihm gerne geraten hätte, die Finger von dieser Frau zu lassen. Und wenn er es mit seinen sechzehn Jahren wusste, sollte es ein Mann wie Charles längst begriffen haben. Aber das hatte er nicht. Charles ging nicht mehr zu Bett, er fühlte andauernd ihren Puls und legte ihr Senfpflaster und kühle, feuchte Kompressen auf. Am meisten aber erschreckte ihn Emmas Teilnahmslosigkeit, denn sie sprach nicht, sie hörte nichts und schien nicht einmal Schmerzen zu empfinden.

Bevor Ion das Buch zuschlug, weil die Augen nicht mehr wollten, blätterte er zurück. Er schmatzte eine Weile vor sich hin und stellte sich vor, wie unverdünnter *Cidre* schmeckte oder die schaumig geschlagenen *Glorias*. Die nämlich liebte Emmas Vater und gegen den alten Mann hatte Ion nun wirklich nichts. Er versteckte das Buch unterm Heu und ging am gesättigten Hund und der Schweinehaut vorbei. Der Vater saß im Haus beim Ofen und schnitzte aus einem Holzstück einen Hammergriff. Das hatte er schnell gefertigt: Griffe, Stühle, Schränke, Bettrahmen. Der Vater meinte, dass man nicht lesen können musste, um sein Haus zu möblieren und sich den Bauch voll zu schlagen. Obwohl Buch und Möbel aus demselben Material waren.

Charles hielten viele für einen Dummkopf, aber Charles' Vater wollte keinen Dummkopf zum Sohn haben. So stand es in seinem Buch geschrieben, und was für so einen weltberühmten Mann galt, musste doch für Gheorghe Palatinus, Zimmermann und Bauer, Besitzer vieler Hühner, mehrerer Schafe, einer Kuh und eines toten Schweins, auch gelten, dachte Ion. Er setzte sich neben seinen Vater und schaute ihm bei der Arbeit zu.

»Was willst du?«, fragte der Vater.

»Nenn mich nicht Dummkopf.«

Der Vater schaute seinen Sohn lange an, erst dann antwortete er. »Weißt du, wieso ich Gheorghe heiße? Weil der heilige Gheorghe einer der wichtigsten Heiligen ist. Er beschützt die Felder und die Lebenden. Ihn fürchten die schlechten Geister.«

»Das weiß ich alles.«

»Und was tun wir am Tag des Heiligen Gheorghe?«

»Wir schmücken Türen, Tore, Fenster, Dächer und Gräber mit Ästen und legen Grasbüschel vor das Haus.«

»Und wieso tun wir das?«

»Für eine gute Ernte.«

»Wenn du das weißt, wieso tust du es nicht? Ein Bauernsohn soll sich nicht über die seinen erheben. Du sollst den Hof führen, vor Gott bestehen und eines Tages sterben. Du sollst im Frühling das Haus und den Hof reinigen, im Winter das Schwein schlachten und an Ostern das Lamm und dann in die Kirche gehen, um dich von der Sünde des Tötens zu reinigen. Du sollst bald an die *șezătoare* gehen und dir ein Mädchen aussuchen. Das würde uns gefallen, deiner Mutter und mir.«

Es schneite die Nacht durch und auch am Morgen war der Himmel noch bleiern. Man sah den Berg *Pietrosul*, den Steinernen, nicht, obwohl er so nah war, dass er praktisch bei ihnen im

Dorf wohnte. Er stand da geräuschlos und mächtig, als sie in der Wiege lagen und geschaukelt wurden. Er war auch da, als die Kuh das erste Kalb warf, und auch, als sie später erschlagen wurde. Als die Eltern der jungen Männer zu den Eltern der Mädchen gingen, die jene haben wollten, und auch als diese später ihre Mädchen nach Hause brachten. Er war da, als die Habsburger kamen und die Deutschen vorbeizogen, nach Russland. Man würde ihn noch vor den Augen haben, wenn man zum Friedhof getragen würde. Vor den geschlossenen. Man würde dort unten ausharren, die Hände auf der Brust, die Augen zum Berg gerichtet, aber dem Berg wäre das egal gewesen.

Die Mutter entfachte das Feuer und rieb sich die Hände, die von der Kälte steif waren. Sie weckte ihre Söhne: »Wach auf, Ion, wach auf, Nicoară, von Nichtsnutzen ist die Erde voll.« Die Jungen zogen sich zitternd an, aßen kalten Maisbrei, tranken Milch und wollten los. Die Mutter hielt Ion zurück. »Bald bist du mit der Schule fertig, Junge. Dann musst du dich vorbereiten, den Hof zu übernehmen«, sagte sie. Die Brüder schauten sich stumm an. »Heute Abend kommt der Arzt, um sich deine Augen wieder anzuschauen. Wieso denn eigentlich? Sind doch nur die Bücher«, fügte sie hinzu.

Sie traten in den Schnee und versanken darin. Er türmte sich auf dem Schindeldach und um das Haus, lag dicht auf der Scheune, dem Stall und dem Pflug. Die Kälte fuhr in die Knochen. Auf der Straße ging Lupa vorbei. Sie trug Wollsocken, einen weißen Rock, der am Rand mit rotem und schwarzem Faden bestickt war, genauso wie die Kragen und Taschen des Leinenhemdes und des Wollmantels. Das farbige Kopftuch war fest unter dem Kinn verknotet. Für Ion war das die raffinierteste Bekleidung, die er kannte, raffinierter sogar als jene von Madame Bovary. Lupa war fünfzehn. Sie war nicht die Schönste, aber für einen, der nur ungefähr sah, war auch Schönheit nur ungefähr. Sie hatte breite Hüften und kräftige Beine, und das war alles, was Ion brauchte, um Lupa zu mögen. Für solche Hüften und Beine brauchte man seine Augen nicht anzustrengen, das sprang ganz von selbst ins Auge.

Ion grüßte sie, sie grüßte zerstreut zurück. In der Schulklasse saß Ion gleich hinter Lupa, die Muster auf dem Kragen konnte er gerade noch erkennen, aber den Flaum im Nacken nicht mehr. Er streckte sich nach vorne, strengte sich an, aber da war nichts zu machen. Noch ein wenig und er hätte sie mit der Nasenspitze berührt. Lupa drehte sich um, stieß beinahe mit dem Kopf an den seinen und erschrak. »Willst du mich fressen, Wolf?« »Die Wölfin bist doch du, Lupa«, erwiderte er.

Ion las in den Pausen *Madame Bovary* zu Ende, und dass sie wirklich starb, bedauerte er nicht. Er stellte sich Lupa als Emma vor, manchmal ließ er sie weiterleben, manchmal nicht. Die junge Lehrerin, Livia, rief ihn nach der Schule zu sich. Sie hatte neue Bücher für ihn bereitgelegt. Sie hatte bei Ion die Liebe für Literatur nicht erst wecken müssen, aber sie hielt sie am Leben. Schon lange bevor sie im kleinen Dorf zu lehren begann, hatte Ion die Bücher gelesen, die er in der winzigen Schulbibliothek gefunden hatte. Fünfunddreißig Bücher, rumänische Schriftsteller, Eminescu, Alexandri, Coşbuc, Sadoveanu, Creangă. Und weil es ein Dorf war und die Leser Bauern, handelten viele der Bücher von ihnen und vom Dorfleben.

Als Livia Ion das erste Mal traf, fand sie ihn merkwürdig. Als sie ihm aber zuhörte, wusste sie Bescheid. Ion konnte aus Büchern zitieren und Handlungen beschreiben wie kein anderer, Kind oder Erwachsener. Nach einigen Monaten prüfte sie ihn das erste Mal und gab ihm Dickens zum Lesen. Nach Dickens kamen andere und jetzt war er mit Flaubert fertig. Das alles war sehr bemerkenswert, fand sie.

»Ich werde bald nicht mehr sehen können«, sagte Ion.

»Wie lange geht es noch am Stück?«

»Eine Stunde täglich, und das nur mit Mühe. Heute Abend kommt der Arzt vorbei.«

Dazu gab es nichts zu sagen, denn gegen Gottes Willen kann der Mensch sein Wort nicht stellen. Sie hatte vor sich zwei Bücher liegen, die sie vorschlagen wollte, ein sehr dickes und ein schmaleres, sie wog ab und schob nur eines auf ihn zu: das zweite.

»Was ist das dicke?«

»Tolstoi. *Krieg und Frieden*. Aber es ist über tausend Seiten dick.«

»Das nehme ich.«

Am Abend kam der Arzt ins Haus. Er schaute sich Ions Augen an, verschrieb Tropfen, war besorgt und rechnete Ions Risiko zu erblinden aus: »Achtzig Prozent.« Die Eltern zuckten, der Bruder räusperte sich.

»Achtzig Prozent, Herr Doktor? Wollen Sie nicht nachschauen? Sind es nicht doch weniger, sechzig vielleicht?«, fragte der Vater.

»Achtzig. Wenn man rechtzeitig etwas unternommen hätte, könnte es jetzt besser aussehen.«

Nachdem der Arzt durch den Schnee nach Hause gegangen war, saß die Familie beim Ofen, der Vater nahm von Zeit zu Zeit Holz und warf es ins Feuer. Mit achtzig Prozent konnte man nicht schlachten, nicht hacken und nicht schnitzen, ohne Hilfe konnte man nicht einmal das Feld finden, das einem gehörte. Und die Tiere liefen einem davon, wohin sie wollten.

Mit achtzig Prozent ließ sich keine Schwiegertochter finden.

Mit achtzig Prozent fand man gerade noch den Weg zum Plumpsklo, aber man pisste daneben.

Mit achtzig Prozent würde der Hof verludern und an Fremde gehen. Fremde würden in ihrer Erde säen und in ihren Betten schlafen. Außer Nicoară wollte bleiben. Aber der hatte sich schon für die Elektrotechniker-Schule entschieden.

»Gott gibt und Gott nimmt. Wir dürfen nur folgen«, murmelte die Mutter.

Am nächsten Morgen ließ sie nur Nicoară in die Schule gehen. Besser ein bisschen ungebildet bleiben als ganz blind werden, dachte sie, aber sie hatte nicht mit der Lehrerin gerechnet. Kaum war die Woche vorbei, kam sie durch den Schneesturm, klopfte so lange ans Tor, bis man sie hörte und hineinließ.

»Ihr Sohn muss weiter in die Schule gehen, sonst wird er unglücklich.«

»Er wird unglücklich, wenn er nicht mehr sieht«, sagte die Mutter.

»Gerade als Blinder muss er gebildet sein. Er muss in die Blindenschule gehen.«

»Ihnen haben wir das Unglück zu verdanken«, warf die Mutter ihr vor.

»Ion hat auch ohne mich gelesen.«

»Bücher sind nichts für einen Jungen von hier.«

»Was soll aus ihm werden, wenn er bei Ihnen bleibt? Irgendwann sterben Sie und Ihr Mann.«

»Hier halten die Menschen zusammen, in der Stadt nicht.«

»Ion ist neugierig, er will wissen, wie die Welt ist«, sagte die Lehrerin.

Das war schwach, dachte Ion, der bei ihnen saß, und gab die Hoffnung beinahe auf. Ion wusste, dass man den Bauern nicht mit der Welt kommen musste. Dann schickten sie einen in den Stall oder in die Kirche und sagten: »So ist die Welt.«

»Dafür braucht er keine Bücher«, sagte die Mutter. »Da kann er in den Stall gehen oder in die Kirche.«

»Wollen Sie, dass er Sie in einigen Jahren hasst, weil Sie nicht auf ihn gehört haben?«

Das war schon besser, dachte Ion.

»Er muss auf uns hören, nicht wir auf ihn.« Das kam vom Vater.

Sie führten die Lehrerin wieder hinaus, aber das Gespräch blieb nicht ohne Folgen. Die Eltern dachten nach, nach einer weiteren Woche holte die Mutter Ion zu sich, während der Vater, der noch im Zweifel war, sich in den Stall verdrückte. »Du darfst wieder in die Schule gehen, aber ohne die dicken Bücher. Versprochen?« Lieber Gott, der du bist im Himmel, dachte Ion, verzeihe mir die Lüge. Schreib sie auf, aber nicht allzu fett. Und überspringe sie, wenn du Gericht halten wirst. Es ist nur etwas zwischen uns beiden. Ich werde auch nicht sagen, dass du sie übersprungen hast. Ion versprach, die Bücher zu Hause zu lassen, aber er wickelte Tolstoi vor dem Einschlafen in eine Plastiktüte, die er draußen im Heu versteckte. Am Morgen durchsuchte die Mutter seine Tasche, aber nicht das Heu. »Ich kenne dich doch«, sagte sie. »Du kennst mich nicht gut genug«, murmelte Ion, während er später im Heu nach dem Buch suchte.

Ion verschwieg seinen Eltern seit langem, wie es um sein Sehen stand. Er legte sich alles zurecht, damit er vor den Eltern nicht lange suchen musste. Er war oft durch den Hof und das Haus gegangen, um sich alles zu merken und nicht wieder zu stolpern. Jetzt kannte er das Haus blind, den Hof, die Straße. Sein Bruder half ihm, wenn er etwas anfassen musste, und schob es ihm in die Hände. Er füllte seine Tasse auf, damit Ion nichts verschüttete. Er übernahm auch kleine alltägliche Aufgaben für ihn. Ion gab seinen Wunsch auf, große Entfernungen zu bereisen, als Lokomotivführer oder Pilot. Wer nicht einmal mehr die Hand vor den Augen gut sah, konnte unmöglich nach Sibirien fahren.

»Junge, komm her, du musst die Kuh töten«, rief der Vater einige Monate später.

»Das kann ich nicht.«

»Will sich in deinen Büchern wieder jemand umbringen?«

Die Kuh war alt, wenn man sie nicht tötete, würde sie eines Tages zusammensacken und liegen bleiben. Dann würde man den Metzger holen müssen, aber für ein Stück zähes Fleisch kam nicht einmal mehr der. Man musste selbst in die Hände spucken.

Der Vater legte die Hand auf ihre Flanke, und sie zuckte. Ion erkannte gerade noch, wie der Vater Heu vor sie legte, damit sie ruhig blieb. Sie machte einen kurzen Ausreißversuch, aber das Heu zog sie zu stark an. Ihre Nüstern suchten gierig den Geruch, mit ihren feuchten Lippen griff sie danach. Der Bruder stellte sich mit dem Knüppel hinter sie und hielt ihn über den Kopf. Als die Kuh den Kopf hob, senkte sich der Knüppel. Der Bruder war erfahren darin, alles zu töten, was vierbeinig war oder geflügelt. Der Schlag traf die Kuh mitten auf den Kopf, sie knickte benommen ein, wollte zitternd aufstehen, riss die Augen auf, aber dann folgte der zweite Schlag. Der Vater war zufrieden mit dem Sohn, so konnte das Töten vom Vater auf den Sohn übergehen. Im Leben des Vaters hatten sich herdenweise Schafe, Schweine oder Hühner angesammelt, die er getötet hatte, jetzt war es an dem Sohn, den Stab zu übernehmen. Vielleicht würde er sich doch noch entscheiden, seine eigene Erde zu beackern anstelle fremder Fernsehgeräte. Denn das Leben des Bauern entschied sich nicht in der Stadt, sondern auf dem Hof, wo im Winter Schweine, im Frühjahr Lämmer und hin und wieder auch eine Kuh umfiel. Wo die Frau im eigenen Haus und nicht in einer angemieteten Wohnung ihre Kinder zur Welt brachte. Wo man, wenn man nachts mal musste, bis zum Plumpsklo den eigenen Hof durchquerte und somit wusste, wessen Boden man da düngte. Ein geschlossener Kreis war das.

Nicoară stieg später in seinem besten Anzug zu Ion hinauf, der auf dem Heuboden lag. Er buchstabierte: »Tols-toi. So ein dickes Buch hast du bisher noch nie gelesen.«

»Wenn es schon das letzte ist, dann soll es wenigstens gewichtig sein«, sagte Ion.

»Wieso das letzte?«

»Ich sehe nur noch schwach.«

»Schuld daran sind dieser Tolstoi und all die anderen.«

»Wo willst du so piekfein hin?«

»Da ich Tiere töte, muss ich jetzt zur Messe für die Blutvergießer.«

»Einige Schweine und Kühe haben sich da schon angesammelt«, erwiderte Ion spöttisch.

Nicoară machte sich davon. Ion legte das Buch weg und zog seine Handschuhe aus, während sich im Hof der Hund an den Kuhresten versuchte. Er knurrte, wenn sich andere Tiere näherten, als ob Hühner Konkurrentinnen beim Fleischvertilgen wären. Es war dieselbe Kuh, die er bisher freudig begrüßt hatte, wenn sie abends in den Stall kam.

Ion hörte Mädchenstimmen aus der Richtung, in der Lupa wohnte. Er sprang auf, steckte das Buch in eine Plastiktasche und die Tasche ins Heu. Aufgeregt ging er zur Treppe, aber als er den Fuß auf die schmale Stufe setzen wollte, stürzte er ins Leere. Er blieb unten liegen und war wie betäubt. Die Mädchenstimmen kamen näher. Er stand auf, sein Fuß schwoll an, er stützte sich, die Knie zitterten wie bei Jungtieren, die zum ersten Mal aufstehen, aber er blieb aufrecht. Er biss sich vor Schmerz auf die Lippen unter dem leichten Schnurrbart, der ihm seit einiger Zeit wuchs. Das Herz pochte. Er ging an den Zaun und beobachtete die Straße.

Als Lupa und die anderen jungen Frauen zu sehen waren, riss er das Tor auf und humpelte auf sie zu. Aber er hatte sich nicht überlegt, was er sagen wollte. Die Bücher waren voll von schönen Worten, man brauchte sich nur zu erinnern. Aber niemand hatte ihm gesagt, dass man sich in solchen Momenten nicht erinnert und dasteht wie ein Esel. Und dass man Glück hat, wenn gar nichts gesagt werden muss. Ion wusste nicht, was er tun sollte, die Mädchen schauten ihn an, also griff er nach Lupas Rock und hob ihn an seine Augen. Sie erschrak. »Bauernjunge«, schimpfte sie. »Ich wollte nur sehen, was für eine Farbe dein schöner Rock hat«, sagte er. »Blinde Kuh kannst du anderswo spielen«, erwiderte sie. Er schaute den Mädchen nach, bis sie nur noch Umrisse waren.

Er blieb alleine an der Straße stehen, hörte Nachbarn reden, Fuhrwerke vorbeifahren, bis der Vater kam und ihn ins Haus brachte. Ion zog den Schuh aus, und der Fuß war tiefblau, als ob er im Tintenfass gesteckt hätte. Am Abend fand ihn die Lehrerin Livia im Licht der Petroleumlampe die Wände anstarren. Der Strom war wieder einmal ausgefallen.

»Was tust du?«

»Ich versuche mir gerade vorzustellen, wie man Menschen mit Regenschirmen tötet.«

»Wieso denn das?«

»So wurde nach Napoleons Sturz Graf Prina in Mailand ermordet.«

»Wo hast du das her?«

»Aus Stendhal.«

»So, so.«

»Ich werde bald blind sein.«

»Hast du Tolstoi beendet?«

»Noch nicht ganz.«

Die Mutter kam herein und stellte einen Teller mit Bauernsuppe auf den Tisch. Die Lehrerin brach Brot ab, weichte es in der Suppe auf, aß genüsslich. Die Eltern setzten sich ihr gegenüber hin. Es roch nach der Suppe, dem Petroleum und dem Ungewaschensein der Bauern.

»Schickt Ion in die Stadt«, sagte die Lehrerin. »Er kann dort einen Beruf erlernen.«

»Was denn für einen?«, fragte der Vater.

»Masseur zum Beispiel.«

»Wie würde dir das gefallen?«, fragte er seinen Sohn.

»Masseur klingt gut.«

Ion versteckte sich nicht mehr. Er las im Stall und auf dem Plumpsklo, wo er die Tür offen ließ, um genug Licht zu haben. »Die Fliegen bilden sich mit dir zusammen«, sagte der Vater und lachte. »Dann bleiben mindestens ein paar Gebildete zurück, wenn ich weg bin«, gab Ion zurück. Er las bei Sonnen- oder Lampenlicht, im Karren auf dem Weg zur Feld, wohin sie ihn mitnahmen, obwohl er zu nichts nütze war. Die Pausen wurden länger, die Augen tränten und schmerzten. Er schloss sie und stellte sich vor, dass es so bleiben würde, wenn er sie aufmachte. Er wollte die Welt in seinem Kopf sammeln, bevor es zu spät war. Er prägte sich die Landschaft bei Borşa ein, die weiche, hügelartige oder die steile und steinerne und die vielen Farben, die grünen und die braunen Farbtöne.

Die Brüste, die Hüften und die Waden der Mädchen.

Die geflochtenen Haare, die als Zöpfe vor der Brust getragen wurden, wenn man nicht verheiratet war.

Die blauen Augen des Bruders und das gegerbte Gesicht der Mutter.

Wie man lächelte, weinte und böse guckte.

Ein schlafendes Gesicht und ein verschlafenes.

Das dunkle Tannenholz des Hauses. Das Schindeldach.

Den Vater in der Scheunenöffnung, wenn er schnitzte.

Pflaumenbäume, die blühten.

Ameisen, die am Stützbalken hochkrochen.

Die Farbe des Bluts und die Farbe des Himmels.

Buchstaben auf dem Papier.

Am Tag vor der Abreise zog er seine neuen Kleider an, die der Schneider gegen ein Lamm angefertigt hatte. Die Mutter kämmte ihn und brachte ihn an die Straße. Er ging zur *şezătoare*, zu dem Ort, wo Jungen und Mädchen miteinander sprachen und über Nacht blieben, aber unter Bewachung des Hausherrn. Die Hände und Münder durften sich nicht zu weit vorwagen. Nur die Augen.

Der Gastgeber wohnte außerhalb des Dorfes. Der Weg dorthin führte durch Gebüsch und über eine schmale Brücke. Wer Ion sah, nahm ihn an den Arm und übergab ihn später einem anderen. Es gab Geübte und Ungeübte, Geschwätzige und Stille. Es gab immer wieder neue Arme, die ihn führten. Es gab den des

Polizisten und den des Popen, den seiner Lehrerin, seines Bruders, seines Vaters, seines Arztes, den vieler Bekannten. Borşa erstreckte sich über vier Kilometer. Zeit genug für viele Hände, um sich an ihn ranzuhängen. Ein Arm löste sich, ein anderer kam hinzu. Und da waren in seinen Augen immer noch Licht und Umrisse. Der letzte Arm war der von Lupa.

»Du bist zu spät«, sagte Ion. »Die Mädchen sind schon vor Stunden zusammengekommen. Bestimmt sind sie schon fertig mit dem Weben.«

»Ich gehe auch nicht wegen des Webens hin. Du fährst in die Hauptstadt?«

»Ich lerne einen guten Beruf, dann kannst du mich heiraten.«

»Ich werde niemals einen Blinden heiraten.«

»Und einen Masseur?«

»Einen blinden Masseur? Niemals.«

Im Haus des Bauern saßen sechs Mädchen und spannen Garn. Andere webten. Andere tratschten. Der Brauch war, dass am späten Abend die Jungen vorbeikamen, sie brachten Schnaps mit und stießen auf die Gastfreundschaft des Bauern an. Sie setzten sich dazu oder luden die Mädchen zum Tanz ein. Dann wurde alles beiseite geschoben und getanzt. Sie blieben über Nacht und schliefen angezogen, jeder bei seinem Mädchen. Alle im selben Raum.

Die Gastgeber schliefen im Bett daneben. Mit einem Auge schliefen sie und mit einem wachten sie, damit keiner der Jungen auf schlechte Gedanken kam. Die Ohren horchten nach den Geräuschen unter den Decken. Wurden die Geräusche zu stark, räusperte sich der Bauer. Das Beieinander-Schlafen war der Heiratsmarkt der Bauern. Das Licht wurde nie ganz ausgeschaltet. Es war das erste Probeschlafen, und man hoffte, dass daraus ehelicher Beischlaf wurde.

Man half Ion sich hinzusetzen, dann beachtete man ihn nicht weiter. Als die übrigen Jungen kamen, nahmen sie die Mädchen bei den Hüften und die Mädchen legten die Arme auf die Schulter der Jungen, mehr als das durften sich die Körper nicht berühren. Wenn sie es trotzdem taten, hüstelte der Gastgeber. Man schob allen, auch Ion, ein Glas Schnaps in die Hand, und sie stießen an. Die Paare verteilten sich im Raum und prüften, ob Liebe möglich war. Der Gastgeber fragte Ion über seine Abreise aus, aber Ion hatte nur einen Gedanken.

»Lupa«, rief er plötzlich aus. »Mit wem bist du da?«

»Das geht dich nichts an«, antwortete sie. »Wieso lässt du mich nicht in Ruhe?«

»Weil ich dich mag.«

»Wenn du mich magst, dann bist du jetzt still.«

Ion saß da, schaukelte leicht hin und her, schaute nach der Glühbirne, dem hellsten Punkt im Zimmer. Er würde es ihnen allen zeigen, er würde nicht nur ein blinder Masseur werden, sondern ein begehrter blinder Masseur. Und der belesenste, falls es überhaupt andere belesene gab.

Am nächsten Morgen brachten die Lehrerin und die Mutter Ion auf den Zug in die Stadt.

»Ich weiß, wieso ich erblinden muss«, sagte er zu den beiden Frauen.

»Wieso denn?«, fragte die Lehrerin.

»Weil ich den Teufel gesehen habe.«

Vor Jahren, als der Strom ausgefallen war, war der Familie das Petroleum für die Lampe ausgegangen. Unter allen Nachbarn hatte nur die *baba* Petroleum. Das war die Dorfhexe. Bei ihr hatte man junge Frauen gesehen, deren nackte Körper sie mit Ästen und den bloßen Händen berührte. Sie goss das neue Wasser über sie, das diese um Mitternacht aus einer Bergquelle geschöpft hatten. So wurde man seinen Ehemann los oder bekam überhaupt erst einen. Die *baba* selbst hatte es zu keinem Mann gebracht, der Ruf als Hexe hatte die Männer von ihr fern gehalten. Sie trug die grauen Zöpfe auf der Brust wie ein junges Mädchen.

Ion hatte am Tor geklopft, weil jedoch keiner geantwortet hatte, ging er hinein und durchquerte den Hof bis zum Vorbau. Er stieg hinauf, die Tür stand offen und drinnen war es hell. Er konnte schon die *baba* sehen, die Bettwäsche stopfte. Ion machte einen Schritt auf die Tür zu und wollte sie begrüßen, als er merkte, dass sie mit jemandem sprach. Sie rief verärgert: »Geh weg! Lass mich in Ruhe!«

Ion machte noch einen Schritt nach vorn, so konnte er den ganzen Raum übersehen. Das eine Ende des Bettlakens schwebte in der Luft, und es sah so aus, als ob jemand kräftig daran zog. Aber da war niemand. Und trotzdem hing die Wäsche gestreckt in der Luft und die *baba* musste sie festhalten, damit man sie ihr nicht aus den Händen riss. Es war unklar, ob die zwei, wenn es zwei waren, miteinander spielten oder sich zankten. In jenem Augenblick wurde die Tür von einer unsichtbaren Hand zugeschlagen, direkt vor Ions Nase, der davonlief und erst wieder zu Hause stehen blieb.

Ions Mutter nahm, als er die Geschichte zu Ende erzählt hatte, sein Gesicht in die Hände und machte das Kreuz vor ihm. Als Ion im Zug saß, öffnete er zum letzten Mal Tolstoi. Um die letzten Seiten fertig zu lesen, brauchte er ein Vergrößerungsglas. Als er in der Hauptstadt war, schlug er das Buch endgültig zu. Geschafft.

Ion vermisste seine Bücher, noch mehr aber vermisste er sein Sehen. Doch so sehr er sich auch anstrengte: Er sah höchstens noch ein bisschen Licht und Schattenspiele. Im Heim fand man ihn merkwürdig, weil er sich weigerte, die Blindenschrift zu lernen. Er hatte es versucht, aber er war so zu langsam, in diesem Tempo konnte er niemals die ganze Weltliteratur lesen.

»Du musst das tun, was die anderen Blinden auch tun«, sagte der Heimleiter.

»Ich will normale Bücher haben und lesen können.«

»Du wirst nie wieder solche Bücher lesen.«

»Ich werde einen Weg finden.«

Man ließ ihn in Ruhe.

Eines Tages las ihm der Portier aus der Zeitung vor, dass der junge Geschäftsführer des Verlages *Biblioteca Pentru Toţi* eine zweihundert Titel umfassende Sammlung von Klassikern herausbringen wollte. Man wartete auf Vorschläge. Aus dem Portierzimmer rief er an, verlangte den Direktor und schlug Proust, Balzac und Walter Scott vor.

»Wie alt sind Sie?«, fragte der Verleger.

»Siebzehn.«

»Sie haben einen guten Geschmack. Wollen Sie die Bücher auch lesen?«

»Ich habe sie schon gelesen.«

»Dann sind Sie sogar schneller als wir. Wenn Sie mal hier vorbeikommen, besuchen Sie uns. Ich möchte gerne so einen jungen Leser begrüßen.«

Einige Tage später zog sich Ion ordentlich an und ging zum Portier, der ihn bis zur Straßenecke brachte und alleine ließ. Er wartete, bis sich ein anderer Arm anbot, ein Arm löste den anderen ab, Frauen, Männer, sogar Kinder begleiteten ihn. Manche zogen ihn hinterher, anderen musste Ion Beine machen, es war nicht anders als im Dorf. Außer dass er öfter um einen Arm bitten musste, während ihn die Leute im Dorf von alleine mitnahmen.

Er lernte die Stadt kennen wie seine Westentasche, eine etwas größere Westentasche als jene zu Hause. Zuerst erkundete er die Straßen rund ums Heim, dann wagte er sich immer weiter. Es begleiteten ihn Schulkinder, die die Schule schwänzten, Hausfrauen, die vom Markt kamen, und Rentner, die ihm Geld zusteckten. Manche Rentner warteten täglich zur selben Zeit vor ihrem Haus, um sich für einige Minuten gebraucht zu fühlen. Wenn die eigenen Kinder nicht mehr oft kamen, war ein Blinder ein Geschenk des Himmels. Das Geld entdeckte Ion erst abends, wenn er sich auszog. Man fragte ihn: »Wie ist das, wenn man blind ist?« Ion antwortete: »Blind ist, wenn man besser hört.«

Auf seinen Stadtreisen lernte Ion nicht nur, sich im Gewirr aus Bussen, Straßenbahnen, Kreuzungen, Ampeln, Körpern und verwinkelten Vierteln zurechtzufinden, sondern auch zuzuhören und Stimmen voneinander zu unterscheiden. Da kam ihm eines Tages die Idee, die verschiedenen Stimmen zum Vorlesen zu bringen. Im Heim gab es keine, die das konnte, denn alle Stimmen dort waren blind. Die Lehrer kamen um acht und gingen um sechs. Der Aufpasser zog sich zurück zu seiner Flasche. Menschen würde er finden, dachte Ion, auch wenn es lange dauern könnte, aber erst einmal brauchte er Bücher. Zwei Monate nach dem Anruf nahm Ion all seinen Mut zusammen, zog sich seine besten Kleider an und ging zum *Biblioteca Pentru Toți*. Der Verleger zögerte, als vor ihm ein Blinder stand, aber Ion überzeugte ihn bald. Er zitierte alles, was er schon gelesen hatte. Er beschrieb die Handlungen und die Figuren so gut, dass er erst nach anderthalb Stunden glühend vor Glück wieder aus dem Büro des Verlegers herauskam. Er durfte nun wöchentlich vier Bücher beziehen, dienstags oder freitags. Die Bücher wurden für ihn bereitgelegt. Er wurde im Verlag herumgereicht und seine Geschichte wurde weitererzählt. Ion Orbul, hieß es, Ion der Blinde, und das blieb auch sein Spitzname. Heute noch, wenn sie ihm Bücher nach Moneasa schickten, schrieb ein zerstreuter Mitarbeiter aufs Paket: *An Ion Orbul*. Der Briefträger wusste Bescheid. Er beklagte sich nur, dass er inzwischen zwar viele Kilogramm Bücher auf seinem Buckel getragen hatte, aber trotzdem kein Gramm gebildeter war.

Ion kehrte als ein anderer Mann auf die Straße zurück, als ein wichtigerer. Er stopfte die Bücher in seinen Schrank, bis das Schloss zersprang. Er steckte sie unters Bett, bis sie alleine das Bett trugen. Er mietete einen Raum an, den er mit dem Essen bezahlte, das seine Mutter ihm schickte. Und immer noch fand sich keiner, der ihm vorlas. Am Ende der drei Schuljahre wurden sie alle vom Direktor in den großen Essraum gerufen. Er las die Namensliste vor und neben jedem Namen war auch der Ort vermerkt, in den man zum Arbeiten geschickt wurde. Ion kam nach Moneasa. Er besaß über fünfhundert Bücher, solche, die er gekauft hatte und solche, die man ihm geschenkt hatte. Man musste sie ihm portionsweise nach Moneasa schicken. Die ersten Patienten, die aus der Hauptstadt kamen, brachten ihm die letzten Exemplare. Erst dann fühlte er sich eingerichtet.

Am ersten Tag in Moneasa war er aus dem Bus gestiegen und hatte gewartet, aber man hatte vergessen, ihn abzuholen. Erst spät kam jemand vorbei und brachte ihn ins Kurhotel. »Der neue Masseur ist da«, sagte sein Begleiter, wenn sie Leuten auf der Straße begegneten. »Aber der ist ja blind«, antworteten Bauern und Patienten verwundert. »So muss ich wenigstens eure dummen Gesichter nicht sehen«, erwiderte Ion und brachte alle zum Lachen. Durch das Gelächter hindurch kam Ion an seinem neuen Zuhause an.

Ions Wohnung stand leer, er betastete die Räume und Wände und dachte: Hier gehören Bücher hin. Man brachte ihm Bett, Tisch, Stuhl und Schrank, aber die Räume hallten immer noch wider und immer noch fehlte das Papier. Die Bücherpakete blieben ungeöffnet und die Küche, die Abstellkammer und der Flur füllten sich nach und nach damit. Wenn er nach Hause kam, stolperte er über das Altertum oder die Kreuzzüge. Er fluchte, aber niemals über die Bücher, sondern darüber, dass sich niemand fand, der sie aus dem Weg räumte, Gestelle kaufte, die Pakete öffnete und die Bücher einräumte. Die Dorfbewohner musterten ihn zunächst misstrauisch, denn ein Blinder, der so oft Bücherpost bekam, war eigenartig. Aber sie gewöhnten sich an ihn und er sich an sie. Sieben Jahre lang hatte er niemanden, der ihm vorlas.

Eines Tages bei offenem Fenster hörte er die Stimmen junger Männer, die Fußball spielten. Er lauschte längere Zeit, und als er sich sicher war, ging er zu ihnen hinaus. Er fragte nach einer der Stimmen, und als er die richtige gefunden hatte, nahm er ihren Besitzer am Arm und bat ihn, mitzukommen. Er stellte Fragen über Fragen und es schien, dass der Junge an Büchern interessiert war. Dann fragte er ihn nach dem Namen. »Ich heiße Marius«, bekam er zur Antwort. Marius war der erste.

Marius richtete die Bibliothek ein. Er packte die Bücher aus, las die Titel laut vor und folgte Ions Vorgaben. Es dauerte nicht lange, bis Ion ihn bat, ihm vorzulesen. Ion hörte zu und schmatzte. Er hatte sich nicht getäuscht, denn Marius war ein begnadeter Vorleser. Ein Vorleser erster Klasse. Mit Marius konnte das neue Leben beginnen.

Mit den Jahren kamen auch andere Jungen ins Haus. Marius hatte sie neugierig gemacht. Von allen aber blieben nur Cosmin, Sorin und Dan. Als man Ion einmal fragte: »Wer sind denn die vier?«, antwortete er: »Meine Philosophen«. Der Name blieb an ihnen hängen, doch mittlerweile hatten sie aus dem Namen eine Berufung gemacht.

Der Betrug

Ion kam erst spät nach Hause und am Steuer des Audis, in dem er eintraf, saß der Bürgermeister.

»Das ist ja mein Auto«, stotterte ich. »Und das sind meine Schlüssel. Wie seid ihr darangekommen?«

»Wir haben höflich gebeten«, sagte der Bürgermeister schmunzelnd.

Der Bürgermeister von Moneasa kannte den Polizeichef der Stadt und wusste, wie oft diesem das Geld anderer in die eigene Tasche fiel. Also war Ion mit ihm in die Stadt gefahren, und sie hatten den Polizeichef ins Kaffeehaus bestellt. Sie brauchten nicht einmal zu drohen. Jeder wusste, welche Flecken der andere auf der Weste hatte. Der Polizeichef holte seine Leute, sie stiegen in zwei Wagen ein und machten erst vor Florinas Wohnung halt. Nachdem Florina weggeschickt worden war, setzten sich alle an den Küchentisch und eine Schnapsflasche wurde in die Mitte gestellt. Der Polizeichef goss ein, leerte das Glas in einem Zug und wischte sich den Mund ab. Träge wie ein Raubtier, das nur auf eine Chance wartet, sah er die zwei Ganoven prüfend an.

»Wieso legt ihr euch mit meinem Freund an?«, fragte er dann.

»Wir wussten nicht, dass er dein Freund ist.«

»Weil ihr nicht fragt, deshalb wisst ihr nie etwas. Habe ich euch nicht immer gesagt: ›Fragt zuerst, bevor ihr eine Dummheit macht. Das erspart euch Probleme.‹« Die Ganoven brachen in Lachen aus. Der Polizeichef ließ sie zu Ende lachen, trank, wischte sich wieder den Mund ab. »Gute Qualität, dieser Schnaps. Ich wette, dass ihr alles Mögliche hier in der Wohnung bunkert. Bringt sicher viel ein.«

»Genug, um nicht zu sterben«, antwortete der Zuhälter verunsichert.

»So bescheiden«, entgegnete der Polizeichef. Er krempelte die Ärmel hoch und seine Finger spielten mit einem Messer, das auf dem Tisch lag.

»Wenn es uns gut geht, hast auch du genug«, meinte der Zuhälter und streckte die Hand nach einer Packung Zigaretten aus. Noch bevor er sie zurückziehen konnte, ohne dass jemand eine Bewegung wahrgenommen hätte, steckte das Messer tief in seiner Hand.

»Was hast du gesagt?«, fragte der Polizeichef ganz ruhig.

Als der Mann aufgehört hatte zu schreien, stammelte er: »Nichts habe ich gesagt. Nichts.«

Die Autoschlüssel wanderten aus der noch unverletzten Hand des Zuhälters in die dicke, haarige Hand des Polizeichefs.

Der Bürgermeister von Moneasa verabschiedete sich von uns. Ion, Marius und ich gingen in die Wohnung. Während wir die Treppe hochstiegen, sagte Ion zu mir: »Bankkarte, Kreditkarte und Pass sind weg. Das konnten wir nicht mehr finden. Aber zum Glück haben wir das Auto. Ist schon mal was.« Marius senkte den Blick.

In den Wochen, die folgten, verkaufte ich Bücher für wenig Geld. Wenn Busse eintrafen, wenn einem Patienten die Lektüre ausgegangen war, verkaufte ich Zweig und Ionescu so wie andere Kuchen anboten oder Plastikgewehre. Männer zogen ihre Hosen hoch, und sie schafften es doch nicht, den Bauch zu überdecken. Frauen trockneten die Achselhöhlen mit Papier, das sie zerknüllten und unter den Bus warfen. Die Männer kreuzten die Bierflaschen und die Worte. Einmal rief einer: »Es geht uns noch gut. Solange Reste übrig bleiben, geht es uns noch gut.« Ein anderer meinte: »Es ging uns niemals schlechter. Was wir kriegen, sind die Reste der Reichen. Von hinten beißen uns die Hunde und von vorne nehmen uns die Reichen aus.« Er steckte die Hand ins Maul seines Hundes und legte ihm Fleisch auf die Zunge.

Inzwischen trug ich wieder Ions abgetragene Kleider. An einem unserer Abende hatte er sie mir angeboten. Meinen Anzug hängte Marius auf einen Kleiderbügel in Ions Schlafzimmerschrank. Die Kassette, die ich von Valeria bekommen hatte, legte er auf den Wohnzimmertisch.

241

Wenn Touristen kamen, die vom Blinden gehört hatten, nahmen sie ein Buch in die Hand, um meine Reaktion zu testen. Wenn ich zu Boden schaute und sie die Täuschung nicht bemerkten, verkaufte ich es. Wenn nicht, legten sie es wieder hin. Literatur kauften sie gerne den Blinden ab, nicht aber den Sehenden.

Ein Knabe legte den Kopf auf die Hände und die Hände auf den Rand des Wagens. »Bist du blind?«, fragte er.

»Kommt darauf an, für wen«, meinte ich.

»Wieso wird man blind?«, fragte er.

»Um nicht zu sehen, wie der Teufel in die Welt kommt.«

»Der Teufel ist nachts unterwegs. Man kann ihn gar nicht sehen«, widersprach er. »Hast du Märchenbücher?«

»Ich habe Märchen mit Prinzen und Prinzessinnen, Drachen und Hexen.«

»Was willst du dafür haben?«, fragte er.

»Was gibst du?«

»Zwanzigtausend Lei.«

»Davon kann ich mir nicht einmal ein Brot kaufen.«

»Du kriegst es doch sowieso gratis, weil du blind bist«, erwiderte er schlagfertig.

»Es ist aber eine gebundene Ausgabe, mit Zeichnungen.«

»Die Ausgabe ist mir egal. Muss der Drache sterben?«

»Ich glaube schon.«

»Wenn der Drache stirbt, nur zwanzigtausend. Ich mag Drachen.«

»Den Prinzen magst du nicht?«

»Nein, alle lieben den Prinzen.«

»Und wieso du nicht?«

»Weil der Drache immer den Kürzeren zieht. Das ist traurig.«

Er bekam sein Buch gratis.

Wenn mich Ion massierte, las ich, aber nie verlangte er, dass ich ihm vorlas. Die Unfallschmerzen und die Prügelschmerzen waren bereits vergangen, und das morgendliche Massieren war nur noch ein angenehmes Ritual. Wenn ich in seinem Zimmer Stimmen hörte, die laut vorlasen, wartete ich, ging durch Flure und Säle, setzte mich zu den in Wachs verpackten Kranken oder zu den Patienten vor dem Hotel. Wenn es aber drinnen still war, weckte ich Ion. Alles hatte seinen Ablauf und Rhythmus. Die Welt, so wie ich sie gekannt hatte, war eine verschwommene Erinnerung. Als ob mein letzter Kunde, die Europäische Zentralbank, niemals existiert hätte. Oder Michaelas warmer, kleiner Körper, wie derjenige eines Tieres, das sich dehnte, anspannte und am Schluss unter dem meinen zerfloss. Ein Körper, der schön anzusehen war, straff und schlank, aber doch nur verwesen würde.

Jenseits des Horizonts wachte meine Mutter täglich um sieben Uhr auf, zog sich an, wurde gekämmt, gepflegt, gefüttert, und sie fragte sich sicher bei ihren Spaziergängen an einem fremden Arm, wo ihr Sohn geblieben war. Wieso er keine Frau nach Hause brachte, weder eine aus der Nähe noch eine aus der Ferne. Die Abgeschiedenheit des Tals hielt die Welt auf Abstand, sogar die Gründe, die mich hierher gebracht hatten, waren abgetaucht. Das abgeschnittene Ende des roten Fadens, das ich hier suchen wollte. Valeria, mit all dem, was sie mir bedeutet hatte.

Ich half Elena. Als die Zeit der Ernte da war, gingen wir aufs Feld und blieben den ganzen Tag gebückt. Beim Aufrichten stemmte ich beide Hände ins Kreuz. Als das Obst und das Gemüse im Garten reiften, pflückten wir es. Ich lernte, Hühnern den Hals umzudrehen und Schweinebäuche zu öffnen und auszuweiden. Außerterminlich sozusagen, denn es war nicht Winter, sondern erst Herbst, aber das Schwein war alt, man musste es tun. Die Abende verbrachte ich bei Ion. Ich kümmerte mich darum, dass Speck und Schnaps bereitstanden, wusch Ions Kleider und stellte sie bereit für seinen Rücken. Noch spät nachts brachte ich in Ordnung, was während der vielen Stunden unserer Gespräche in Unordnung geraten war.

Dabei stieß ich auf den Anzug, den ich getragen hatte, der gesäubert und gebügelt auf einen Träger wartete. Ich strich über den Stoff und schloss den Schrank wieder. Einmal erwischte ich Marius, der Fädchen vom Anzug pickte. Er schaute sich die Jacke genau an, und ich fragte mich, wieso plötzlich meine Jacke so begehrt war. Als er mich kommen hörte, bemerkte er: »Ein guter Schnitt, nicht wahr? Die besten Anzüge machen doch immer noch die Engländer.«

Ion lenkte die Gespräche immer mehr von der Philosophie auf die Schweiz. Sie kam mühelos gegen alle Ciorans und Camus an. Wenn ich mit der Schweiz fertig wurde, musste ich meine Geschichten auf andere Länder ausdehnen. Sie wollten gründlich nachholen, was sie verpasst hatten, dachte ich. Sie wollten durch meinen Mund sehen, was sie selbst niemals sehen würden. Denn das Tal würde Ion nie freigeben. Marius und die anderen vielleicht, sie würden in andere Provinzstädte ziehen, aber nicht weiter. Es war schon ein Erfolg, wenn sie zwei Mahlzeiten am Tag einnehmen konnten. Sie würden Ion einer nach dem anderen verlassen, er aber würde hier bleiben, zu gut passte die Bibliothek in seine miserable Wohnung. Zu sehr waren die Patienten, vor allem die einfachsten, auf ihn angewiesen.

So wurde ich zu ihrem Erzähler und schlug europäische Wege ein, jeden Abend eine andere Richtung. Wir besuchten die neblige Poebene, Rom und Sizilien, die Küste unterhalb von Neapel und dann Sardinien, wo ich leider nur kurz gewesen war. Aber für ein paar Beschreibungen reichte es immer. Und wenn es nicht reichte, erfand ich etwas. Der Übergang war so sanft, dass sie es nicht merkten, und sie nahmen alles für bare Münze. Als ich Italien ausgeschlachtet hatte, wechselte ich zu Frankreich, Schottland, Schweden oder Japan. Meine vielen Reisen trugen ungeahnte Früchte. Ein Blick, den ich aus dem Hotelzimmer, aus dem Taxi oder der Bar, in die man mich gebracht hatte, geworfen hatte, genügte, damit ich ganze Geschichten erfand. Ion hörte lange mit halb offenem Mund zu. Marius mied meine Nähe. Nachts spazierten wir durch den Kurort, die Erde zitterte, und ich nahm es hin, so wie sie alle.

An den gemeinsamen Abenden in Ions Wohnung herrschte immer häufiger Stille. Ion war nicht entgangen, dass wir immer weniger wurden. Dan war hinter einem Mädchen her, Sorin hingegen stand mit einem Bein schon im Business des Vaters, oder, wie Ion spottete, in den Schuhen des Italieners, der in der Stadt einen alten Laden gekauft, ihn mit der letzten italienischen Mode gefüllt und Sorins Vater zu seinem Partner gemacht hatte. Eines Tages fragte ich Sorin, was er eigentlich vorhatte. Er antwortete: »Einmal essen am Tag genügt mir nicht. Das ist kein Leben. Ion wollte nie, dass ich etwas vom Vater annehme, aber ich kann nicht so leben wie Ion. Ich frage mich, ob er überhaupt isst. Ich habe ihn nie essen sehen. Den Speck essen doch nur wir. Er trinkt seinen Schnaps.«

An einem Morgen klopfte Elena an meine Zimmertür, weil Ion auf der Straße auf mich wartete. »Er soll reinkommen«, meinte ich verschlafen, aber Ion wollte nicht reinkommen. Er ging unruhig von einer Ecke des Hauses zur nächsten und redete mit sich selbst, als ob er von Sinnen wäre. Seine Stimme schwoll an wie der Bach nach dem Regen, dann legte sie sich wieder und zurück blieb nur ein dünner Klangfaden. Keiner, der vorrüberging, zum Feld oder zur Arbeit in den Kurhäusern, wunderte sich, man hatte sich an Ions Eigenheiten gewöhnt. Daran, dass das Dorf zu Ion gehörte und nicht umgekehrt.

Ion drängte darauf, in die Stadt zu fahren. Dort angekommen, fuhren wir die Hauptstraße mehrmals rauf und runter, mittlerweile kannte ich jedes einzelne Geschäft, jeden Bettler und Ganoven, der sich dort herumtrieb. Auf einmal fragte Ion: »Ist es hier?«

»Was soll hier sein?«

»Das Schuhgeschäft.«

»Ja, wir stehen direkt davor.«

»Dann setzen wir uns auf eine Bank und schauen zu.«

Es war mir nicht klar, was Ion tun wollte, aber ich spürte, dass noch etwas passieren würde, und ich hoffte, das Schlimmste zu verhindern. Es wiederholten sich Szenen, die ich bei meinen Spaziergängen durch die Stadt oft gesehen hatte. Es gingen die üblichen Armen und Reichen vorbei. Junge Leute lungerten herum, und es war ihnen egal, ob man über sie fluchte oder sie ignorierte, denn das Ganovensein gehörte bereits zu ihrem Lebensgefühl wie für andere das Verliebtsein. Ein Leben ohne die Straße, den Schmutz und die kleinen zwielichtigen Geschäfte war ihnen gar nicht mehr teuer, von lieb ganz zu schweigen. Ich sah auch wieder den Alten, der Brot in seine kommunistische Tasche stopfte und die Bäuerin, die vornehm abseits stand, bis man sie zu sich holte, um ihr Geld zu geben. Sie erkannte mich, obwohl ich andere Kleider trug und richtete es so ein, dass sie alle Paar Minuten an uns vorbeiging.

»Ich habe bereits gegeben«, rief ich ihr zu.

»Ja, aber das liegt lange zurück, und mein Segen muss erneuert werden.«

»Es hat nichts geholfen, jetzt habe auch ich nichts mehr.«

»Und Sie betteln jetzt gemeinsam mit dem Blinden?«, fragte sie.

Im Schuhladen war emsiges Treiben. Kundinnen mit Geld gingen hinein, zeigten auf ein Paar Schuhe und zogen sie zur Probe an. Kundinnen ohne Geld trauten sich nur, die Schuhe anzuschauen. Zwei, drei Verkäuferinnen bückten sich, packten Füße und legten sie auf ihren Schoß, zogen die alten Schuhe aus und neue wieder an. Wer sich so behandeln ließ, trug schon italienische Schuhe, manche der Frauen konnten sich sogar leisten, auf großem Fuß zu leben. Jene mit abgetragenen, oft geflickten Schuhen spazierten nur zwischen den Regalen hindurch. Auf ihren Gesichtern war deutlich zu sehen, wie leidenschaftlich sie sich bestimmte Schuhe wünschten oder dass sie sich schon lange nichts mehr wünschten. Bei manchen hatte man das Gefühl, dass ihre Schuhe mehr als nur das Gewicht ihres Körpers tragen mussten, nämlich das Gewicht eines ganzen bankrotten Lebens. Solche Schuhe klebten am Boden, als ob man in die Schuhsohlen Magnete eingebaut hätte. Andere wiederum schienen mit ihren Schuhen über den Boden zu schweben, als ob sich auf ihre Schultern noch keine Last gelegt hätte.

Sorin war mit einer Kundin beschäftigt, einer jungen, lebhaften Frau. Man merkte ihm zwar an, dass er immer noch ungeübt war, Frauen in die Augen zu schauen, aber die Arbeit schien ihm Spaß zu machen. Er lachte ein so herzhaftes Lachen, wie ich es bei ihm nie zuvor gesehen hatte. Er hatte seine ärmlichen Kleider gegen einen feinen dunklen Anzug getauscht. Sorin holte Schuhe aus Schachteln und fasste die Füße der Frau vor ihm so vorsichtig beim Knöchel an, wie es vielleicht nur Ion gelang, wenn die Ärztin ihm nachts vorlas. Die Kundinnen entspannten sich dank Sorins Händen, und dass er sie nicht anschaute, war ihnen recht, denn sie versanken wohlig und müde in den Sesseln. Sorin war der geborene Schuhverkäufer, aber wenn ich Ion das gesagt hätte, hätte es ihm nicht gefallen. Ich schaute Sorin bereits eine Weile zu, als Ion fragte: »Ist er drinnen?«

246

»Ja, er ist drinnen.«

»Was tut er?«

»Er bedient eine Kundin.«

»Ich habe dir gezeigt, wie man genau hinschaut, also beschreibe mir, was du siehst.«

»Er begrüßt eine Frau, er tut es ganz charmant und was er sagt, scheint ihr zu gefallen, denn sie lächelt. Er nimmt ihr den Mantel und die Taschen ab und gibt sie einer Verkäuferin, er legt den Arm ganz leicht auf den Rücken der Frau und bittet sie, sich hinzusetzen. Er setzt sich nun auf einen Hocker vor ihr und hört ihr aufmerksam zu, dabei nickt er hin und wieder. Jetzt geht er weg. Und jetzt kehrt er zurück mit einigen Schachteln auf dem Arm.«

»Wie geht er? So linkisch, wie wir ihn kennen?«

»Sehr elegant und locker, das muss man ihm lassen. Er scheint es richtig zu genießen.«

»Und jetzt?«

»Er stellt die Schachteln gleich neben den Sessel, setzt sich wieder hin, fasst die Knöchel der Frau an, ich glaube, dass sie gar nicht gespürt hat, wie er ihren alten Schuh auszog. Jetzt fasst er sie bei der Ferse und schiebt sanft den neuen Schuh über den Fuß.«

»Wie sieht sein Gesicht aus?«

»Ich weiß nicht. Entspannt, vergnügt, ruhig, würde ich sagen.«

»Hast du den Eindruck, dass ihm gefällt, was er tut?«

»Er wirkt wie ein anderer Mensch.«

»Genug«, sagte Ion plötzlich und sprang auf. »Dem Mann gefällt es, Schuhe an- oder auszuziehen, der ist auf den Geschmack gekommen. Er verkauft sich billig und hat noch Spaß daran.«

Ion überquerte die Straße, ohne sich um die Autos zu scheren. Sie bremsten direkt vor ihm, und die Fahrer fluchten, aber das beeindruckte ihn nicht. Er stürmte in den Laden, und als ich hinter ihm ins Geschäft kam, lagen bereits eine Menge Schachteln herum, und die Anwesenden bis auf Sorin und eine der Verkäuferinnen hatten sich hinter der Theke versteckt. Ion räumte mit seinem Stock ganze Gestelle leer und stieß sie um. Als die Verkäuferin sich Ion in den Weg stellte, drängte er sie beiseite. Als sie daraufhin die Polizei rufen wollte, bremste sie Sorin, der ruhig dastand. »Ich kenne diesen Mann«, sagte er. »Keiner ruft hier die Polizei, egal was er tut.« Ion stach mit seinem Stock auf jeden Schuh ein, den er erwischte. Er schlug auf die Schuhe ein, als ob sie verhasste Menschen seien, die er umbringen wollte. Er stieß Laute aus, wie ich sie von ihm nicht kannte, die Geräusche eines wilden, aufgebrachten Tieres. Als ich ihn fassen wollte, drohte er mir, dann wischte er wieder mit einer Handbewegung eine Reihe Schuhe von einem Regal, hob dieses hoch und warf es gegen die Wand. Keiner rührte sich, vor den Schaufenstern versammelten sich Neugierige. Als er ermüdete, senkte Ion den Arm, ließ seinen Stock sinken und blieb keuchend inmitten von kaputten Schuhen stehen. Ein letztes Mal packte ihn die Wut, und er trampelte auf den Schuhen herum. Ich machte einige Schritte auf ihn zu. »Ich bin es, Teodor«, sagte ich.

»Wo ist er?«

»Er steht gleich vor dir.«

»Du hast also Spaß daran, Schuhe zu verkaufen. Das ist alles, wozu dein Ehrgeiz reicht.«

»Ich komme nicht zurück«, sagte Sorin entschlossen.

»Du kommst zurück. Du findest das nur deshalb prima, weil du jung bist und von unten ganz sicher eine tolle Aussicht auf die Frauenbeine hast. Aber in ein paar Jahren wirst du sie hassen.«

»In ein paar Jahren kann ich das Geschäft übernehmen.«

»Was ist mit unseren Plänen? Wir haben doch immer gesagt, dass wir handeln müssen.«

»Das hast du gesagt. Du hast meistens gesprochen. Das war immer dein Wunsch. Es war nicht wichtig, was wir wollten.«

»Aber es war doch klar.«

»Nichts ist klar, bevor man nicht fragt.«

»Du gehörst zu uns.«

»Ich gehöre nur zu mir. Und jetzt geh weg, sonst rufe ich wirklich die Polizei. Teodor, bring ihn weg.«

Auf dem Weg nach Hause sprachen Ion und ich kein Wort.

Wir waren nur noch zu viert, Ion, Marius, Cosmin und ich, aber wir tranken für sechs. Die Hände und Münder waren speckig, die Wangen und Augen gerötet. Ion aß kaum noch etwas und bügelte seine Hemden, die Marius ihm über die Sessellehne hängte. »Es geht sowieso alles zum Teufel«, murmelte Ion, der immer schlechterer Laune war. Da Marius und Cosmin in Ions Anwesenheit nie große Redner waren, redete ich für vier. Nur wenn ich sie mit Philosophie lockte, tauten sie auf, dann gab es wieder Diskussionen bis nach Mitternacht. Wir waren so mitgenommen, dass wir das Erdzittern nicht mehr spürten. Und trotzdem gab es das feine, kaum merkliche Zittern, an das sogar ich mich gewöhnt hatte. Aber etwas Neues, Beunruhigendes schlich sich ein, die Ahnung, dass alles zu Ende ging.

Ich unterhielt mich aufgeregt mit Marius und Cosmin, Ion hörte nicht hin, er zermalmte Gedanken. Ich las inzwischen Cioran, ich kaute an Cioran, wie man an einem exotischen Essen kaut, dessen Geschmack einen betäubt. Man glaubt die Gewürze zu erraten, doch sie entziehen sich immer wieder. Aber es schmeckt alles so gut, so vollkommen, dass man süchtig wird.

»Wenn ihr zwischen Cioran und Camus wählen müsstet, für wen würdet ihr euch entscheiden?«, fragte ich die anderen.

»Man muss handeln. Immer handeln«, sagte Ion.

»Ich muss noch leben, um es zu wissen«, entgegnete Marius.

»Ich würde wie Cioran denken, aber wie Camus handeln«, antwortete Cosmin.

»Wieso?«, fragte ich weiter.

»Weil es nicht anders geht. Denkt und handelt man wie Cioran, dann stirbt man. Nicht einmal Cioran handelte, wie Cioran dachte. Er hat sich nicht umgebracht.«

»Dass wir uns lieber umbringen sollten, wissen wir, wenn wir alleine sind«, sagte Marius. »Ich zum Beispiel sage mir vor dem Einschlafen: ›Vielleicht ist mein Leben bald vorbei, so krank wie ich bin. Lieber komme ich dem zuvor.‹ Aber trotzdem ziehe ich es vor, weiter zu husten.«

»Ich habe an so etwas nie gedacht, obwohl mein linkes Bein fünf Zentimeter kürzer ist als das rechte. Da hinke ich lieber weiter«, fuhr Cosmin fort.

»Wir sind schon eine Bande«, sagte ich. »Der eine ist blind, dem anderen geht die Leber ein und beim dritten wackelt die Welt, wenn er geht.«

»Nur du bist gesund. Was hält dich hier?«, fragte Cosmin.

Noch bevor ich antworten konnte, sprang Ion auf und rief: »Nichts als Geschwätz, und inzwischen geht alles bergab. Sie werden die Straße bauen, bis auf die andere Seite des Berges. Sie werden alles, was zwischen uns und der Stadt ist, vergrößern. Zwei-, drei-, vierspurig, was weiß ich. Sie wollen Dörfer versetzen, Felder platt walzen, Beton drübergießen. Sie wollen Tankstellen, Einkaufszentren, mehr Hotels und Ferienanlagen bauen. Sie wollen mein Hotel abreißen und eine dieser Anlagen bauen. Es ist fast beschlossene Sache, morgen wird die Entscheidung fallen. Das ist hier das Problem, und nicht ob wir von eigener Hand krepieren sollen oder nicht. Irgendwann fahren wir alle zum Teufel, da brauchen wir uns nicht darum zu kümmern. Er hält uns eines Tages an, wenn wir von einem Besäufnis nach Hause kommen, und frisst uns die Seele auf. *Buona notte.* Das Tal hier ist das Problem und der Fortschritt ist das Problem. Der Bürgermeister, den ich hundertmal durchgeknetet habe, sagt immer: ›Der Fortschritt kommt zuerst.‹ Aber wir werden sehen, was zuerst kommt.«

Am Morgen trafen wir uns vor dem kleinen Gemeindehaus. Wir standen draußen in einer Reihe, einer, der hustete, einer, der hinkte, ein Blinder und ich. Das war von drinnen bestimmt lustig anzusehen. Durchs Fenster schauten uns die Gemeinderäte an, acht plus Bürgermeister. Sie standen alle an zwei schmutzigen Fenstern und steckten die Köpfe zusammen. Ihr Grinsen war eingefroren.

»Mircea, komm heraus!«, rief Ion.

Drinnen rührte sich nichts.

»Mircea, komm heraus, sonst komme ich hinein und das willst du nicht!«

Der Bürgermeister tauchte auf der Türschwelle auf, tat so, als ob er uns erst jetzt erkannte, und streckte uns die Hand entgegen.

»Ach, das seid ihr. Ion, morgen bekommst du die letzten Aufnahmen von Hegel. Es fehlen mir nur noch wenige Seiten«, sagte er. »Du siehst gut aus. Du hältst dich besser als wir alle zusammen«, fügte er noch hinzu.

»Weil ich nicht so ein Dreckstück bin wie ihr. Ich fresse nicht, was ihr fresst und saufe …«

»Saufen tust du wie wir alle.«

»Ich saufe nur, um besser zu denken. Ihr glaubt wohl alle, jetzt sei der Fortschritt ausgebrochen.«

»Der Fortschritt kommt zuerst«, sagte der Bürgermeister.

»Der Fortschritt oder deine Geldbörse? Oder das neue Geschäft deiner Tochter in der Stadt? Oder das große Stück Land, das du gekauft hast?«

»Aber nicht doch, Ion. Lass uns reden.«

»Reden? Mit Schweinen redet man nicht. Ihr wollt mein Haus kaputtmachen? Mein Hotel kaputtmachen? Mein Tal? Ihr versprecht den Leuten Fortschritt, aber der Fortschritt soll in eure Taschen fließen. Und dafür sollen Bauernhäuser verschwinden? Und meine Bücher? Niemals.«

»Ion, du siehst das falsch.«

»Sei still. Ich kenne euch, manche kenne ich von klein auf. Ich weiß genau, was ihr treibt. Ich weiß genau, was du treibst. Du warst oft bei mir zum Massieren und hast mehr geredet, als gut für dich war. Ich weiß, mit wem du es treibst, wenn deine Frau nicht zu Hause ist. Ich weiß sogar, mit wem sie es treibt. Sie habe ich schließlich auch massiert. Ich weiß, wer sich aus der Gemeindekasse bedient. Er wollte es bald wieder zurücklegen, aber seitdem ist schon einige Zeit vergangen.«

Der Bürgermeister lockerte seine Krawatte, dann brach ihm der Schweiß aus. Seine Blicke suchten den Boden ab. Hätte Marius keinen Hustenanfall gekriegt, so hätte sich lange keiner gerührt.

Ion fügte hinzu: »Und jetzt, Mircea, trefft ihr dort drinnen mal eine Entscheidung. Sie wird bestimmt die richtige sein. Und du wirst bestimmt den richtigen Tonfall finden. Ich weiß, dass ich mich auf dich verlassen kann.«

Als wir wieder alleine waren, wurde Ion ganz schwach und wir mussten ihn stützen. Als ob er gegen alle Dämonen der Welt gekämpft hätte. »Da ist nur die Schlacht gewonnen«, sagte er, als wir schon unterwegs nach Hause waren. »Den Krieg haben wir verloren. Jetzt beruhigt er sich für eine Weile, aber das wird nicht lange dauern. Der Teufel muss uns gar nicht mehr suchen, denn alles geht hier zum Teufel.«

Der Nebel lag dicht über Moneasa, die ersten feuchten Herbsttage hatten ihn angekündigt. Busse kamen kaum noch an und wenn doch, dann blieben die Touristen enttäuscht in ihrer Nähe stehen, streckten sich und fuhren nach kurzer Zeit wieder ab. Das Strandbad und ein Teil der Pensionen waren geschlossen worden, in den Kaffeehäusern blieben die Gäste aus, außer Ion, Marius, mir und den üblichen Säufern der Gegend.

Ich saß bei der Buchhandlung *Excelsior*, die Säufer saßen in einer Reihe hinter den Plastiktischen und starrten mich an. Ihre Augen tränten, als ob sie den überschüssigen Schnaps ausschieden. Sie wischten den Augenschnaps mit dem Ärmel weg, von Zeit zu Zeit kippte einer um. Der Wirt, der aus Spanien zurückgekehrt war, kam heraus und hob ihn hoch.

Eines Tages hatte der Wirt da gestanden, am Ende des Bettes, in dem Dan und die Wirtin schliefen. »Du kommst unangemeldet«, sagte die Frau. »Euch verprügeln kann ich angemeldet oder unangemeldet«, meinte er. Er hatte sein schweres Gepäck abgestellt und die freien Hände zu Fäusten geballt. Er schlug los, und man hätte ihm so viel Kraft vom Erdbeerpflücken nicht zugetraut.

Er verjagte Dan aus dem Haus. Als ihm vom Schlagen die Arme wehtaten, schubste er seine Frau in ein Auto, packte alles, was ihr gehörte, hastig zusammen, stopfte es in den Kofferraum und brachte sie weg. Als er zurückkam, wankte er schon, die Flasche aber fand weiterhin den Weg zu seinem Mund. Er trank, bis er weinte und die anderen sich um ihn versammelten. »Schämst du dich nicht, hinter einem Weiberrock her zu weinen?« Er schämte sich nicht. Er legte sich schlafen, wachte nach drei Tagen auf und packte sein Gepäck aus.

Im Nebel leuchteten die rot-gelb-blauen Lichter der Buchhandlung auf Rädern matt, von weitem wirkte es wie eine beleuchtete Fata Morgana. Die Geräusche wurden gedämpft, und die Bewegungen wirkten verlangsamt. Ich hatte seit Tagen kein Buch mehr verkauft, und ich wusste gar nicht mehr, wieso ich jeden Morgen den Stand öffnete. Ion zeigte sich kaum noch, wenn er nicht massierte, saß er stundenlang regungslos im Sessel und man wusste nie, ob er noch lebte. Marius und ich schauten abwechselnd nach ihm.

Ein Bauer, der mit seinem Karren näher kam, winkte mir mit dem Hut zu. Sein Pferd zog den Karren langsam, als ob der Nebel schwer darauf drückte. Am Boden, verweht, sammelten sich herbstlich bunte Blätter. Zuerst achtete ich nicht auf den Mann, der nur ein undeutlicher Schatten war, aber bald merkte ich, dass er zu mir wollte. Das Pferd blieb vor mir stehen, es hatte Schaum vorm Maul und biss fest auf das lederne Geschirr, als ob es immer noch nicht glauben konnte, dass es sein Leben lang gezäumt leben würde.

Der Bauer drückte die Mütze auf den Kopf. »Sie sind doch der blinde Masseur, der Bücher verkauft«, sagte er. »Und Sie kennen diesen Schweizer, der hier lebt. Hier ist jemand, der ihn sehen möchte. Ist mit dem Bus angekommen und hat sich im Nebel verirrt.« Nun erkannte ich den Mann, es war ein junger, noch unverheirateter Bauer, der hin und wieder ins Dorf kam und dann vor allem für eine flüssige Stärkung. Ich ging geradewegs auf den Karren zu, streifte die Flanke des Pferdes, der Bauer blickte mir in die Augen, aber er bemerkte die Verwechslung nicht, oder sie störte ihn nicht. Ich ging um den Karren herum und blieb staunend stehen.

»Du?«

»Ich wollte immer schon Moneasa sehen.«

»Du hast dir einen schlechten Tag ausgesucht.«

»Hilf mir bitte runter.«

Valeria saß in ihrem schönsten Kleid am Rand des Karrens, bemüht, sich nicht dreckig zu machen. Die Beine hielt sie übereinander geschlagen und schaukelte sie leicht. Die Fahrt hatte ihr gefallen, sie war vergnügt, aber sie hatte nicht mit der Kälte und der Feuchtigkeit hier oben gerechnet. Sie zitterte. Ich nahm sie bei den Hüften, sie waren fülliger, aber nicht unangenehmer zu halten als früher, sie legte die Hände auf meine Schulter und sprang hinunter. Sie klopfte den Schmutz vom Rock und bezahlte den Bauern, der fand, dass er sich von dem Geld ebenso gut stärken konnte. Er stieg vom Karren ab, und das Pferd schaute ihm lange hinterher. Es würde wieder Geduld brauchen mit seinem Bauern.

Valeria musterte mich.

»Was ist mit deinen Kleidern passiert?«, fragte sie.

»Ich habe sie für diese hier eingetauscht.«

»Fehlt dir das Geld?«

»Nicht das Geld.«

»Was denn?«

»Das ist eine lange Geschichte.«

Sie wartete, aber es kam nichts mehr. Ich räusperte mich, ihr Blick suchte den meinen, aber ich senkte den Kopf und Aufregung machte sich in mir breit. Es war eine Ahnung, dass etwas geschehen würde, was die Möglichkeit, gegen einen Baum zu fahren, vor den Möglichkeiten des Lebens verblassen ließ. Sie war nicht da, um mich zu beschimpfen, dafür hatte sie nicht den Weg auf sich genommen und das Kleid und ihr Parfüm sprachen eine andere Sprache. Als sich die Stille zwischen uns fortsetzte, sagte sie: »Bei solchem Wetter glaubt man leicht an Geistergeschichten.«

»Wieso bist du hier?«

»Ich bin lange über Felder gegangen. Schau dir das nur an.«

Ihre eleganten Stadtschuhe waren verschlammt, sie rieb die Schuhkanten an einem Stein, aber das verschmierte den Dreck nur.

»Wieso bist du hier?«

»Das sind meine besten Schuhe«, fuhr sie fort.

»Wieso?«

»Schon gut, ich habe es gehört. Zwanzig Jahre sind eine lange Entwöhnungszeit.«

Sie schaukelte den Oberkörper wie ein kleines Mädchen.

»Ich dachte, dass die Entwöhnung erfolgreich war«, meinte ich.

»War sie auch, bis du wieder aufgetaucht bist.«

Wir schauten umher, jeder, wohin er konnte.

»Mir ist kalt«, bemerkte sie.

»Entschuldige, ich habe nicht daran gedacht.«

Wir gingen zum Bücherwagen, ich nahm meine Jacke vom Stuhl und legte sie auf ihre Schulter. Sie strich über die Buchdeckel, nahm das eine oder andere in die Hand, drehte es hin und her und las laut die Namen der Autoren oder die Titel vor. Sie schaute auch den Stand prüfend an, die Lichter und Roşcata, die unter dem Wagen zusammengerollt schlief.

»Gehört das alles dir? Musst du das tun, um zu überleben? Hast du gelogen, als du gesagt hast, dass du diese teuren Schleusen verkauft hast?«

»Es gehört einem blinden Masseur.«

»Ein Blinder, der all diese Bücher besitzt?«

»Er besitzt noch mehr davon.«

»Und wie liest er sie?«

»Andere lesen ihm vor. Er hat die Hälfte des Dorfes gebildet und dazu noch Dutzende seiner Patienten.«

»Du hast immer gerne Geschichten erfunden.«

»Das ist eine wahre Geschichte.«

»Das hat man früher auch gedacht. Dass deine Geistergeschichten wahr seien. So wie deine Augen geglänzt haben beim Erzählen. Dabei hatten dir die Geschichten besoffene Bauern erzählt. Wo hast du nun diese her?«

Ich deckte die Buchhandlung mit der Plane ab, schaltete die Lichterkette aus und sagte: »Lass uns etwas spazieren gehen. Das wird dich wärmen.«

»Bei diesem Nebel?«, fragte sie.

»Wir gehen schon nicht verloren.«

Unterwegs erzählte ich ihr Ions Geschichte, so wie ich sie von Marius gehört hatte, dann erzählte ich weiter von Elena, von der Ärztin, den Kranken, dem Fabrikdirektor, dem Bürgermeister, von Marius und den anderen Philosophen und von den gemeinsamen Abenden. Wir gingen schon eine Weile nebeneinander her, an der Villa Nufărul vorbei, als ich ihre Hand an meinem Arm spürte. Sie hatte sie so sanft unter meinem Arm hindurchgeschoben und ich war so sehr mit dem Erzählen beschäftigt gewesen, dass ich es nicht bemerkt hatte. Ich schaute staunend auf meinen Arm hinunter und sah ihre Finger, die ihn umfassten. Ich spürte den sanften Druck.

»Man gibt Leidenschaften für weniger auf«, murmelte sie.

»Wie meinst du das?«

255

»Was für ein hervorragender Grund, das Lesen aufzugeben. Alle hätten ihn verstanden. Sie hätten *der Arme* gesagt und ihn weggeschoben«, murmelte Valeria.

»Ion hat immer Wege gefunden. Er ist gerissener als wir alle zusammen«, sagte ich.

Ich sagte es mit Stolz. Mit demselben Stolz, mit dem ich durchs Dorf ging und gerne als einer von Ions Leuten erkannt wurde. Mit dem Stolz, mit dem ich die Verbeugungen der anderen entgegennahm, stellvertretend für Ion.

»Willst du es ihm nachmachen?«, fragte sie und nahm das Buch an sich, das ich in der Hand getragen hatte. »Tolstoi«, sagte sie.

»Ich will lesen, was seine Augen zuletzt gesehen haben«, sagte ich.

»Und das war Tolstoi?«

Sie drehte sich zu mir um, ihre Nasenflügel bebten bei jedem Atemzug, und sie legte die Hand auf meine Wange. Wir blieben so stehen, ein, zwei Augenblicke. »Das habe ich immer an dir gemocht«, flüsterte sie. »Deine Neugierde. Du warst jedes Wochenende weg und wenn du zurückkamst, hattest du den Kopf voller Geschichten. Man konnte dich kaum noch stoppen.« Ich fasste ihr Handgelenk, drehte die Handfläche nach oben und küsste sie. »Nein«, flüsterte sie und zog sie zurück. »Hast du eine Ahnung, wieso wir flüstern?«, fragte sie, um von ihrem Rückzug abzulenken.

»Das macht der Nebel mit uns.«

»Bring mich zurück«, forderte sie mich auf.

Abseits des Weges, im Nebel, raschelte es, und wir hofften, dass es keine Wölfe waren, die aber normalerweise nur in harten Wintern bis ins Dorf kamen, nicht jetzt. Oder keine *spiriduș*, Geister und Vampire. Es war ein bisschen wie damals, als wir vor der hereinbrechenden Nacht geflüchtet und in unsere erste gemeinsame Nacht hinein gefunden hatten. Wir kamen lachend auf dem Parkplatz an.

Der Bauer stieg gerade mit Mühe auf den Karren, das Pferd störte das nicht, es war daran gewöhnt, den Weg nach Hause alleine zu finden. Ich hob Valeria auf den Rand des Karrens, holte ein Stück Stoff, mit dem wir sonst unsere Buchhandlung entstaubten, und bat sie, den Fuß ein wenig anzuheben. Ich spuckte in den Stoff, hielt Valerias Fuß fest und polierte ihren Schuh, dann folgte der nächste. Sie streichelte ein einziges Mal über meine Haare. »Kommst du wieder?«, fragte ich. »Ja, ich komme wieder.«

Valeria kam wieder. Sie kam den ganzen Weg herauf zu Fuß, bei Sonnenschein, und als sie mich bei der *Excelsior*-Buchhandlung sah, strahlte sie mich an. Ich streckte die Arme nach ihr aus, sie gab die Zurückhaltung auf und man sah ihr an, dass sie sich entschieden hatte, weiter zu gehen, als sie sich bisher erlaubt hatte. Sie lief direkt in meine Arme hinein und ließ sich von mir umfassen. Da war er, der Körper, den ich lange begehrt hatte, der mich verwirrte, den ich besitzen wollte und der sich geöffnet, ein Kind geboren hatte und fülliger geworden war. Was dachte sie nur, als sie mich so an sich drückte? »Was denkst du?«, fragte sie mich. »Dass ich dich vermisst habe.«

Auf unserem Spaziergang wollte sie mehr wissen über die Schweiz und alle anderen Länder, die es für sie nur im Fernsehen gab, nicht anders als Ion und die Philosophen. Aber während sie sich ernsthaft den Träumereien hingaben, war das alles für Valeria nur eine gute Gelegenheit, um zu flirten. Man sah ihr an, dass sie ungeübt war, aber man sah auch, dass sie es einmal sehr gut gekonnt hatte. Sie verdrehte meine Sätze, spielte damit, spielte auch mit ihrer Stimme und den Blicken. Sie nahm mich liebevoll hoch, unterbrach mich, nur um etwas Zweideutiges, Schlüpfriges einzufügen. Und in allem, was sie tat, keimte das Angebot.

Auf einer Bank sitzend, beim künstlichen See, auf dem einige Paare Tretboot fuhren, legte sie den Kopf auf meine Schulter, genauso zart, wie sie den Arm umfasst hatte. Dann, als ob sie eine Entscheidung gefasst hätte, richtete sie sich wieder auf, strich mehrmals mit der Hand über meinen Arm, nahm meine Hand zwischen ihre Hände und meinte: »Wieso zeigst du mir nicht die Bibliothek?« Wir küssten uns bereits im dunklen, verdreckten Hauseingang. Es war unmöglich sich vorzustellen, dass an so einem vernachlässigten, verfallenen Ort, wo sich alles auflöste, mehr als ein Ausharren möglich war. An Liebe oder Leidenschaft

gar nicht zu denken. Die Frau im Küchenfenster, die tagein, tagaus beharrlich hinausschaute, führte vor, was hier noch zu tun
übrig blieb, nämlich fast nichts.

Valeria und ich kämpften auf unsere Art gegen die Hässlich-
keit, von Treppe zu Treppe wurden die Gesichter feuchter. Kuss-
feucht. In Ions Wohnung drückte ich sie bereits auf dem Flur
gegen die Bücherregale, sie umfasste mich mit den Beinen, aber
weil sie schwerer war als früher und ich älter, konnte ich sie nicht
lange halten, sosehr ich mich bemühte. Sie merkte es, strich wieder über meine Wangen und flüsterte diesmal ganz ohne Nebel:
»Wir müssen es nicht wie in den Filmen machen.« »Ich bin älter
geworden«, sagte ich. »Und ich schwerer«, entgegnete sie.

Ich nahm sie bei der Hand und führte sie ins Wohnzimmer. Sie
schaute alles genau an, erinnerte sich an Bücher, die sie selbst be-
sessen hatte, und an andere, von denen sie nur gehört hatte. Sie
schlug eines auf, dann ein anderes und bewegte sich vorsichtig, um
nichts in Unordnung zu bringen. Sie staunte über so viel Reich-
tum. Als ich es nicht mehr aushielt, ihrem Nacken und ihren
Waden nur zuzuschauen, presste ich mich an sie und zog sie aufs
Bett. Wir fielen schwer auf die Bücher, die die Matratze seit Jahrzehnten belegten. Wir machten den Büchern das Bett streitig,
schoben sie an den Rand und über den Rand hinaus. Wir hörten
sie dumpf auf den Boden fallen, von der Matratze, den Decken
und den Büchern stieg Staub auf, und wir husteten heftig. Wir legten uns nahe nebeneinander, die Atemzüge vermischten sich ineinander.

Ihre Hände schoben sich unter mein Hemd. Sie streiften meinen Bauch bis hinauf zur Brust. Mein Atem wurde schneller.
Meine Hände machten es den ihren nach. Ihre Hand schob sich
leicht unter meinen Hosenbund. Sie zog sie wieder heraus und
streichelte meine Beine, bevor sie die Hand auf meinen Rücken
legte. Wir taten, was uns zwanzig Jahre lang verwehrt geblieben
war und für kurze Zeit war wieder Schönheit da.

Als ich aufwachte, schaute sie mich an. »Du schläfst unruhig«,
flüsterte sie. »Ich träume vor allem unruhig«, erwiderte ich. Wir
küssten uns wieder, und das Ganze ging von neuem los, mehrmals
während des ganzen Nachmittags. Als wir später ruhig dalagen

und darüber staunten, was plötzlich möglich gewesen war, ein bisschen glücklich, ein bisschen nicht, ging die Wohnungstür auf. Ion sprach leise mit sich selbst, ging in die Küche, dann ins Bad, dann wieder ins Wohnzimmer. Er beschäftigte sich dort eine Weile, wir hörten ihn leise fluchen über den Fortschritt und die Beschränktheit der Menschen, dann wurde es plötzlich still. Wir fragten uns, wo er geblieben war, als er plötzlich nur im Unterhemd auf der Türschwelle erschien. Wir hielten den Atem an, er war keinen Meter von uns entfernt.

Er suchte etwas, denn er betastete Wände und Schränke, während er sonst mit größter Sicherheit durch seine Wohnung ging. Ich dachte, es sei ein Buch, wobei er gerade Bücher ohne Anstrengung fand. Was er aber suchte, war mein Anzug. Als er den Kleiderbügel fand, nahm er die Jacke und das Hemd ab, legte die Jacke auf einen Stuhl und presste das Hemd gegen seinen Körper. Es gefiel ihm, den teuren Stoff auf der Haut zu spüren, er schmatzte vergnügt. Dann tat er dasselbe mit der Jacke, mit der einen Hand hielt er sie vor den eigenen Oberkörper und mit der anderen strich er über das Material. Er knöpfte das Hemd auf, wollte es anziehen, als er erstarrte, sich umdrehte und ausgiebig witterte. Er wiederholte das laute, tiefe Riechen mehrmals. »Es riecht nach Frau«, sagte er. »Dan, bist du das? Bring deine Hure weg von hier.« Valeria wollte etwas sagen, aber ich hielt sie davon ab. »Dan?«, rief Ion und horchte. Er legte Hemd und Jacke ab und ging auf den Flur. Nach wenigen Minuten verließ er die Wohnung, und wir atmeten auf. Valeria war wie verwandelt, ich wollte sie streicheln, aber sie ließ es nicht zu. Sie zog sich eilig an.

»Ion ist ein guter Mensch«, sagte ich. »Ihm rutscht das manchmal so raus, aber er bereut es nachher.«

»Es ist nicht Ion.«

»Was dann?«

»Ich dürfte gar nicht hier sein.« Sie setzte sich neben mich, hob ein Buch auf, blätterte es durch, legte es wieder weg. Sie legte den Kopf auf meine Schulter. »Pass auf, Teodor. Du bist den Menschen hier nicht gewachsen. Du bist sanfter geworden, hier aber ist man hart. Man wird dich ausnützen, dich betrügen. Ion wird dich betrügen, wenn er es nicht schon tut.«

»Was redest du da? Ion ist mein Freund. Wir sitzen hier in seiner Wohnung, ich habe den Wohnungsschlüssel. Er hat Vertrauen, und ich habe Vertrauen. Er erzählt mir über sich und ich ihm über mich. Das ist doch viel, nicht wahr?«

Sie zuckte die Achseln. Auch ich zog mich an, wir legten die Bücher wieder aufs Bett und öffneten die Eingangstür, dann traf uns Ions Stock. Er zielte auf Brust und Beine, stach und schlug damit durch die Luft.

»Bringst du jetzt deine Huren hierher, Dan.«

»Ich bin es, nicht Dan«, entgegnete ich.

Er schwieg.

»Dir war nie zu trauen. Wer ist bei dir?«

»Valeria.«

»Die Frau, die Nostalgie bleiben sollte«, spottete er. »Und jetzt kam sie hierher, um dem armen Mann die Sinne zu rauben.«

»Sei still«, rief ich.

»Um ihm zu zeigen, dass gute Handarbeit mehr wert ist als Nostalgie.«

»Still!«, rief ich wieder.

»Sonst fährt er ja noch gegen einen Baum.«

Ich ging auf ihn zu und packte ihn am Arm, dann drückte ich ihn gegen die Wand.

»Sie haben einen Mann und ein Kind und huren herum«, rief er in Valerias Richtung.

Ich schlug heftig auf Ion ein, zuerst in den Bauch und dann ins Gesicht. Er versuchte seinen Kopf zu schützen, die Brille festzuhalten, aber sie fiel auf den Boden. Ich warf ihn gegen die Mauer, bis er sich vor Schmerz krümmte, wenn Valeria nicht »Genug« gerufen hätte, hätte ich weiter geschlagen. Ion kniete nieder und suchte tastend seine Brille, die Valeria ihm mit der Schuhspitze zuschob. Er wollte sie sich wieder auf die Nase setzen, aber sie zerbrach.

Während wir die Treppen hinunterstiegen, hörten wir ihn mit sich selbst sprechen: »Man müsste die Straße in die Luft sprengen, damit niemand mehr kommt. Sonst kommen immer mehr Leute und machen alles kaputt. Als wir schon auf der Straße waren, riss er das Fenster seiner Wohnung auf und rief mir zu: »Das nächste

Mal macht es im Wald wie die Tiere. Hier brauchst du dich nicht mehr blicken zu lassen. Keiner braucht mehr zu kommen!«

»Was wirst du jetzt machen?«, fragte mich Valeria an der Bushaltestelle.

»Es wird sich was finden. Wirst du wiederkommen?«

»Ja, ich komme wieder.«

Ich ging täglich zur Bushaltestelle und wartete. Valeria kam nicht wieder.

In den nächsten Wochen sah ich Ion nicht mehr, obwohl Marius und Cosmin kamen, um mich umzustimmen. Ion war wieder sanft, er bereute, was er gesagt hatte, und wollte mich am Abend wieder bei sich haben. Auch Elena oder die Ärztin überbrachten mir Botschaften: *Excelsior* müsse weitergeführt werden, die Freundschaft sei wichtiger als unüberlegte Worte. Ich half Elena und ihrem Mann bei der Feldarbeit, sonst spielte ich mit dem Mädchen oder saß für Stunden im Obstbaumhain, ohne mir etwas anderes zu wünschen, als dort zu sitzen. Oder doch etwas: Valeria solle bei mir sein. Wenn die Zeit kam, brach ich auf, war lange vor der Ankunft des Busses an der Haltestelle und wartete. Nach zwei, drei Stunden kehrte ich zurück und setzte mich still an denselben Ort wie zuvor.

Elena schaute mir nach, sie suchte meine Blicke, aber ich ließ sie meine Blicke nicht fangen. Ich saß bei ihr, wenn sie irgendein Buch aufnahm und hörte ihr lange zu, bis in die Nacht hinein. Manchmal legte sie das Gerät weg und wir blieben still sitzen. Unsere Hände waren nur einen Gedankensprung voneinander entfernt.

Als das Warten zu viel wurde, gaben mir Elena und die Ärztin Geld für eine Übernachtung im Hotel Elite, ich stieg in den Audi und fuhr los. Im Hotel erkannte man mich nicht gleich, so verändert war ich durch Ions Kleider und das Leben in Moneasa. Auf dem Weg zum Fahrstuhl sah ich im Restaurant den Zuhälter und Florina sitzen, er schlürfte Suppe, sie riss Brotstücke ab und formte sie zu Kügelchen. Als sie mich sah, zuckte sie zusammen und machte ein Gesicht, wie um zu sagen: »Ich kann nichts dafür.« Das sah der Zuhälter, drehte sich um und ich erschrak, als ich seinen Blick auf mir spürte. Es war mir, als ob der Körper überall dort schmerzte, wo er draufgeschlagen hatte. Er strich über eine seiner Hände, als ob auch er sich an die Schmerzen von dem Messer erinnerte, das ihm der Polizeichef hineingestochen hatte. Er nickte mich zu sich, ich wollte ihn ignorieren, aber er rief mir zu: »Kommen Sie doch. Ich beiße nicht.«

Ich setzte mich zu ihnen, ohne nach seiner Hand zu greifen, die er mir entgegengestreckt hatte.

»Wie Sie wollen«, sagte er.

»Ich will meinen Pass zurück, wenn Sie schon mein ganzes Geld ausgegeben haben.«

Er stutzte verwirrt und brach dann in Lachen aus. Er wischte sich die Suppe von den Lippen.

»Wovon reden Sie?«, fragte er.

»Mein Pass, mein Geld. Man hat es doch nicht mehr bei Ihnen gefunden.«

Jetzt lachte er schallend, aber gleich danach wurde er ernst, ergriff mein Handgelenk und drückte meine Hand gegen den Tisch.

»Hören Sie mal, machen Sie keine Witze. Bei mir ist nicht mehr zu holen, als Sie hatten. Wenn Sie glauben, dass Sie mich ausnehmen können, dann erledige ich Sie. Sie haben diese Faust schon kennen gelernt, nicht wahr?«

Er ließ meine Hand los und ballte seine Hand zur Faust. Florina drückte sie sanft auf den Tisch, öffnete sie und legte ihre Hand darauf.

»Was er sagen möchte«, sagte Florina an mich gewandt, »ist, dass deine Freunde alles mitgenommen haben: Auto, Pass, Geld, Kreditkarten.«

»Unmöglich, man hat es mir anders erzählt.«

»Dann hat man dich betrogen.«

Ich stand vom Tisch auf, entschieden, ihnen beiden nicht zu glauben. Florina hielt mich aber noch kurz zurück. »Wenn du heute Abend kommen willst, ruf mich an. Er kann doch, nicht wahr?«, fragte sie den Zuhälter. »Wenn ich kassiere, kann jeder«, erwiderte dieser.

Als ich im Zimmer war, rief ich Valeria an. Ein Mann antwortete und irgendwo hinter ihm weinte ein Mädchen. Ich hörte Valerias Stimme, die es besänftigen wollte. Ich legte auf und schaute die Nacht hindurch fern. Es gab die üblichen Gewinnspiele, dann Telenovelas und Dokumentarfilme. Den nächsten Tag verbrachte ich in der Stadt. Auch hier war alles altbekannt: Italiener, Mädchen, alte Bettlerinnen, Erfolgreiche und Erfolglose, Gebrechliche und Gebrochene. Am Abend läutete ich an Valerias Wohnungstür. Ihr Mädchen öffnete, erkannte mich nicht und schien enttäuscht, weil sie jemand anderen erwartet hatte. Sie legte das Springseil wieder weg und rief in die Wohnung hinein: »Es ist nicht Mariana.« Valerias Mann kam heraus, ein durchschnittlicher Mann, genauso durchschnittlich wie auch ich in seinen Augen sein musste. Er musterte mich misstrauisch.

»Wen suchen Sie?«

Ich sagte nichts.

»Haben Sie sich in der Tür geirrt?«

Valeria zeigte sich hinter ihm. Sie sah mich an, ohne überrascht zu wirken.

»Er will zu mir. Ich erkläre es dir später«, meinte sie zu ihrem Mann, kam heraus und schloss die Tür. Das Licht im Flur erlosch.

»Was willst du?«, fragte sie unbeteiligt und kalt.

»Wieso bist du nicht mehr gekommen?«

Zuunterst schaltete jemand das Licht ein. Valerias Gesicht war ruhig, als ob sie das alles nicht mehr betraf. Als ob ein Fremder an ihrer Tür geläutet hätte und sie ihn mit der erstbesten Entschuldigung abwimmeln wollte.

»Ich habe mich in dich verliebt. Zum zweiten Mal«, sagte ich.

»Du bedeutest mir nichts, Teodor. Ich liebe meinen Mann und mein Kind. Ich gehöre zu ihnen.«

»Wieso dann das Ganze?«

Das Licht erlosch wieder.

»Ich wollte dir zeigen, wie es ist, wenn man leidet.«

»Alles nur Rache?«, fragte ich im Dunkeln.

»Wiedergutmachung. Aber falls es dich tröstet: Ich habe es genossen.«

Als das nächste Mal das Licht eingeschaltet wurde, war sie wieder in der Wohnung, öffnete aber nochmals die Tür und legte das

Paket mit meinen geschriebenen Gedanken und Eindrücken auf den Boden.

»Das kannst du wieder mitnehmen.«

»Du kannst es behalten. Es gehört dir.«

»Es gehört mir nicht. Mit mir hat es schon lange nichts mehr zu tun.«

Sie schob es mit der Fußspitze zu mir hin, das Licht erlosch wieder und die Tür ging zu. Ich lief besinnungslos die Treppen hinunter, stieg ins Auto und verließ die Stadt Richtung Moneasa. Ich brauchte nur die Augen zu schließen und bis zehn zu zählen, aber ich widerstand.

Als ich in Moneasa einfuhr, sah ich die Bauern herbeieilen und hinauf zum Kurhotel laufen. Bei Elena zu Hause war niemand, also folgte ich den Menschen, die aus den Höfen kamen, und fragte nach. »Es brennt«, hieß es. Je näher wir kamen, desto stärker war das flackernde Licht in der sonst finsteren Nacht zu erkennen. »Der blinde Masseur hat die Bibliothek angezündet«, sagten welche, die bereits zurückkamen. »Er hat sich zusammen mit der Bibliothek angezündet«, behaupteten andere.

Mein Herz pochte, ich lief los, stieß die Leute zur Seite, bahnte mir einen Weg bis vor Ions Haus. Das Feuer war dabei, auf andere Wohnungen überzugreifen, es hatte gutes Brennmaterial gefunden, das Papier der Bücher. Dreißigtausend Bücher in Asche verwandelt, Hunderte von Aufnahmen mit Dutzenden von Stimmen darauf, die Gedichte Persiens ebenso wie jene Chinas, Platon nicht anders als Marx, Cioran nicht anders als Camus.

Ich sah im Licht des Feuers bekannte Gesichter, die Ärztin, Elena, Patienten und Dorfbewohner. Sie schauten mit aufgerissenen Augen zu, das Feuer warf Licht, das bis zum Wald und zum Berghang reichte. Ich fragte Cosmin, wo die anderen seien, und er zeigte auf das Haus. »Ion hat Bücher auf sein Bett gestapelt und sie angezündet. Zuerst brannte nur das Schlafzimmer, jetzt breitet sich das Feuer in der ganzen Wohnung aus. Sie versuchen zu retten, was sich retten lässt«, sagte er und starrte weiter fasziniert ins Feuer.

»Und wo ist Ion?«

Cosmin zeigte mit dem Kinn auf einen Schatten, der abseits auf der Straße saß und meinen Anzug im Arm hielt. Ich wollte zu ihm gehen, aber Marius kam heraus, die Arme voller Bücher. Er atmete schwer, hustete, konnte kaum damit aufhören, doch er ging wieder hinein und ich folgte ihm. Als wir in der Wohnung ankamen, versuchte Dan gerade, das Feuer im Schlafzimmer zu löschen, der Rauch wurde immer dichter. Marius lud im Wohnzimmer Bücher auf die Arme, ich öffnete das Fenster und rief ihm zu: »Wirf sie einfach auf die Straße!«

»So werden sie beschmutzt«, antwortete Marius.

»Entweder Staub oder Asche, wir haben die Wahl«, rief ich.

Wir warfen so viele Bücher wie wir konnten hinunter, wir schauten gar nicht nach, wo sie landeten. Weil die Luft das Feuer neu entfachte, mussten wir die Bücher doch hinuntertragen. Erst als wir unsere Arme und Beine nicht mehr spürten und die Feuerwehr eintraf, hörten wir auf, rauf und runter zu rennen. Wir brachten den verwirrten Ion in sein Massagezimmer, und die Ärztin gab ihm ein Schlafmittel. Erschöpft setzten wir uns vor dem Hotel auf eine Bank.

»Wie viele haben wir gerettet?«, fragte ich.

»Mehr als die Hälfte bestimmt«, sagte Dan.

»Das ist wenig«, meinte Marius.

»Was ist denn passiert?«, fragte ich.

Marius erzählte: »Am Nachmittag, als Ion alleine zu Hause war, hat ein Auto vor dem Wohnblock gehalten und drei Männer sind ausgestiegen. Sie sind ins Haus gegangen, haben bei Ion geläutet und als dieser ihnen öffnete, stießen sie ihn beiseite und gingen hinein. Zwei von ihnen haben alles zerschlagen, was sie zerschlagen konnten, während einer Ion fest hielt. Der Anführer der drei spuckte auf die Bücher, warf alles auf den Boden und wiederholte ständig: ›Du willst es nun mal so. Das soll dir eine Lehre sein. Das nächste Mal verbrennen wir hier alles und dich gleich mit.‹ Ich habe alles gehört, denn inzwischen stand ich vor der Wohnung, aber ich traute mich nicht hinein. Ich lief weg, um Leute aus dem Dorf und Patienten zu Hilfe zu holen, aber als wir alle zurückkamen, fuhr das Auto gerade weg. Ion hat sich dann in der Wohnung eingesperrt, ich habe versucht ihn durch die Tür zu beruhigen und dazu zu bringen, aufzumachen, aber er schien wie von Sinnen. Ich hörte deutlich, wie er von einem Zimmer ins andere ging und Bücher aus den Regalen riss. Er sagte dauernd: ›Bevor sie es tun, tue ich es selbst.‹ Ich verstand, dass er alles verbrennen wollte, wir versuchten die Tür aufzubrechen, aber es war zu spät.«

Ich fand den Zettel gegen Abend in meinem Zimmer, dort, wo Elena ihn hingelegt hatte. Ich wusch und kämmte mich, dann machte ich mich auf den Weg. Seit dem Brand waren einige Wochen vergangen, in denen ich Ion nur selten gesehen hatte. Umso mehr überraschte mich eine Einladung in die Villa Nufărul.

Die Villa Nufărul war ein verfallenes Irgendetwas, das früher einmal Klasse gehabt hatte. Der Privatbesitz eines Adligen, auch hier hatte es so etwas gegeben. Die Villa, in deren Luxus später die Gebrechen der Arbeiter kuriert wurden. Einmal geknetet, ein Leben lang für den Kommunismus eingestanden. Inmitten des Waldes, kühl, undurchdringlich, war es ein Erlebnis gewesen, bis zum Hals in brodelndem Wasser zu stecken oder in heißes Wachs verpackt zu sein. Wenn man ruhig vor sich hin döste, alleine gelassen, warfen die Bäume Schatten in den Raum. Man wanderte frühmorgens mit den Ärzten und den Krankenschwestern hinauf und nach Dienstschluss mit ihnen wieder hinunter, die Kranken warm angezogen, die Ärzte trugen weiße Kittel. Zwischen den Bäumen tauchten sie gruppenweise auf und verschwanden wieder.

Im hintersten Saal der Villa, rund um das blaue Schwimmbecken, waren die Trümmer weggeräumt worden. Die Philosophen hatten ganze Arbeit geleistet, sie hatten Mörtelstücke, Holzreste, Nägel, Abfall jeglicher Art gesammelt und weggebracht. Der Raum sah aus, als ob er noch am Vortag benützt worden wäre. An einem langen gedeckten Tisch, gleich neben dem Becken, saßen alle, die ich kannte, die Ärztin, Elena, die Philosophen und dazu Dans neue Freundin. Nur Sorin fehlte. Sie waren sehr angeregt vom Essen und vom Flüssigen, die gebratenen Hühner und das Schwein fanden hier viele gierige Münder. Sie steckten die Gabeln in die Töpfe, holten saftige Hühnerbeine und -brüste heraus, Schinken, Kraut, Kartoffeln, aus anderen Töpfen Salate oder Suppen. Was zu groß war, wurde zerkleinert oder in Stücke gerissen. Die Knochen flogen in einen Eimer, die Knödel wurden im Teller geviertelt, die Suppe vom Löffel geschlürft. Die Knochen wurden in die Hand genommen, das Fleisch abgerissen, der Knochen gesaugt und durch den Mund gezogen. Nach dem Knochen wurden die Finger in den Mund gesteckt und abgeleckt.

Die Kartoffeln wurden in der Soße zerdrückt und zermatscht wie Pappe. Einem von ihnen blieb das Essen im Hals stecken, und er würgte es heraus, verpackte es in Papier und warf es in den Eimer. Wenn die Töpfe leer waren, holte man neue aus dem Wagen, ebenso wenn die Flaschen vom Tisch auf den Boden wanderten. Das Schmatzen wurde nur unterbrochen, um nach mehr zu verlangen. Das Mehr ging von Hand zu Hand, bis es beim Empfänger war, dann wurde es geschluckt.

Durch das Loch, das früher ein Fenster gewesen war, sah ich sie alle, außer Ion. Ihn hörte ich nur. Dan und sein Mädchen saßen eng beieinander und verschlangen sich mit den Blicken. Marius schluckte, was er zwischen zwei Hustenanfällen zu kauen bekam. Das war wahrscheinlich das erste Essen des Tages. Cosmin unterhielt sich mit der Ärztin, die im Arztkittel dasaß. Vermutlich hatte sie gekocht, denn ihr Auto war eine Wundertüte. Sie öffnete den Kofferraum, steckte die Arme hinein und zauberte dampfende Gerichte hervor. Im selben Kittel hatte sie am Tag behandelt und später Fleisch gewürzt und gebraten oder die Krautwickel in den Ofen geschoben. Mit den Fettflecken des Abends würde sie wahrscheinlich später Ion vorlesen. Elena saß still da.

Nur Ion war nicht zu sehen, ein Balken verdeckte ihn. Aber als ich dann hineinging, alle begrüßte und ihn mit den Blicken suchte, erstarrte ich. Er stand da auf seinen Stock gestützt, den Schnaps in der einen Hand. Er trug seine Blindenbrille und meinen eleganten englischen Anzug. Der Anzug passte ihm sogar, ein bisschen zu weit hier oder zu lang dort, aber es störte nicht. Ion trug auch mein Hemd, meine Krawatte und meine Schuhe.

»Du trägst meine Kleider«, stellte ich fest.

»Und du trägst meine.«

»Ich dachte, du hättest sie mir überlassen.«

»Ich dachte, du mir deine auch.«

Ich setzte mich hin und aß, so viel ich konnte. Ich trank auch, so viel ich hineinfüllen konnte, ohne überzulaufen. Das taten wir alle. Als es dunkel wurde, zündeten wir vier oder fünf Kerzen an. Das war nicht genug, um die Gesichter der anderen zu sehen, aber die Gabel vor dem eigenen Gesicht schon. Was man auf die Gabel bekam, war unklar, aber man kriegte es gut in den Mund.

»Weißt du, wieso wir hier sind?«, fragte ich Cosmin, aber er wusste es nicht. Er brauchte einige Sekunden, bis er sein Nein herauswürgen konnte. Bevor sich das Wort einen Weg bahnte durch das viele Essen. Ich fragte auch andere, aber niemand wusste es oder gab vor, es nicht zu wissen.

»Ion, wieso sind wir hier?«, rief ich zum anderen Tischende.

»Wieso sind wir wohl hier?«, gab er zurück.

»Ja, wieso?«

»Um zwei Abschiede zu feiern und eine Ankunft.«

»Wer geht weg?«, fragte ich.

»Sorin ist in die Stadt gezogen, den brauchten wir gar nicht mehr einzuladen, und Dan zieht hinter seinem Mädchen her.«

»Und wer kommt an?«, fragte ich weiter.

»Na, du. Wer sonst? Du setzt dich hier fest.«

»Aber ich bin doch schon seit einer Weile hier.«

»Feste soll man feiern, wie sie fallen«, antwortete Ion.

Im Kerzenlicht war der Wald vom Haus nicht mehr zu unterscheiden. Die Fratzen der Ärztin und von Ion, die Fratzen von Elena und von mir wie auch die Fratzen der Philosophen, alle Fratzen unterhielten sich miteinander. Sie beugten sich über den Tisch, um einer anderen Fratze zuzuhören. Sie lehnten sich zurück, um den Zigarettenrauch einzuatmen. Sie stießen auf, was sie sich an Essen zu viel zugemutet hatten.

In den entfernten Ecken des Hauses raschelte es von den Nachttieren, die umherwanderten und aus dem Wald raschelte es zurück. Das Rascheln ging uns ins Mark, aber der Schnaps wärmte. Meine Wangen glühten, ich stützte mich auf, aber die Ellbogen rutschten vom Tisch. Ich fiel mit dem Kinn auf den Tischrand. Aus dem Wald funkelten Augen heraus, wenn Dan mit seiner Laterne zwischen die Bäume leuchtete. Katzenaugen waren das und hoffentlich nicht der Teufel. Die Stimmen unterschieden sich nicht mehr, sie waren nur noch Geräusch, weit weg, als ob sie sich zurückzogen und an ihrer Stelle nur ein Rauschen blieb. Ich wollte verstehen, was die anderen sagten, und verstand nichts. Ich bemühte mich zu reden und lallte nur. Ich wollte aufstehen, und die Beine rutschten unter mir weg. Dann fiel ich seitlich um und blieb liegen.

Als ich aufwachte, war es kurz nach Mitternacht. Ich saß in Ions Sessel in seiner halb verbrannten Wohnung. Jemand hatte mir eine Decke über die Beine gelegt, eine Kassette lief, es waren zwei Stimmen zu hören, die eines alten und die eines sehr jungen Mannes. Als ich aufstand, fiel ein Blatt Papier zu Boden. Ich hob es auf und las:

Willkommen Godot.

Beckett hat sich geirrt. Manchmal wartet man nicht vergeblich. Du bist gekommen.

Wir fahren mit deinem Auto in die Schweiz, um sie mit unseren eigenen Augen zu sehen. Mit Marius' Augen meine ich. Die Ärzte dort sollen sehr gut sein, der Junge braucht mal eine richtige Behandlung.

Ich habe dich belogen und bestohlen, das sind die Sünden, die ich dir angekündigt habe. Ich habe deinen Pass und dein Geld die ganze Zeit bei mir gehabt. Seit Wochen wollten wir weg, aber man findet nicht so schnell gute Fälscher. Dann erinnerte ich mich an einen, den ich früher massiert hatte. Er klebte mein Bild in deinen Pass und besorgte mit deinem Geld Marius einen beinahe neuen Pass.

Ich habe dich in all dieser Zeit sehr gerne gehabt, aber deine Geschichten haben uns den Kopf verdreht. Außerdem geht hier alles bergab. Europa steht uns offen, freue dich für uns. Ich überlasse dir aber auch etwas: die Reste der Bibliothek und die Buchhandlung Excelsior. Halte dich an Elena, und du wirst nie hungern. Halte dich an Roşcata, und es wird dir nie langweilig.

Um auf deine Frage zurückzukommen: Ob man blindlings gegen einen Baum fährt oder blind revoltiert, hängt von der Schnapsmenge ab. Ist der Rausch mäßig, dann fährt man gegen einen Baum. Ist er groß, dann revoltiert man blind. Dazwischen bleibt immer noch viel Platz für Schönheit.

Dein Freund, Teodor Moldovan.

Ich ging ans Fenster und schaute hinaus, eine Frau kam eilig die Straße hinauf. Eine Frau, die so ungeduldig war, dass ihr die Füße vorauseilten. Ich erkannte Elena, als sie im Licht einer Straßenlampe stehen blieb, um Luft zu holen. Als sie unter dem Fenster war und mich sah, wollte sie sprechen, aber sie keuchte nur. Sie stieg die Treppe hinauf, stieß die Wohnungstür auf, ging durch den Flur und blieb hinter mir stehen. Wir hörten eine Weile den Stimmen vom Tonband zu.

»Das bist doch du«, sagte sie.

»Das war ich früher.«

»Und wer ist der andere?«

»Mein liebster Erzähler. Er ist aber schon so lange tot, wie du verheiratet bist.«

»Ich dachte, du wärst wieder weggefahren. Ich hörte, wie jemand in dein Auto einstieg und wegfuhr. Ich starb beinahe bei diesem Gedanken.«

Sie stellte sich neben mich, der Tag brach an, aber nur geübte Augen konnten es erkennen. Der erste Hahn des Tages krähte, keine Minute zu spät. Von Atemzug zu Atemzug nahm das Tageslicht zu. Auf der Kassette fragte der Junge, ob man in der Gegend schon Teufel gesehen hätte. Der Alte antwortete, ohne zu zögern: »Natürlich. Ich selbst habe mit meinen eigenen Augen fünf gesehen und habe Glück, dass ich noch lebe. Sie liefen hinter mir her, so schnell sie konnten, aber ich war schneller.« »In Ihrem Alter?« »Mein Freund, wenn du einen Teufel siehst, kannst du so schnell laufen wie hundert Pferde. Wenn du aber fünf siehst, läufst du so schnell wie fünfhundert Pferde. Glaubst du mir etwa nicht?« »Oh doch, ich glaube Ihnen. Ich bin sogar einmal so schnell gelaufen, ohne einen einzigen Teufel gesehen zu haben.« »Hast du Flüssiges mitgebracht?« »Ich habe Schnaps dabei.«

»Und wieso gibst du ihn mir nicht? Wenn du willst, dass ich weiter rede, brauche ich Brennstoff. Die beste Maschine muss von Zeit zu Zeit geölt werden, sonst streikt sie. So, nun bin ich bereit. Setz dich ruhig hin und hör gut zu, denn ich werde dir jetzt eine neue Geschichte erzählen.«

Der Autor möchte sich bei den Herren Rodolfo Schweizer, Robert Şerban, Aurel und Gigi Florescu dafür bedanken, dass sie ihn inspirierten und unterstützten.

Der Dank des Autors für die finanzielle Unterstützung geht an die Kulturstiftung Pro Helvetia.

Der Autor und der Verlag danken dem Präsidialdepartement der Stadt Zürich und dem MIGROS-Kulturprozent für die finanzielle Unterstützung.